La dame de minuit

J'AI LU

ROSEMARY ROGERS

Amour tendre, amour sauvage	*J'ai lu* 952/**I**
Insolente passion	*J'ai lu* 2557/**K**
Le désir et la haine	*J'ai lu* 2577/**L**
Le feu et la glace	*J'ai lu* 2576/**K**
Les insatiables	*J'ai lu* 1265/**G**
Jeux d'amour	*J'ai lu* 1371/**I**
Le grand amour de Virginia	*J'ai lu* 1457/**I**
Au vent des passions	*J'ai lu* 1668/**I**
La femme impudique	*J'ai lu* 2069/**J**
Le métis	*J'ai lu* 2392/**J**
Esclave du désir	*J'ai lu* 2463/**J**
Princesse ou gitane	*J'ai lu* 4452/**G**
Baiser volé	*J'ai lu* 5262/**J**
La dame de minuit	*J'ai lu* 5415/**J**

Rosemary Rogers

La dame de minuit

Traduit de l'américain
par Nathalie Dallain

Éditions J'ai lu

Titre original :

MIDNIGHT LADY
Published by arrangement with Avon Books.

PROLOGUE

Angleterre, 1799

Les ombres envahissaient le couloir sans que la lampe, posée sur le guéridon, puisse les repousser. Des silhouettes fantomatiques rampaient le long des boiseries, se tapissaient dans les coins comme autant de bêtes féroces prêtes à avaler l'imprudent. Bravant les interdits, Kyla avança, chantonnant pour se donner du courage. Lentement, elle progressa dans l'interminable goulet, les yeux fixés sur le rai de lumière qui entourait la porte tout au fond. C'était la chambre de sa mère. Le battant semblait juste poussé. Elle hâta le pas de peur qu'il ne lui claque au nez, comme cela arrivait si souvent le soir lorsqu'elle voulait se réfugier dans ses bras. En général, c'était Marie qui se chargeait de la reconduire dans sa chambre. Mais Marie n'était pas là ! Une fois encore, sa nourrice était sortie sans permission, et rentrerait au milieu de la nuit en empestant la vinasse. Alors, comme à l'accoutumée, elle lui ordonnerait d'un ton acide d'aller se coucher, et surtout de se taire si elle ne voulait pas que les Dames Blanches viennent la capturer.

Un sanglot s'étrangla dans sa gorge. Le Père Fouettard viendrait-il lui aussi la chercher ? Ici, dans ce couloir qui n'en finissait pas… Elle étendit la main, et sentit sous ses doigts la rugosité du mur lambrissé. Elle avait peur, mais elle continua de marcher, jusqu'à ce qu'elle atteigne la chambre de sa mère. Un frisson la parcourut alors.

Que se passait-il dans la chambre ? Elle entendait des murmures. On aurait dit encore la voix de cet homme, celui qui, à la nuit tombée, venait si souvent rendre visite à maman. Kyla fit la grimace ; elle ne l'aimait pas. Pas du tout. C'était un être malveillant qui, chaque fois, faisait pleurer sa mère. Ces sanglots étaient insupportables. Ils lui parvenaient jusque dans son lit et l'empêchaient de s'endormir.

Le lendemain matin, cependant, quand elle retrouvait sa mère, celle-ci paraissait tout à fait normale. Elle lui souriait doucement, mais... la regardait-elle au moins ? Kyla avait beau se montrer odieuse, lui renverser du thé sur son peignoir de soie ou faire tomber un gâteau sur le tapis, rien que pour attirer son attention, maman se contentait de hocher la tête d'un air distant...

En tout cas, ce soir, l'homme était revenu, et cela lui déplaisait énormément. Kyla poussa la porte, et avança jusqu'au seuil avant de risquer un coup d'œil par l'entrebâillement. Ses pieds nus ne faisaient pas le moindre bruit sur le parquet. Repoussant les cheveux qui lui tombaient sur le visage, elle scruta l'intérieur de la chambre. Et, tout à coup, ses yeux s'agrandirent.

Maman ne portait rien d'autre que son peignoir rouge, et... celui-ci était entièrement ouvert, révélant sa nudité. Ses beaux cheveux clairs, d'ordinaire toujours soigneusement tressés et enroulés en un haut chignon, étaient défaits et ruisselaient sur ses épaules. Elle fixait l'homme sans rien dire, sans même protester alors qu'il la touchait entre les cuisses... Pourquoi faisait-il cela ? Et pourquoi maman le laissait-elle faire ? Elle était tranquillement assise sur un fauteuil, immobile sous les mains de l'homme qui la palpaient, la pinçant parfois pour qu'elle gémisse un peu.

Kyla eut soudain envie de vomir, et pourtant une force incoercible l'incita à pénétrer dans la pièce. Ses orteils s'enfoncèrent dans l'épaisseur du tapis. Personne ne sembla la remarquer. Au beau milieu de la chambre, elle s'arrêta, hésitante. On lui avait maintes fois répété qu'il était formellement interdit d'entrer dans la chambre de maman le soir, qu'il fallait toujours appeler Marie, mais voilà... Marie était partie, et Kyla avait pris peur quand la bougie sur la table de chevet s'était éteinte, quand l'obscurité avait submergé son lit de ses effrayants tentacules.

L'homme se tenait à présent devant maman, et Kyla ne voyait plus que le dos du visiteur, sa redingote sombre et ses cheveux blancs poudrés, rassemblés par un catogan en velours. Il se pencha brusquement en avant, repoussant sa mère contre le dossier du siège, lui écartant les cuisses d'un geste brutal pour s'y faufiler. Maman lâcha de nouveau un petit cri avant de chercher à se libérer. Son peignoir glissa sur le sol dans un bruissement de soie.

Tout en observant ce combat silencieux, Kyla sentit les larmes lui monter aux yeux. Quelque chose n'allait pas. Maman ne permettrait à personne de la regarder sans ses vêtements, encore moins de la toucher ! Et pourtant l'homme avait recommencé à pétrir ses hanches, puis son ventre, avant de faire tomber son pantalon. Que faisait-il ? Pourquoi se déshabillait-il ?

Kyla eut beau se mordre la lèvre, elle ne put retenir plus longtemps ses larmes alors que sa mère laissait échapper un autre cri, une sorte de gémissement douloureux.

— Attendez ! fit-elle soudain en se redressant. J'ai entendu... Que se passe-t-il ?

Elle repoussa fébrilement son compagnon et se baissa pour récupérer son peignoir. C'est alors qu'elle aperçut Kyla. Son visage blêmit et elle souffla en français, sa langue maternelle :

— Non, non, mon Dieu... mon pauvre bébé...

L'homme, alors, se tourna. La première irritation d'avoir été dérangé disparut comme par enchantement. Un sourire gourmand étira ses lèvres minces tandis qu'il se rhabillait hâtivement. Gênée, Kyla baissa les yeux.

— Qui est cette ravissante enfant ? demanda le visiteur d'une voix doucereuse.

— Ma fille, milord. Je vous en prie. Permettez-moi d'aller la recoucher... Je reviens tout de suite.

— Non ! Dites-lui plutôt d'approcher. Ainsi... voici votre fille. Vous vous étiez bien gardée de m'en parler. Quelle cachottière vous faites, ma chère ! Dieu qu'elle est belle. Comme sa mère, n'est-ce pas ? Viens près de moi, mon enfant... Quel est son nom ?

Faustine hésita puis, resserrant les pans de son peignoir contre sa poitrine, déclara dans un souffle :

— Kyla.

— Kyla... Quel nom étrange, et pourtant si familier... Ne l'ai-je point déjà entendu ? Qu'importe ! Cela lui va à ravir, car elle est d'une beauté peu commune. Kyla, je t'ai dit de venir près de moi. Ici... voilà, oui, assieds-toi sur mes genoux, je vais caresser tes beaux cheveux blonds.

Affolée, Kyla recula, mais il lui prit la main pour la hisser sur ses cuisses. Il l'étreignit, trop fort, beaucoup trop fort, tout en lui fredonnant une comptine à l'oreille. Elle grimaça ; son ventre protestait violemment. Cet horrible individu avait l'haleine chargée de vin. De la soie jaune couvrait ses jambes épaisses, resserrée aux genoux par des rubans cramoisis et des boucles de diamants. Elle n'osait regarder son visage, alors elle garda les yeux rivés sur ces boucles scintillantes.

— Adorable, tout simplement adorable ! Ravissante enfant ! Si blonde, le teint légèrement rosé... en un mot, parfait.

Avec un soupir, il la plaqua plus étroitement contre lui, la caressant à travers sa chemise de ses doigts grassouillets et blancs, avant de glisser les mains jusqu'à l'ourlet de son vêtement de nuit. Kyla eut l'impression que son cœur s'arrêtait. Elle se débattit, puis jeta un regard paniqué en direction de sa mère.

Celle-ci était comme paralysée, le visage livide, s'agrippant aux pans de son peignoir. Les jointures de ses doigts avaient blanchi.

— Milord, protesta-t-elle enfin en s'extirpant de sa torpeur. Elle n'a même pas encore quatre ans... Je vous en prie.

— Une enfant adorable. Si jeune, et si innocente... Pas encore flétrie par la vie.

Sa voix s'était épaissie et avait des intonations bizarres, certainement dangereuses, car maman paniqua tout à coup.

— Posez-la tout de suite, milord ! Je ne l'accepterais pas ! cria-t-elle en lui arrachant l'enfant pour la prendre contre elle.

Tournant légèrement la tête, Kyla entrevit les yeux flamboyants de l'homme. Il considérait maman, ses épais sourcils, froncés, tandis que sa lèvre inférieure tremblait d'indignation.

— Vous ne l'accepteriez pas ?

Le ton était à la fois suave et menaçant.

— Vous... madame ? Permettez-moi de vous rappeler que vous n'êtes pas en position de me dire ce que je dois faire ou non.

Kyla glissa les bras autour du cou de sa mère et huma le parfum fleuri qui, comme par enchantement, effaça toute réminiscence de vin. Elle pressa les lèvres contre son oreille :

— Je ne l'aime pas. S'il te plaît, emmène-moi dans mon lit. Marie est partie, et il n'y a pas de lumière dans ma chambre.

— Chut, ma chérie. Tout va bien se passer. Surtout reste tranquille, va attendre maman dans le couloir. Sois une gentille fille, s'il te plaît.

— Oui, maman.

Sa mère l'eut à peine posée qu'elle s'élançait vers la sortie, trop heureuse d'échapper au regard appuyé du visiteur. Dans le couloir, une dernière bougie continuait de brûler mais la flamme ne pouvait, seule, résister à la pénombre. Kyla s'accrocha au chambranle. Il ne fallait surtout pas paniquer : maman viendrait la chercher d'un instant à l'autre...

Sa mère discutait à voix basse avec le visiteur, mais certains de ses mots lui parvinrent :

— Non, c'est une enfant... pas être utilisée comme ça...

— Mais une fillette aussi belle... je paierais cher pour elle... Vous seriez idiote de ne pas voir l'intérêt financier...

Il se mit à rire. Un rire méchant, sans joie, simplement dur et cruel.

Kyla ferma les yeux de toutes ses forces, et plaqua les mains sur ses oreilles. Elle s'obligea à songer au parc où poussaient des fleurs de toutes les couleurs, à sa balançoire attachée à la grosse branche du vieux chêne, aux canards sur l'étang qui l'accueillaient avec des coin-coin joyeux quand elle venait leur jeter des bouts de pain...

Soudain, l'homme sortit comme une bourrasque de la pièce. Il était dans une rage folle. Son visage était cramoisi, et sa voix résonna dans toute la maison :

— Vous commettez une grossière erreur, ma chère. Demain, vous ne serez plus aussi bien traitée à Londres, je vous le promets. Peut-être feriez-vous mieux de reconsidérer mon offre tant qu'il en est encore temps. Après tout, quelle alternative avez-vous ? Vous croyez que vous aurez toujours une silhouette aussi fine et un visage aussi ravissant ? Quand vous aurez perdu vos charmes, vos protecteurs et leur argent s'envoleront. Mettez-vous cela bien en tête.

— Partez ! Je vous l'ai dit, il n'y a rien qui puisse me faire changer d'avis !

— Vous vous trompez, fit-il, tout miel. Bientôt, vous devrez reconsidérer votre position. Vous n'aurez pas le choix, ma chère. Je m'en assurerai.

— Sortez !

Kyla n'avait jamais entendu sa mère crier ainsi, de cette voix suraiguë ; elle se mit de nouveau à sangloter. Aussitôt Faustine se rapprocha d'elle, et la prit dans ses bras avant d'ajouter, plus calmement :

— Partez, milord. Tant que je vivrai, sachez que je ferai tout ce qui est en mon pouvoir pour protéger mon enfant d'hommes comme vous.

— Si je peux me permettre un conseil, vous feriez mieux de la protéger pour qu'elle ne devienne jamais ce que vous êtes, madame. Mais je crains que ce ne soit impossible. Elle vous ressemblera un jour, parce qu'elle n'aura pas d'autre choix de vie.

— C'est vous qui vous trompez ! Un jour, ma fille saura réclamer ce qui lui revient de droit.

— Je n'en doute pas, madame.

Il semblait presque amusé.

— Et comme vous, elle obtiendra ce qu'elle mérite, ajouta-t-il.

— Allez-vous-en, je vous dis ! Sortez de ma maison !

— Un détail, ma chère... Cette maison sera la vôtre tant que j'accepterai d'en régler le loyer, ne l'oubliez pas. D'ailleurs, sans mon argent, je ne pense pas que vous puissiez survivre longtemps à Londres. Et n'allez pas vous imaginer que je vous rendrai votre liberté avant de m'être lassé de vous !

Son rire mauvais fit trembler Kyla.

— Demain je reviendrai, n'ayez crainte, continuait-il, plein de fiel. Et nous passerons tous les trois un bon moment... n'est-ce pas ?

Apeurée, Kyla enfouit le visage dans les cheveux de sa mère, et laissa échapper un soupir de soulagement quand elle entendit la porte d'entrée claquer. Enfin, il était parti.

— Je n'aime pas cet homme, maman.

— Moi non plus, ma chérie, moi non plus...

Elle avait des trémolos dans la voix, comme toutes les fois où Kyla l'avait surprise dans le petit jardin, les yeux tout rouges, essayant de dissimuler dans le creux de sa main un mouchoir trempé. Un triste sourire éclaira ses traits.

— Allez, viens maintenant, ma douce et précieuse enfant. Je vais te remettre au lit et te raconter une histoire. L'histoire d'un pays où le soleil brille toujours, où il existe des fleurs et des arbres comme tu n'en as jamais vu, et d'immenses bêtes grises avec de longs nez qui fouillent le sol...

Sa phrase s'acheva dans un faible sanglot, et elle serra sa fille contre elle, si fort que Kyla prit peur.

— Est-ce que nous serons bien, maman ?

— Oh, ma douce ! Je prie pour que ce soit parfait. Ma décision est prise. Je vais lui écrire tout de suite, et peut-être viendra-t-il nous chercher... Oh, je n'ai pas le choix ! souffla-t-elle comme pour elle-même alors que son regard se perdait dans le vide. Je quitterai ce maudit pays. Demain, s'il le faut !

Kyla dévisagea sa mère avec anxiété, peu rassurée par ce flot de paroles décousues.

— Maman, nous allons quitter l'Angleterre ?

— Je l'espère, ma colombe. Je l'espère de tout cœur...

Elle marqua une pause, soupira, avant de reprendre dans un murmure étranglé :

— Edward ! Oh, mon Dieu ! Edward... pourquoi nous as-tu quittées pour cette...

— Qui est Edward ? Est-ce encore un homme méchant ?

Faustine regarda sa fille comme si elle se rappelait tout à coup sa présence. Elle sourit tendrement.

— Je te le dirai un jour, mon trésor. Mais ce soir, je t'en prie, n'y songe plus. La seule chose que tu dois savoir, c'est que je te protégerai toujours... Et maintenant, viens. Je vais te border, et je resterai avec toi jusqu'à ce que tu n'aies plus peur.

Mais comment ne plus avoir peur, lorsque les larmes de maman roulaient sur ses joues, des larmes qui trempaient la soie de son peignoir ? Kyla se prit à espérer que cet homme cruel qui faisait pleurer sa mère ne reviendrait plus jamais...

PREMIÈRE PARTIE

Londres, 1816

1

Le brouillard flottait au-dessus des eaux de la Tamise en épaisses nappes cotonneuses enveloppant les bateaux, effaçant les silhouettes sombres des bâtisses tapies dans le silence brumeux comme les monstres féroces de son enfance. L'humidité écrasait les lieux, étouffait les craquements des pontons et le claquement des voiles.

Kyla Van Vleet fronça le nez tandis que, remontant à contre-courant le ruban d'eau sale, le Sea Lady se frayait un chemin entre le dédale de navires. Quelle odeur fétide Londres dégageait-elle avec ces rebuts flottant à la surface de ses eaux huileuses, les détritus abandonnés qui cognaient mollement contre les flancs des bateaux ! Entre les pans déchiquetés de brume, la jeune femme distinguait des vaisseaux hauts en couleur et leurs gabarres alourdies par les chargements. Des centaines de barques s'étaient donné rendez-vous, rasant les eaux comme autant de minuscules insectes fébriles.

Après être passés sous les arches aussi hautes que larges du pont qui enjambait la Tamise, ils rattrapèrent une longue enfilade de navires français, hollandais et espagnols. Kyla les scruta à travers le brouillard soudain épaissi par des volutes de suie. Les cheminées crachaient suffisamment de fumée noire pour empoisonner l'atmosphère d'une pluie de cendres qui piquaient les yeux et le nez. Personne ne lui avait dit à quel point Londres était sale… guère plus toutefois que ne l'étaient en Inde les marchés de Poona, ces places immenses qui grouillaient d'une foule bigarrée dans une poussière suffocante. Pourquoi s'était-elle imaginé que la grande cité serait tout autre ? Pourtant, il fallait bien lui rendre justice. À bien des égards, Londres était différente ! Peut-être parce que, sur le fleuve, vibrait une excitation presque palpable qui l'emplissait d'impatience... et d'angoisse.

Kyla, postée à l'extrémité du pont avant, crispa ses mains gantées sur le bois poli du bastingage. Que dirait-on en la voyant ? Comment l'accueillerait-on ? Oh, pourquoi était-elle revenue ?

Un soupir lui échappa. Elle connaissait la réponse à toutes ces questions. En fait, elle n'avait pas eu le choix. Son retour était inéluctable, et c'est pourquoi papa Piers avait demandé à Céleste de venir la chercher en Inde.

Un souffle de vent glacé balaya ses cheveux blonds, et les rubans bleus de son chapeau cinglèrent son visage. Un membre de l'équipage — M. Rand, l'officier de bord, qui s'était montré très attentionné tout au long du voyage — lui lança un long regard appuyé avant d'aller vaquer à ses tâches, mais Kyla fit comme si elle n'avait rien remarqué. Certes, il s'était révélé une agréable diversion pendant la première partie de ce long périple, mais cela n'allait pas plus loin. Un flirt sans conséquence, qu'elle avait fait durer plusieurs soirs pour tuer le temps, malgré tante Céleste qui lui reprochait de se montrer cruelle avec l'officier épris.

— Tu sais que cela ne le conduira qu'à une douloureuse frustration, ma chérie, alors je t'en prie, ne lui donne pas de faux espoirs.

— Je n'ai rien dit, rien fait, ma tante, qui puisse inciter ce M. Rand à croire que j'avais des sentiments pour lui.

— Tes yeux sont les coupables, ma chérie, avait répliqué sa marraine avec un soupir. Ils ont une couleur si... si inhabituelle... Tes yeux parlent d'espoir, formulent des promesses sans même que tu t'en rendes compte. Et il n'y a rien que tu puisses faire contre cela, c'est héréditaire. Dieu sait que ta mère, elle aussi, en a souffert !

C'est ainsi, alors je t'en supplie... prends garde de ne pas faire souffrir ce pauvre homme.

Suivant finalement les conseils de sa marraine, Kyla s'était appliquée à l'ignorer tout le reste du voyage, mais l'officier avait continué de la regarder avec convoitise, comme il le faisait à cet instant précis. Elle se détourna. Le Sea Lady progressait lentement sur la Tamise, pour se faufiler jusqu'aux quais de London East Side.

— Nous y sommes presque, Kyla.

Céleste du Bois, à son côté, se voulait allègre et enthousiaste mais, sous cette apparence, elle avait bien du mal à dissimuler le tremblement de sa voix. Impatience ? Anxiété ? Difficile à dire, d'autant que sa marraine s'enorgueillissait d'affronter toutes les situations sans jamais perdre de sa belle assurance... Kyla lui sourit avec tendresse. Céleste était en train d'enfiler ses gants de velours confectionnés dans l'une des luxueuses boutiques qui trônent sur Threadneedle Street à Londres. Du sur mesure pour la comtesse du Bois, l'essence même de la noblesse française. L'élégante Céleste avait été la meilleure amie de sa mère, Faustine Auberge, elle-même fille de marquis, jusqu'à ce que cette dernière succombe à une mauvaise fièvre.

« Pauvre maman ! » songea Kyla en se remémorant cette femme frêle à la beauté délicate, qui n'avait pas sa place dans la lourde chaleur de l'Inde.

Quoique... Faustine avait peut-être un air fragile, mais ses cheveux d'or et son teint ivoirin masquaient une nature résistante. Comment sinon aurait-elle pu survivre aux horreurs de la Révolution française, puis au lâche abandon de son aristocrate de mari ? Tant de souffrances... Dieu soit loué, le destin l'avait mise sur la route de Piers Van Vleet. Le riche marchand hollandais était tout de suite tombé éperdument amoureux de Faustine, et avait adopté sa fille.

Aujourd'hui, c'était une page de sa vie que Kyla tournait, un nouveau chapitre qui commençait. Tout ce qu'elle avait connu et aimé n'était plus. Sa mère était morte. Quant au seul père qu'elle ait jamais eu, il l'avait incitée à quitter l'Inde dès que ses affaires avaient commencé à péricliter.

— Tu as besoin de plus que je ne pourrai jamais te donner, mon ange, avait-il déclaré avec son fort accent hollandais. Alors je crois que le mieux, c'est que tu retournes en Angleterre. Épouse quelqu'un qui sera bon avec toi.

Épouser quelqu'un ? Kyla avait failli éclater de rire en entendant cela. Elle avait presque vingt et un ans, et passé l'âge des premiers pas en société. Non qu'elle n'ait éveillé l'attention d'officiers anglais en Inde, bien sûr... Mais aucun ne l'avait jamais intéressée. Soit parce qu'ils se montraient trop empressés avec elle, soit parce qu'elle les sentait attirés par la fortune de papa Piers... En effet, quelque vingt ans plus tôt, le marchand hollandais avait su investir dans la Compagnie des Indes orientales, puis dans une plantation devenue bien vite florissante, pendant un temps du moins. Mais qu'aurait-elle fait d'un lieutenant aux joues glabres, gonflé de morgue et vaniteux ? Et de ces vieux colonels grisonnants qui lui avaient rendu visite, avec dans le regard cette même lueur de concupiscence... Non ! Elle préférait encore finir ses jours seule.

Pour rien au monde, elle n'aurait renoncé à ses longues heures passées dans ses livres ou à cheval, parcourant les plaines arides à bride abattue, avec le vent dans les cheveux. Pour rien au monde, elle n'aurait renoncé à ses promenades nocturnes jusqu'aux berges du modeste affluent de Godavari River, ce bras de rivière qui cernait la maison. Là, elle aimait ôter sa fine chemise de nuit, en dépit des protestations outrées de sa vieille *ayah*, pour se glisser dans la fraîcheur des ondes. Ballottée par l'eau, elle fermait les yeux et perdait rapidement le fil du temps. Dans le silence de la nuit, elle retrouvait un espace de liberté où elle ne songeait plus à rien...

Mais à quoi bon réveiller les souvenirs ? Désormais, l'Inde, comme le chaud soleil, la rivière et l'*ayah* qui l'avait élevée, étaient loin. L'Inde... Ce pays lui manquait déjà, ces enfilades de murs peints à la chaux se drapant de précieux reflets rosés sous les rais du soleil couchant, la frondaison verdoyante des manguiers et des jacarandas, ces énormes fruits juteux, les racines immenses du palétuvier qui surgissaient de terre comme les dents émoussées d'un vieux peigne... Elle avait tout abandonné pour prendre la mer et rejoindre l'Angleterre.

Une petite pluie fine se mit à tomber, liant le gris de l'horizon et les teintes ombrées de l'eau, à tel point qu'il devint bientôt impossible de discerner où commençait le ciel et où finissait le fleuve. Seuls les entrepôts érigés le long des quais londoniens émergeaient çà et là du brouillard comme de monstrueux champignons. Parfois, un éclat de couleur traversait son champ de vision, immédiatement atténué par la grisaille des façades voisines. Et lorsque, par chance, le voile brumeux se levait, l'espace de quelques instants, il ne révélait rien de plus que d'immenses spectres effrayants.

Kyla resserra frileusement les pans de son manteau sur sa poitrine. Dire qu'elle avait failli ranger le vêtement au fond de sa malle, persuadée qu'elle n'en aurait pas l'utilité! Heureusement, Céleste lui avait conseillé de le garder près d'elle. Il est vrai que sa marraine avait l'habitude du climat anglais. Elle vivait à Londres depuis plus de vingt ans.

— Miracle! s'écria cette dernière avec ferveur alors que le bateau exécutait lentement un arc de cercle. Nous sommes arrivées. Oui, nous sommes enfin à la maison!

Levant les bras au ciel, elle sourit. Véritable sourire de soulagement! Pour Céleste, c'était la fin d'un calvaire. La malheureuse avait été malade tout au long du voyage, claquemurée dans sa cabine humide, passant ses journées à maudire les éléments, pendant que Kyla arpentait le pont supérieur et profitait du soleil. Vestiges des souffrances que Céleste avait dû endurer, de légers cernes ornaient ses yeux mordorés. Elle s'était juré de ne plus jamais remettre les pieds sur un bateau, même pour venir en aide à sa filleule!

Kyla tapota affectueusement sa main et, rassemblant

son courage, posa la question qui la tourmentait depuis qu'elle avait appris la vérité sur sa naissance.

— Que penseront-ils de moi, tante Céleste ? Ces gens ne m'ont jamais rencontrée, et ils n'ont certainement même jamais entendu parler de moi. Et... cette femme que mon père a épousée ? Maintenant qu'il est mort, crois-tu qu'elle m'acceptera ?

Un pli soucieux apparut entre les sourcils de sa marraine. Elle détourna rapidement la tête, et son regard s'égara par-delà les entrepôts dans le lointain. Après quelques secondes d'un silence insupportable, elle regarda Kyla, un faible sourire aux lèvres.

— Non, ma petite. Je doute qu'elle t'accueille à bras ouverts. Comment la duchesse douairière de Wolverton pourrait-elle être enchantée d'apprendre qu'il existe une autre héritière de son époux — ton père ? Quant au nouveau duc de Wolverton, il ne sera certainement pas ravi, lui non plus... Mais ne t'inquiète pas, les avocats se chargeront de régler tous les détails, j'en suis certaine, et bientôt tu seras en mesure de récupérer ce qui aurait dû déjà revenir à ta mère, il y a de cela bien longtemps.

Le ton de Céleste s'était légèrement durci, et ses yeux marron, d'ordinaire si pétillants, si joyeux, s'assombrirent.

— C'est Faustine qui aurait dû en profiter, mais ces... ces canailles... je veux dire, les parents de ton père... eh bien, ils n'étaient pas d'accord !

Kyla resserra l'étreinte de ses doigts sur la rambarde, essayant de garder son équilibre alors que le bateau tanguait dans le courant. La pluie avait cessé. La jeune femme laissa son regard dériver sur le large ruban d'eau, en direction du rivage, suffisamment près maintenant pour que les bâtiments soient distincts dans la faible luminosité. Elle avait beau scruter l'immense étendue des quais, à la recherche d'un détail qui saurait évoquer un souvenir... En vain !

Avec un lourd soupir, elle reporta toute son attention sur Céleste.

— Tu te rends compte ? S'il n'y avait pas eu le journal de maman, je n'aurais jamais rien su. M'en aurais-tu au moins parlé un jour ?

Sa marraine marqua une légère hésitation, avant de secouer la tête.

— Non, je n'en aurais rien fait, petite. Ce n'était pas à moi de te raconter cette histoire, tu comprends ? C'était celle de ta chère maman, et si elle avait voulu te la confier...

Sa voix traîna, et le vent emporta ce qu'elle aurait pu ajouter.

Kyla songea à ce fameux journal. Il était enfermé dans un coffret en teck sculpté, à l'intérieur tapissé de velours cramoisi et, pendant des années, il n'avait jamais quitté la table de nuit de sa mère. Papa Piers lui avait donné le coffret quinze jours avant qu'elle ne quitte l'Inde. Niché sous les papiers officiels, elle avait découvert ce cahier épais que sa mère avait religieusement rempli sa vie durant. Faustine y avait consigné tant de détails, tant de trahisons, d'espoirs, de rêves et de douloureuses désillusions... En le lisant, Kyla avait eu l'impression, l'espace de quelques instants, qu'elle était revenue à la vie, entre ces lettres détachées, cette encre séchée et les pages parfumées de ce journal intime. Les larmes avaient longtemps roulé sur ses joues et quand, enfin, son chagrin s'était tari, la jeune femme avait juré de venger sa mère. D'occuper une place dans la famille de ce père dont elle n'avait pas le moindre souvenir...

Il n'y avait qu'un homme que Kyla se rappelait avoir vu au côté de sa mère, à l'exception de papa Piers bien sûr. Et encore... ! Cet inconnu était moins qu'une réminiscence, une voix mielleuse qui continuait, des années après, à tarauder ses rêves.

Était-ce la voix de son père ? Elle frissonna. C'était impensable. Un père n'aurait jamais tenu une petite fille aussi serrée contre lui, ne l'aurait pas mise mal à l'aise à ce point, ne lui aurait pas donné l'impression d'être... sale. Si seulement elle l'avait regardé plus attentivement, avait pris soin de graver son visage dans sa mémoire, mais à l'époque... elle avait trop peur, elle ne songeait qu'à fuir cette voix doucereuse qui lui donnait la chair de poule. Elle avait repoussé cet être malsain dans les profondeurs de son esprit, l'avait caché avec d'autres peurs d'enfant, comme les Dames Blanches ou encore les orages.

Le bateau tangua, la ramenant brutalement à la réalité. D'ici à quelques minutes, elle mettrait le pied à Londres, dans cette cité où Edward Riverton, duc de Wolverton, avait rencontré Faustine Auberge, une belle aristocrate fuyant les horreurs de la Révolution française. Les détails de leur liaison marqueraient à jamais sa mémoire, par la passion et aussi la détresse qui en émanaient. Une chose était certaine : Edward avait fini par épouser la jeune Faustine, défiant ainsi l'autorité de ses parents. Kyla en avait la preuve avec ce certificat qui, rangé dans le précieux coffret, attendait après toutes ces années d'être brandi. Même si le duc était mort…

Kyla prit une profonde inspiration. « Je suis une héritière ! se répéta-t-elle pour se donner du courage. Une héritière liée par le sang à l'une des plus vieilles familles de Grande-Bretagne. Et j'ai la ferme intention de réclamer ma part d'héritage… »

— À propos de ta mère, il faut que je te dise une chose, déclara Céleste bien après, quand elles furent soigneusement emmitouflées sous des couvertures dans un fiacre. Si ta pauvre mère gardait la preuve officielle de son mariage avec le duc de Wolverton, c'est qu'elle espérait qu'un jour tu irais réclamer ton dû.

Tout en essuyant la buée sur la fenêtre du revers de ses doigts gantés, Kyla hocha la tête.

— La seule chose qui m'intéresse aujourd'hui, c'est de laver le nom de maman.

Des larmes brûlantes lui montèrent brusquement aux yeux. Elle coula un regard en direction de Céleste dont le visage trahissait la même détresse.

— Faustine n'était pas fière de ce qu'elle avait dû accepter pour survivre, sois-en certaine. Mais qu'aurait pu faire une femme dans sa situation ? Une femme dont la réputation et la vie avaient été irrémédiablement entachées ? Elle n'avait pas le choix. Ne la blâme pas pour ce qu'elle est devenue ! Il faut que tu saches qu'à l'intérieur, elle n'a jamais rien perdu de sa pureté et de son innocence...

— Je le sais déjà, Céleste. Mais je te remercie quand même...

Kyla s'éclaircit la voix, les mots s'étranglaient dans sa gorge.

— Je sais que ma mère n'a jamais été ce qu'on l'a accusée d'être. D'ailleurs je me souviens encore de papa Piers racontant comment elle était arrivée en Inde, brisée, sans plus un espoir... Ah, s'il n'y avait pas eu papa Piers !

Elle réprima un sanglot avant de poursuivre :

— S'il n'avait pas été là, ma mère n'aurait pas vécu aussi longtemps. Je ne saurai jamais le remercier assez de tout ce qu'il a fait pour elle, et pour moi.

— Piers Van Vleet est un homme honnête, ma petite, et il en existe peu comme lui dans ce bas monde.

De nouveau, la voix de Céleste devint plus dure.

— Tu as des droits ! Ne permets jamais à quelqu'un de dire le contraire. Ton père ne t'a peut-être rien donné, mais ses héritiers devront réparer ses fautes. Il est temps que justice soit faite ! Trop de gens sont comme toi, comme moi... dépossédés de leurs droits !

Sa marraine se retrancha dans le silence, se laissant happer par les souvenirs d'une époque où la Terreur l'avait chassée de France, son pays natal. Tant de vies gâchées, la noblesse entière, ou presque, éradiquée, jusqu'au roi et à la reine massacrés comme des bêtes. Faustine n'en avait parlé qu'une seule fois, à la fin de sa vie, quand la fièvre lui avait délié la langue. Et encore... il ne s'agissait que de bribes balbutiées, entrecoupées de cris d'épouvante qui avaient terrifié Kyla. Si la jeune femme avait eu si peur, qu'en avait-il été pour les pauvres âmes comme Faustine qui avaient vécu ce cauchemar ?

Dans la lumière opalescente qui entrait par la vitre, le visage de Céleste lui parut livide. Des lignes s'étaient creusées au coin de ses yeux, des fils d'argent striaient son épaisse chevelure d'ébène sous son élégant couvre-chef. Des marques de souffrance demeuraient sur son ravissant visage. Ces minuscules cicatrices rappelaient un passé trop horrible pour être conté.

Cela avait été un véritable miracle que la comtesse du Bois survive à la Terreur, qu'elle échappe à la guillotine, au contraire de son époux... La jeune veuve avait sauvé sa vie en fuyant vers l'Angleterre, comme l'avaient fait beaucoup d'aristocrates français.

Là, la jolie Céleste avait rencontré un homme qui s'était épris d'elle, l'avait épousée, lui épargnant ainsi la rue et la misère. Ce mari, un baron de vingt ans plus vieux qu'elle, était quelqu'un de bon, et Céleste lui avait consacré le moindre de ses instants jusqu'au jour de sa mort. Comme Faustine s'était dévouée à Piers...

— Tu vas bien ? souffla Kyla en posant une main sur le genou de Céleste.

Sa marraine lui tapota gentiment les doigts.

— Oui... Pardonne-moi, ma petite. J'étais ailleurs. Les souvenirs continuent de me hanter. Et ils ne s'en iront jamais. Le plus souvent, je parviens à les tenir à distance, comme une meute de loups affamés mais, invariablement, ils reviennent me torturer. Enfin... Grâce à Dieu, j'ai la santé, et la fortune que m'a laissée mon époux, même si les domaines sont allés aux enfants de mon cher Reginald. J'ai de la chance, ce sont de bons enfants, ils sont gentils avec moi.

Un soupir lui échappa.

— Si seulement Faustine avait...

— Non, ne sois pas triste pour maman. Elle a vécu quelques années de bonheur avant de mourir, s'empressa de dire Kyla en renversant la tête contre le dossier capitonné.

Les roues claquaient sur les pavés alors que le fiacre accélérait sa course pour dépasser les quartiers mal famés jusqu'au cœur de Londres. Kyla s'approcha de la portière et regarda la ville défiler sous ses yeux, arrachée parfois au spectacle par quelque nid-de-poule.

Paradoxalement, quand tant de gris aurait dû ternir ses espoirs, elle sentait son courage revenir. Qu'importe ce qui adviendrait, elle trouverait les moyens de s'en sortir...

2

Réprimant un soupir, Kyla détourna les yeux de lady Wolverton, son élégante hôtesse, assise près du feu. Les flammes se reflétaient dans le cuivre poli des chenets, ainsi que dans l'argent chatoyant de la théière sur la petite table. De la précieuse dentelle de Bruges drapait le guéridon, ourlait les rideaux et moutonnait en écume blanche sur la robe de la douairière. Une grande dame sèche et guindée, cette duchesse, avec une arrogance innée ! Elle la fixait d'un air méprisant, par-delà sa tasse de fine porcelaine peinte de roses exquises. La jeune femme se mit en devoir de siroter son thé, avec une assurance feinte.

— Alors qu'attendez-vous exactement de nous, mademoiselle Van Vleet ?

Tant de condescendance glaça Kyla. Elle avait soudain l'impression d'être une domestique qui aurait volé un service à thé et que l'on prenait la main dans le sac, alors qu'elle venait simplement demander ce qui lui revenait de droit. Irritée, elle rétorqua d'une voix acérée :

— Rien d'autre que ce qui m'est dû, Votre Grâce.

La duchesse se raidit légèrement, sans toutefois perdre de sa contenance. Pas un battement de cils, pas la moindre lueur dans ses yeux qui trahisse une quelconque émotion...

— Dans ce cas, vous n'avez plus aucune raison de vous attarder ici, mademoiselle Van Vleet. Parce qu'il n'y a rien que vous puissiez réclamer.

Kyla ouvrit de grands yeux.

— Rien? Vous vous trompez si vous croyez que je vais renoncer aussi facilement, Votre Grâce.

La tasse racla bruyamment la soucoupe lorsque la duchesse la reposa sur le plateau.

— Chère mademoiselle Van Vleet, vous perdez votre temps. Vous ne gagneriez rien à insister. À quoi pensiez-vous en venant frapper à ma porte? Imaginiez-vous que je répondrais à vos exigences? Plutôt mourir... Comme vos avocats ont d'ores et déjà dû vous l'expliquer, votre mère n'a jamais été l'épouse de feu mon mari, et même si cela avait été le cas, rien ne prouve que vous êtes sa fille.

Céleste l'avait certes prévenue que la duchesse ne céderait pas, mais Kyla n'était pas pour autant préparée à la haine qui se cachait derrière ce masque de froide indifférence. Elle s'approcha de la cheminée.

— Avec tout le respect que je vous dois, Votre Grâce, j'ai les papiers qui prouvent que je suis bien la fille d'Edward Riverton, duc de Wolverton, et de Faustine Auberge, épouse Riverton. Quand les parents du duc l'ont contraint à répudier ma mère, ils n'ont pu faire main basse sur les certificats de mariage et de naissance. Aujourd'hui, c'est moi qui les détiens.

Elle avait visé juste. Une lueur affolée passa dans les yeux de son interlocutrice mais, avant même qu'elle puisse s'en réjouir, la douairière répondait d'une voix parfaitement posée:

— Montrez-les-moi, mademoiselle Van Vleet. Je vous dirai s'ils sont authentiques ou non.

— Je ne suis pas idiote au point de vous remettre ces papiers, Votre Grâce. Ils sont en lieu sûr. Tout ce que je demande à votre famille, c'est ma part de l'héritage. Que vous reconnaissiez publiquement que ma mère était bien la première épouse du duc, et que je suis sa fille! Je veux que le nom de Faustine Auberge soit enfin... lavé.

— Votre mère n'était rien de plus que la femme d'une nuit, que cela vous plaise ou non, ma chère. Imaginiez-vous autre chose?

Un éclat mauvais fit briller le regard de la vieille femme.

— Dois-je vous rappeler que votre mère était autrefois une courtisane fort prisée à Londres ? Si vous voulez mon avis, mademoiselle Van Vleet, votre cause est perdue d'avance. Il n'y a pas un juge dans cette ville qui acceptera d'ajouter foi à vos inepties. Vous feriez mieux d'abandonner maintenant. Inutile de remuer la boue, croyez-moi, vous seriez la première à en souffrir.

— Je ne vous permettrai pas de parler ainsi de ma mère ! Elle était issue de l'aristocratie française, et n'avait rien à envier aux plus grandes familles d'Angleterre, y compris la vôtre, madame !

C'était la vérité. Faustine Auberge était la fille unique d'un marquis. Que cette vieille sorcière ne s'avise pas de la traiter comme si elle était une moins-que-rien, une vulgaire fille des rues...

Dans un bruissement de soie, lady Béatrice s'était levée. Elle considéra Kyla, frémissante de colère.

— Faustine Auberge était peut-être une aristocrate, mais une chose est sûre : elle se prostituait pour manger. Et, dans ses dernières années passées à Londres, elle était tombée plus bas encore que les filles de joie du quartier East End. Maintenant, mademoiselle Van Vleet, sortez de chez moi ! Remportez vos absurdes revendications et ne revenez plus jamais nous importuner !

Tremblant de fureur, Kyla recula, les pieds s'enfonçant dans l'épais tapis turc.

— N'imaginez pas une seconde, Votre Grâce, que je vais me laisser intimider par vos menaces ! siffla-t-elle, désespérément agrippée à son réticule. Je suis venue ici réclamer ce qui me revient de droit et, dussé-je y consacrer ma vie entière, je l'obtiendrai. Que vous le vouliez ou non, vous devrez partager avec moi ce que vous avez reçu à la mort du duc.

— Que croyez-vous pouvoir obtenir ? répliqua la duchesse avec un éclat de rire hargneux. Il n'y a rien. D'ailleurs, vous n'êtes même pas couchée sur son testament.

— Je suis néanmoins sa fille, et par conséquent son

héritière! Je suis en droit d'exiger une reconnaissance qui, jusqu'à ce jour, m'a été déniée. Il faut vous faire à cette idée: une partie de vos biens me revient, Votre Grâce.

Un sourire méchant flotta sur les lèvres de la douairière.

— Petite idiote, vous auriez dû mieux vous renseigner avant de venir me déranger! Asleigh n'est pas à moi et il n'appartient pas davantage à mes filles, les héritières légitimes d'Edward. Tous les biens immobiliers de mon époux ont été légués à un lointain cousin d'Amérique, Brett Banning.

— Je suis au courant de cela. Mais pour ce qui est des biens... mobiliers?

— Mes filles ont évidemment des droits que vous n'avez pas, et que vous n'aurez jamais.

— C'est vous qui le dites!

Kyla esquissa, elle aussi, un sourire.

— Après tout, je suis la première fille d'Edward Riverton, d'une première épouse, ajouta-t-elle. La fortune de mon père devrait me revenir. Mais rassurez-vous, je ne suis pas avide. Je réclame uniquement ma part. Si je dois partager l'héritage, alors soit. Vous, comme le nouveau duc de Wolverton, devrez en convenir.

— J'aimerais bien voir comment vous vous y prendrez pour convaincre Brett... Moi-même, j'y ai renoncé. Allez-y... si vous avez du temps à perdre. Posez la question au duc, si toutefois vous parvenez à l'arracher à ses chevaux et à ses chiens du diable!

La duchesse agita son éventail d'ivoire et de dentelle, avant de le fermer avec brusquerie.

— Je voudrais être là pour entendre ce qu'il répondra à vos ridicules doléances.

— Votre vœu est exaucé, cousine Béatrice.

Kyla fit volte-face. Et son cœur manqua un battement tandis qu'elle croisait le regard de l'homme sur le seuil. Dieu qu'il paraissait impitoyable! Des yeux d'un gris métallique sous de longs cils recourbés, des yeux qui étincelaient comme autant d'échardes d'argent, la transperçant jusqu'à l'âme... Ses vêtements noirs lui donnaient un air plus austère encore. Il lui fit songer à un pirate, avec ses hautes pommettes, ses lèvres fermement dessinées, son nez droit et fin, et cette barbe d'un jour qui ombrait une mâchoire carrée. Quel homme effrayant !

Avec une assurance arrogante, il pénétra dans la pièce d'une démarche souple, et elle pensa aussitôt aux panthères noires qui rôdaient dans l'herbe haute en Inde. Était-ce... ? Non, impossible ! Se pouvait-il que cet homme soit le nouveau duc de Wolverton ?

La duchesse douairière procéda aux présentations avec une joie mal dissimulée :

— Votre Grâce, puis-je vous présenter Mlle Kyla Van Vleet ? Elle est venue réclamer sa part d'héritage.

Le regard gris s'assombrit encore, et ses traits réguliers se crispèrent en une franche hostilité. Il semblait tout à coup si féroce qu'elle en oublia ce qu'elle voulait dire. La duchesse balaya l'air d'un geste négligent de la main.

— Mlle Van Vleet est porteuse d'informations pour le moins intéressantes, Brett. Vous devriez l'écouter, c'est fort divertissant, je vous assure.

— Je n'en doute pas.

Les yeux hostiles du duc ne quittaient plus le visage de Kyla, et elle eut toutes les peines du monde à ne pas défaillir.

— Vous cherchez de l'argent, mademoiselle Van Vleet ? Dites-moi, étiez-vous la maîtresse du duc ? Oh, je crois deviner... Il vous a fait un enfant ? Je vous en prie, ne soyez pas timide. Dites-moi quel montant saurait satisfaire votre cupidité...

— Ce n'est pas... cela du tout, Votre Grâce...

La jeune femme redressa les épaules, ignorant ses genoux qui menaçaient de se dérober à tout instant.

— Ma mère a été l'épouse du duc.

Il haussa un sourcil.

— Comme c'est charmant ! Je ne l'avais jamais entendue, celle-là. Ainsi vous vous considérez comme son héritière ?

— Je le suis, c'est exact.

C'était dit d'un ton si calme, si ferme, qu'il la dévisagea quelques secondes.

Et Kyla soutint vaillamment son regard. Il était si près d'elle à présent qu'elle aurait pu tendre la main et caresser son visage. Le visage de Lucifer, diaboliquement séduisant, avec le feu de l'enfer qui brûlait au fond de ses prunelles...

— Bien que j'admire votre culot, mademoiselle Van Vleet, je vais vous décevoir. À ma connaissance, le duc n'a pas eu de précédente épouse, en tout cas pas d'épouse légitime. Et même si par le plus grand des hasards, il avait oublié d'en avertir sa famille, il n'aurait pas manqué, j'en suis sûr, de tenir compte d'un premier enfant dans l'établissement de son legs.

— Eh bien pourtant, c'est ce qui s'est passé ! Il a été contraint de répudier ma mère. Néanmoins, j'ai le certificat de mariage...

— Attendez ! Votre mère était Faustine Auberge ? l'interrompit-il en haussant un sourcil.

Un espoir ridicule s'empara d'elle. Se pourrait-il qu'il la croie enfin ?

— Oui, Votre Grâce. Ma mère s'appelait Faustine Auberge. Saviez-vous qu'ils avaient été mariés ?

— Je sais surtout que ce mariage a été annulé, et que votre mère s'est vu offrir une coquette somme pour disparaître. Aujourd'hui, aux yeux de la loi, mademoiselle Van Vleet, il n'y a pas eu de mariage. Et, qui plus est, je n'ai jamais entendu parler de l'existence d'un enfant dans cette histoire. Peut-être votre mère s'est-elle trompée... sur l'identité du père.

Ces derniers mots avaient été prononcés avec un tel cynisme, l'insinuation était si insultante, que Kyla oublia de réfléchir. Sa main se leva, et ses doigts s'écrasèrent sur la joue du duc. Avant qu'elle puisse reculer, celui-ci la saisit par le poignet et l'enserra cruellement, à tel point qu'elle poussa un cri.

— Prenez garde, mademoiselle Van Vleet, je pourrais fort bien vous rendre la pareille. Ne vous avisez pas de recommencer...

Comme il lui relâchait le bras d'un geste dédaigneux, Kyla retrouva sa belle assurance.

— Quelle magnanimité de votre part, Votre Grâce ! persifla-t-elle en oubliant toute prudence. Je garderai toutefois en mémoire le fait que vous n'hésiteriez pas à frapper une femme.

— Seulement une femme assez stupide pour oser porter la main sur moi !

Un éclat acéré durcit encore son regard, la dissuadant d'insister. Kyla prit une profonde inspiration.

— Cet entretien ne nous mènera à rien, Votre Grâce. Mon avocat prendra contact avec vous au plus tôt.

— Ne gaspillez pas votre argent, mademoiselle Van Vleet. Si vous caressiez l'espoir de partager la fortune du duc, je vais vous décevoir. À sa mort, il n'a laissé que deux maisons et les terrains autour, et encore, le tout en bien piteux état. J'ai dû racheter bon nombre des biens mobiliers de la famille et, par conséquent, je peux dire qu'aujourd'hui l'ensemble m'appartient. Alors, vous voyez, vous ne gagneriez rien en faisant des histoires. Tout au plus réussiriez-vous à souiller notre nom, et à rappeler aux gens ce qu'était votre mère.

— Ma mère était une grande dame, je vous demande de ne pas l'insulter.

— Un bon conseil, mademoiselle Van Vleet : abandonnez ! Ne calomniez pas les miens, ou vous risquez fort de le regretter.

— Dois-je prendre cela pour une menace, Votre Grâce ?

— Simplement pour une mise en garde, mademoiselle, fit-il avant de lui tourner le dos et de gagner la sortie.

Il ouvrit le battant sur le majordome qui, se redressant d'un bond, recula dans le couloir. Le domestique devait écouter aux portes ! À peine gêné d'avoir été surpris en flagrant délit, il demeura là, stoïque, drapé dans sa dignité. Le duc lui ordonna de raccompagner leur visiteuse jusqu'à la porte d'entrée.

— Et ne lui permettez jamais plus de pénétrer chez nous, Reade, ajouta-t-il.

— Oui, Votre Grâce.

Le dénommé Reade enjoignit à Kyla de le suivre. Que pouvait-elle faire d'autre ? À moins de provoquer un esclandre... Mais à quoi bon ? Faisant contre mauvaise fortune bon cœur, elle s'exécuta. À la porte, elle lança à la duchesse un regard qu'elle espérait glacial et hautain.

— Je n'ai pas dit mon dernier mot, rien ne m'empêchera d'aller jusqu'au bout, et de récupérer ma part d'héritage.

Elle dépassa le duc, le menton relevé, douloureusement consciente de son regard, de ses traits magnifiques mais aussi froids qu'un masque mortuaire. Puis elle quitta le salon...

Elle avait les jambes en coton quand elle monta dans la voiture de louage qui l'attendait devant l'élégant perron.

Tout en prenant place sur la banquette, elle leva les yeux, et vit quelqu'un posté derrière la fenêtre du premier étage. Les grands panneaux de verre brouillaient quelque peu la silhouette, mais elle reconnut sans hésitation la puissante stature du duc.

L'espace d'un instant, elle se dit qu'il était en train de l'observer, mais l'ombre s'évanouit bientôt derrière la vitre. Elle nota l'élégance des colonnes doriques qui s'élevaient en façade, surmontées de chapiteaux soutenant les balcons. Le lierre courait entre les hautes fenêtres. À considérer la demeure qui avait été celle de son père, elle vit alors ce qu'elle n'avait pas remarqué plus tôt : la preuve d'une longue négligence pour ces pierres dont certaines étaient descellées, ces briques rongées par le temps. Certains pans semblaient pourtant avoir été nouvellement ravalés, et les pierres nettoyées...

Le véhicule s'ébranla brutalement. Sous les roues ferrées crissèrent les gravillons de l'allée d'Asleigh Hall. Kyla renversa la tête contre le dossier. Elle avait la gorge douloureuse, nouée par une déception incommensurable. Jamais ils n'accepteraient de la reconnaître. Céleste, à l'instar des avocats, avait bien essayé de la dissuader de les affronter, mais la jeune femme avait refusé de l'écouter, gardant l'espoir de voir les choses s'arranger.

« Pauvre maman, songea-t-elle avec mélancolie. J'imagine sans peine ce que tu as enduré à cause de ces gens arrogants. »

Lentement, la colère vint supplanter son désarroi. Ils étaient déterminés à ne pas la reconnaître, ils ne se gêneraient pas pour crier sur les toits que Faustine était une prostituée. Eh bien, elle ne les laisserait pas faire ! Elle ne tolérerait plus jamais qu'ils salissent le nom de sa mère... Kyla frotta machinalement la boue qui tachait l'ourlet de ses jupons. Elle finirait bien par trouver un moyen de leur river le clou, même si pour l'instant elle n'avait pas la moindre idée sur la manière de procéder...

Céleste ne se montra néanmoins pas aussi confiante quand la jeune femme lui eut raconté sa visite désastreuse. D'un regard triste, elle considéra sa filleule.

— Ce duc est quelqu'un d'influent, Kyla.

— Et alors ? Rien n'est perdu pour autant, ma tante.

Céleste laissa échapper un petit soupir. « Malheureuse enfant ! pensa-t-elle alors. Son destin était scellé depuis le premier jour ! » Et pourtant, elle était si belle... Kyla ressemblait à sa mère, physiquement du moins. À tel point que, parfois, il lui était difficile de la regarder sans songer à Faustine !

Par bonheur, sous cette beauté éthérée, il y avait une opiniâtreté qui avait toujours fait défaut à Faustine.

Si Kyla n'avait pas été là, sa mère n'aurait jamais quitté l'Angleterre pour devenir gouvernante en Inde. Elle était arrivée à Bombay sur une civière... Venu accueillir sa nouvelle domestique, Piers Van Vleet avait découvert une femme malade, si faible que tout le monde avait cru qu'elle ne s'en remettrait jamais. Le marchand hollandais l'avait soignée et s'était épris de sa fragile beauté...

Il y avait de cela très longtemps, Céleste avait fait la promesse solennelle à Faustine Auberge de faire tout ce qui était en son pouvoir pour protéger sa fille, et elle avait tenu parole. N'avait-elle pas quitté l'Angleterre immédiatement après avoir reçu la lettre de Piers Van Vleet, en dépit de la peur que la mer lui inspirait ? Rien n'était trop beau, trop grand pour la fille de Faustine, pour la ravissante Kyla...

Sa décision était prise : il fallait persévérer. Elle soutiendrait sa filleule jusqu'au bout dans sa bataille... Et cela, en dépit de tous les avantages évidents que l'actuel duc de Wolverton avait sur Kyla.

— Tante Céleste, que sais-tu du nouveau duc ?

La jeune femme sembla tout à coup agitée, arpentant le salon à grandes enjambées.

Fronçant les sourcils, Céleste relata ce qu'elle avait entendu au sujet de Wolverton, n'omettant aucun détail sur cet homme qu'on disait cruel et barbare.

— Il vient des colonies. Né en Angleterre, il a pourtant abandonné sa patrie en faveur d'une terre d'adoption. Ou, plus exactement, son père a déserté l'Angleterre pour l'Amérique. À l'époque, Colby Banning, n'étant qu'un cousin très éloigné de la famille Wolverton, ne pouvait imaginer qu'un jour il hériterait du titre ducal ainsi que du domaine. Mais voilà... la vie est ainsi faite, et Edward Riverton n'a eu que des filles. Colby s'est mis alors à caresser l'espoir de succéder un jour à Edward. Il a élevé son unique fils comme le prochain héritier du titre. Il l'a envoyé dans les meilleures écoles d'Angleterre, puis parcourir le monde à l'époque où Napoléon entraînait mon beau pays dans une folie furieuse... — Ah, pauvre France, comme elle a souffert !

Céleste se tut un instant tandis que les scènes du passé revenaient la hanter... Assez ! Une fois encore, elle s'apitoyait sur son sort. Elle haussa les épaules d'un geste qui se voulait désinvolte, et poursuivit :

— On raconte, mais bien sûr ce n'est qu'une rumeur, que la mère de Brett Banning était une sauvage. Colby Banning était peut-être un peu bizarre, mais je ne pense pas qu'il soit allé jusqu'à épouser une indigène ! Pourtant, à une certaine époque, cela a fait beaucoup jaser. Je me rappelle que lady Pemberton en avait parlé un jour. Elle disait avoir rencontré la mère de Brett Banning, et l'avoir trouvée très belle et charmante, malgré un fort accent et des manières quelque peu déplacées. Cette femme aurait tellement souffert de la méchanceté des gens que Colby et elle auraient finalement décidé de retourner de l'autre côté de l'Atlantique. Il ne devint pas duc, car il mourut avant Edward. Ce fut son fils qui hérita du titre.

— Pourtant, Dieu sait qu'il ne méritait pas un tel honneur ! Cet homme est un véritable barbare, sans aucunes manières ! lança Kyla d'un ton acerbe. C'est injuste !

Céleste ne put s'empêcher de sourire. On racontait partout que Brett Colby Banning n'avait accepté l'héritage qu'avec réticence. Visiblement, ce titre ne l'enchantait pas. À l'instar de son père, il préférait l'Amérique à l'Angleterre. Il ne pensait qu'à une chose : marier rapidement ses cousines, afin de pouvoir rentrer sur ses terres, dans les colonies...

Une idée germa soudain dans son esprit. Ce Brett Banning était impatient de retourner chez lui. Peut-être se fichait-il personnellement des rumeurs, mais il ne pouvait ignorer à quel point celles-ci entameraient les chances de ses cousines de trouver un époux ! Parce que c'était ainsi que cela se passait, dans la société...

En Angleterre, les titres signifiaient beaucoup, mais il suffisait d'une once de scandale au sein d'une famille pour réduire à néant tout espoir de mariage. Oui... L'idée pouvait être intéressante.

Encore fallait-il que Kyla accepte de jouer le jeu ! Mais pourquoi refuserait-elle ? Elle avait là un moyen de pression incomparable...

Si le duc de Wolverton avait hâte de rentrer chez lui, il allait devoir reconsidérer sa position et faire quelques concessions !

Céleste, toute ragaillardie, quitta son fauteuil pour traverser le salon jusqu'à la fenêtre où se tenait Kyla. Sa filleule fixait rêveusement la rue en contrebas.

— Ma petite, je crois avoir une idée...

— Vraiment ?

Avec un sourire forcé, Kyla se retourna, offrant son visage à la douce clarté des lampes. Leur faible éclat suffit à souligner ses traits, jetant une poussière d'argent sur ses longs cils recourbés, faisant étinceler les vertes profondeurs de ses yeux.

— Tu en as de la chance ! Moi, j'ai l'impression d'être dans une impasse... Alors, à quoi as-tu pensé pour nous sortir de cette fâcheuse situation ?

— Écoute, j'ai quelqu'un qui pourrait peut-être nous aider. Une amie, Ondine... ou plutôt lady Rushton, car c'est sous ce nom qu'elle est connue de tous. Elle est mariée au comte de Rushton, un homme fort influent. En général, lorsque lady Rushton approuve une personne, celle-ci fait ensuite l'unanimité...

— Et qu'attends-tu de moi ? Que je fasse mon entrée dans le cercle très fermé de la haute société ? Tu oublies que je n'ai ni nom ni situation...

— Oh, mais c'est là que tu te trompes ! Tu es la petite-fille d'un marquis tragiquement disparu pendant la Terreur, et la fille d'un duc...

— Suis-je supposée relater les détails sordides de ma naissance à ceux qui me poseront des questions ?

Kyla secoua la tête, faisant flotter ses boucles blondes autour de son visage.

— Tante Céleste, cela ne marchera pas... Je te remercie d'essayer de m'aider, mais...

— Non, non, tu n'as pas compris !

Céleste se mit à faire les cent pas, triturant son mouchoir de dentelle dans sa paume.

— Tu ne vois pas où je veux en venir ? reprit-elle en s'arrêtant près de sa filleule. Imagine que mon amie raconte à qui veut l'entendre, que tu es la fille d'une marquise et d'un duc anglais récemment décédé ? Les gens ne manqueront pas de se poser des questions. Et ton Brett Banning va commencer à craindre un scandale...

— Et il sera furieux, je n'en doute pas ! commenta Kyla avec une grimace. Il m'a menacée de lourdes représailles si je m'avisais de parler de ma situation à quiconque.

— Qu'aurons-nous fait de mal ? Rien ! Il apprendra par la rumeur qu'une jeune femme vient de faire son apparition à Londres, qu'elle est belle comme le jour, qu'elle est la mystérieuse fille d'un duc anglais. Enfin, assez d'indices pour susciter les ragots.

— Je ne vois toujours pas...

— Laisse-moi t'expliquer. À mon avis, notre seule chance de faire plier le nouveau duc de Wolverton, c'est de le menacer, lui aussi. D'exercer sur cet homme un chantage... Il doit marier ses cousines avant de pouvoir retourner vivre en Amérique. Mais comment y parviendra-t-il si le scandale pèse sur sa famille ? Au début, nous ne lâcherons que quelques insinuations, et s'il ne réagit pas, nous serons plus précises quant à l'identité de ton père... Il finira par céder, j'en suis certaine.

— Pardonne-moi, mais je l'ai rencontré, et il ne m'a pas semblé du genre à se laisser intimider aussi aisément. Il en faut plus pour l'impressionner.

— C'est ce que nous verrons. Je crois que si nous agissons intelligemment, nous devrions pouvoir tirer notre épingle du jeu, ma petite.

Kyla sourit sans paraître toutefois convaincue, et Céleste dut s'avouer qu'elle doutait encore de la réussite de son projet. Mais quelle alternative avaient-elles ?

3

— C'est intolérable ! vociféra Béatrice, la duchesse douairière de Wolverton, sa poitrine se soulevant sous des épaisseurs de dentelle de Bruges et de soie sauvage.

Brett lui jeta un coup d'œil négligent, avant de reporter son attention sur la lettre qu'il achevait de lire.

— Je verrai à régler ce désagrément, madame.

— Quand je pense qu'elle a osé insinuer... Savez-vous que lady Rushton se plaît à raconter que Mlle Van Vleet est la fille d'un duc anglais et d'une marquise française ? Il semblerait que... Brett, m'écoutez-vous ? Cela ne vous ennuie pas que mes filles — les enfants légitimes d'Edward, elles — soient affectées par ces... par les efforts de cette créature pour salir l'honneur de la famille, et traîner notre nom dans la boue ? Si Mlle Van Vleet en vient à prétendre être la fille d'Edward... nous serons la risée de tout Londres et nous n'aurons bientôt plus une entrée dans aucune maison respectable. Vous imaginez le drame ? La Saison débute dans deux semaines. Arabella et Anna doivent être présentées pour la première fois. Comment leur trouverai-je un parti honorable si nous sommes l'objet de ces rumeurs ?

Sa voix se brisa. Elle porta la main à son cœur.

— Mon Dieu, j'en ai des vertiges ! Je vais peut-être m'évanouir.

Brett lui décocha un regard noir. Serait-ce trop lui demander que de succomber réellement à un malaise, pour lui octroyer quelques instants de silence ? Il laissa échapper un juron, chiffonnant la lettre dans une main tandis que de l'autre, il fourrageait dans ses cheveux avec impatience.

— Je vous en prie, cousine Béatrice! Les gens ne peuvent pas être à ce point idiots pour ajouter foi aux racontars de Mlle Van Vleet.

— Vous n'avez pas idée, mon pauvre garçon, de ce que les gens peuvent avaler...

Béatrice lui faisait presque pitié. Un soupir douloureux dépassa ses lèvres tremblantes alors qu'elle s'agrippait au dossier de la chaise devant elle. Ces défaillances n'avaient pour but que de l'émouvoir, il le savait car en d'autres circonstances, la duchesse était capable de se révéler une redoutable adversaire. Après un moment, elle le considéra d'un air fort contrarié.

— Mais comment pourriez-vous le savoir, Brett? souffla-t-elle avec dédain. Vous n'avez pas été élevé en Angleterre, vous ne pouvez pas mesurer l'importance d'une réputation pour une jeune fille en âge de trouver un époux. Une simple rumeur suffit à détruire une vie, à ruiner tout espoir de mariage.

— Eh bien, si je peux me permettre, je trouve cela complètement idiot.

Froidement, la douairière rétorqua:

— C'est une chose à laquelle vous devriez prendre garde, Brett. Après tout, Arabella et Anna doivent faire leurs débuts cette année, et n'ont nul besoin d'être associées à un barbare...

— Comme moi? proposa-t-il d'une voix doucereuse.

Elle sursauta, puis s'empourpra en prenant soudain conscience de ce qu'elle venait de dire.

— Inutile de vous justifier, cousine Béatrice, reprit-il comme elle bafouillait. J'imagine aisément ce que vous pensez des colons. Ils sont capables de tirer sur n'importe qui, c'est bien ce que vous vouliez dire? N'importe qui, comme cet Iversham par exemple... Je reconnais que, pour une fois, vous êtes franche. Dorénavant je saurai à quoi m'en tenir avec vous...

Elle devint tout à coup d'une pâleur mortelle, et elle

bredouilla d'une voix mal assurée, faisant frémir son rang de perles :

— Non, absolument pas, je ne voulais pas du tout parler de l'incident de l'autre jour. N'importe qui, à votre place, aurait été contraint de faire de même... C'est une chance que vous ne l'ayez pas tué, mais seulement blessé...

— Si j'avais voulu le tuer, madame, il serait mort! Une égratignure poussera Iversham à se montrer plus prudent, la prochaine fois qu'il se hasardera à insulter quelqu'un. Il est bien de remettre en place ceux qui vous critiquent, vous avez l'assurance qu'ensuite ils ne reviendront plus vous importuner. Vous conviendrez, madame, qu'il avait quelque peu exagéré en mettant en doute ma filiation, n'est-ce pas ? Ses propos n'étaient guère flatteurs. Vous n'êtes pas de mon avis ?

Amusé de la voir se retrancher derrière un sourire hypocrite, Brett feignit d'écouter le grand discours qu'elle entama, ne prêtant qu'une oreille distraite à cette litanie de bêtises.

— ... Bien sûr, Brett, vous avez été élevé dans le strict respect des règles de la bienséance, vous avez reçu la meilleure éducation qui soit pour un jeune homme, mais... il y a tous ces gens odieux qui ne vous connaissent pas bien et qui, malheureusement, ont souvent de l'influence et pourraient briser les chances de vos cousines... Brett, vous me suivez ?

Il accorda à la veuve de son cousin un bref coup d'œil.

— J'ai bien mesuré la gravité de la situation, soyez-en sûre, madame. Vos filles auront leur Saison, je vous le garantis, elles se verront même offrir des invitations pour le bal d'Almack, s'il n'y a que cela qui vous inquiète...

Béatrice renifla d'un air pitoyable.

— C'est le moins qu'on puisse faire pour elles, ces pauvres filles... Imaginez, depuis des années, elles rêvent de ce grand moment, et subitement leur père décède, ne laissant derrière lui que des dettes. Comment Edward a-t-il osé nous imposer cela, je veux dire, nous abandonner dans une telle détresse financière et... morale? Je ne comprends toujours pas, ajouta-t-elle en secouant la tête, désespérée.

— Votre époux était un ignoble gredin, madame! lança Brett en haussant un sourcil moqueur. N'allez pas prétendre le contraire, vous savez pertinemment que j'ai raison. S'il n'avait pas laissé l'héritage de vos enfants sur une table de jeu, je n'aurais pas eu à investir autant d'argent dans ce mausolée qui vous tient lieu de maison. J'en viens à me demander si je n'aurais pas mieux fait de la vendre, comme je l'avais décidé au début, au lieu de vous laisser me convaincre de la garder. Cette monstruosité me coûte les yeux de la tête. Nous nous serions installés à la campagne, dans la demeure de Ridgewood.

La duchesse pâlit de plus belle. Ses mains se mirent à trembler légèrement tandis qu'elle portait son mouchoir brodé à son nez. Toutefois, elle avait déjà recouvré sa langue acérée quand elle lança quelques secondes plus tard:

— Cette monstruosité, comme vous dites, est notre maison! C'est le grand Robert Adam qui en a dessiné les dépendances, et avant lui...

— Je vous en prie. Épargnez-moi la liste interminable des architectes qui ont bâti cette horreur.

— Je suppose que vous préférez ces huttes en terre construites au milieu des champs, que vous partagez avec le bétail et... ces chiens qui hurlent les soirs de pleine lune.

Brett grimaça un sourire sarcastique.

— Pas des chiens, madame, des coyotes! Eh oui, il se trouve que je préfère de loin ce genre de maisons à la vôtre. Aussi incroyable que cela puisse vous paraître, ces huttes ont l'avantage de n'être jamais austères, et surtout de ne pas laisser passer les courants d'air! Mais revenons-en plutôt à ce qui nous intéresse. Que les choses soient bien claires: c'est grâce à moi, et à mon argent, que vous vivez encore sous ce toit et que vous menez ce train de vie. Prenez garde à ne pas trop m'irriter, le barbare qui sommeille en moi pourrait fort bien se lasser de vos accusations perfides et décider de retourner dans sa contrée de sauvages ! Sachez que je suis aussi impatient que vous, sinon plus, de voir vos filles mariées. Je n'ai aucun désir de les entretenir davantage.

Béatrice le dévisageait en silence, le regard haineux, débarrassé pour une fois de toute retenue.

— Je me suis toujours demandé pour quelle raison votre père avait tant insisté pour retourner vivre en Amérique. Une chose est certaine, cela a eu un effet désastreux sur son fils. Bien sûr, personne ne pouvait imaginer alors que vous seriez un jour l'héritier du titre... Je sais que vous avez la fâcheuse habitude de parler net, Brett, mais je trouve plutôt consternant que vous puissiez dire des choses aussi cruelles.

— Que trouvez-vous de si choquant, madame ? Que je ne veuille pas allouer une rente à quatre vieilles filles jusqu'à leur dernier jour ? Mettez-vous à ma place. Je n'ai pas l'intention de travailler toute ma vie pour entretenir de lointaines cousines avec qui je n'ai aucune relation. Et puisque nous en revenons à l'objet de cette dispute, sachez, madame, que j'ai l'intention de régler le compte de Mlle Van Vleet à la première occasion. Je ne supporterai pas qu'on piétine ainsi mon nom. Elle veut la guerre, elle l'aura...

Chose incroyable, la jeune impudente réussit à cet instant précis à s'imposer dans son esprit. Il revit ce visage à l'ovale parfait, puis ces prunelles d'un bleu-vert étonnant qui, sous de longs cils recourbés, le fixaient avec arrogance. Il y avait chez cette femme étonnamment sensuelle un tel mélange d'innocence et de fierté indomptée... Difficile de rester insensible à son profil de statue, à sa lourde chevelure blonde qui glissait en vagues sur ses tempes, à son nez fin et à ses lèvres délicieusement rosées. Le visage d'une sainte, et les yeux d'une prostituée...

Qu'elle aille au diable ! Kyla Van Vleet avait, aussi incroyable que cela puisse sembler, le pouvoir de s'immiscer jusque dans ses pensées les plus profondes, d'aiguiser sa convoitise et d'engendrer des fantasmes dont il n'avait surtout pas besoin en ce moment.

Béatrice s'était carrée contre les coussins de brocart de sa chaise longue avec un sourire satisfait.

— Excellent, Brett ! Je suis ravie d'entendre que vous allez nous débarrasser de cette paria avant le début de la Saison.

Elle frissonna légèrement, l'air soudain écœuré, comme si le simple fait de songer à la jeune femme lui donnait la nausée.

— Je me pose encore la question... reprit-elle. Comment a-t-elle fait pour attirer si vite l'attention de lady Rushton ?

Il s'en moquait éperdument, d'autant qu'il avait des choses bien plus graves à régler. Repoussant Kyla Van Vleet dans un recoin de son esprit, il se concentra sur le plus urgent. Une énième fois, il relut le message que Reade lui avait porté une heure plus tôt.

L'un de ses vaisseaux transportant de l'or avait été intercepté par des pirates aux abords de Cuba. Non que ce fût exceptionnel en soi, ce n'était pas la première fois, et certainement pas la dernière... Les pillards étaient légion dans cette partie du monde. Cette fois, néanmoins, il y avait à bord des documents on ne peut plus importants. Les actes notariés de sa plus grosse mine d'or ! Comment des papiers de cette valeur avaient-ils pu être embarqués ? Et pourquoi ceux-ci parmi tant d'autres ? Peut-être parce que la mine Santa Maria produisait plus de deux tonnes d'or brut par jour, qu'elle représentait un bon investissement à tous points de vue et que, bien entendu, elle attirait les convoitises... Dire que son père, après l'avoir achetée pour une bouchée de pain vingt ans auparavant, l'avait laissée en friche ! Cela faisait seulement quelques années que la mine dégageait des bénéfices, en fait depuis que Brett s'y était intéressé de près et avait engagé une cinquantaine d'hommes pour se charger de l'extraction.

Il avait beau réfléchir, il ne parvenait pas à s'expliquer par quel mystère les papiers avaient pu sortir des bureaux de la mine pour se retrouver sur le bateau. Il se rappelait les avoir lui-même rangés dans le coffre-fort du gérant. Alors, que diable fichaient ces documents à bord ? Et plus important, où étaient-ils maintenant ?

À travers le tumulte de ses tergiversations, il percevait encore quelques bribes du babil ennuyeux de sa cousine. Ne pouvait-elle pas se taire un instant, et surtout parler d'autre chose que de cette Kyla Van Vleet ? Il l'avait dit, il préférerait rôtir en enfer plutôt que de donner le moindre sou à cette séduisante aventurière !

Kyla, à la fenêtre du premier étage de l'élégante demeure de sa marraine, fixait le ruban sombre de Curzon Street. En contrebas, les voitures brisaient parfois la quiétude du quartier. Fiacres, voitures frappées des armoiries les plus célèbres de Londres, dépassaient les jardins ceinturés d'élégantes grilles qui cachaient de superbes maisons. À quelques encablures seulement, Londres devenait la ville fébrile et sale, oppressée par des vapeurs fétides, qu'elle avait d'abord entrevue. Mais ici, tout était tranquille, et il s'en fallait de peu pour qu'on s'imagine en pleine campagne.

Perdue dans ses pensées, Kyla pressa le front contre le carreau glacé, et son souffle recouvrit le verre de fines arabesques.

— Alors, ma petite, as-tu apprécié la promenade dans Hyde Park avec lady Rushton cet après-midi ? demanda sa tante Céleste en surgissant sur le seuil. Elle est gentille, non ? Quel trait de génie ai-je eu de songer à cette chère Ondine ! Comme je te le disais, elle côtoie le Tout-Londres. Et tu dois le reconnaître, elle nous a déjà fort bien aidées...

Kyla tourna le dos à la fenêtre avec un sourire forcé, tandis que sa marraine s'engouffrait dans la pièce, drapée dans une robe de soie bleue qui rehaussait l'éclat de sa chevelure rousse et son teint clair.

— Oui, j'ai passé un bon moment dans le parc. Ton amie m'a présenté une foule de gens, il y en a eu tellement que j'ai oublié leurs noms... En fait, au moment où tu arrivais, j'étais en train de me dire que le monde change vite. Trop vite, peut-être.

— Ah...

Céleste lui décocha un regard ébahi, et Kyla ne s'appesantit pas sur le sujet, se laissant docilement entraîner dans une discussion sur les mérites des soies colorées comparées à la mousseline, aux satins ou aux velours, trop raides.

— Il te faut un bleu outremer, conclut sa marraine. De la soie, évidemment, qui puisse épouser tes plus beaux attributs. Tu as une si jolie silhouette... Ah, ne rougis pas, ma petite ! Tu sais que j'ai raison. Il serait dommage de ne pas mettre en valeur autant de beauté ! La couturière vient demain...

Sa marraine s'était approchée, et fit tomber une longueur de soie moirée sur l'épaule de Kyla.

— Pardonne-moi, tante Céleste, mais est-ce que cela vaut vraiment la peine de dépenser ton argent pour refaire ma garde-robe ? Je veux dire... je ne serai peut-être jamais reçue dans les meilleures maisons, je ne suis qu'une paria. Qui voudrait de moi comme invitée ?

Céleste la considéra d'un air peiné.

— Ne raconte pas de bêtises ! Ton père était duc, et ta mère, fille de marquis. Personne ne trouvera à redire à ta filiation.

— Tu oublies le scandale attaché à mon nom. Connais-tu une personne sensée qui acceptera de me recevoir ?

Sa marraine lâcha un soupir résigné.

— Je t'en prie, ne renonce pas. Tu ne pourras jamais empêcher certains de critiquer, d'autres de se rappeler que si ta mère était autrefois l'épouse d'un duc, ce dernier l'a répudiée...

— Je leur fais également confiance pour se souvenir que ma mère est devenue courtisane... Cela, ils l'auront gardé précieusement en mémoire ! Oh, tante Céleste, pourquoi apporter de l'eau à leur moulin ? Pourquoi insister ? Brett Banning avait raison, je ne réussirai qu'à jeter l'opprobre sur nous tous !

— Je te l'ai dit : il n'y a que sous la pression que

ton duc de malheur consentira à te rendre ce qui t'appartient.

— Sois raisonnable, Céleste, même nos avocats n'ont que peu d'espoir de voir nos requêtes aboutir. Brett Banning n'est pas anglais, mais américain. Il se moque des conventions et du qu'en-dira-t-on…

Un frisson la parcourut tandis qu'elle se remémorait l'éclat métallique de ses yeux gris, et sa bouche esquissant un sourire de prédateur. Non, ce n'était pas un homme qu'on pouvait faire céder, quoi qu'en pensent sa marraine et lady Rushton !

— Peut-être que le duc s'en moque, mais une chose est sûre : la duchesse douairière, elle, est sensible aux commérages, rétorqua Céleste en faisant bouffer la soie sur le bras de Kyla. Elle tourmentera Brett Banning jusqu'à ce qu'il lui promette de mettre un terme aux rumeurs. Et c'est à ce moment-là, ma petite, que tu lui adresseras un ultimatum. Si mon instinct ne me trompe pas, il sera obligé de céder.

— Et il acceptera de me reconnaître comme l'héritière légitime du précédent duc ?

Affichant un sourire désabusé, Kyla ajouta :

— Je doute que les rumeurs aient la moindre importance pour lui. Il ne capitulera jamais.

— Imagine ce qui se passera ! Quelle mère sensée accepterait que son fils épouse l'une des héritières de Wolverton, quand cette famille a littéralement jeté une femme à la rue, sans un sou ? Eh oui, il ne faut pas oublier qu'ils te doivent, outre ta part d'héritage, l'argent qu'ils avaient promis à ta mère pour qu'elle parte et qu'ils ne lui ont jamais donné. Ah, pauvre Faustine, ils n'ont pas eu une once de pitié en la mettant à la porte, enceinte, l'obligeant à se battre ne serait-ce que pour manger, l'abandonnant à la merci d'hommes comme… Enfin, inutile de continuer ! Tu es au courant de ce qui s'est passé.

Kyla s'assombrit. Parfois, elle avait la détestable impression que sa marraine ne lui disait pas tout.

— Tante Céleste, il faut que je sache ! Qui a hébergé maman quand elle s'est retrouvée à la rue ?

— Il vaut mieux que tu oublies tout cela, ma chérie. Et si on essayait plutôt ce bleu de Clarence, je suis sûre qu'il irait parfaitement avec tes yeux... Non, finalement, ajouta-t-elle vivement après avoir approché le tissu de son visage. Trop fade, mieux vaut rester sur l'outremer...

Quand elle croisa le regard de Kyla, Céleste se mordit la lèvre avant de murmurer :

— Écoute, si tu veux vraiment savoir, lis le journal intime de Faustine.

— Je l'ai déjà lu. Jamais elle n'utilise de noms, juste des initiales. Comme si elle cherchait à préserver l'identité de ses protecteurs, ou à les oublier... Mais toi, tu le sais, n'est-ce pas ? S'il te plaît, aide-moi ! J'ai des souvenirs, mais ils sont si vagues et...

Elle se tut. Sa marraine exhala un long soupir, et rangea les mètres de soie dans le panier avant de se relever. De fines ridules s'échappaient du coin de ses yeux mordorés, comme les rais du soleil.

— Je vais demander qu'on nous prépare un thé, et nous en discuterons. Tu veux bien ? Il y a des choses que tu dois savoir, peut-être... Pour tout t'avouer, j'espérais secrètement qu'on pourrait l'éviter...

Kyla s'assit, le dos raide sur son siège, la gorge tout à coup serrée. Si seulement ce n'était pas aussi confus dans son esprit, mais elle était si jeune à l'époque... Oh, il y avait bien certains détails qui lui revenaient — des flâneries dans le parc, des instants d'insouciante liberté où elle sautait à la corde auprès de Faustine, où elle riait à gorge déployée parce que le nœud dans ses cheveux glissait et que ses boucles cascadaient sur son visage... Et puis, elle se souvenait de promenades en phaéton avec sa mère et l'un de ses amis, qui enveloppait Faustine de longs regards admiratifs... Il y avait aussi un autre soupirant, moins beau, mais très gentil. Enfin, il y avait celui qui revenait régulièrement hanter sa mémoire. Cet individu lui donnait la chair de poule, lui nouait l'estomac. Mais des années avaient passé, et les images s'enlaçaient, s'emmêlaient en une telle confusion qu'elle avait peine à distinguer une impression d'une autre.

Certaines choses, toutefois, restaient gravées en elle, aussi vivaces que si c'était hier. Elle n'avait jamais oublié le bateau qui les avait emmenées en Inde, combien sa mère avait été malade pendant le voyage. Et le brouhaha joyeux des hommes en turban, la foule bariolée qui les avaient accueillies sous un soleil de plomb. Elle revoyait papa Piers, son doux visage, peut-être un peu distant au départ, puis qui lui était devenu si cher...

Arrachée à sa rêverie par un cliquetis de porcelaine, Kyla leva les yeux, au moment même où Sally entrait avec le thé. Elle déposa le plateau sur la table, puis sortit aussitôt.

— Maman n'a pas rencontré papa Piers en Angleterre, souffla Kyla en se penchant alors vers sa marraine. C'est bien cela ?

Céleste s'agita, mal à l'aise.

— Eh bien, pas précisément. Elle lui fut présentée par le biais du *Daily Times*.

— Le *Daily Times* ? Tu veux dire le journal ?

Kyla considéra sa marraine, les yeux écarquillés.

— Ta mère n'a fait que répondre à une annonce passée par Piers. Il recherchait une femme pour s'occuper de son ménage. Faustine était si désespérée, elle n'avait personne vers qui se tourner. Moi-même, je n'avais pas encore rencontré mon cher Reginald, je n'avais donc aucun moyen de l'aider... Tu n'avais pas encore quatre ans, Kyla, tu étais si petite, et elle avait peur de traîner dans la rue avec toi, ou pire... que tu sois enlevée par des hommes comme... comme ceux qui fréquentaient à l'époque Covent Garden. Certains n'hésitaient pas à jeter leur dévolu sur des enfants par pure perversion... Faustine a craint que tu ne te retrouves à la merci de tels monstres, alors elle s'est enfuie. Elle a remis son destin entre les mains de Piers Van Vleet. Il a juré de prendre soin d'elle et de... Enfin, il s'est occupé de toi, Kyla, jusqu'à ce que...

— Jusqu'à ce que ses affaires commencent à péricliter, et qu'il se retrouve sans argent.

Kyla prit une profonde inspiration avant de poursuivre :

— Il m'a conseillé de lire le journal de ma mère, puis d'aller réclamer à qui de droit ce qui m'appartenait... Peut-être s'imaginait-il que je trouverais, ici, une vie meilleure ?

— Oui. C'est ce qu'il disait dans la lettre qu'il m'a envoyée. Il m'a demandé de venir te chercher et de te ramener à Londres. Et comme j'avais depuis toujours promis à Faustine que je veillerais sur toi...

— J'ai tant d'anges gardiens, pourquoi devrais-je manquer de quelque chose ?

Réprimant le flot d'amertume qui menaçait de la submerger, Kyla se leva, renversant le thé et la soucoupe. Elle n'avait pas voulu se montrer acrimonieuse, mais c'était comme si toutes les chances qu'elle avait de connaître un avenir meilleur se brisaient les unes après les autres.

Autant de promesses anéanties en un tournemain par le refus sans appel, méprisant et glacial, du duc de Wolverton... La colère la piqua tout à coup.

Elle leva les yeux vers sa marraine.

— Tu as raison, tante Céleste, il faut persister. Pardonne-moi. J'ai été prise un instant de doutes, mais c'est fini. Je n'ai pas les moyens de renoncer. Je ferai ce qu'il faut pour que cet odieux duc reconnaisse les droits de ma mère. Et les miens !

4

Le soir était tombé et, au-dehors, sur Curzon Street, les becs de gaz étaient d'ores et déjà allumés. Des taches de lumière blonde émaillaient les pavés comme autant de flammèches, rappelant à Kyla ces jours heureux en Inde, l'époque où sa mère était encore vivante et où le malheur n'existait pas.

Recroquevillée dans un fauteuil près du feu, Céleste fredonnait une triste ballade française, tout en buvant un thé parfumé d'une larme de cognac. Les humeurs sombres de Céleste finissaient malheureusement par déteindre sur elle. Les soirées comme celles-ci se succédaient, des soirées entières où elles restaient claquemurées dans le petit salon à l'étage.

Kyla errait alors, des heures durant, comme une âme en peine, prenant et reposant un roman, trop agitée pour lire, trop distraite pour se concentrer sur une quelconque histoire. Ce soir, comme tous les autres soirs, elle avait l'impression de porter le monde entier sur les épaules, et cette sensation accentuait encore sa mélancolie. Mais comment s'en libérer quand, à tour de rôle, les souvenirs, les doutes et les peurs venaient l'assaillir ? Comment avait-elle pu croire qu'elle obtiendrait gain de cause auprès de sa « famille » ? La duchesse douairière avait trop de mépris pour elle. Quant au duc... La nuit, lorsqu'elle était supposée dormir, elle songeait parfois à lui. Souvent, il apparaissait dans ses rêves, bien moins hostile et glacial que la fois où elle l'avait rencontré, le regard brûlant d'admiration. Il lui faisait signe d'approcher, de le rejoindre dans cette austère maison qui abritait les Riverton depuis plusieurs générations. Bien sûr, il ne s'agissait là que d'un rêve. Brett Banning n'était pas homme à changer d'avis et à l'accepter parmi les siens. Du reste, en dépit des rumeurs qui circulaient en ville, il n'avait pas donné signe de vie...

S'arrêtant devant la fenêtre, elle souleva le rideau et jeta un coup d'œil en contrebas, enveloppant la rue d'un long regard songeur, ses pavés savamment agencés, scintillant sous la pluie qui semblait vouloir enfin se calmer. Une voiture apparut au bout de la rue, et la lumière se réfléchit sur la capote tirée du véhicule. Kyla regarda la diligence ralentir, puis s'arrêter... devant la maison. Un valet de pied en livrée sortit pour ouvrir la portière. Et, tout à coup, elle reconnut les armoiries qu'arborait le véhicule !

Wolverton ! Le duc descendait de voiture avec une grâce nonchalante, sa haute stature reconnaissable entre mille.

Cédant à la panique, Kyla laissa tomber vivement le rideau et se plaqua contre le mur. Son cœur battait à un rythme effréné. Elle jeta un coup d'œil en direction de Céleste, mais sa marraine semblait à des milliers de lieues de là, égarée dans le labyrinthe de son univers secret.

Mais pourquoi était-elle aussi nerveuse ? N'était-ce pas ce qu'elle voulait ? Oui, bien sûr ! S'il venait lui rendre visite, cela signifiait qu'enfin, il acceptait de reconsidérer sa demande. Au pire, qu'il était furieux...

Qu'importe ? La seule chose qui comptait, c'était de récupérer son dû, n'est-ce pas ? Et s'il s'aventurait à accuser sa mère de n'être qu'une traînée, elle lui montrerait aussitôt la porte, comme il l'avait fait avec elle...

Oh, mon Dieu, de quoi avait-elle l'air ?

Kyla se précipita vers le miroir au-dessus de la cheminée. Des mèches s'étaient échappées de son chignon, glissant autour de son visage, et elle était d'une pâleur mortelle... Elle se pinça les joues, puis se mordit les lèvres pour leur donner un peu de couleur, avant de lisser les plis de sa robe. Elle ne lui ferait pas l'honneur de revêtir une tenue plus sophistiquée, il serait capable d'imaginer qu'elle attachait la moindre importance à sa visite. Ce qui était le cas, du reste... Mais elle n'était pas obligée de le montrer.

Un coup timide frappé à la porte la fit se retourner. Elle coula un regard en direction de Céleste, qui semblait n'avoir rien entendu.

— Entrez, répliqua Kyla.

Sally apparut sur le seuil, son joli visage rougi par l'excitation.

— Mam'selle, vous avez un visiteur... un duc ! C'est le duc de Wolverton, qu'il a dit. Il veut vous parler tout de suite.

— Je vous en prie, Sally. Informez le duc que je suis indisposée, et que je ne souhaite pas être dérangée.

Sally parut horrifiée.

— Oh, mam'selle, vous... vous êtes certaine ? Dois-je vraiment dire une telle chose ?

— Oui, s'il vous plaît. Vous verrez, il insistera alors. Et vous reviendrez me répéter ses propos. Maintenant, allez-y. Faites ce que je vous dis, et n'ayez pas peur. Il ne vous mangera pas.

« Espérons que cela se passera ainsi ! » songea-t-elle en récupérant son châle de cachemire sur le dossier du canapé. Il était doux, chaud, et la couvrait des épaules aux chevilles. Ainsi pourrait-elle donner l'illusion qu'elle s'était préparée pour la nuit. Elle sourit légèrement. Si elle cernait bien son visiteur, il ne s'en tiendrait pas à un simple refus. Elle attendit donc le retour de Sally qui lui annoncerait que Brett Banning réclamait un entretien. Elle consentirait alors à le recevoir, quelques minutes seulement.

Elle ne s'était pas trompée : il y eut un autre coup frappé à la porte, plus vigoureux cette fois-ci. Sally était donc plus nerveuse... Kyla fronça les sourcils. Mais elle n'eut pas le temps de dire « Entrez ! », la porte s'ouvrit. Quelle ne fut pas sa stupéfaction de voir alors le duc surgir sur le seuil, l'enveloppant d'un regard cruel, les sourcils froncés !

— Vous ne me paraissez guère indisposée, mademoiselle Van Vleet !

— Comment... comment osez-vous, sir ! s'insurgea Kyla en s'accrochant aux pans de son châle, considérant l'intrus avec autant de colère que d'appréhension.

Par la porte entrouverte, elle aperçut Sally qui se tordait nerveusement les mains.

Sans prendre la peine de refermer le battant derrière lui, Wolverton traversa la pièce à grandes enjambées et s'arrêta devant Kyla.

— Je n'aime pas beaucoup qu'on me mente, mademoiselle Van Vleet, déclara-t-il sans la moindre aménité.

— Vraiment ?

Elle redressa le menton.

— Eh bien, il se trouve que moi non plus. Votre Grâce, oserez-vous répéter que vous n'êtes pas au courant qu'un enfant est né de l'union d'Edward Riverton et de Faustine Auberge ?

— J'ai simplement dit qu'on n'en avait pas la moindre preuve. Et je persiste à le penser.

— Vous en avez pourtant une, sir. Elle se tient devant vous.

Une lueur dangereuse passa dans les yeux gris.

— Si vous avez une preuve sérieuse, mademoiselle Van Vleet, je suis prêt à vous accorder quelques instants. Montrez-la-moi. Sinon, je vous en prie, cessez donc cette comédie. Vous risquez fort de le regretter.

Kyla s'écarta un instant, feignant de devoir aller rallumer la bougie dans son verre. Tante Céleste continuait de regarder le feu, sans la moindre émotion sur le visage qui indiquât qu'elle les entendait, complètement perdue dans ses pensées et les volutes du cognac.

— Votre Grâce, vous devez me pardonner si je n'ai pas pris votre menace au sérieux. Mais qu'ai-je à perdre ? Bien moins que votre famille, en tout cas. Je n'ai rien, pas même la reconnaissance des Riverton dont je fais pourtant partie.

— Que voulez-vous dire par là ? Que vous n'avez pas l'intention d'étouffer les ragots que vous faites courir dans tout Londres ?

Il s'approcha, jusqu'à ce qu'elle perçoive la chaleur qui émanait de son corps puissant. Elle sentit son odeur, mélange de cuir et de whisky, alliance puissante, enivrante... Perdait-elle l'esprit ?

— Je ne pense pas que vous ayez bien compris, mademoiselle Van Vleet. Permettez-moi donc d'éclaircir certains points. J'exige que vous quittiez Londres sur-le-champ. Ainsi, seul votre amour-propre souffrira d'avoir échoué dans cette tentative d'extorsion de fonds.

— Et si je choisis de rester ?

Elle sourit devant l'air renfrogné de son interlocuteur.

— Je me suis fait des amis ici, ajouta-t-elle en agitant vaguement la main.

Un pan de son châle glissa.

— J'ai d'ores et déjà reçu plusieurs invitations, continua-t-elle sans même prendre la peine de rajuster son vêtement. Bien sûr, vous pourriez nuire à ma réputation, si vous le vouliez...

— Mademoiselle, c'est le moins que je puisse faire si vous persistez dans ce stratagème.

— Vraiment ?

La rire de Kyla se fit presque suraigu, elle avait le visage brûlant tandis qu'elle haussait les épaules avec une nonchalance affectée.

— Comme c'est ennuyeux ! Si vous choisissez de vous montrer calomnieux à mon égard je serai dans l'obligation de révéler que mon père était le duc de Wolverton, et qu'il a débauché sa pauvre épouse avant de l'abandonner, enceinte, dans les rues de Londres. J'ai, bien évidemment, la preuve de ce que j'avance. Le certificat de mariage est authentique, Votre Grâce, que cela vous plaise ou non.

— Le mariage a été annulé, et vous le savez aussi bien que moi. L'argent était visiblement la chose la plus importante pour votre mère, car elle s'est empressée de l'empocher quand on le lui a offert. Mais que pouvait-on attendre d'une prostituée ? La famille avait démasqué l'intrigante. Elle devenait un embarras.

Cette brutale allégation lui fit monter le rouge aux

joues, et ce fut à grand-peine qu'elle parvint à dissimuler sa fureur.

— Vous croyez? Alors imaginez ce que les gens se plairont à colporter... Suivant le chemin de sa mère, Kyla Van Vleet devient une hétaïre — c'est ainsi que vous appelez les femmes de petite vertu, ici en Angleterre, n'est-ce pas? Des hétaïres, des impures, des courtisanes, des filles de joie — des créatures de la nuit. Oui, peut-être dois-je finalement voir une leçon dans tout cela. Maman était fort prisée, ai-je cru comprendre... Eh bien, je paierais cher pour voir votre tête quand vous apprendrez que la fille de l'ancien duc de Wolverton offre ses faveurs à ceux qui ont les moyens de se les acheter... Car, je peux d'ores et déjà vous l'assurer, mon prix sera très, très élevé!

Plus elle avançait dans ce monologue insensé, plus les yeux de Wolverton s'assombrissaient. Ses lèvres n'étaient plus qu'un mince trait. Kyla eut alors un rire féroce, mais son rire se transforma en cri de douleur tandis que les doigts de Brett se refermaient sur son poignet, comme les serres d'un oiseau de proie. Elle ne chercha même pas à se dégager; elle ne faisait pas le poids. Au lieu de cela, elle le considéra avec toute l'arrogance dont elle était capable, alors que la chaleur de son corps puissant se propageait à travers les différentes épaisseurs de tissu qui les séparaient.

— Des femmes comme vous ne valent pas grand-chose! Une dernière fois, mademoiselle Van Vleet, ne me menacez plus. Il est inutile de me défier, je n'ai aucune intention de céder à votre honteux chantage. Pas plus aujourd'hui que demain.

Bouleversée, elle continua de le fixer.

— Relâchez-moi immédiatement ou...

— Ou quoi? Vous allez crier?

Sa bouche cruelle esquissa un sourire cynique. Il resserra encore son étreinte et elle se sentit défaillir.

— Il existe d'autres moyens de combattre un homme comme vous, assura-t-elle pourtant.

— Et vous en connaissez beaucoup, mademoiselle Van Vleet, c'est bien cela? rétorqua-t-il en remontant les doigts le long de son bras pour les refermer sur son épaule. J'ai déjà eu affaire à des femmes de votre espèce.

— Je ne doute pas que vous ayez eu affaire à des femmes, mais certainement pas à quelqu'un comme moi, Votre Grâce.

— C'est là que vous vous trompez.

Avant qu'elle n'ait pu deviner ses intentions, il se pencha et sa bouche se referma sur la sienne, capturant ses lèvres tandis que sa langue impérieuse forçait la barrière de ses dents. D'une main, il agrippa ses cheveux, ôtant les épingles qui retenaient son chignon, faisant cascader ses longues boucles dans le creux de ses reins. Elle voulut le repousser, peine perdue. Elle était prisonnière. Il la tenait plaquée contre lui, l'embrassant sans la moindre tendresse. Une impression étrange s'empara d'elle... Elle se sentait si faible, alors qu'au plus profond d'elle, un feu la dévorait tout entière. Des sensations inconnues charriaient des torrents brûlants dans ses veines. Instinctivement, ses mains s'accrochèrent à la chemise du duc, et elle perçut sous ses doigts les battements effrénés de son cœur. Mon Dieu, que lui faisait-il ? C'était tellement inattendu... Elle n'avait jamais rien connu de pareil... Cet homme la laissait sans le souffle, distillant une douce chaleur entre ses cuisses, d'étranges tiraillements au creux de son estomac...

Quand, enfin, il la libéra, elle dut se retenir à son bras pour ne pas chanceler. Une lueur de triomphe brillait dans le regard de Brett.

— Vous voyez, mademoiselle Van Vleet, fit-il, satisfait, d'une voix légèrement rauque, je vous connais mieux que vous ne l'imaginez. Suivez mon conseil. Abandonnez vos requêtes absurdes, et quittez l'Angleterre !

La colère, ajoutée à l'embarras, rendit la voix de Kyla plus acerbe encore :

— Votre famille n'a pas eu le moindre remords en jetant ma mère à la rue sans un sou. Elle s'en est toutefois sortie. Pourquoi en irait-il différemment pour moi ? La fille d'un duc peut exiger beaucoup en échange de ses faveurs, vous ne croyez pas, Votre Grâce ?

— Allez au diable !

Derrière son visiteur, Kyla aperçut les visages anxieux de la gouvernante et du valet de pied qui attendaient dans le couloir. Sally avait dû les appeler à la rescousse. Sans un mot, Wolverton fit volte-face, fusillant les domestiques du regard avant de se diriger à grands pas vers la sortie. Sur le seuil, il s'arrêta pour la considérer d'un air impitoyable.

— Vous n'avez pas fini d'entendre parler de moi, mademoiselle Van Vleet, siffla-t-il.

— Moi non plus, je n'ai pas dit mon dernier mot.

Wolverton pivota sur ses talons et quitta la pièce, poussant rudement le valet de pied pour passer. Kyla demeura immobile, silencieuse, incapable de bouger. Dans l'escalier, les pas furieux de Brett Banning s'affaiblirent, puis la porte d'entrée claqua à en faire trembler les murs. Son regard se posa alors sur Mme Peach, la gouvernante, qui s'était avancée.

— Vous allez bien, mademoiselle ?

« Mon Dieu, se dit-elle, qu'ont-ils vu au juste ? » Elle hocha la tête.

— Oui, je vais bien. Je vous en prie, oubliez la scène à laquelle vous venez d'assister. J'ai dû proférer des menaces pour faire sortir Wolverton de ses gonds, ajouta-t-elle pour se justifier.

— J'ai bien peur que vous ne vous soyez fait un ennemi.

Kyla opina, esquissant un faible sourire.

— Il l'a cherché.

Près de la cheminée, Céleste leva enfin les yeux de sa tasse de thé.

— Il fera un bien dangereux ennemi, ma petite, déclara-t-elle d'une voix curieusement lointaine.

Avec un frisson, la jeune femme se baissa pour ramasser son châle qui avait glissé à ses pieds. Elle en drapa ses épaules et s'approcha de sa marraine, s'agenouillant devant elle. Les yeux mordorés de sa tante la considéraient derrière un écran de larmes.

— Je t'en prie, ne pleure pas, tante Céleste. Il n'est

pas question que je capitule maintenant. S'il a pris la peine de venir ici, c'est qu'il est inquiet. Forcément...

— Il est venu pour te mettre en garde, mon enfant, murmura Céleste en ponctuant ses mots d'un soupir, avant de reposer d'une main légèrement tremblante la tasse sur le plateau, près d'elle.

Des effluves de cognac flottaient encore dans l'air. Céleste se pencha pour prendre le menton de Kyla entre ses doigts.

— Comme Faustine, tu es très belle. Mais tu as une force qu'elle n'avait malheureusement pas. Ne commets toutefois pas l'erreur de croire que cela te rend invulnérable. Le duc est très puissant, et il lui suffirait de claquer des doigts pour briser ta vie. Mon Dieu, nous n'aurions jamais dû faire tout cela...

Sa main retomba, et elle renversa la tête contre le dossier de son fauteuil, fermant les yeux.

Kyla lui prit les doigts, et les serra tendrement dans sa paume.

— Peut-être, mais il est trop tard pour faire marche arrière. Il faut continuer...

5

Le soleil de cette fin d'après-midi, qui avait percé la nappe nuageuse, nimbait St. James Street de ses rayons ardents. Brett grimpa les marches du White's quatre à quatre, sans se soucier du beau temps qui revenait après plusieurs semaines de pluie, songeant une fois de plus à Kyla Van Vleet. Elle ne l'emporterait pas au paradis... Depuis leur entrevue houleuse, deux jours plus tôt, il avait passé son temps à harceler ses avocats pour trouver un moyen de lui river le clou. En fait, elle semblait être effectivement la fille légitime de son cousin. Pire, au moment où il quittait le bureau du notaire de famille, ce dernier avait admis être au courant de l'existence de cette enfant. Mais il n'avait pas jugé bon de la mentionner, puisque Faustine avait signé des papiers par lesquels elle renonçait à tous ses droits.

Brett laissa échapper un juron entre ses dents. Pourquoi diable se trouvait-il encore en Angleterre ? Il serait mieux en Amérique, chez lui. Là-bas, sur ce territoire situé bien plus loin que le Mississippi... Au fil du temps, la région avait accueilli de nouveaux colons. Mais dernièrement, la zone frontalière avait fait l'objet de violentes disputes. Ces terres farouches, encore indomptées, appartenaient légalement aux Espagnols du Mexique. Cependant, un grand nombre d'aventuriers américains s'y étaient déjà installés.

Texas... Un nom qui sonnait bien et qui convenait parfaitement à cette région sauvage... Jusqu'alors, il n'avait pas mesuré à quel point ce pays lui manquait, avec ses chaleurs fulgurantes et torrides, sa douceur jamais humide. À Londres, il pleuvait pratiquement tous les jours.

En atteignant la salle de jeu du White's, il échangea quelques banalités avec certaines connaissances. Mais il était toujours d'aussi fâcheuse humeur. Barry Baylor, vicomte de Kenworth et quatrième fils du troisième comte de Montgramercy, le salua d'un bref sourire narquois avant de lever un sourcil.

— Alors, Wolverton ? Une sirène vous aurait-elle mis de mauvaise humeur ?

— Comment l'avez-vous deviné ? riposta-t-il, agressif.

D'ordinaire, Brett trouvait ce jeune garçon plutôt spirituel et drôle, même si parfois il l'agaçait avec ses sempiternelles plaisanteries. Barry possédait en effet la courtoisie de son rang, sans toutefois souffrir de la pompeuse arrogance qui allait souvent de pair. Aux yeux de Brett, c'était un avantage non négligeable dans ce monde de cruauté polie.

Le jeune vicomte se mit à rire doucement.

— J'aimerais rencontrer la femme qui a réussi à déstabiliser le dangereux duc ! Vit-elle encore, au moins ?

— Votre légèreté est fort mal venue, Kenworth, rétorqua Brett en appelant un serveur d'un geste de la main. Je n'ai vraiment pas envie de plaisanter.

La fumée flottait dans la salle par nappes comme le brouillard sur la Tamise, mais cela ne semblait pas gêner les nombreux dandys qui se tenaient autour des tables de feutrine verte, paresseusement étendus sur les banquettes ni ceux qui appartenaient au fameux cercle de lord Brummel, réunis à la fenêtre qui surplombait St. James Street.

— Je me suis peut-être montré maladroit, accorda Barry aimablement, sans se froisser d'avoir été remis à sa place. Ne le prenez pas mal, je voulais juste vous taquiner un peu. Vous semblez broyer du noir, vous avez des problèmes ? Je n'ose pas ajouter... de cœur ?

— Absolument pas ! Qu'allez-vous imaginer, Kenworth ?

Son compagnon sourit.

— Alors si tout va pour le mieux dans le meilleur des mondes… Avez-vous décidé de jouer ce soir ?

Brett haussa les épaules, buvant par petites gorgées son cognac tout en promenant le regard autour de lui. Il échangea un hochement de tête cordial avec lord Alvanley qui approchait.

— Wolverton ! s'exclama Brummel, près de la fenêtre, en désignant le siège vacant près de lui. Venez donc vous asseoir à mon côté !

Alvanley, qui s'était arrêté et observait la scène, haussa les sourcils.

— Eh bien, Wolverton, j'ignorais que vous étiez l'ami de Brummel ! lança-t-il. Serait-ce la coupe de votre manteau qui vous vaut l'admiration de ce muscadin ?

— Vous l'aviez remarqué, vous aussi ? ironisa Brett. Pour être franc, je le porte plus pour le confort que pour le style, mais je suis flatté qu'il plaise.

Sans se départir de son sourire sardonique, Brett remercia Brummel d'un bref hochement de tête, tandis qu'Alvanley les abandonnait pour rejoindre les tables de jeu. Ce gentilhomme n'était pas quelqu'un de foncièrement désagréable, mais un peu trop prétentieux à son goût… Il préférait de loin le beau Brummel avec ses manières directes et sa langue acérée, même s'il jugeait quelque peu superficiel son attachement à la mode. Pour sa part, il n'accordait pas la moindre attention à la façon dont les gens s'habillaient. D'ailleurs, Barry lui avait fait remarquer un jour que c'était cette indifférence qui forçait le respect des plus grands de Londres.

— L'apparence, toujours l'apparence ! commenta Barry non sans un certain cynisme.

Il balaya la pièce du regard, et lâcha un soupir exagéré.

— J'ai bien peur d'être obligé de rester loin des tables de jeu ce soir, lança-t-il d'un ton négligent. J'ai perdu beaucoup hier soir… Et pourtant, cette ambiance… je suis sûr qu'il y aurait moyen de se refaire une santé… Enfin ! Je me suis promis de ne rien tenter.

— Qu'est-ce qui vous empêche de jouer? Allez-y si vous sentez que la chance vous sourit!

— Facile à dire pour vous, vous avez tellement d'argent! répliqua Barry avec cette fois une note d'amertume dans la voix. Vous n'êtes pas obligé, comme moi, d'aller mendier une avance sur ma rente à mon pingre de père...

Il marqua une pause, fronça légèrement les sourcils comme si une idée lui traversait tout à coup l'esprit:

— Dites-moi la vérité, Wolverton. Le prince en personne a-t-il vraiment eu l'audace de venir vous demander un prêt?

Agacé par la question, Brett acheva son cognac d'une traite. Barry s'empourpra.

— Oh, je sais que cela ne me regarde pas! J'avais juste eu vent de rumeurs et...

— Vous avez raison, Kenworth. Ce ne sont pas vos oignons! Toutefois, pour votre gouverne, il se trouve que le prince et moi-même avons quelques intérêts en commun. Nous travaillons à d'éventuelles transactions commerciales entre Londres et La Nouvelle-Orléans. Mais vous avez été mal renseigné sur cette histoire de prêt. Il s'agit en fait d'un don pour participer à l'amélioration de cette belle ville de Brighton, si chère au prince.

— Ne me dites pas que vous avez donné de l'argent pour ce projet de pavillon royal! Quelle horreur! Permettez-moi d'insister, mais cela ne vous ressemble pas, Wolverton. Pour ma part, si j'avais une mine d'or en Amérique, je n'irais certainement pas investir dans une horrible pagode à Brighton...

Brett répondit doucement:

— L'argent que j'ai donné pour construire cette anomalie architecturale n'est rien, Barry, comparé à ce que l'amitié du prince peut me rapporter. Ça vous va comme explication?

Abasourdi par une telle franchise, il fallut un moment à Kenworth pour digérer cette information.

— Vous êtes incroyable, souffla-t-il, un sourire rêveur aux lèvres. Incroyable...

Il hochait la tête comme s'il n'en revenait pas.

— Les compliments sont parfaitement inutiles, lança Brett pour tenter de couper court à la conversation.

Barry le sidérait par sa candeur et sa naïveté. Dire qu'ils avaient à peu près le même âge... Il semblait à Brett que plusieurs décennies les séparaient.

— Et surveillez votre langage ! reprit-il, moqueur. Ou l'on se plaira à raconter que vous devenez comme tous ceux que vous fréquentez.

— Je ne serai jamais un flagorneur, Wolverton, vous pouvez me faire confiance. Seulement, vous me stupéfiez.

— Ne le dites pas trop fort. On pourrait vous croire candide.

Kenworth haussa les épaules.

— J'en ai entendu de pires à mon propos.

— Certainement pas autant que je n'en ai entendu sur moi.

— Évidemment, moi je ne tire pas sur ceux qui viennent m'importuner ! Quand je pense à ce pauvre Iversham, il n'est pas près de revenir vous harceler. Il a d'ailleurs eu beaucoup de chance de s'en sortir. On raconte qu'il s'en est fallu de peu pour qu'il finisse refroidi.

— Allez, vous exagérez ! Une blessure à l'épaule n'a jamais été fatale...

Kenworth le considéra avec curiosité.

— Vous êtes un sacré tireur, mais imaginez... qu'auriez-vous fait si vous aviez raté votre coup ? Si vous aviez tué Iversham ?

— J'aurais accepté sa mort comme un signe du destin, aucun doute là-dessus.

Barry eut l'air perplexe.

— Dois-je vous rappeler, Brett, que le duel n'est plus autorisé de nos jours ? C'est une sérieuse offense...

— Celui qui ne le sait pas est un parfait idiot. Seulement voilà, Iversham ne m'a pas laissé le choix. J'ai bien essayé de le mettre en garde, mais il n'a rien voulu écouter.

Il marqua une pause, puis gratifia son interlocuteur d'un sourire complice.

— Alors, Kenworth ? Vous qui flairez la chance, où me conseillez-vous de jouer ce soir ?

— Vous avez raison, mieux vaut changer de sujet... Si vous voulez un conseil, essayez le baccara. Je vais d'ailleurs vous accompagner le temps d'une ou deux parties, histoire de narguer un peu la bonne fortune...

Effectivement, Barry ne joua pas longtemps. Au second tour, il se retrouva dépouillé de son dernier penny. Brett eut plus de chance, et ne s'arrêta que deux heures plus tard lorsque ses compagnons furent trop ivres pour que le jeu demeure intéressant.

Il retrouva alors Barry vautré dans l'un des confortables fauteuils du salon.

— On fait la sieste, Kenworth ? demanda-t-il en haussant un sourcil surpris.

Barry s'étira avec nonchalance, puis se leva.

— Je n'avais rien de particulier à faire, ce soir. Je me suis dit que je pouvais vous attendre. Vous ne refuseriez pas de ramener un ami sans le sou jusqu'au centre. À moins que vous n'ayez d'autres projets...

— Rien qui ne puisse attendre.

— Grands dieux ! souffla Kenworth, regardant pardessus l'épaule de Brett. N'est-ce pas Northwick, ce vieux faquin de lord Brakefield, que je vois entrer là-bas ? Que fiche-t-il ici ? J'aurais cru qu'il préférait les ambiances plus torrides.

Brett leva les yeux. Il connaissait Brakefield pour l'avoir rencontré des années plus tôt, et il ne l'aimait guère. Les rumeurs l'accusaient de tremper dans de nombreuses affaires plus scandaleuses les unes que les autres, et la preuve en était sûrement son visage vérolé, creusé par les stigmates d'une vie dissolue.

Barry jura entre ses dents.

— Il nous a vus... Regardez, il vient dans notre direction. Comment diable pourrais-je l'éviter ?

— Feignez d'être malade ! plaisanta Brett. J'ai entendu dire que Brakefield avait une sainte horreur des maladies.

— Vous vous moquez de moi, mais sacrebleu, cet homme est effrayant. Il me donne la chair de poule. Les rumeurs qui circulent sur son compte sont... sont abominables.

— Vous ne croyez pas si bien dire, fit Brett avant de se taire.

En effet, Brakefield s'arrêtait devant eux. Il s'inclina légèrement. Sous des sourcils broussailleux, les yeux chassieux, d'une opacité repoussante, s'agitèrent. L'homme promena le regard sur eux, et sa fine bouche se déforma comme s'il s'apprêtait à rire.

— Wolverton. Voilà que nos routes se croisent de nouveau ! Cela faisait longtemps que je ne vous avais vu. Désolé pour votre père. Lui et moi, avons fait autrefois un bout de chemin ensemble.

— J'ignorais que vous connaissiez mon père, lord Brakefield.

— Vraiment ? Nous avons fait des affaires tous les deux à une certaine époque. Bien sûr, c'était il y a très longtemps. Il se trouve que, par la suite, j'ai perdu de grosses sommes dans des investissements qui n'ont pas marché, et nous avons dû dissoudre notre société.

— Je trouve plutôt étonnant que mon père n'ait jamais fait allusion à cette histoire.

— Peut-être ne souhaitait-il pas étaler ses échecs. Peut-être ne voulait-il pas décevoir son fils...

Les yeux de Northwick se posèrent alors sur Barry, et un éclat malveillant les traversa.

— Ah... ce cher Kenworth ! Je suis quelque peu surpris de vous voir de nouveau ici, après la nuit désastreuse que vous avez passée, hier soir.

Comme Barry s'empourprait de rage, piqué au vif par l'allusion aux pertes importantes qu'il avait essuyées au jeu la veille, Brett intervint :

— Si vous me permettez, Northwick, fit-il d'un ton dédaigneux, il est tout aussi curieux pour moi de vous voir fréquenter l'intérieur feutré du White's. Je vous aurais vu plus volontiers dans l'ambiance surexcitée du Brook's ou, pourquoi pas, celle du Pigeon's Hole.

Auriez-vous abandonné vos acolytes pour choisir finalement notre camp ?

Brakefield renifla avec mépris, il n'avait pas manqué de déceler l'insulte. C'était en effet un joueur invétéré, mais il dissimulait son vice en fréquentant les bouges les plus sordides de la cité.

— Qui vous dit que j'ai abandonné mes amis, sir ?

— Simple déduction ! Je n'ai aperçu ni Brougham, ni Grey dans votre sillage. À propos, je ne saurais assez vous complimenter sur le choix de vos relations, vous ne devez pas vous ennuyer...

— Vous croyez ? rétorqua Brakefield en considérant Brett plus attentivement, le regard insondable. Je pourrais fort bien vous retourner le compliment, Wolverton. Il paraît que vous comptez le prince parmi vos nouveaux amis ? Je ne savais pas que vous vous intéressiez à la politique.

Brett haussa les épaules.

— Le problème, ce n'est pas la politique, mais ceux qui l'appliquent. Quand les lois sont transgressées, je m'insurge...

— De la même manière que les colonies se sont insurgées contre l'Angleterre. Je vois... C'est fort intéressant. Devrions-nous craindre d'autres rébellions ?

— Affamez le peuple, et vous essuierez de nouvelles rébellions.

Les sourcils de lord Brakefield s'abaissèrent sur ses petits yeux.

— Seriez-vous de ces hommes qui cherchent à miner l'autorité avec des discours utopiques qui ne mènent à rien, Wolverton ?

— Et vous ? Ne seriez-vous pas de ceux à qui les lois profitent toujours ?

— Vous me faites peur ! ironisa Brakefield avec dédain. Les gueux seraient-ils prêts à incendier nos maisons ? Si je peux me permettre, nous les verrons certainement arriver avec leurs gros sabots, ne serait-ce qu'à l'odeur qu'ils dégagent.

— Wolverton a raison, intervint Barry en sortant brusquement de son mutisme. Je n'ai pas oublié les émeutes qui ont sévi dans les Midlands, il y a de cela quelques années. Les combats de Luddite... lorsque les révoltés semèrent la terreur à travers le pays tout entier. Il fallut de nombreuses patrouilles à cheval pour les tenir en respect, et la moitié des comtés du Nord se sont transformés en de véritables forteresses pendant un moment. La prochaine fois, vous verrez, ce seront les mineurs et les tisserands qui se rebelleront.

— Ou les chapeliers ? se moqua Brakefield. Imaginez-les, tous armés de plumes meurtrières ?

Un rire démoniaque lui échappa.

— Pardonnez-moi, jeunes gens, mais vous me faites rire avec vos beaux discours ! Vous seriez certainement plus ennuyés si Fribourg ou Trèves décidaient un beau jour de ne plus commercialiser de tabac.

— Ne commettez pas l'erreur de me confondre avec les dandys de votre cercle, Northwick ! lança Brett.

Brakefield lui jeta un bref regard courroucé.

— Vous n'avez aucun souci à vous faire de ce côté-là. Personne ne songerait à vous classer parmi les plus grands gentilshommes de la ville. Vous ressemblez tellement à un sauvage avec votre teint basané...

— Sans vouloir vous froisser, je préfère encore être un sauvage plutôt qu'un hypocrite, l'interrompit Brett avec un sourire moqueur. Et maintenant, si vous voulez bien m'excuser, sir, je dois vous quitter.

Se tournant vers Barry qui considérait méchamment lord Northwick, Brett lui proposa de l'accompagner à une soirée.

— Ma cousine Béatrice sera là, ainsi que certaines des débutantes de l'année. Lady Sefton lance ses favorites pour la prochaine Saison.

D'un ton fielleux, Brakefield murmura :

— Magnifique, Kenworth ! Avec un peu de chance, vous pourrez trouver une femme bien dotée qui vous évitera toutes ces visites chez les prêteurs sur gages...

— Sir, je préfère ne pas relever l'insolence ! gronda Barry, tremblant d'une rage mal contenue. Mais si vous persistez dans cette attitude, j'en viendrai à penser que vous cherchez des représailles.

— Je n'en crois pas mes oreilles, souffla Brakefield avec un sourire qui tenait plus de la grimace. Peut-être devrais-je vous rappeler que j'ai tué trois hommes au cours de duels et, cela, avant même que vous ne quittiez vos langes !

Brett posa une main sur le bras de Barry.

— N'écoutez pas ce vieil imbécile ! À son âge, il a perdu l'usage des bonnes manières.

Les yeux de Brakefield n'étaient plus que de minces fentes.

— Wolverton, vous ne voudriez quand même pas devenir mon ennemi, simplement pour défendre ce gamin ?

— Laissez-moi en décider seul, Northwick ! Je n'ai besoin de personne pour choisir mes amis.

Le comte se renfrogna, se bornant à le foudroyer du regard.

— Je ne suis peut-être qu'un sauvage, poursuivit Brett en riant sous cape, mais je sais que les manières des indigènes valent souvent mieux que les mœurs d'un vieux cochon.

Laissant lord Northwick à sa déconfiture, il prit congé, Barry dans son sillage. Tandis qu'ils gagnaient la sortie, il sentit le regard haineux du comte dans son dos. Peut-être était-il allé un peu loin...

Les ombres de la nuit avaient enveloppé St. James Street, repoussées à intervalles réguliers par les becs de gaz, par les carrés de lumière que déversaient les fenêtres des clubs où les membres de la haute société se divertissaient. Kenworth égrenait encore un chapelet de jurons lorsque Brett le poussa dans la voiture frappée des armoiries de Wolverton. Il avait le visage aussi cramoisi que le velours des banquettes.

— J'espère que ce scélérat ira rôtir en enfer ! J'aurais dû le frapper, Wolverton. Oh oui ! j'aurais dû le faire...

Que Northwick meure n'aurait pas été un grand mal... mais Kenworth, lui, était encore bien jeune pour risquer sa vie.

— Calmez-vous, Barry. Des hommes comme Brakefield finissent par se détruire eux-mêmes.

— Pas suffisamment vite, à mon goût.

Brett se rembrunit en voyant sur le visage de son compagnon plus que de la fierté blessée.

— Il y a autre chose que cette conversation de ce soir pour motiver une telle haine, n'est-ce pas, Barry ? Dites-moi ce qui se passe.

Après quelques secondes d'un silence oppressant, Kenworth hocha finalement la tête.

— Vous avez raison, Wolverton, il y a plus que cela. Je ne supporte pas sa perversité !

— Sa perversité ? Qu'est-ce qui vous ennuie le plus chez lui ? Qu'il porte des mouches pour tenter de cacher les stigmates de la syphilis ?

Barry ne se dérida même pas.

— Non, je veux parler de la perversité de ses plaisirs. Northwick me répugne. On lui a toujours voué une réputation de libertin, mais il paraît qu'il côtoie des individus plus que louches. Sans scrupules. Vous me direz que Northwick s'acoquine avec ceux de sa race...

Ce disant, il sortit sa boîte à priser de la poche de son pardessus. Apparemment, il se rappela les commentaires sarcastiques de Northwick sur sa dépendance au tabac, car il la rangea immédiatement. Il se pencha ensuite vers Brett, et ajouta sur le ton de la confidence :

— Lord Brakefield se vante de pouvoir se procurer de très jeunes filles parmi son harem de prostituées. Il y a des gens tellement désespérés dans les bas-fonds qu'ils vendent leurs enfants à des monstres comme lui.

Il hocha la tête avec répugnance.

— Des jeunes filles, Brett... vous rendez-vous compte ? Il couche avec des enfants, des fillettes aux visages angéliques, encore innocentes. Quel âge ont-elles ? Cinq ou six ans, guère plus.

Brett se renfrogna.

— Prenez garde à ce que vous dites, Kenworth. Vous êtes en train de parler d'un pair du royaume... Non que ce titre fasse de lui un saint, loin de là, mais si ces accusations étaient prouvées, il devrait rendre compte de ses actes devant la justice. Pourquoi prendrait-il de tels risques ?

— Quels risques ? lança Barry avec un rire désabusé. Aujourd'hui, il est possible d'acheter des enfants à des femmes totalement démunies sur Covent Garden, et cela sans la moindre crainte.

Éberlué, Brett secoua la tête.

— Si ce que vous dites est vrai, il risque une lourde peine.

— Encore faudrait-il qu'on l'accuse ! Mais qui s'en chargerait ? Vous ? Moi ? Nous n'avons même pas de preuves à apporter.

Kenworth passa une main fébrile dans ses cheveux mais, déjà, des boucles rebelles lui retombaient sur les yeux, lui donnant un air adolescent.

— Northwick est suffisamment malin pour faire disparaître les corps ensuite... reprit-il.

— Vous exagérez !

Barry grimaça avec dégoût, avant de feindre d'étudier ses mains. Une pâle lumière flottait sur lui tandis que la voiture s'enfonçait à travers la ville. Il se résolut enfin à parler, dans un murmure étranglé :

— Je le sais parce que, une nuit, j'étais là... C'était... il y a de cela peut-être quatre mois. J'avais l'esprit totalement embrouillé, j'étais ivre mort — je ne sais même plus pourquoi je me suis retrouvé avec Northwick, et bien que ce soit très vague dans mon esprit, je me souviens d'une petite fille qui était là, elle aussi. Blonde. Terrifiée. J'ai voulu l'aider, mais... Oh, mon Dieu !

Il ferma les yeux.

— Je me suis endormi, continua-t-il dans un souffle presque inaudible. Et quand je me suis réveillé, Northwick était parti, et l'enfant avait disparu...

Sa voix se brisa. Brett était consterné par ces révélations. Le comte de Brakefield se révélait encore plus dépravé qu'il ne l'avait imaginé !

— Si ce que vous dites est vrai, Barry, il existe certainement un moyen de réunir des chefs d'accusation contre lui.

Kenworth rit doucement.

— Cet homme est un suppôt de Satan ! Personne n'a jamais été en mesure de l'inculper pour quoi que ce soit, car il fait toujours preuve d'une extrême prudence.

— Si vous voulez mon avis, il n'est pas aussi prudent que vous semblez le croire.

Comme son compagnon le regardait, les yeux ronds, Brett s'expliqua :

— S'il l'était, vous n'auriez jamais été invité à cette soirée. Un homme méfiant n'inviterait pas une tierce personne à assister à ses nuits dépravées, à moins d'être certain que cette personne gardera le silence.

Barry pâlit. Il tourna la tête, feignant de regarder par la portière.

— Je lui dois de l'argent, lâcha-t-il finalement.

— C'est donc ainsi qu'il s'assure votre silence ?

— Exact.

Une fois encore, Barry fourragea dans ses cheveux clairs.

— Il ne rate jamais une occasion de me rappeler ma dette. Vous avez entendu tout à l'heure son allusion aux prêteurs sur gages...

— Combien lui devez-vous ?

Comme Barry rougissait jusqu'aux oreilles, Brett comprit que la somme était importante. Il insista toutefois :

— Alors, combien, Kenworth ?

— Quatorze mille livres.

— Quatorze mille livres ? Jeune idiot ! Comment avez-vous pu emprunter autant à un homme comme Brakefield ?

— Il me fallait trouver quelqu'un qui puisse me prêter jusqu'à l'année prochaine, en fait jusqu'au versement de ma rente annuelle. J'ai d'abord été supplier mon père de m'aider, mais il a refusé. Il a dit que cette fois, il ne céderait pas... Il a même ajouté qu'il préférerait me voir croupir en prison plutôt que d'éponger mes dettes de jeu. J'étais acculé, il fallait que je rembourse mes créanciers, j'ai...

— Je vous donnerai cet argent.

Barry écarquilla les yeux.

— Wolverton... Brett, mon Dieu, je n'ai pas dit cela pour que...

— Ainsi, Northwick ne pourra plus vous faire chanter. Vous n'aurez plus cette épée de Damoclès au-dessus de la tête. Ne refusez pas. Si je vous le propose, c'est que je peux me le permettre... En tout cas pour l'instant, ajouta-t-il avec une grimace. Car une jeune femme cherche par tous les moyens à me dépouiller.

Stupéfié par cette offre inattendue, Barry se carra contre le dossier capitonné de la voiture ducale, et secoua la tête.

— Par tous les diables, Wolverton, vous devez vous moquer de moi ! Vous êtes en train de me dire que vous me... donneriez ce que mon propre père me refuse ?

Son rire sonna faux dans l'habitacle.

— Désolé, Wolverton, mais je ne peux accepter ! Je ne tiens pas à gâcher notre amitié. Imaginez que je ne puisse pas vous rembourser tout de suite... Non, c'est impossible.

— Je ne suis pas en train d'acheter votre amitié, Kenworth ! rétorqua Brett d'un ton sec. Je vous donne cet argent sans aucune contrepartie. Prenez-le. Je vous assure, le plaisir de savoir que Brakefield ne pourra plus vous faire chanter vaut bien ces quatorze mille livres. J'aimerais être là pour voir sa tête lorsque vous lui réglerez votre dû.

Barry rit tout doucement.

— Dans ce cas, cela peut s'arranger. Ah... nous voici devant chez moi, mais j'y pense maintenant... vous aviez parlé d'une soirée, non ?

— Il y en a probablement une, quelque part dans la ville, mais je n'ai aucune intention de m'y rendre.

— Dans ce cas... nous pourrions peut-être aller faire un tour du côté de Vauxhall ? Il paraît que M. James Hook s'y produit ce soir. Nous prendrions une loge pour dîner.

— Et paierions onze shillings pour une tranche de jambon pas plus épaisse que mon ongle ? Ça ne rassasierait même pas un chat.

— Je conviens que le repas est maigre, mais il y aura

la grande Mme Saqui ! Ceux qui l'ont vue, l'ont trouvée merveilleuse. Elle grimpe à un mât, puis fait la funambule avant de se jeter quelques mètres plus bas et de se rattraper à une balançoire. On dit surtout qu'elle n'est vêtue que de fils d'argent, de paillettes et de plumes. Le spectacle vaut le détour, à ce qu'on m'a raconté.

— Je dois vous laisser le plaisir de la découvrir seul. Navré, mais j'ai déjà un engagement pour la soirée.

Barry le gratifia d'un clin d'œil complice.

— Un rendez-vous galant, peut-être... ? Tant pis, ce sera pour une autre fois. Vous serez à la soirée de lady Sefton, mardi soir prochain ? On raconte que vous aurez la charge d'introduire vos cousines en société, c'est vrai ?

— Je vous y verrai très certainement, même si pour tout avouer, je préférerais passer la nuit à admirer les exploits de Mme Saqui plutôt que de devoir supporter toutes ces mères qui me jettent leurs filles à la tête.

— Pauvre Wolverton ! Vous me faites presque pitié, se moqua Barry en retrouvant sa légèreté coutumière. Mais il faut bien qu'un homme de votre rang, avec la fortune qui est la vôtre, se sacrifie pour que le reste de la gent masculine puisse être épargné.

La réponse que Brett lui fit était plus qu'inconvenante, et Kenworth riait encore bien après que le cabriolet se fut éloigné, happé par la nuit.

Ce n'était pas une femme que Brett devait rencontrer ce soir-là. Tirant le panneau coulissant, il donna ses instructions au cocher qui se tourna pour le regarder d'un air dubitatif.

— Vous êtes sûr de ne pas vous tromper d'adresse, Votre Grâce ? C'est un quartier plutôt mal famé, et...

— Ne perdons pas un instant ! Quelqu'un m'attend au coin de Lisle Street.

Effectivement, quand la voiture s'arrêta, une ombre émergea de l'obscurité d'une allée et s'approcha subrepticement. Brett ouvrit la portière, et une odeur fétide envahit la voiture alors qu'un individu au chapeau rabattu sur le visage pénétrait à l'intérieur.

— Bonsoir, milord.

— Alors, avez-vous les informations que je vous ai demandées, Watley ?

— Vous plaisantez, milord ! L'argent d'abord.

Brett sortit une bourse qui tintinnabula délicieusement et, dans la pénombre, un sourire avide apparut sous le large bord du couvre-chef tandis que le dénommé Watley s'en emparait de ses doigts sales.

— Maintenant je vous écoute, Watley.

— Y a le compte ? Parce que faut pas croire qu'on peut me voler comme ça, milord ! On plaisante pas avec Johnny Watley. Et moi je me méfie des gens bien propres sur eux, ils sont...

— Venons-en aux faits, gronda Brett avec impatience.

L'odeur nauséabonde lui chatouilla les narines tandis que l'homme se penchait vers lui.

— Vous aviez raison à propos de ces papiers, milord. C'est ce comte de malheur qui les a empochés.

— Auriez-vous par hasard le nom de ce comte ?

— Ouais... Brakefield.

— Brakefield ! Vous êtes sûr ?

Watley renifla avec mépris.

— De la saleté comme ça, ça s'oublie pas ! Avec son visage vérolé et ses yeux vicieux... Cet homme, y me donne la chair de poule ! On raconte qu'il a payé cher pour récupérer les documents, c'est même un pirate qui les a volés pour lui. Paraît que ça vaut une fortune, je vois pas en quoi...

Brett sourit.

— Détrompez-vous, Watley. Ces documents ont une grande valeur pour moi. Pourriez-vous les récupérer ?

L'homme grimaça, avant de secouer lentement la tête.

— J'suis pas fou ! Je tiens à la vie, moi. Pas question que je vole quoi que ce soit à ce cinglé.

— Watley, réfléchissez, je vous offre suffisamment d'argent pour que vous preniez une cabine sur un bateau...

Brett le laissa, l'espace de quelques instants, osciller

entre rapacité et frayeur. Au sourire édenté qui déforma bientôt le visage de Watley, il sut que l'homme avait succombé à l'attrait de l'argent.

— Je paierai jusqu'à mille dollars, Watley, pour avoir ces documents.

— Tudieu ! Y doivent vraiment valoir beaucoup...

— Ils m'appartiennent, c'est déjà une bonne raison de vouloir les retrouver. Alors ?

— Eh bien... Y me faut du temps !

— Une semaine.

— Une semaine ! Par tous les diables, milord, je peux pas...

— Dix jours, pas un de plus. Cela vous va ?

Après un instant, Watley opina.

— Ça devrait pouvoir se faire.

Le duc de Wolverton le gratifia d'un large sourire satisfait.

Brett passa la tête par la portière pour jeter un coup d'œil à la queue interminable de voitures qui s'étirait devant la demeure des Sefton. Des haies de lumières éclairaient l'allée comme en plein jour, montant jusqu'au perron enchâssé entre d'imposantes colonnes.

— Une chance encore que ma cousine et ses filles aient pu venir seules, j'ai au moins échappé au début de la soirée et à la corvée des présentations ! grommela-t-il en se tournant vers Kenworth. Je sens que la réception va être ennuyeuse à mourir. En plus, on va étouffer tellement il y aura de monde. J'aurais été plus tranquille au White's.

— Je suis de votre avis au détail près qu'ici, au moins, nous rencontrerons quelques beaux spécimens du sexe faible. Je connais un peu lady Sefton, elle aime inviter de ravissantes jeunes femmes, pour le plaisir oculaire de la gent masculine... Ne soyez pas aussi défaitiste : peut-être trouverez-vous l'âme sœur !

Quelque peu déridé par l'enthousiasme contagieux de son compagnon, Brett donna l'ordre au cocher de les attendre, puis suivit Barry à l'intérieur de la fastueuse maison des Sefton où, à son tour, il fut annoncé selon les règles de la bienséance.

— Mon Dieu, quel monde ! commenta Barry, quelques pas devant lui. C'est la bousculade ce soir, je suis sûr que nous allons bien nous amuser.

— J'ai un doute.

Brett promena le regard sur la salle bondée, cherchant son hôtesse, bien déterminé à s'éclipser rapidement. Il avait une sainte horreur de ces mondanités. Trop de gens, trop de prétention affichée. Des centaines de bougies éclairaient le vestibule, se réverbérant entre cristal, or et argent, soulignant dans un précieux chatoiement les pierres qui ornaient les femmes drapées de robes scintillantes.

Barry disparut, englouti par la marée de convives. Il régnait une chaleur insupportable. Bousculé, ballotté, Brett lâcha un juron. Plus qu'impatient de trouver lady Sefton, il se fraya un chemin à travers la foule. À quelques mètres devant lui, le dos contre une cloison tendue de soie, il entrevit la fine silhouette d'une femme cernée par une meute d'admirateurs. Un éclair bleu, d'épais cheveux blonds, et un rire doux qui, malgré lui, l'incitèrent à se retourner à plusieurs reprises. Et, tout à coup, l'un des soupirants s'écarta, dévoilant la femme.

Kyla Van Vleet !

Il serra les dents. Elle se tenait là, fière, le port hiératique, comme une reine entourée de sa cour. Elle portait une magnifique toilette de soie bleue, assortie aux saphirs de ses boucles d'oreilles, de son collier qui frémissait sur sa gorge d'une pâleur marmoréenne, un décolleté qui rehaussait le doux renflement de ses seins. Elle avait le port altier de toutes ces jeunes femmes de bonne famille qui évoluaient alentour, seulement il n'était pas dupe. Elle était l'héritière d'une courtisane, une dangereuse intrigante avec l'intention établie de perpétuer les péchés de sa mère en vendant ses charmes au plus offrant...

Kyla souriait, les yeux rivés sur un galant empressé. Elle ne faisait que feindre... Néanmoins, il semblait qu'il fût le seul à s'en rendre compte, car le jeune homme continuait de la divertir avec une insistance qui eut le don de l'énerver au plus haut point. Il la maudit en son for intérieur.

Au même moment, elle se tourna, et ses yeux d'un bleu-vert changeant se posèrent sur Brett. Le sourire aimable qui flottait sur ses lèvres se figea et, l'espace d'un instant, elle parut prendre peur. Il ne faisait aucun doute qu'elle ne s'attendait pas à le voir ici. Elle le fixait, la bouche tremblante, les yeux agrandis ; son éventail lui échappa des doigts, et tomba dans un faible bruissement sur le sol — donnant l'occasion à l'un de ses chevaliers servants de le lui ramasser. Du moins sa présence avait-elle réussi à la déconcerter, à lui faire perdre sa belle assurance...

Il la dévisagea nonchalamment, un sourcil levé, moqueur, lui rappelant en silence qu'il savait qui elle était, qu'elle aurait beau parader dans une précieuse robe de soie, elle resterait une méprisable aventurière. Visiblement elle comprit le message, car le rouge colora ses hautes pommettes, donnant plus d'éclat encore à ses prunelles outremer. Quelle injustice que la beauté puisse déguiser une telle duplicité !

À croire qu'à Londres, tout n'était que miroir aux alouettes... Tout ce luxe masquait en fait une pauvreté silencieuse, des gens qui mouraient de faim dans les bas-fonds, d'autres qui cachaient leur indigence dans des robes d'apparat pendant que certains, hommes et femmes, dissimulaient leurs mœurs corrompues sous le blanc de la poudre.

Comme Kyla Van Vleet !

Un instant encore, elle soutint vaillamment le regard appuyé de Brett, avant de reprendre son éventail. Ses doigts tremblaient légèrement quand, enfin, elle détourna la tête et reporta son attention sur son fervent admirateur. Brett n'entendait pas ce qu'ils se disaient, mais il aurait pu jurer qu'elle n'écoutait pas. Il sourit.

Ce soir, il lui intimerait une fois encore l'ordre de quitter Londres... Ce soir, devant tous. Elle pourrait difficilement refuser !

6

Wolverton ! Ici... et plus attirant que jamais. Depuis quand assistait-il aux soirées de lady Sefton ? Il ne semblait pourtant pas du genre à apprécier la frivolité de ces réceptions...

Oh, doux Jésus, voici à présent qu'il venait dans sa direction !

Dans la panique, elle tourna les talons, et se retrouva nez à nez avec lord Hargreaves, qui ne l'avait pas quittée d'une semelle depuis qu'elle était arrivée en compagnie de tante Céleste et de lady Rushton. Il la considérait avec espoir, le regard brillant, honnête et surtout... désintéressé.

— Mademoiselle Van Vleet... vous m'aviez dit que vous me réserveriez une danse. Alors, si je peux me permettre... ?

Il se tut, s'empourprant jusqu'à la racine des cheveux. Kyla ne perdit pas de temps à réfléchir : ce jeune admirateur ne lui paraissait guère dangereux et elle ne prenait pas de grands risques en acceptant de danser avec lui. Elle acquiesça, trop heureuse de cette échappatoire.

Avec coquetterie, elle tapota sur la manche de sa veste du bout de son éventail fermé.

— Alors allons-y, cher ami !

— Maintenant ? Je ne pensais pas que...

Il bredouillait, rougissant de plus belle.

— Vous ne voulez plus danser avec moi ? s'étonna-t-elle, un sourcil levé.

— Oh, bien sûr que si, évidemment... mademoiselle Van Vleet. Je n'ai jamais voulu dire que...

Sa voix se brisa de nouveau. Il la considérait, l'air hébété, chagriné d'avoir pu la froisser, et Kyla esquissa un sourire. Battant des cils, elle murmura :

— J'avais imaginé que vous voudriez la prochaine danse, sir.

— Oh, avec plaisir, mademoiselle Van Vleet ! Je pensais seulement que votre carnet était plein, et... Enfin, je vous en prie. Faites-moi cet honneur.

Il semblait avoir recouvré un peu de son aplomb, et lui offrit le bras comme ses professeurs le lui avaient certainement appris. Kyla posa la main sur sa manche, et lui permit de la conduire jusqu'à la piste, où elle espérait se perdre parmi les autres danseurs.

Peter Hargreaves était le fils d'un membre influent de l'aristocratie et lord Twilby, son père, était très fier de son unique héritier. Kyla, elle, le trouvait un peu trop jeune et mièvre.

D'ailleurs, aucun jeune homme n'avait réussi à faire battre son cœur. Elle avait flâné dans les salons pendant plus de deux heures, ne prêtant qu'une oreille distraite aux litanies de compliments qu'on dispensait sur son passage. Elle s'était ennuyée, et avait envie de rentrer.

Comme elle regrettait d'avoir cédé aux supplications de Céleste et accepté l'invitation de lady Sefton ! Sa marraine avait prétendu que cette soirée lui ouvrirait d'autres portes, et lui offrirait ainsi de nouveaux moyens de faire pression sur le duc de Wolverton. Qu'avait-elle gagné ? La fierté d'avoir été plébiscitée en début de soirée au rang d'Incomparable par la gent masculine ? Cela lui faisait une belle jambe !

Et maintenant, Wolverton qui faisait son apparition ! Décidément la soirée devenait cauchemardesque... Que fabriquait-il dans cette réception destinée à présenter les jeunes débutantes ? Serait-il en quête d'une épouse ?

Comme c'était agaçant de lever les yeux et de voir que

Brett Banning la regardait à travers la pièce... Jamais elle ne s'était sentie aussi vulnérable, aussi agitée. Et les bras du jeune Hargreaves ne lui étaient d'aucun réconfort... Les minutes s'écoulaient, elle avait le souffle court, l'esprit sens dessus dessous, comme si le duc venait de l'embrasser pour la seconde fois. Mon Dieu! Affolée, elle chercha Céleste dans la foule. Aucune trace... Et Ondine? Elle aussi avait disparu. Ses deux alliées l'avaient abandonnée, la laissant affronter le scandale qui ne manquerait pas d'éclater...

Perdait-elle la tête? songea-t-elle en se ressaisissant. De quoi pouvait-elle avoir peur? Le duc de Wolverton ne s'aviserait certainement pas de faire un esclandre ici. D'autant que s'il était là, la duchesse douairière ne devait pas être loin, tout comme ses filles... La Saison avait débuté, après tout.

Kyla retrouva son sourire, qu'elle perdit tout aussitôt quand Hargreaves lui marcha sur le pied. Comme il se confondait en plates excuses, elle se montra magnanime, et lui accorda une autre danse, se laissant ainsi le temps de réfléchir à la situation.

Honte... Voilà le mot qui résumait le mieux ce qu'elle éprouvait à l'idée de devoir exercer un chantage pour parvenir à ses fins! La perspective lui était désagréable, mais avait-elle le choix? Pourquoi se sentirait-elle bassement vénale, quand tout ce qu'elle voulait, c'était quc la famille de son père lui reconnaisse des droits?

Les mots perfides de Wolverton lui revinrent brusquement à l'esprit: il avait laissé sous-entendre que sa mère aurait fort bien pu se méprendre sur l'identité du père. Et, tout à coup, la colère reprit le dessus. Elle avait entièrement raison d'aller jusqu'au bout de cette affaire!

Dieu merci, quand les dernières notes de musique s'achevèrent, quand le jeune Hargreaves l'escorta au bord de la piste où sa marraine avait réapparu, Wolverton, lui, s'était envolé! Kyla se détendit quelque peu, et accepta avec gratitude un verre que lui tendait Peter. Céleste foudroya le fervent admirateur du regard, lui signifiant de les laisser tranquilles.

— Un gentilhomme ne doit pas se montrer trop empressé, observa-t-elle avec humeur lorsque Hargreaves s'éloigna à regret. Nous ne pouvons prendre le risque que les mauvaises langues médisent sur toi alors que nous sommes sur le point...

Les doigts de Kyla se serrèrent sur le poignet de sa marraine, la réduisant au silence.

— Il est là, tante Céleste.

— Qui ?

Devant l'air éberlué de sa marraine, Kyla faillit s'esclaffer.

— Wolverton, lâcha-t-elle en se mordant la lèvre.

— Le duc de Wolverton, ici ? Oh, mon Dieu !

Céleste ouvrit son éventail et, d'un poignet fébrile, se mit à battre l'air.

— Que comptes-tu faire ? demanda-t-elle d'une voix soudain mal assurée.

— L'éviter. Je me dis que, même furieux, il n'osera pas poursuivre les hostilités, ici, avec le monde qu'il y a ce soir.

Alors comment expliquait-elle l'appréhension qui la submergeait tandis qu'elle promenait le regard autour d'elle ? Elle prit une profonde inspiration, incapable de chasser de son esprit cet homme diabolique. Elle sentait encore sur sa peau le dard de son regard clair, revoyait son beau visage sombre, figé dans un rictus sardonique, ses traits si durs... Qu'avait-il de particulier pour qu'elle perde contenance dès qu'il apparaissait ?

Une heure s'écoula toutefois sans qu'il ait donné signe de vie, et Kyla se prit à espérer qu'il avait déjà quitté la soirée. La semaine passée, elle avait beaucoup entendu parler de lui, chaque fois en fait que les femmes s'étaient réunies autour d'un thé. Elles s'étaient chuchoté derrière leurs éventails les rumeurs du moment. Entre petits fours et gorgées de thé, les commères avaient déblatéré des heures durant sur Brett Colby Banning, duc de Wolverton. Visiblement, il était le sujet de prédilection de toutes ces dames.

On racontait qu'il avait eu une maîtresse et s'en étant

lassé, il lui avait offert une ravissante petite maison à la campagne, ainsi qu'une charmante lettre d'adieux.

— Une manière cruelle de mettre un terme à une liaison, si vous voulez mon avis, avait dit lady Warbritton. Bien sûr, le duc est un homme des colonies et, comme nous le savons, ils n'ont que peu de manières, là-bas. Pourtant il est né en Angleterre, et a hérité d'une fortune colossale...

— Quel homme ! était alors intervenue Amélia Lynworth, sa lourde poitrine frémissant d'excitation. Si beau, si intrigant ! Finalement, quelle importance que sa mère ne soit pas de lignée aristocratique ? Vous vous souvenez de cette femme ? C'était peut-être une princesse, là-bas en Amérique, mais si vous voulez mon avis, c'était surtout une sauvage avec son teint presque noir... Bien sûr, à l'époque, on se serait bien gardé de le dire en présence de Colby Banning, car il n'était pas homme à se laisser insulter. Il n'hésitait pas à provoquer ses ennemis en duel... D'ailleurs, j'ai entendu dire que son fils avait le même tempérament de feu. Rien à voir avec ce pauvre Edward qui ne s'intéressait qu'aux cartes...

Dès lors la conversation avait tourné sur Edward Riverton. Puis quelqu'un s'était apparemment rappelé que Céleste avait été amie avec la malheureuse Faustine, et on avait vite clos le sujet. Tant mieux ! Kyla ne pensait pas qu'elle aurait pu en supporter davantage.

N'était-ce pas déjà suffisamment horrible d'apprendre que le nouveau duc de Wolverton dilapidait la fortune de la famille pour que ses cousines participent à la Saison ? Les cousines de Brett Banning... les demi-sœurs de Kyla. Se posaient-elles des questions sur elle ? Étaient-elles curieuses de connaître celle que leur père avait abandonnée ? Ou croyaient-elles les mauvaises langues qui racontaient qu'elle était une enfant illégitime, ou encore une aventurière qui n'en voulait qu'à leur argent ? Brusquement, la solitude lui pesa. Elle n'avait plus ni mère, ni père, pas de sœurs, pas de frères avec qui partager sa peine et ses tourments... Une chance encore que cette chère tante Céleste lui ait ouvert les bras...

— Comtesse du Bois ! murmura une voix doucereuse derrière Kyla, la faisant sursauter.

Avec un frisson inexplicable, elle pivota sur ses talons et découvrit le gentilhomme ventripotent qui s'inclinait devant Céleste.

— C'est si bon de vous revoir, ma chère, continuait l'homme. Vous vous étiez absentée de Londres ?

L'éventail de Céleste battit l'air plus vite.

— Oui, milord, répondit-elle d'une voix durcie. Je viens de rentrer en Angleterre, en compagnie de ma filleule.

— Juste à temps pour la Saison, je vois...

Le regard de l'inconnu se promena avec audace sur Kyla.

— Et vous avez auprès de vous la plus charmante des débutantes... Peut-être pourriez-vous me la présenter !

Il souriait, mais ce sourire ne dépassait pas ses lèvres minces et, dans ses yeux sans couleur, il y avait une lueur perverse qui mit Kyla mal à l'aise.

— Voici ma filleule, mademoiselle Van Vleet. Kyla, je te présente lord Brakefield, comte de Northwick.

— Kyla ? Comme c'est charmant !

Northwick haussa un épais sourcil tandis que son regard s'attardait sur la jeune femme.

— Un prénom original ! Fort inhabituel et pourtant... j'ai l'impression de l'avoir déjà entendu.

Comme il lui prenait la main pour la baiser, Kyla fut soulagée de porter des gants, car l'idée qu'il puisse presser ses lèvres sur sa peau lui était curieusement insupportable. Pour quelque raison, ce comte lui inspirait une profonde répugnance. Sa voix râpeuse lui écorchait les oreilles, lui donnait la nausée presque autant que son haleine chargée de vin.

Dégageant ses doigts aussi vite que possible, elle le salua brièvement et murmura, du bout des lèvres, sa joie de le rencontrer. Un peu plus grand que la moyenne des hommes présents, il l'écrasait de sa stature épaisse.

— Vous êtes tout à fait adorable, mademoiselle Van Vleet, déclara-t-il en martelant chacune des syllabes. Ce doit être un trait de famille car... votre marraine a très longtemps été l'une des plus belles jeunes femmes dans les soirées londoniennes.

Devant ce flot de flagorneries, Céleste se rembrunit.

— Vous êtes trop aimable, milord... Et maintenant, si vous voulez bien nous excuser, je crois que lady Rushton nous attend.

— Vraiment ?

Brakefield reportait son attention sur Kyla, la détaillant avec une insistance désagréable.

— Alors Mlle Van Vleet doit être cette étoile qui subjugue tous les cœurs libres de la ville, et sur laquelle notre chère lady Rushton ne tarit pas d'éloges. Ainsi c'est vous, la femme qui subjugue le Tout-Londres ?

— Je ne pense pas subjuguer qui que ce soit, sir ! répliqua Kyla sèchement. Et si lady Rushton n'avait pas été aussi généreuse, je doute fort que l'on m'eût invitée à une seule des réceptions de la Saison. Si vous voulez bien m'excuser...

Cette fois, Northwick ne protesta pas, se contentant de s'incliner. Pourtant, quelques mètres plus loin, Kyla sentait encore son regard dans son dos. Céleste s'accrochait à son bras comme si elle craignait de tomber. Kyla esquissa une grimace de dégoût.

— Brr ! Quel homme sinistre ! Il donne la chair de poule, n'est-ce pas ?

— Le mot est faible. Cet homme est le diable en personne. Je ne l'aime pas et... je ne saurais trop te conseiller de l'éviter. Il a la fâcheuse habitude de semer la discorde, puis de chercher à venger toute offense, véritable ou imaginaire.

— Que peut-il faire ?

— Ah, mon enfant, tu as encore beaucoup à apprendre sur les hommes influents, et sur ce qu'ils peuvent infliger à autrui. Ta pauvre mère l'a découvert à ses dépens... Mais n'y pensons plus ce soir ! Regarde plutôt autour de nous, tout le monde est si gai. Il faut que je te présente lady Sefton, c'est une femme si gentille. Elle est impatiente de te rencontrer depuis qu'Ondine lui a parlé de toi...

Un long soupir lui échappa.

— Ah, ma pauvre chérie ! Si seulement tu pouvais obtenir suffisamment d'argent de la part de Wolverton pour te constituer une honorable dot, tu n'aurais que l'embarras du choix parmi les célibataires de l'assemblée. Ils te font tous les yeux doux... Oh, regarde ! Voici l'un de mes préférés ! ajouta Céleste en indiquant du bout de son éventail le jeune homme blond au visage séduisant qui se tenait près de la porte. C'est Barry Kenworth — un délicieux jeune homme qui malheureusement n'est que le fils cadet d'une grande famille... Je l'ai toujours trouvé fort poli, quoique un peu misanthrope parfois... Enfin ! Il finira bien par se sociabiliser et, un jour, il se mariera et fera le bonheur d'une jeune femme... riche. Et qui sait... il pourrait hériter du titre, si son frère succombait à un horrible accident ou à une fièvre...

Kyla rit doucement.

— Tu as manqué ta vocation, tante Céleste ! Peut-être devrais-tu te charger d'arranger le mariage du prince, ainsi serait-il plus heureux que maintenant. Le roi pourrait enfin se détendre.

— J'en doute fort. Le prince est une forte tête, quant à son père, c'est un homme sans compromis... Viens, marchons dans cette direction. Avec un peu de chance, Kenworth nous remarquera. Surtout, attends que je vous aie présentés pour prendre la parole et souviens-toi : tu dois jouer l'indifférence. Cela pique toujours la curiosité d'un homme...

Feindre l'indifférence ne lui serait pas difficile, car elle se moquait éperdument de ce Kenworth. Non qu'il lui déplaise, mais elle ne pouvait chasser de son esprit le dangereux Wolverton.

Céleste s'arrêtait devant Kenworth quand le jeune homme s'excusa et s'effaça poliment, laissant apparaître... la duchesse de Wolverton. Kenworth, ignorant tout des différends qui les opposaient, voulut procéder aux présentations. Kyla soutint avec défi le regard hostile de la duchesse.

— Inutile de vous fatiguer, lord Kenworth ! fit celle-ci d'un ton cassant. J'ai d'ores et déjà rencontré Mlle Van

Vleet, et je garde de ce moment un souvenir cauchemardesque.

Abasourdi, Kenworth considérait tour à tour la duchesse et Kyla.

— Quel dommage que vous n'appréciiez point ma filleule, Votre Grâce ! intervint Céleste tout miel. D'autant qu'elle fait l'unanimité en ville. On lui a même décerné le titre d'Incomparable. Vos filles sont-elles là ce soir ? J'ai si peu entendu parler d'elles, ces derniers temps...

L'insulte était à peine déguisée, et la duchesse se raidit, une lueur haineuse dans les yeux. La tension était presque palpable. Kyla réprima un frisson et, comme un malheur n'arrive jamais seul, le duc de Wolverton choisit cet instant pour refaire son apparition.

— Bonsoir, cousine Béatrice ! lança-t-il. Comme vous pouvez le constater, je suis venu.

Puis, se tournant vers Kyla, il ajouta :

— Voilà que de nouveau, nous nous rencontrons, mademoiselle Van Vleet...

Avec audace, il la déshabilla littéralement des yeux, tandis qu'un sourire appréciatif apparaissait sur son visage. Kyla lutta contre l'envie de croiser les bras sur sa poitrine.

— Oui, Votre Grâce, nous nous sommes déjà rencontrés...

Outre le regard brûlant de ce maudit Brett Banning, elle sentait celui, curieux, que Kenworth posait sur eux. Visiblement, la situation le dépassait ! Un silence pesant s'installa, qui aurait duré encore si Céleste, s'éclaircissant la voix, n'y avait mis un terme :

— Je regrette fort que nous ne puissions nous attarder...

— Attendez ! l'interrompit Brett en prenant Kyla par le bras d'un geste impérieux. Votre marraine souhaitait que je danse avec vous. Eh bien, j'accepte volontiers, mademoiselle Van Vleet.

Céleste, rouge comme une pivoine, bredouilla une réponse inintelligible avant de considérer sa filleule.

— Je... je...

— Votre Grâce, vous devez faire erreur ! décréta alors Kyla, le cœur battant la chamade.

Décela-t-il son trouble ? Un étrange sourire glissa sur ses lèvres.

— Je suis certain de ne pas me tromper, mademoiselle Van Vleet, car je danse si rarement...

Elle n'eut pas l'occasion de protester davantage. Il l'entraînait d'autorité sur la piste, et elle n'eut d'autre choix que de le suivre pour éviter une scène. Furieuse et surtout mal à l'aise, elle sentit qu'il glissait un bras autour de sa taille, à l'instant précis où les musiciens entamaient les premières notes d'une... valse. Une valse ! Pourquoi pas un menuet, ou une contredanse ? Mais une valse... Elle n'aurait pu imaginer danse plus indécente ! D'ailleurs chez Almack, la valse, jugée trop intime, trop langoureuse, était encore proscrite.

De mauvaise grâce, Kyla se laissa entraîner jusqu'au cœur de la piste. Le duc la guidait d'un pas assuré, la chaleur de son corps irradiait le sien tandis qu'il la serrait légèrement contre lui. Il ne s'était pas aspergé de parfum comme beaucoup. Non, il sentait simplement le savon, et ses vêtements discrets avaient l'avantage de ne pas sombrer dans le ridicule. Elle ne pouvait même pas critiquer son allure ; celle-ci était irréprochable.

— La dernière fois que nous nous sommes rencontrés, vous étiez plus bavarde, mademoiselle Van Vleet. N'auriez-vous rien à dire, ce soir ?

— Rien que vous n'ayez envie d'entendre, Votre Grâce.

Il se mit à rire, un rire moqueur et détestable.

— Vous feriez presque illusion, mademoiselle. Difficile en effet d'imaginer que sous ces vêtements élégants, bat le cœur d'une femme de petite vertu !

Elle le foudroya du regard, la colère lui déliant la langue.

— Je ne vous permets pas de m'insulter comme si j'étais l'une de vos maîtresses ! Je ne le tolérerai pas.

— Vraiment ?

Il la fit tournoyer, resserrant son étreinte jusqu'à ce

qu'elle soit plaquée contre ce corps tout en muscles, le souffle coupé, noyée dans un tumulte d'émotions.

— Vous allez pourtant devoir tolérer ce que j'ai à vous dire. Renoncez à cette ridicule requête, et je consens à vous libérer sur-le-champ. Ne songez pas à faire un esclandre, mademoiselle Van Vleet, vous perdriez toute crédibilité aux yeux de ces gens qui nous entourent, et nous regardent avec curiosité. Ma réputation n'en souffrira pas. La vôtre, en revanche...

— C'est ce qu'on verra!

Avec un juron, il l'attira plus étroitement contre lui et l'entraîna en de langoureuses volutes à travers la piste, repoussant peu à peu les autres danseurs vers le cercle des spectateurs. Les oreilles de la jeune femme bourdonnaient. Oh, pourquoi lui infligeait-il une telle épreuve?

Se penchant vers elle, il déclara contre ses lèvres:

— Si vous envisagiez d'utiliser Kenworth, je dois vous mettre en garde. C'est un ami à moi. Et je préfère encore vous prendre comme maîtresse plutôt que de vous laisser détruire la vie de ce jeune homme.

— Quelle arrogance! N'allez pas vous imaginer que j'accepterais de partager mon lit avec un sauvage comme vous... Je n'aime que les hommes respectueux. Jamais je ne vous choisirais comme amant, jamais, vous m'entendez?

— Jamais? souffla-t-il tandis que ses yeux gris étincelaient dangereusement. Ne faites pas de promesses que vous ne pourriez tenir.

— N'ayez crainte, je n'ai pas l'intention de faillir à cette promesse! Et maintenant, relâchez-moi. J'aimerais retourner auprès de ma marraine.

— Comme il vous siéra.

Ignorant les expressions curieuses sur les visages de ceux qu'ils dépassaient, il l'entraîna jusqu'au bord. Kyla garda la tête haute. Dieu merci, la musique s'arrêta juste au moment où ils quittaient la piste de danse! Un chemin se dessina devant eux, les bijoux brillaient de tous leurs feux sous l'éclat des lustres tandis que les gens reculaient. Seule Céleste, au bout de cette haie de déshonneur, resta à sa place, ouvrant et fermant fébrilement son éventail, au côté d'un Kenworth sidéré.

Wolverton dépassa Céleste sans même un regard et Kyla, prisonnière de sa main d'acier, n'eut d'autre choix que de le suivre. Mais lorsqu'elle comprit qu'il l'emmenait vers la sortie, cédant à la panique, elle chercha à se dégager. Il se contenta alors de resserrer l'étreinte de ses doigts et, d'une voix doucereuse, murmura :

— Coopérez, mademoiselle Van Vleet. À moins que vous n'ayez envie de vous donner en spectacle et de faire l'objet de tous les commérages demain matin, au petit déjeuner… Bonne soirée, lança-t-il à l'adresse d'un invité en souriant. Milord, ajouta-t-il à l'adresse d'un autre convive, je vous en prie, laissez-nous passer, ma compagne est victime d'un malaise, elle a besoin d'un peu d'air…

De nouveau, il se pencha vers elle, et ses lèvres frôlèrent son oreille.

— L'homme à qui je viens de parler, c'était lord Alvanley, une véritable pie bavarde. Vous ne voudriez quand même pas alimenter les ragots ? Non ? Alors, faites comme si vous vous sentiez mal !

Rageuse, mais bien obligée de reconnaître qu'il y avait du vrai dans ses propos, Kyla simula un vertige, oscillant légèrement avant de s'appuyer sur son compagnon et de le suivre vers la véranda.

7

La lune jetait des échardes d'argent dans les cheveux du duc, soulignant la clarté insolente de ses yeux, ce qui lui conférait un air plus féroce que jamais. Il n'y avait pas la moindre compassion chez lui, seule une détermination inébranlable qui fit frissonner Kyla dans la fraîcheur de la nuit. Elle avait froid, et elle regrettait de n'avoir pas pris de capeline.

Oh, pourquoi se plaisait-il à la fixer ainsi ? Et pourquoi ne parlait-il pas ?

L'intensité de son regard affolait son pouls, elle avait du mal à respirer normalement. Il fallait pourtant qu'elle se ressaisisse !

— Sachez, Votre Grâce, que je n'apprécie guère votre tentative de…

— Taisez-vous, mademoiselle Van Vleet !

L'injonction ne souffrait aucune réplique, la prenant au dépourvu, tant et si bien que les mots acerbes qu'elle avait sur le bout de la langue ne dépassèrent jamais ses lèvres. Le duc tournait le dos aux portes ouvertes qui déversaient des flots de conversations entrecoupés de rires. Il la considérait, le visage impavide. Qu'attendait-il ? songeait-elle, éperdue, en l'épiant avec anxiété à travers ses longs cils baissés.

Enfin, il brisa ce silence insupportable :

— Si vous vous souvenez bien, je vous avais suggéré de quitter l'Angleterre, mademoiselle Van Vleet. Maintenant c'est un ordre ! Je ne supporterai plus de vous voir défier ma cousine Béatrice. Je ne tolère pas davantage que vous jetiez votre dévolu sur mon ami Kenworth. Je vous interdis d'approcher un jeune homme qui ne percera à jour votre véritable nature que trop tard, qui ne verra pas l'âme diabolique qui se cache derrière ces subtils artifices.

Il allait trop loin. Piquée au vif, Kyla ne réfléchit plus.

— De subtils artifices, dites-vous ? Il est vrai que vous, vous préférez arborer votre dépravation au grand jour, n'est-ce pas, Votre Grâce ? Mais qu'est-ce qui vous fait croire que vous êtes mieux que moi ? Vous avez davantage d'argent, certes, mais votre manque de manières est flagrant ! Je trouve presque amusant que vous osiez douter de ma filiation quand la vôtre est... Non, ne me touchez plus ! Ou je vous jure que je crie jusqu'à ce que tout Londres soit là sur la véranda avec nous !

Avec un juron étouffé, Wolverton lui saisit le bras. Le geste était si brutal que la soie céda dans un bruissement tandis que Kyla essayait de lui échapper. Les doigts du duc s'enfoncèrent cruellement dans sa chair.

— Vous imaginez me faire peur, mademoiselle Van Vleet ? Je me moque éperdument de vos cris ! Je pense seulement à la veuve de mon cousin... Un esclandre l'embarrasserait au plus haut point, mettrait en péril les chances de mes cousines de se dénicher un époux, chances que vous avez déjà sérieusement amoindries en faisant courir ces bruits en ville. Je vous avais pourtant prévenue, mademoiselle, mais vous avez choisi de ne pas m'écouter. À présent vous allez m'obéir !

L'air froid de la nuit la fit frémir, à moins que ce ne soit la menace, ou l'étau impitoyable de ses doigts sur son bras. Comme son geôlier se taisait, les battements de son cœur s'apaisèrent un peu. Elle tenta de réfléchir. Dans la quiétude du jardin, les massifs de fleurs exhalaient de douces fragrances. Derrière le duc, elle apercevait les lumières à travers la maison tout entière, les mouvements étourdissants des danseurs. Autant de gens qui accourraient si elle appelait à l'aide! Rassérénée, elle soutint son regard le plus calmement possible.

— Sachez que je n'ai aucune intention de vous obéir!

Il la dévisageait avec une telle férocité, ses yeux étaient comme des dagues acérées... Bougeant aussi subrepticement qu'un serpent, il la plaqua contre lui et l'embrassa avec une brutalité qui lui coupa littéralement le souffle.

Kyla essaya de le repousser. Peine perdue! Wolverton ne recula pas, la serrant même plus fort. Comment cette étreinte pouvait-elle l'enflammer tout entière, effacer le vent glacé qui lui caressait le dos? D'où venaient ces sensations qui déferlaient en elle tandis qu'il intensifiait son baiser? Il abandonna soudain ses lèvres pour dévorer sa joue de sa bouche conquérante, puis l'arc de sa nuque, sans qu'un instant elle songeât à appeler à l'aide.

Il avait les mains chaudes, puissantes. S'écartant légèrement, il glissa les doigts sous son corsage pour l'effleurer à travers sa fine chemise, tissant une prison plus dangereuse encore que la seule étreinte de ses bras.

L'ardeur de ses caresses lui tournait la tête. Elle se mordit la lèvre pour ne pas gémir de plaisir. À travers la dentelle qui ourlait l'échancrure de sa toilette, il agaçait la pointe de ses seins entre le pouce et l'index. Elle était tout étourdie, surprise par l'étrange faiblesse qui s'emparait d'elle, incapable de bouger, de le rejeter ni même de protester.

Wolverton rit doucement. Sa bouche papillonnait le long de la veine bleutée qui battait dans son cou, son souffle enflammé la caressait. Puis sa langue s'enroula autour de la pointe durcie d'un sein, mouillant la soie, la faisant tressaillir violemment, l'obligeant à s'accrocher à lui pour ne pas défaillir.

— Vous... vous n'avez pas le droit de me faire cela! murmura-t-elle.

— Si, j'ai le droit...

La bouche de Wolverton flirtait maintenant avec le lobe de son oreille, sa voix n'étant plus qu'un souffle rauque:

— Et je le ferai.

— Non...

De nouveau, elle essaya de s'échapper, lui martela le torse de ses poings furieux. Alors il la relâcha, et elle faillit perdre l'équilibre.

Un instant, elle ne bougea plus, les cheveux dans les yeux. Elle les repoussa d'une main tremblante, tout en rajustant sa robe, empêtrée dans ses mouvements. Wolverton lui accordait quelques instants de répit, mais il n'en avait certainement pas terminé...

Elle secoua la tête.

— Je vous en prie, laissez-moi !

— Oh, sûrement pas, belle demoiselle ! Je vous laisserai lorsque je serai assuré que vous ne nous ferez plus courir le moindre danger...

Il lui prit le bras avant de tirer d'un coup sec sur sa robe pour couvrir sa gorge dénudée.

— Venez avec moi, mademoiselle Van Vleet, et au diable les conséquences ! Dites-vous que je ne fais que combler votre désir !

— Mon désir ? Je ne comprends pas de quoi vous parlez.

— Oh, je suis sûr que si, répondit-il en se penchant pour nouer le ruban qui lui ceignait les seins, aussi naturellement que s'il exécutait ce geste tous les jours. Vous m'avez dit être prête à vous vendre, mademoiselle Van Vleet. Il se trouve que je suis en quête d'une maîtresse. Vous pouvez refuser mon offre, bien sûr, mais je ne pense pas que vous le ferez. Newgate pourrait être une perspective bien moins plaisante...

— Newgate... vous voulez dire la prison ? Vous devez être fou ! Je n'ai rien fait de mal.

— Avec un peu de chance, le juge sera de votre avis, mais je suis plutôt enclin à penser qu'il nous croira, la duchesse douairière et moi-même, quand nous lui dirons que vous avez essayé de nous faire chanter... Venez, maintenant, ma voiture nous attend de ce côté.

Abasourdie, Kyla ne protesta même pas lorsqu'il glissa un bras sous le sien et l'entraîna à travers le jardin pour rejoindre l'allée. Entre les buissons savamment taillés, elle aperçut les voitures garées sur l'avenue, noyées dans la lumière qui s'échappait par flots de cette belle demeure. Vêtus de livrées aux couleurs de leurs maîtres, les domestiques s'affairaient autour des montures impatientes.

Le temps que Kyla recouvre ses esprits, la voiture ducale se profilait déjà devant eux. Un valet de pied sautait du véhicule pour leur ouvrir la portière. Sa confusion se dissipa brusquement et elle se dégagea, atterrée.

— Il n'est pas question que j'aille avec vous !

Wolverton la regarda méchamment et, avant qu'elle puisse protester davantage, il la prit dans ses bras pour la jeter littéralement à l'intérieur. Atterrissant de tout son long sur la banquette capitonnée, il lui fallut un instant pour retrouver son équilibre. La voiture s'abaissa légèrement tandis que le duc montait derrière elle. Profitant de ce qu'il s'installait, elle chercha à sortir. Elle n'eut pas le temps d'aller bien loin : son compagnon lui ceintura la taille et l'assit sur la banquette opposée.

— Maintenant, vous allez m'écouter, mademoiselle Van Vleet, souffla-t-il d'une voix dangereuse. C'est vous qui choisissez. Vous venez avec moi, ou vous prenez le risque de croupir des années à Newgate. Oh, un détail qui a son importance : ne pensez pas qu'à vous ! Ce sera certainement plus éprouvant pour votre marraine, vu son âge, mais...

— De quoi parlez-vous ?

— De la prison. Du chantage. D'une émigrée française et d'une aventurière conspirant pour soutirer de l'argent à la veuve éplorée de mon cousin... Dois-je en dire plus ?

— Non, murmura-t-elle.

Kyla prit une profonde inspiration pour tenter d'apaiser son cœur qui battait la chamade. Elle avait la sensation d'être un animal aux abois. Elle était à même de mesurer les implications de la menace. Il suffirait d'une once de scandale pour ruiner la vie de tante Céleste, et peut-être même celle de lady Rushton. Pouvait-elle prendre ce risque ? Mais n'en prendrait-elle pas davantage en suivant cet homme ?

Tiraillée, elle jeta un coup d'œil par la portière et aperçut des visages avides qui, sous le large porche, les observaient. Elle sut alors que sa réputation était irrémédiablement entachée.

Lord Alvanley, le roi des ragots selon Wolverton, se tenait en première ligne, le regard rivé sur la voiture ducale. Derrière lui, l'ignoble lord Brakefield semblait lui aussi s'amuser de la situation.

Quand elle tourna des yeux horrifiés vers le duc, celui-ci se borna à hausser négligemment un sourcil, puis ordonna à son domestique de refermer la porte. Cette dernière claqua, scellant son destin, alors que le cabriolet bondissait en avant. Toute tremblante, Kyla se laissa choir sur la banquette, et considéra le dur visage de son compagnon.

— Mon Dieu ! Que m'avez-vous infligé ?

— Vous avez eu ce que vous cherchiez depuis le début, je me trompe, mademoiselle Van Vleet ? Un riche protecteur ? Eh bien, maintenant, c'est chose faite ! Dès demain matin, le bruit courra dans Londres que vous êtes sous ma protection, et personne n'osera plus jamais vous approcher. Si vous avez des dettes, je les acquitterai pour vous.

Tout en parlant, il avait allongé ses longues jambes entre les siennes, dans une intimité plus qu'embarrassante.

Elle leva les yeux et, à la faveur de la lumière des becs de gaz, découvrit qu'il l'épiait d'un regard impénétrable. Qu'attendait-il d'elle, au juste ? Qu'elle s'offre à lui ? Qu'elle proteste avec virulence ?

— Il faut que vous me rameniez chez moi, déclara-t-elle dans un murmure. Ma marraine va s'inquiéter.

Wolverton afficha un sourire sans joie.

— J'en doute. Elle sera trop occupée à calculer l'argent que vous pourriez m'extorquer.

— Comment osez-vous ?

Au désespoir succédait une vive colère.

— Vous êtes un monstre ! Accuser tante Céleste d'être une sorte de... d'entremetteuse ! Décidément, vous ne savez plus quoi inventer. D'abord vous m'enlevez, ensuite vous me menacez, et maintenant non content de m'insulter, vous vous en prenez à ma marraine. Auriez-vous perdu l'esprit ? Je ne...

— Ça suffit ! coupa-t-il avec impatience.

Kyla jugea préférable de ne pas riposter. Elle respira profondément, et s'exhorta au silence, songeant que c'était son seul refuge pour l'instant. Cela lui donnait le temps de rassembler ses esprits, de mesurer la situation et ses chances d'en réchapper. Que dirait tante Céleste quand elle apprendrait son départ subit dans la voiture ducale ? Brett Banning avait raison : dès le lendemain, tout Londres ferait des gorges chaudes de ce départ précipité. Elle perdrait alors toute opportunité de se constituer une dot et de se marier...

Tournant la tête, elle laissa son regard dériver au-dehors, sans rien voir du paysage qui défilait, sans prêter attention aux quinquets qui les guidaient à travers la ville, aux piétons noctambules qui s'attardaient sur les trottoirs ni aux élégants cabriolets qu'ils croisaient parfois.

— J'exige que vous me rameniez à la maison sur-le-champ, lança-t-elle finalement.

— C'est exactement mon intention.

Décontenancée, elle se pencha vers la vitre. Il lui mentait, la voiture avait pris la direction opposée au quartier résidentiel de Mayfair, elle ne reconnaissait pas ces rues sombres. Elle se tourna pour dévisager Wolverton. Il avait renversé la tête contre le dossier de la banquette.

— Ce n'est pas le bon chemin, fit-elle d'un ton accusateur. Où m'emmenez-vous ?

— Je vous l'ai dit. Je vous conduis à la maison — c'est-à-dire, chez moi. Je préfère de loin la campagne à la ville. Au moins, là-bas, nous n'y serons pas importunés.

Un sourire moqueur flotta sur ses lèvres.

— Ne faites pas cette tête, mademoiselle Van Vleet ! De quoi vous plaignez-vous ? J'ai de l'argent, et je sais me montrer généreux...

Sa réputation était peut-être irréparablement ruinée, mais ce n'était pas une raison pour se laisser traiter comme une vulgaire fille des rues. Avec toute la froideur dont elle était capable, elle haussa les sourcils et répliqua d'une voix teintée de mépris :

— Vous vous leurrez, sir, si vous pensez pouvoir m'acheter.

Sans crier gare, il se pencha en avant et lui saisit les poignets pour l'attirer vers lui. Elle échoua ainsi sur ses genoux, empêtrée dans les épaisseurs de ses jupons. Se débattant comme une forcenée, elle chercha à remettre sa robe en place dans un futile espoir de préserver le peu de dignité qu'il lui restait. Coincée entre ses cuisses puissantes, elle renonça bientôt à se battre, et le considéra, les yeux étincelant de rage.

— N'est-il pas un peu tard pour vous rétracter ? gronda-t-il d'un ton cinglant. Pour moi, l'affaire est faite et, qui plus est, à vos conditions. N'avez-vous pas déclaré que vous aspiriez à être la courtisane la plus chère qui soit ? J'ai bien l'intention de vous aider à parvenir à vos fins.

Son regard quitta le visage de la jeune femme pour s'aventurer le long du drapé de soie. Une lueur inquiétante se profila dans ses prunelles d'argent. D'une main, il emprisonna ses poignets tandis que de l'autre, il caressait avec effronterie les flots soyeux.

— Ravissant, commenta-t-il dans un souffle avant d'éclater de rire.

Mortifiée, elle aurait aimé disparaître sous terre, échapper à ce regard concupiscent. Mon Dieu, pourquoi avait-elle écouté tante Céleste et omis d'enfiler des pantalons sous sa robe, comme elle le faisait d'ordinaire ? Mais sa marraine avait tellement insisté, arguant qu'ils se verraient sous la finesse arachnéenne de la soie, qu'il valait mieux qu'elle porte une simple chemise de batiste… Oh, bien sûr, c'était certainement plus joli… Et maintenant, avec ses jupons retroussés, elle offrait la vision de ses jambes nues.

Wolverton, en tout cas, profitait du spectacle, sans prendre la peine de cacher son plaisir alors que l'embarras de la jeune femme grandissait. Il avait repoussé ses jupons jusqu'à sa taille et la contemplait avec une telle convoitise qu'elle eut envie de lui crever les yeux, de l'empêcher de la regarder comme si elle était sa chose.

Profondément blessée dans son amour-propre, elle s'agita et libéra un poignet, perdant son gant. Alors elle l'attaqua, lui griffa la joue avec les ongles. Il lâcha un juron, et lui saisit le bras avant qu'elle ne puisse recommencer. Puis il la poussa sur la banquette, la clouant de tout son poids sur le velours cramoisi.

— Aurais-je finalement affaire à un petit chat sauvage ? murmura-t-il d'une voix moqueuse. Que se passe-t-il, mademoiselle Van Vleet ? On a des remords ?

Difficile de riposter quand il l'emprisonnait sous lui, son corps puissant pesant sur elle, l'empêchant de respirer normalement !

— Je... n'ai jamais... accepté de vous suivre !

— Vous n'aviez pas précisé que vous m'accompagneriez, je vous l'accorde. Mais depuis quand les catins imposent-elles leurs conditions ? Elles acceptent plus qu'elles ne choisissent, n'est-ce pas ? En général, elles s'offrent à ceux qui veulent bien d'elles, mais peut-être ne le savez-vous pas encore ? Non, peut-être... Vous êtes jeune et belle, vous avez encore le choix sauf... cette fois. Ce soir, ma jolie, c'est moi qui décide.

Kyla avait soudain la sensation de dériver en plein cauchemar, ballottée entre terreur et rage. Les démons de son enfance revenaient... Un Lucifer déguisé, féroce... habillé de coûteux vêtements avec, dans les yeux, le reflet du feu de l'enfer... Elle fut prise de frissons incontrôlés.

Il lui prit le menton entre les doigts et immobilisa son visage. Le coin du siège lui meurtrissait le dos. Elle ne se débattit même pas quand sa bouche couvrit la sienne, brûlante et impérieuse, sa langue dépassant la barrière de ses lèvres pour explorer ses secrets.

Elle devait être folle, ou pis encore ! Pourquoi sinon sentirait-elle cette incroyable chaleur se répandre en elle, comme autant de langues de feu qui s'emparaient de son corps, l'incendiant tout entière ? Elle n'aurait pas dû accepter qu'il la touche ainsi, il lui fallait le repousser, lui ordonner de la libérer. Mais déjà elle se laissait emporter par les frissons qui déferlaient tandis qu'il prolongeait son baiser, glissait les doigts sous le décolleté de sa robe. Elle tressaillit lorsqu'il caressa son sein dénudé, taquina la pointe durcie. Un gémissement échoua sur ses lèvres entrouvertes...

Brett Wolverton se redressa, et l'étrange intensité de son regard lui coupa le souffle. Ses traits trahissaient un incommensurable désir. La tension dans les profondeurs de ses prunelles l'hypnotisait. À cet instant, il ressemblait vraiment au sauvage qu'elle l'avait accusé d'être.

Quand il baissa la tête, quand du bout de la langue, il traça des arabesques torrides sur sa poitrine avant d'agacer une pointe entre ses dents, Kyla ne réfléchit plus. Elle s'arqua vers lui, réprimant un cri de pur plaisir. Elle ne comprenait pas ces ondes sensuelles de plus en plus brûlantes qui dévastaient son corps, mais elle ne pouvait s'y soustraire. Sans réfléchir, elle glissa les mains dans l'épaisseur de ses boucles brunes. Le désir de se révolter n'existait plus soudain.

À travers la confusion de ses émotions, elle perçut le bruit sourd des roues, le martèlement étouffé des sabots, comme si la voiture s'était engagée sur un chemin de terre.

Fermant les yeux, elle accepta sa reddition. Mais alors il se redressa et rajusta ses jupons, avant de remettre en place son corsage.

Sa voix, toujours aussi doucement méprisante, plus rauque peut-être, rompit le silence qui les enveloppait.

— Inutile de se livrer en spectacle, les domestiques nous voient... Nous attendrons.

La jeune femme frissonna. La voiture se balançait de plus en plus violemment. Ils avaient depuis longtemps laissé les lumières de la ville et ne se guidaient plus qu'à la faveur des lampes accrochées de chaque côté du véhicule.

Ils filaient dans la nuit vers une destination inconnue, vers un avenir qu'elle savait d'ores et déjà condamné. Et tout ce à quoi elle pensait, c'était qu'elle n'avait jamais connu un homme qui embrasse aussi bien, qui sache attiser ses sens comme le faisait Brett Banning, duc de Wolverton. Pire, elle ne regrettait rien, n'éprouvait pas la moindre culpabilité d'avoir capitulé aussi facilement...

8

« Par tous les diables ! songea Kenworth en réprimant une exclamation stupéfaite. Il est parti, il a osé le faire ! Et cela, devant la plus grande commère de Londres ! » Lord Alvanley — la commère en question — semblait positivement radieux. Chaussant ses lunettes demi-lune sur le bout de son nez avec affectation, il se tourna vers Barry et hocha lentement la tête.

— Quelle scène extraordinaire, mon ami ! Jusqu'au bout, Wolverton a joué le mufle à la perfection… Si vous aviez vu avec quelle autorité il l'a prise dans ses bras pour la mettre dans la voiture ! La ravissante dame n'a pas émis la moindre protestation. J'en conclus que la fortune du duc est plus importante qu'une réputation, mais… n'est-ce pas ainsi que cela se passe toujours ? Étonnant, comment certaines femmes peuvent-elles si facilement se vendre…

— Vous y allez un peu fort, vous ne trouvez pas ? rétorqua Barry prudemment. La dame a peut-être simplement été prise d'un malaise, Alvanley. Vous vous seriez mépris que cela ne…

— Impossible de se tromper ! Northwick était là, lui aussi, il vous confirmera ce que j'ai vu. Écoutez, Kenworth, j'avais l'œil rivé sur elle depuis un bon moment, car il faut bien l'avouer… cette jeune femme est ravissante. Si j'avais su qu'elle était à vendre, j'aurais presque pu me laisser tenter. Hélas, il semble que je sois toujours le dernier à être au courant de ce genre de choses.

Alvanley poussa un soupir théâtral, et sortit sa boîte de tabac à priser qu'il ouvrit. Lord Alvanley était membre des Fidèles du Prince, et s'enorgueillissait d'être depuis toujours dans les petits papiers de la couronne.

Même si maintenant l'idée lui paraissait totalement saugrenue, Barry avait rêvé un jour d'appartenir à ce cercle très fermé. Aujourd'hui, il faisait tout pour les éviter. Ennuyeux à mourir, les Fidèles du Prince péroraient dans les salons pour se rendre intéressants. Wolverton avait bien raison à leur propos : il fallait les fuir comme la peste !

Barry considéra son interlocuteur sans aucune aménité et jeta d'une voix presque mordante :

— Vous montrez bien plus d'indulgence à l'égard de Northwick, sir ! Et pourtant, autant que je sache, Wolverton n'est pas aussi immoral que peut l'être votre ami.

Alvanley renifla avec mépris.

— Que connaissez-vous au juste de Wolverton ? Moi, j'ai entendu dire que ce n'était qu'un barbare et, après ce qui s'est passé ce soir, je dois avouer qu'il n'a pas failli à sa réputation. Entre nous, je n'ai jamais compris pourquoi Colby Banning était allé vivre avec les sauvages en Amérique… Enfin, chacun est libre de vivre comme il l'entend. Disons que, ce soir, le duc nous aura au moins divertis ! Après tout, cela reste dans la famille…

— Qu'insinuez-vous par là, Alvanley ?

— Comment, mon cher garçon, ne seriez-vous pas au courant ? Oh, mais oui ! Je vois bien à votre tête que vous ne savez rien. Eh bien… sachez que la belle dame que Wolverton vient juste d'enlever, d'une manière plutôt cavalière, n'est autre que la fille de feu son cousin. Cela ferait d'elle… quoi au juste ?

Il feignit de réfléchir, le visage empreint d'une joie malsaine.

— Sa cousine au quatrième degré ? Cinquième ? En tout cas, ils doivent être assez éloignés pour ne pas être accusés d'inceste, et suffisamment proches pour rendre la chose divertissante... Pardonnez-moi, je dois vous laisser. Je vois lady Jersey qui agite la main dans ma direction. Sans doute veut-elle se régaler des détails croustillants de cette histoire, et elle sait à qui s'adresser pour les obtenir...

Barry regarda, écœuré, lord Alvanley se frayer un chemin jusqu'à lady Jersey. La musique emplissait la salle, mais ne réussissait pas à étouffer les chuchotements excités qui montaient de part et d'autre. La rumeur de l'incroyable sortie de Wolverton se répandait comme une traînée de poudre. Pour un homme qui n'aimait pas le scandale, Brett Banning avait su jeter de l'huile sur le feu. À quoi diable pensait-il pour capturer une femme avec si peu de cérémonie? Qui plus est, la propre fille de son cousin?

Northwick s'arrêta devant Barry avec un sourire narquois.

— Vous me semblez bien pâle, mon jeune ami! Vous sentiriez-vous lâchement abandonné?

— Je vous en prie, milord! Vos insinuations sont insupportables. Wolverton et moi sommes de simples amis. Il est libre de faire ce qu'il veut.

— Il n'empêche qu'il vous a lâché...

Barry serra les poings, réprimant l'envie de l'envoyer paître. Les lèvres de lord Brakefield se déformèrent en un cruel rictus.

— Quelque part, il vaut mieux que ce soit ainsi. Pour vous, bien sûr. Ce serait dommage que vous soyez accusé de complicité dans une affaire d'inceste, n'est-ce pas?

— Vous avez une fâcheuse tendance à conclure trop vite! Pardonnez-moi, vous parlez d'inceste... Moi, tout ce que je vois, c'est que le duc s'est proposé de raccompagner Mlle Van Vleet dans sa voiture...

— Vraiment?

Le sourire de Northwick s'agrandit. Il prit une pincée de tabac, l'inspira dans son mouchoir brodé de ses initiales, avant de refermer la petite boîte émaillée et de la glisser dans sa poche.

— Comme vous pouvez être ennuyeux parfois, Kenworth. Vous n'avez décidément aucun romantisme ! À l'heure qu'il est, le duc a dû glisser sa ravissante cousine dans son lit. Mais peut-être ignoriez-vous qu'elle était sa cousine ?

— J'ai entendu ce ragot. Mais je n'y ai pas cru un instant. Je suis d'ailleurs surpris que vous ajoutiez foi à de telles inepties.

— Inepties ?

Northwick se mit à rire doucement.

— Petit idiot, c'est moi qui ai lancé la rumeur, et je sais de quoi je parle ! Vous êtes vraiment un nigaud, Kenworth. Je dois admettre qu'il m'a fallu du temps pour établir le lien entre Wolverton et Mlle Van Vleet, ce qui aurait pourtant dû me frapper la première fois que j'ai entendu le nom de cette jeune femme. Ce n'est qu'en la voyant que la vérité m'a sauté aux yeux...

Barry fronça les sourcils.

— Que voulez-vous dire ?

Brakefield afficha un sourire suffisant.

— Voulez-vous que je vous raconte une vieille histoire, une histoire excitante ? Je me suis toujours demandé ce que la dame était devenue. C'était une émigrée française, adorable créature, délicate, blonde et plutôt conciliante. L'homme qui avait été son époux l'avait répudiée et, hélas, comme cela arrive parfois, la belle dame s'était retrouvée à la rue, obligée de vendre ses charmes pour manger. Dans cette histoire, il y avait un enfant — une magnifique fillette qui s'appelait Kyla. Je n'ai pas oublié ce nom car il est plutôt inhabituel pour une fille... et comme vous savez, j'adore les petites filles, n'est-ce pas Kenworth ?

Révolté par l'étalage sans pudeur de ses vices, Barry s'inclina avec raideur.

— Milord, la tournure que prend cette conversation m'offense. Vous me pardonnerez si je n'écoute pas le reste de votre histoire.

Northwick éclata de rire et, dans ses yeux vides, une lueur dangereuse se profila soudain.

— Bien sûr, mon jeune ami, je vous pardonne votre

goujaterie, fit-il en martelant chacune de ses syllabes. Mais souvenez-vous bien, Kenworth, votre ami Wolverton aura bientôt des raisons de regretter d'avoir agi aussi légèrement. Il a peut-être signé son arrêt de mort.

— Encore une fois, vous exagérez... Je doute fort que l'attitude de Wolverton, ce soir, l'exclue des meilleures maisons... Et maintenant, si vous voulez bien m'excuser, je ressens le besoin de prendre un peu l'air. Bonne fin de soirée, monsieur.

Barry pivota sur ses talons et s'éloigna, sentant le regard de Northwick dans son dos. Il s'était fait un ennemi, bien sûr. Mais il n'en avait cure! Dieu, cet homme lui donnait envie de vomir...

La soirée tout entière avait été une catastrophe, et il était soudain pressé de quitter cette foule et ce brouhaha. Même la musique lui paraissait tout à coup discordante.

— Lord Kenworth! Attendez!

On l'appela au moment où il atteignait la porte d'entrée, bien décidé à s'éclipser discrètement. Réprimant un soupir, Barry se tourna avec impatience. La comtesse du Bois se hâtait vers lui à travers la foule. Son cœur se serra. Que pourrait-il dire à cette femme, de toute évidence bouleversée?

Un pli soucieux barrait le front de la malheureuse, et son visage, d'ordinaire si resplendissant, était pâle et hagard.

— Milord, fit-elle d'une voix essoufflée. Auriez-vous vu par hasard ma filleule, Mlle Van Vleet? J'ai entendu dire... mais c'est impossible, bien entendu, car elle n'aurait jamais fait une chose aussi stupide... Sauriez-vous où elle est?

— Non, je suis navré, répondit-il, mal à l'aise de devoir mentir.

— Et votre ami, le duc de Wolverton? Vous êtes venus ensemble et j'ai cru comprendre... Enfin, est-il encore là?

Avec beaucoup de réticence, il secoua la tête.

— Non, madame. Il n'est malheureusement plus ici, j'en ai bien peur.

— Mon Dieu !

Céleste vacilla, sa main tremblant légèrement. Elle s'agrippa au dossier d'une chaise et, avec un faible sourire, se redressa.

— Je vois. Je vous remercie, milord. Il faut que je parle à lady Rushton. Ondine a dû renvoyer ma filleule à la maison, Kyla se plaignait d'une migraine depuis le début de la soirée. Ce qui explique que je ne la trouve pas...

— Bien sûr. Je suis certain que vous la trouverez à la maison quand vous rentrerez. Dois-je vous appeler votre voiture ?

— Non, pas tout de suite. Je vais d'abord chercher Ondine...

Barry prit congé, mais la comtesse du Bois ne lui prêtait plus attention. Elle hocha machinalement la tête et rebroussa chemin, s'éloignant à travers la foule avec une infinie dignité, ignorant les regards cruels des curieux...

Les immenses vantaux à l'entrée du domaine de Ridgewood étaient fermés, et le gardien fut sorti de son lit par les cris du cocher. Le pauvre homme ouvrit des yeux ronds en découvrant la voiture ducale.

— On ne m'avait pas dit que vous veniez, marmonnait-il entre ses dents pendant qu'il s'énervait avec son trousseau de clés et que les chevaux piaffaient d'impatience devant les grilles.

Les battants s'ouvrirent enfin dans un grincement désagréable, et la voiture s'ébranla.

Brett considéra sa compagne. Kyla Van Vleet était recroquevillée sur le siège en face, le visage tourné vers la fenêtre, fixant la nuit au-dehors. Elle lui faisait songer à un animal acculé...

— Comportez-vous comme une dame, et c'est ainsi que vous serez traitée. Je ne tolérerai aucune scène devant mes domestiques.

Enfin, elle lui concéda un regard.

— Non ? Et que ferez-vous si je me mets à crier au viol, Votre Grâce ? Vous me battrez ? Vous me tuerez ?

— Essayez pour voir, vous serez vite fixée.

Irrité, il se pencha vers elle :

— Sachez qu'il n'est pas encore trop tard pour vous rétracter si vous avez des remords, mais je vous préviens... la prison est un endroit terrible.

— À vous entendre, on dirait que vous en avez fait l'expérience...

— Peut-être bien.

Il se mit à rire devant le coup d'œil dubitatif qu'elle lui décocha.

— Quelque chose me dit que vous ne seriez pas à votre aise à Newgate, mademoiselle Van Vleet. Il y fait froid, et c'est tellement humide... En outre, les seuls hommes là-bas qui pourraient vous offrir leur protection attendront autre chose qu'un battement de cils ou des promesses vides.

— Encore des menaces ?

— Et comment appelez-vous les efforts que vous avez déployés pour m'extorquer de l'argent ?

Elle n'eut pas l'occasion de lui répondre : le véhicule s'arrêta brutalement, et la portière s'ouvrit. Au même instant, des lampes illuminèrent la façade de l'imposante maison, soulignant les pierres inégales des escaliers.

Brett sortit le premier, et se tourna pour aider Kyla à descendre, la soulevant dans ses bras plutôt que de lui offrir la main. Elle le fusilla du regard, avant de lever le menton dans un geste de défi tandis qu'il la posait. Malgré sa robe de soie bleue déchirée, malgré les mèches qui s'étaient échappées de son chignon et qui ondulaient gracieusement autour de son fin visage, Kyla Van Vleet gardait fière allure. Elle avait l'élégance, l'assurance innées qui n'appartenaient qu'aux gens de l'aristocratie. Mais le secret de cette femme était ailleurs, au-delà de l'or précieux de ses boucles blondes, au-delà de cette silhouette mince au maintien presque hiératique. Il y avait quelque chose en elle, une mystérieuse lumière qui le subjuguait.

Car, il devait le reconnaître, il désirait Kyla Van

Vleet, aujourd'hui comme au jour de leur première rencontre.

Il la guida vers l'escalier, puis jusqu'au porche soutenu par de massives colonnes. La porte d'entrée avait été ouverte, et il aperçut Mme Wilson dans l'entrebâillement, la gouvernante. Visiblement, Godfrey n'était pas là, sinon il serait venu l'accueillir.

— Bonsoir, Votre Grâce, fit Mme Wilson d'une voix sèche. Nous ne vous attendions pas si tôt.

— Je n'ai pas besoin de grand-chose ce soir, madame Wilson. Un feu dans la cheminée de ma chambre et peut-être un repas froid feront l'affaire.

— Oui, Votre Grâce. Tilly se charge du feu. Les draps ont été changés.

Au pied de l'immense escalier qui s'étirait vers le premier étage en une élégante volute, la gouvernante agita la sonnette, et une domestique apparut, le regard hébété, les cheveux en bataille. Mme Wilson lui ordonna d'aller préparer une assiette de poulet froid et de fromage.

— Et tu n'oublieras pas d'y mettre les fruits qui ont été livrés aujourd'hui, Susan.

Tandis que les pas de la servante décroissaient dans le couloir, la gouvernante reporta son attention sur Brett, évitant soigneusement Kyla, comme si celle-ci n'existait pas.

— Ce sera tout, Votre Grâce ?

Il était évident qu'elle brûlait de demander s'il fallait préparer une seconde chambre. Brett hocha brièvement la tête.

— Ce sera tout, madame Wilson. Merci.

— Bonsoir, Votre Grâce, lâcha la gouvernante avant de tourner les talons.

Brett regarda sa compagne à la dérobée. Si elle s'était sentie insultée d'avoir été ignorée, Kyla n'en montrait rien. Elle ne protesta même pas quand il l'escorta à travers l'immense vestibule vers l'escalier. Sur leur chemin, des statues de déesses nues se paraient d'ombres pudiques dans la faible lumière des bougies.

À l'étage, un épais tapis se déroulait au gré des couloirs, étouffant leurs pas jusqu'aux appartements du duc. La porte était ouverte. Sur le seuil, Kyla eut un mouvement de recul.

— On hésite, mademoiselle Van Vleet ?

Elle ne répondit pas, et entra, le dos raide et crispé. La femme de chambre était agenouillée devant l'âtre. Prenant soin de ne pas regarder en direction de son maître ou de son invitée, la domestique attisa le feu jusqu'à ce que les flammes lèchent les grosses bûches. Alors elle se leva et, sans demander son reste, gagna la sortie, fermant doucement le battant.

Le silence retomba sur la pièce, seulement rompu par les gémissements du bois dans la cheminée. Kyla était restée près de la porte et fixait le feu les mains tendues devant elle.

— Vous aurez peut-être plus chaud si vous vous approchez, observa Brett d'un ton caustique.

— Peut-être.

Le calme subit de la jeune femme était d'autant plus exaspérant qu'il succédait à des flots d'injures. Avec un soupir, il jeta négligemment son foulard sur un fauteuil, puis se débarrassa de ses bottes. Sa compagne restait muette, elle n'avait pas bougé. Il la dépassa pour gagner la table où étaient rangés les verres et les carafes en cristal. Il remplit deux verres.

— Du cognac français, commenta-t-il. Vous devriez l'apprécier.

Acceptant un verre, elle s'amusa à le tourner lentement entre ses doigts, se perdit dans la contemplation de son contenu ambré, de cette couleur qui réfléchissait les lumières des bougies. Sa main tremblait légèrement quand, enfin, elle le porta à ses lèvres et le but par petites gorgées, les épaules tout à coup affaissées, avec l'air accablé d'un condamné à mort.

— Pour l'amour du Ciel ! la sermonna-t-il, perdant patience. Si vous persistez à faire cette tête, je risque de vouloir changer d'avis.

— C'est un soulagement de savoir qu'il existe des créatures qui vous inspirent encore de la pitié.

Cette fois, elle croisa son regard, avec une froideur délibérée.

— Insinuez-vous que je devrais avoir pitié de vous ? Ma pitié, je la réserve à ceux qui la méritent, mademoiselle Van Vleet, pas à de vils maîtres chanteurs !

— Je serais curieuse de connaître la liste de ceux qui mériteraient votre pitié.

— Vous n'en faites pas partie, répondit-il en déboutonnant sa chemise qu'il envoya sur le fauteuil.

Cette discussion ne les mènerait nulle part... Agacé de ne pouvoir estomper la tension qui régnait dans la pièce, il vit la lueur de méfiance dans son regard, ce fatalisme qui se peignait sur son adorable visage comme si elle se préparait au moment où il lui sauterait dessus pour lui arracher ses vêtements. La perspective était tentante ! Kyla Van Vleet était si belle. Cette chevelure qui, dénouée, flottait sur ses épaules diaphanes, ce mélange de glaciale indifférence et de sensualité, ces prunelles qui rappelaient, par la pureté et la densité de leur couleur, les mers lointaines...

Prenant une profonde inspiration, il s'approcha d'elle. Les yeux de Kyla s'assombrirent, et sa poitrine se souleva plus rapidement. Quand il s'arrêta à quelques centimètres, elle lui décocha un regard farouche, plus injurieux que des mots, mais il ne s'y trompa pas. Elle avait peur, l'extrême pâleur de son visage en était la preuve.

— J'ai une autre liste qui conviendrait mieux à une ravissante personne comme vous, mademoiselle Van Vleet. Mais voilà, nous ne nous connaissons pas suffisamment pour en parler.

Il plongea le doigt dans son verre de cognac, pour redessiner ensuite le contour de sa bouche délicieusement ourlée, rouge comme un fruit mûr.

— Comme nous sommes sur le point de devenir plus intimes, j'espère que vous ne m'en voudrez pas si je vous appelle Kyla. Moi, c'est Brett.

Machinalement, elle passa la langue sur ses lèvres, recueillant une perle d'ambre avant que celle-ci ne roule sur son menton.

— Je ne veux pas... je ne souhaite pas vous connaître mieux, Votre Grâce.

— Ne me dites pas que vous avez changé d'avis, Kyla... Non? Très bien. Alors finissez votre cognac. C'est un excellent millésime.

Comme elle s'exécutait, la domestique revint avec un plateau de victuailles.

— Posez-le sur la table, lui ordonna Brett. À présent, vous pouvez disposer. Cela suffira pour ce soir.

L'instant d'après, la porte se refermait.

— Vous avez faim, Kyla?

— Non.

C'était un souffle à peine balbutié, presque étranglé, mais quand il se tourna et croisa son regard, les profondeurs outremer semblaient apaisées. Elle avait perdu, et acceptait sa défaite.

— Si vous n'avez pas faim, peut-être avez-vous envie d'autre chose... Venez ici, Kyla.

Elle ne bougea pas. Brett la rejoignit et lui ôta le verre des mains avant de la prendre par le bras pour la conduire jusqu'à la couche.

C'était un immense lit à baldaquin drapé d'épais rideaux de velours bleu nuit, s'ouvrant sur des draps d'un blanc neigeux et de douces courtepointes. Au cœur de l'alcôve, la lumière ne parvenait pas à dissiper les ombres.

Kyla frissonna. Faisant deux pas en arrière, elle regarda le lit d'un air affolé et secoua la tête.

— Je ne peux pas!

— Que se passe-t-il tout à coup? Mademoiselle est bourrelée de remords? Vous ne pouvez pas nier que vous aimez m'embrasser. Tout à l'heure, dans la voiture, nous aurions pu aller plus loin, et jamais je ne vous ai entendue protester... Ou alors voulez-vous prétendre maintenant qu'il ne s'est rien passé, que vous n'avez pas répondu à mes baisers?

— Non...

Le rouge lui monta aux joues.

— Je n'ai pas dit cela, ajouta-t-elle. Enfin, ce que je voulais dire, c'est que je... je n'ai pas... enfin il n'y a aucune garantie que vous teniez votre promesse. Vous m'avez offert de me payer...

— Que voulez-vous, à la fin ? Un contrat ?

Un soupir lui échappa.

— Si cela peut vous rassurer, je mettrai tout par écrit… après que j'aurai vu ce à quoi je peux prétendre. Mais prenez votre décision maintenant, Kyla.

Elle le considéra sans comprendre.

— Vu quoi ?

— Ne jouez pas les ingénues avec moi ! Vous m'avez bien compris. Montrez-moi ce que vous vouliez me vendre, nous avons assez perdu de temps.

— Vous voulez dire… que je me déshabille ?

Ses yeux s'écarquillèrent, à tel point qu'un instant il se demanda si, par hasard, ce ne serait pas pour elle la première fois. Mais aussitôt il mesura la stupidité de cette réflexion, d'autant qu'elle se mettait à rire, d'un rire suraigu, presque hystérique.

— Ça suffit, Kyla ! Je suis fatigué de vos petits jeux.

Elle opina.

— Vous avez entièrement raison, Votre Grâce. Il est temps de mettre un terme à ce jeu.

Et, sous le regard quelque peu désarçonné de Brett, elle ôta ses mules, puis dénoua un à un les rubans de sa robe.

— Vous allez devoir m'aider. Mais je suis certaine que vous en avez l'habitude.

— Ressemblerais-je à la femme de chambre d'une grande dame ?

— Tout à l'heure, j'avais cru comprendre, sir, que vous aimiez déshabiller les femmes. Voici, ajouta-t-elle en lui présentant son dos. Je ne peux pas atteindre les derniers boutons.

Il ne put résister à la tentation et glissa les doigts entre les pans de soie pour effleurer sa peau nue… avant de tirer d'un coup sec et d'arracher les boutons. En un tournemain, il l'eut entièrement débarrassée de sa robe qui tomba en corolle à ses pieds, et elle resta immobile dans sa fine chemise de batiste, laissant apparaître les fins rubans qui retenaient ses bas.

Lentement elle pivota, les yeux flamboyant dans son visage blême.

— Très bien, dit-elle avec une assurance qui le surprit. Dois-je continuer, ou préférez-vous vous amuser à déchirer le reste ?

Il haussa les épaules et s'adossa contre un montant du lit, croisant nonchalamment les jambes.

— Faites, je vous prie. À vous l'honneur !

La colère consumait le regard de la jeune femme, mais elle défit la boutonnière sertie de fines dentelles, dévoilant la chair nacrée de sa gorge, puis sans une hésitation, écarta les pans de la chemise qu'elle laissa glisser le long de ses bras. Le dernier sous-vêtement de soie épousait étroitement ses courbes. Captivé, il la regarda délier les rubans juste au-dessus du genou. Puis, avec une lenteur torturante, elle roula ses bas, lui offrant la vision ensorcelante d'une cuisse nue tandis qu'elle achevait de se déshabiller. Elle se redressa ensuite, et se tint courageusement devant lui, les bras fermés sur sa poitrine, attendant le verdict. Seul son menton tremblait imperceptiblement.

Brett prolongea la torture, prenant tout son temps pour la détailler des pieds à la tête. Mon Dieu, qu'elle était belle ! Plus fascinante encore que dans ses rêves... De fines jambes interminables, une taille étroite, des hanches à la courbe tendre, des seins hauts et fermes dont les pointes corallines se durcirent dans la fraîcheur de la nuit. Elle aurait pu hurler, protester, implorer... Non, elle se tenait là, nue devant un parfait inconnu, le visage relevé en signe de défi, acceptant son destin avec une bravoure qui forçait le respect. Les flammes dans la cheminée distillaient leur éclat sur ce corps magnifique, fait pour la passion.

Le désir montait en lui, sauvage et incoercible. Il s'approcha. Elle ne parlait pas, mais le perça d'un regard accusateur quand il tendit les doigts pour la caresser, sa main glissant jusqu'à ses seins avant de courir dans un délicieux voyage sur la plaine de son ventre, de s'aventurer dans les secrets de ce delta doré.

Elle s'écarta vivement, laissant échapper un petit cri.

— Vous aviez dit que vous me donneriez votre accord

par écrit, Votre Grâce, une fois que je serais déshabillée. Je le suis. Vous n'aviez pas parlé de toucher...

— Quelle erreur de ma part!

Tiraillé entre l'amusement et la colère de se voir ainsi manipuler, il alla s'asseoir à son secrétaire où il griffonna fébrilement quelques mots sur un papier, souffla dessus pour sécher l'encre et le lui tendit.

— Cela vous suffit-il?

Elle parcourut le document, puis leva sur Brett un regard énigmatique et hocha la tête.

— Pour l'instant, oui...

— Vous devrez vous en contenter. Il n'est pas question que je vous offre davantage.

Son regard s'assombrit dangereusement quand elle se pencha pour ramasser ses vêtements. Il l'arrêta dans son mouvement, refermant les doigts sur son poignet.

— Et maintenant, assez! Nous avons suffisamment attendu.

— Votre Grâce...

— Appelez-moi par mon prénom! Je ne supporte déjà pas ce titre dans un salon, alors au lit... Dites-le. Dites mon prénom.

— Brett, murmura-t-elle, docile.

— C'est mieux. Et maintenant, posez cette feuille si vous ne voulez pas prendre lc risque de la chiffonner.

Le papier atterrit sur la table. Brett prit la jeune femme dans ses bras et l'emporta sans prêter attention à la tension qu'il décelait chez elle. Elle avait la peau douce, et brûlante...

Lorsqu'il l'allongea sur le matelas, elle eut un sursaut de rébellion et chercha à le repousser, essayant de se redresser pour le considérer dans l'ombre.

— Brett, je vous en prie, attendez...

— J'ai déjà suffisamment attendu.

À son tour, il se déshabilla, puis jetant avec impatience ses vêtements derrière lui, posa les yeux sur sa compagne. Il vit alors l'incertitude qui se profilait dans son regard et se renfrogna. Allait-elle changer d'avis maintenant?

Mais déjà elle relevait la tête, tandis qu'un curieux

sourire, presque triste, apparaissait sur ses lèvres. Étouffant un juron, il scella sa bouche glacée d'un baiser ardent. Comme elle frissonnait, il la drapa dans les couvertures, puis entreprit de la réchauffer par des caresses jusqu'à ce qu'elle se détende, et glisse les doigts sur son torse.

Fouaillé par le désir, il l'embrassa avec plus de fougue encore, cherchant à apaiser le feu qui le dévorait, oubliant le monde entier pour ne plus songer qu'aux courbes affriolantes arquées à sa rencontre.

9

Au fond de l'alcôve de velours sombre, Kyla explora le corps de son amant par de longues caresses, timides d'abord, puis avec plus d'audace. Elle avait peur, Dieu qu'elle avait peur... Son inexpérience l'effrayait presque autant que son ignorance! Une chance encore, tante Céleste avait eu le temps de lui expliquer certaines choses...

Brett enferma sa main dans la sienne.

— Pas aussi vite, Kyla, murmura-t-il d'une voix devenue rauque, ou nous aurons fini avant même d'avoir commencé.

Il la repoussa contre le matelas et, se penchant sur elle, l'embrassa de nouveau, forçant le passage de ses lèvres.

Brett oscillait entre le désir et la rage de se sentir à la merci de cette femme, sous son charme. Chacun de ses baisers se voulait vengeance, mais au lieu de la punir, il ne fit qu'enflammer ce corps affolant, exalter sa sensualité. Par tous les diables, elle le tenait sous son joug! Elle pourrait lui demander la lune, il irait la décrocher juste pour elle!

Maudissant sa faiblesse, il n'en repartit pas moins à l'assaut de cette femme sublime. Ses doigts retrouvèrent le chemin de ses seins, agacèrent leurs boutons corallins, encouragés par les gémissements que Kyla laissait échapper parfois. À ses mains succéda sa bouche brûlante... Ses lèvres glissèrent le long de son cou fragile, avant d'échouer sur sa gorge, traçant des lignes de feu. Il enroula la langue autour de ses pointes durcies, puis les prit en bouche pour les sucer jusqu'à ce qu'ils ne soient plus que plaisir et douleur mêlés. Comme elle le réclamait, il s'allongea contre elle de telle manière qu'elle puisse sentir son désir contre sa cuisse, promesse des délices qui les attendaient encore.

Peu à peu, Kyla sentait ses forces la déserter. Comment aurait-elle pu résister quand tout son être la trahissait, quand elle voyait tomber une à une ses belles résolutions ? La honte, certes, la taraudait, et pourtant elle aimait ces caresses, elle aimait la proximité de ce corps puissant. Après tout, se répétait-elle pour justifier son abandon, qu'avait-elle à perdre maintenant que sa réputation était irrémédiablement entachée ? Si seulement il n'y avait pas cette petite voix, au fond de son esprit, la petite voix de la raison... Elle n'était rien de plus qu'une nouvelle conquête, l'histoire d'un soir, lui-même l'avait dit ! Une prostituée bien payée, voilà ce que, en quelques heures, elle était devenue... Courtisane, hétaïre, belle d'une nuit... Et demain, déjà oubliée !

Elle voulait de l'argent, beaucoup d'argent ? Elle l'avait obtenu ! Mais à quel prix ? Elle venait de vendre son âme au diable et de condamner ainsi tous ses rêves. Elle perdait, à cet instant précis, tout ce qu'elle tenait pour le plus important... sa fierté, sa réputation, ses espoirs. Cela en valait-il la peine ? Mais que pouvait-elle faire maintenant pour conjurer le sort ?

Rien ! Il était trop tard...

Tout, ce soir, s'était passé si vite... depuis le moment où Brett l'avait enlevée jusqu'à maintenant. Et la tension accumulée au cours des dernières semaines, l'incertitude quant à son avenir... Elle avait refusé d'écouter sa marraine, qui disait que le duc de Wolverton était dangereux.

Dangereux et ô combien captivant ! En dépit de la méchanceté dont il avait fait preuve, il était capable de tendresse. Il prenait le temps d'éveiller son désir, de la guider, écoutant son rythme quand lui brûlait de la posséder sur-le-champ. Comme si le temps lui appartenait, il imprimait chaque courbe, chaque creux dans ses paumes, redessinait patiemment avec les lèvres les contours de son corps. Elle aurait voulu que ces instants ne s'arrêtent jamais, que le monde cesse de tourner. Elle n'était plus qu'un brasier qui couvait depuis toujours et qui, tout à coup, se ranimait sans crier gare. Un feu qui dévastait tout sur son passage, même les derniers sursauts de raison ! Elle voulait plus, elle se sentait insatiable. Ses mains s'égaraient, glissaient sur cet homme magnifique.

— Brett… Il faut que je vous dise…

— Plus tard…

Pour la réduire au silence, il s'empara une fois encore de ses lèvres, sa langue se frayant un chemin derrière la barrière de ses dents. Les secondes s'égrenaient, Kyla avait l'impression de dériver…

Enfin, Brett lui permit de retrouver son souffle. Il se redressa sur un coude, ses yeux d'une envoûtante luminescence dans son visage sombre, et promena les doigts sur elle, n'oubliant aucune parcelle de ce corps qu'elle cambrait vers lui. Doucement, il se mit à rire avant de se pencher…

… pour déposer une pluie de baisers sur ses paupières closes, son nez fin, sa bouche gourmande ! Il la poussait aux confins de la fièvre, distillant en elle un tourbillon de sensations, attisant l'incendie qui faisait rage entre ses jambes. Elle se soulevait sous lui, l'implorait d'étouffer ces flammes. Quand les doigts de Brett se glissèrent entre ses cuisses et taquinèrent la fleur de sa féminité, elle ne put retenir un cri.

Il allait la rendre folle. Elle basculait, irrémédiablement attirée vers les profondeurs tandis que le temps s'arrêtait et s'effaçait, la laissant seule face à l'ampleur d'un désir dont elle ignorait tout.

Quand la délicieuse torture devint insupportable, elle se sentit emportée vers une extase qui crépita en d'aveuglantes lumières.

Brett la serra contre lui alors qu'elle s'abandonnait dans un long cri au creux de sa nuque, et elle s'enivra des fragrances épicées de sa peau. Elle resta pétrifiée un moment, suspendue entre deux mondes.

Brett lui accorda quelques minutes de répit. Son cœur s'apaisait quand il scella ses lèvres meurtries d'un autre baiser irrésistible, et il s'allongea sur elle. Il lui écarta les cuisses, prolongeant son baiser, l'emportant de nouveau vers les cimes du plaisir. Égarée dans le brouillard des sens, elle ne réagit pas lorsque, entre ses jambes, elle sentit sa virilité dressée contre sa chair. C'était comme dans un rêve...

Lentement, elle reprit conscience. Brett se plaquait plus étroitement contre elle, et la première tendresse laissa place à une douleur fulgurante. Elle se raidit, réprimant un cri, et aurait repoussé l'invasion si son amant ne l'avait clouée sous son poids. Il commençait à se mouvoir en elle, scandant une douleur qui la brûlait tout entière, qui se répercutait dans son esprit.

Avec les poings, elle voulut se débattre, puis resserrer les jambes, mais bien sûr, il était trop tard. Elle ne réussit qu'à fouetter le désir de son compagnon qui s'enfonça plus loin en elle. Brett releva la tête et, dans la faible lumière d'une dernière bougie, elle vit qu'il l'observait, surpris. Elle ferma les yeux, soudain trop triste pour soutenir son regard. Le brouillard bienfaisant qui l'enveloppait quelques minutes plus tôt s'était déchiré, et il n'y avait plus que la dure réalité de leur intimité, la certitude que plus rien ne serait jamais pareil désormais.

— Une vierge, souffla-t-il d'une voix rauque, incrédule. Par tous les diables, si j'avais pu le savoir...

Brett Banning n'aurait jamais imaginé que la fille de Faustine Auberge puisse être innocente, songea-t-elle avec amertume. Et le pire, c'est qu'elle l'avait conforté dans cette idée. Quelle idiote faisait-elle !

Elle ouvrit les yeux pour le regarder.

— J'ai essayé de vous le dire, mais vous ne vouliez pas écouter...

Il la considéra longuement, le regard soudain assombri.

— Vous auriez dû insister, j'aurais fini par accepter d'écouter.

— Vraiment, Votre Grâce ?

Si elle avait caressé l'espoir que la découverte de sa virginité le bouleverserait, elle se trompait... Après quelques paroles de réconfort, Brett la pénétra de nouveau, plus lentement cette fois, avec une douceur qui, bientôt, chassa la souffrance. Ce n'était plus la sensation d'urgence ni la sauvagerie torride qu'elle avait connues quelques instants plus tôt et, pourtant, le sentiment qui l'envahissait était tout aussi intense.

Brett lui murmurait des mots doux dans une langue inconnue, des mots entrecoupés de français et d'anglais, une véritable aubade de passion et de désir. Kyla suivit son amant jusqu'à l'ultime et éphémère apogée, telle une étoile filante. Étaient-ce ces quelques fractions de secondes de félicité qui rendaient l'amour aussi précieux ? Et Brett ? Vivait-il ces instants comme d'inoubliables sensations ? Était-il, lui aussi, emporté par ce désir qui la conduisait à s'arquer vers lui, à se blottir étroitement contre ce corps brûlant jusqu'à ce que le reste du monde se dissolve ?

Il ne l'aimait pas, elle le savait, et pourtant il l'appelait son amour, *love, mi amor*... Les mots lui échappaient dans un souffle rauque pendant qu'il la maintenait fermement sous lui. Ses mains se crispèrent, s'enfonçant dans la tendre chair de ses hanches. Il donna une dernière impulsion qui l'ébranla tout entière tandis qu'un cri rauque dépassait ses lèvres.

Longtemps ils restèrent ainsi, immobiles, enlacés, puis il roula sur le côté, pour mieux l'attirer au creux de son bras. Ses doigts se promenaient sans but précis sur le corps nu de Kyla, sa respiration s'apaisait peu à peu. Elle ne bougeait plus, bercée par cet instant d'éternité.

La sensation était la même, songea-t-elle paresseusement, que celles qu'elle éprouvait la nuit en Inde quand elle se glissait jusqu'à la rivière. Elle se laissait alors porter par les eaux, happer par le mystère de leurs profondeurs, là où il n'y avait plus ni jour ni nuit, ni douleur ni joie, seulement un doux néant.

Le matin se levait sur Ridgewood, s'immisçant entre les rideaux de velours sombre comme un voleur pour chasser les dernières ombres de la nuit. La lumière s'étendit dans la chambre, sur les murs et le parquet, courut sur les meubles, fit çà et là pleuvoir une poussière d'or. Sous le baldaquin, elle n'osa pas pénétrer, mais joua langoureusement sur le tapis d'arabesques bleu et vert qui couvrait le sol au pied du lit.

Kyla se réveillait lentement, surprise d'abord de ne rien reconnaître, puis les souvenirs revinrent, et la pétrifièrent. Oh, non! Il ne s'agissait pourtant pas d'un cauchemar, comme elle l'aurait souhaité... Brett Banning, le nouveau duc de Wolverton, était là, près d'elle, exhibant sans pudeur sa nudité puissante. Elle regarda son visage, et découvrit les marques d'ongles sur ses joues, de fines estafilades. Elle regretta de ne pas en avoir fait davantage, de ne pas lui avoir laissé autant de stigmates qu'il en avait laissé chez elle. Elle avait les lèvres meurtries, et un point de douleur sourde entre les cuisses. Tandis que le désespoir l'envahissait, elle ferma les yeux de toutes ses forces.

Quand elle les rouvrit, elle se concentra sur les particules de poussière qui voguaient dans le faisceau de lumière, redoutant de faire un geste qui réveillerait son compagnon. Comment pouvait-il dormir aussi profondément après... après cette nuit terrible? Grands dieux! Elle avait dû totalement perdre l'esprit pour accepter de le suivre dans sa maison, puis dans son lit. Sa vie était définitivement gâchée.

Pauvre tante Céleste! Elle devait se ronger les sangs. À l'heure qu'il était, tout Londres était bien sûr au courant de son départ fracassant de chez lady Sefton. On la considérait à n'en pas douter comme une femme qui avait vendu son corps à un riche aristocrate. Personne ne songerait à un enlèvement. Elle aurait dû crier, comme elle l'en avait menacé.

À quoi bon? se dit-elle avec un soupir résigné. Les ragots auraient de toute façon provoqué leurs ravages. Des heures durant, on avait probablement glosé sur sa robe déchirée et ses cheveux en bataille, sur la manière dont elle était partie avec le duc. Elle savait déjà ce qui s'était raconté. Elle avait tant de fois entendu ces propos malveillants.

Quelle injustice que ce soient toujours les femmes qui soient blâmées dans ces cas-là, quand le plus souvent l'homme était l'instigateur de leur déchéance !

Malheureusement, elle avait conscience d'être responsable de cette situation... Les joues brûlantes de honte, elle se mordit la lèvre. Qu'est-ce qui lui avait pris de lui dire qu'elle se vendrait au plus offrant ? Peut-être alors avait-elle été furieuse, furieuse qu'il vienne à l'improviste chez elle pour lui demander de disparaître, furieuse qu'il l'embrasse, et surtout furieuse d'avoir répondu à ce baiser... Sans se l'avouer, à ce moment-là, elle s'était sentie attirée par Wolverton...

Qu'allait-elle faire ? songea-t-elle, cédant à la panique. Sa réputation, en Angleterre, était définitivement brisée. Qui l'épouserait maintenant ? Impossible donc de rester dans ce pays ! Et pas question de retourner en Inde. Pauvre papa Piers, il serait bouleversé...

Elle n'avait plus le choix. Jamais elle ne ressemblerait à toutes ces jeunes filles qui attendaient qu'on leur trouve un époux, puis qu'on décide de leur vie. C'était à elle dorénavant de prendre son destin en main... Ironie du sort ! C'est justement Wolverton qui avait ruiné sa réputation, quand elle attendait qu'il lui offre un nouveau départ dans la vie !

D'une certaine manière, il lui permettait de le faire. Elle n'aurait pas, en effet, à épouser quelque jeune homme aussi gentil qu'insignifiant, à s'installer à la campagne pour élever ses enfants.

Finalement, n'avait-elle pas ce qu'elle voulait ? L'argent pour mener sa vie à sa guise ? Brett finirait bien par se lasser d'elle, et elle retrouverait sa liberté, avec quelques milliers de livres en poche qui lui permettraient de voir venir...

Elle pourrait voyager, s'installer à l'étranger. Là, personne ne se soucierait de sa réputation. Tante Céleste viendrait lui rendre visite, et elles parleraient de Faustine, de la France... Oui, c'est ce qu'elle allait faire, une fois que le duc lui aurait payé son dû.

Chassant les doutes qui la tenaillaient, Kyla ne résista pas lorsque Brett l'approcha de lui, les yeux encore ensommeillés, son beau visage plongé dans l'ombre.

Il passa une main sur sa joue, avant de repousser le drap, dévoilant sa nudité. Gênée, elle croisa les bras sur sa poitrine.

— Vous êtes aussi adorable à la lumière du jour, murmura-t-il, un sourire aux lèvres.

— Vous vous en plaindriez, Votre Grâce?

Sans répondre, il remonta le drap sur elle, et se leva. Avec une langueur nonchalante, il traversa tranquillement la chambre pour aller agiter la clochette près de la porte, comme s'il avait oublié qu'il était complètement nu. Elle aurait dû s'en moquer — après tout, elle allait devoir s'y habituer — mais elle détourna un instant les yeux, plus troublée que jamais. Cette intimité avec un homme était si nouvelle...

Déjà, Brett se glissait près d'elle, sous le drap.

— Ça va mieux, ce matin?

La question l'embarrassa. Elle savait ce à quoi il faisait allusion et même si, quelque part, elle était heureuse qu'il s'inquiète pour elle, elle lui en voulait de n'y songer que maintenant.

— Très bien, je vous remercie, fit-elle tout aussi nonchalamment. Je suis en bien meilleur état que mes vêtements.

— On commence déjà les caprices, ma colombe? gronda-t-il avec un sourire. Écoutez, refaites entièrement votre garde-robe, si cela peut vous faire plaisir! Et n'oubliez pas de me donner les factures.

Il s'était mépris sur ses propos. Jamais elle n'aurait eu l'audace de lui demander d'acheter des vêtements! Elle ouvrit la bouche pour dire qu'elle avait déjà une garde-robe, mais se ravisa. Après tout, ce serait idiot! Pourquoi ne pas profiter de sa générosité? Elle le méritait. Et ce serait une façon comme une autre de se venger de la brutalité avec laquelle il l'avait traitée, en s'imaginant qu'il pouvait l'acheter comme on achète une jument.

— Je vous remercie. Vous êtes trop généreux, Votre Grâce.

— Kyla, s'il vous plaît... appelez-moi par mon prénom, demanda-t-il presque tendrement.

— Oui, Brett.

Elle sourit, mais ses doigts se crispèrent sur l'ourlet satiné du drap, tandis qu'elle songeait combien il lui serait facile de tomber amoureuse de cet homme.

Avec impatience cette fois, il quitta le lit et traversa la chambre pour agiter furieusement la cordelette, jurant entre ses dents. Kyla imagina le tintement assourdissant des cloches en bas à l'office, et ne put s'empêcher de sourire.

Quelques instants plus tard, des pas retentirent enfin dans le couloir, et Brett se baissa pour ramasser son pantalon au moment même où l'on frappait à la porte. Il n'eut pas le temps de dire d'entrer, le battant s'ouvrait en grand, laissant apparaître sur le seuil un homme immense.

Les yeux de la jeune femme s'agrandirent. Elle n'arrivait plus à respirer, son sang s'était figé dans ses veines, et si elle avait eu la force de crier, toute la maisonnée l'aurait entendue! L'homme était un sauvage aux solides épaules, avec de longs cheveux noirs qui lui tombaient sur les reins et un teint cuivré, vêtu de vêtements en peau décorés par des plumes colorées. Elle remonta d'une main tremblante le drap jusqu'au menton, l'observant avec horreur en attendant que Brett se fâche.

Mais ce dernier considéra l'intrus d'un simple haussement de sourcils moqueur.

— Je vois que tu es de retour. Ça fait au moins dix minutes que j'appelle. Où sont Mme Wilson et Tilly?

— Mme Wilson a donné sa démission, pas plus tard que ce matin, répliqua l'homme froidement, et Kyla fut surprise devant sa parfaite diction et sa profonde voix de baryton. Il semblerait qu'elle ait été choquée par la visite d'une jeune dame dans ton lit sans que tous les deux, vous soyez mariés. Je lui ai suggéré d'en discuter avec toi, mais elle a dit qu'elle n'avait aucune intention de converser avec le diable lui-même. Vu les circonstances, j'ai jugé plus sage de lui permettre de s'en aller. Étant donné que Tilly s'enfuit en poussant des cris d'orfraie dès qu'elle me voit, j'ai été forcé de préparer le déjeuner. Pour toi, et ton adorable invitée, reprit-il en jetant un bref regard appréciatif en direction de Kyla. J'imagine que du gibier vous conviendra ? Vous devez avoir une faim de loup !

— Va au diable !

Le ton de Brett démentait ses propos, et il s'esclaffa tandis que l'homme posait sur la table le plateau, avec un poulet entier et un gros morceau de fromage. Brett se coupa une tranche de cheddar et, désignant Kyla toujours recroquevillée sous les draps, enchaîna :

— Elle prendra certainement un thé. Pour moi, ce sera du café. Fort et noir. Puis tu enverras quelqu'un au village trouver une remplaçante à Mme Wilson, de préférence une femme avec moins de principes.

À l'abri des tentures, Kyla se détendit quelque peu, mais songea en considérant le nouvel arrivant qu'elle n'avait jamais rencontré un homme aussi grand. Ce devait être un Indien d'Amérique, à en juger par son teint basané, ses cheveux sombres et raides. Toutefois, il n'avait pas d'accent, son anglais était irréprochable.

Il coula une fois encore un regard dans sa direction, puis se tournant vers Brett, il se mit à lui parler dans une langue dont elle ne comprenait pas un mot. Apparemment le duc, lui, comprenait fort bien, car il se fâcha et, serrant les poings, répondit sur le même ton acéré.

La querelle — si c'en était bien une — dura quelques minutes, puis l'Indien se retira, claquant bruyamment la porte derrière lui. Recouvrant aussitôt son calme, Brett prit un second morceau de cheddar.

— Décidément, vous pouvez vous vanter de faire de l'effet sur les gens ! s'exclama-t-il. Non que j'en sois surpris, car vous êtes magnifique…

Il se tut un instant.

— Nous devrions pouvoir vous trouver quelque chose

à vous mettre sur le dos, en attendant. Par la suite, nous ferons venir une couturière.

— Ce n'est pas nécessaire, je peux très bien...

— Vous ferez ce que je vous dirai de faire, Kyla ! Pas question de vous laisser vous promener toute nue, bien que... l'idée ait son charme.

— Je voulais simplement dire, rétorqua-t-elle froidement, qu'il serait plus simple de faire venir ma propre garde-robe. À moins que vous n'ayez conservé les vêtements de vos anciennes maîtresses, je ne vais pas attendre qu'une couturière vienne, et je n'ai pas l'intention de passer des jours enroulée dans un drap.

Les pupilles de Brett s'étrécirent. Il s'approcha du lit, de cette démarche féline qui la rendait si nerveuse. Le matelas s'enfonça sous son poids quand il s'assit et se pencha au-dessus d'elle, lui emprisonnant les mains.

— Peut-être vais-je finalement décider de vous garder sous les draps plusieurs jours... Faire venir vos vêtements serait compliqué, et puis... je n'ai aucune envie de voir votre marraine venir frapper chez moi pour exiger des dédommagements.

Elle faillit en oublier ses nouvelles résolutions de tenir sa langue et de prendre son mal en patience. Mais elle ravala sa réplique cinglante. Pour parvenir à ses fins, elle devait manœuvrer intelligemment. L'histoire des vêtements ne valait pas la peine qu'elle se fâche. Après tout, qu'il lui achète des toilettes si cela lui faisait plaisir, et qu'il pense ce qu'il voulait de tante Céleste... Peu importe ! Il pouvait même la garder au fond de son lit pendant des jours, elle ne désespérait pas de lui faire payer au centuple toutes ces humiliations.

Parce qu'il semblait attendre une réponse, elle sortit la première chose qui lui venait à l'esprit.

— À l'avenir, sachez pour votre gouverne que je préfère le café au thé.

10

La lumière de l'après-midi irradiait le jardin tout entier, irisait chaque pétale de rose, empourprait la timide pivoine, faisait étinceler les vestiges d'une ondée comme autant de minuscules diamants.

Dans l'allée bordée de murets, Kyla déambulait dans la douceur de l'air, humant les senteurs que la pluie avait rehaussées. Elle portait une vieille robe appartenant à la cousine de Brett, plus grande et surtout plus forte qu'elle, mais une fois ceinturée par un large ruban, la toilette de velours vert sombre soulignait la finesse de sa taille et mettait en valeur le renflement de ses seins. Elle fit une halte sur une chaise devant la gloriette, ses jupons s'évasant en corolle jusqu'à ses fines chevilles.

Brett, sorti sur la terrasse, l'observa un moment, perdue dans les pages d'un roman, oublieuse du monde qui l'entourait et auquel, sans le savoir, elle donnait une profondeur. Il s'attachait bien malgré lui à cette jeune femme... Pourtant, Dieu sait qu'il avait envie de la gifler quand elle relevait le menton, et le narguait de son arrogance ! Farouche, féroce, tour à tour glaciale et brûlante, autant de facettes qui l'intriguaient...

Curieusement, cette femme n'avait rien d'une prostituée. Il y avait chez elle au contraire une innocente douceur, la promesse d'un bonheur possible. Avait-elle découvert l'attrait qu'elle exerçait sur le monde entier ? Mesurait-elle à quel point un seul soupir, un geste ou encore l'un de ses fichus sourires enjôleurs pouvaient réduire les efforts d'autrui à la détester?

Certes, il brûlait de désir pour Kyla Van Vleet, mais grands dieux, il ne céderait jamais à la tentation de la traiter différemment de toutes celles qui avaient traversé sa vie sans jamais s'y attarder. Une seule avait été différente, mais elle était morte. Parfois, Kyla lui rappelait cette femme, même si elles ne se ressemblaient pas... Absurde, vraiment, car celle qui autrefois avait fait battre son cœur n'avait rien en commun avec la petite intrigante qui occupait aujourd'hui son lit...

Kyla sirotait un verre de citronnade glacée. Elle avait la tête gracieusement penchée sur son livre, le verre serré entre ses longs doigts fins, le balançant tout doucement.

Poussé par un désir qu'il n'expliquait pas, il quitta la terrasse et traversa à grandes enjambées la pelouse jusqu'à elle.

— Que lisez-vous? demanda-t-il en s'agenouillant près d'elle.

Sans lever les yeux, elle murmura:

— *Emma*, de Jane Austen. C'est une charmante petite histoire, bien qu'un peu trop romantique à mon goût. On pourrait presque croire à l'amour, en la lisant.

Amusé, Brett glissa les doigts dans une boucle blonde qui retombait sur sa joue. Elle leva la tête vers lui et, sur son visage, il détecta une brève lueur troublée.

D'un doigt, il caressa la peau diaphane de sa joue, effleura son menton, descendit vers sa nuque gracile jusqu'à ce que, étouffant un soupir, elle renverse légèrement la tête pour lui offrir la rondeur exquise d'un sein sous la mousseline blanche. La ligne plus sombre entre ces deux globes parfaits attirait Brett irrémédiablement, et sa main s'y glissa. La respiration de la jeune femme n'était plus qu'un souffle, à peine audible. Aujourd'hui elle n'offrait pas la moindre résistance, alors que la veille ils se disputaient encore parce qu'il lui avait rappelé qu'elle lui appartenait.

Certains jours, il la provoquait jusqu'à ce qu'elle se jette sur lui, comme elle l'avait fait, chez lady Sefton, toutes griffes dehors. Le plus souvent, elle savait magnifiquement se contenir, puisant dans sa fierté pour rester glaciale et indifférente. Pourtant, cela devait parfois lui coûter beaucoup.

Comme à cet instant... où il la taquinait, lui caressait un sein au beau milieu du jardin, indifférent au fait qu'un serviteur puisse les apercevoir. Le rouge envahissait les joues de la jeune femme, et pourtant elle se taisait, docile. Piqué par tant de retenue, il repoussa la mousseline et dénuda un sein. Elle frissonna quand sa paume se referma sur sa poitrine, frémit à peine lorsqu'il taquina entre le pouce et l'index la pointe plus foncée.

Mais alors elle leva la tête, les yeux flamboyant de colère.

— Dois-je me déshabiller ici, dans l'herbe ? Si vous êtes déterminé à vous donner en spectacle, pourquoi se gênerait-on ? Je vous vois hésiter, tout à coup... Curieux, je ne pensais pas que vous étiez du genre à ne faire les choses qu'à moitié !

— C'est le monde à l'envers ! répondit-il sans se départir de son sourire narquois. Voilà l'audacieuse maîtresse qui blâme son protecteur ! Vous êtes plus impertinente que je ne l'imaginais, ma douce.

— Et vous, vous n'êtes qu'une brute !

Il se mit à rire.

— Vous ne le saviez pas ? C'est parce que vous ne me connaissez pas bien.

Kyla ne répondit pas tout de suite, se bornant à le regarder d'un air étrange.

— Non, lâcha-t-elle finalement, je ne vous connais pas du tout. Et pour tout vous avouer, le peu que je sais ne me donne pas envie d'en apprendre davantage...

— Si vous voulez un bon conseil, ma belle, souffla-t-il méchamment, continuez à lire vos petites histoires sentimentales. La réalité risquerait de trop vous décevoir.

— La vie aurait-elle été cruelle avec vous ? railla-t-elle. Non, je ne le crois pas !

— Qu'en savez-vous ?

Elle se redressa, repoussant sa main avec tant de brusquerie que le livre glissa de ses genoux.

— Si le destin est cruel avec vous, alors que dire pour les autres ? Pardonnez-moi, mais vous n'êtes pas vraiment à plaindre ! À moins que la vie que vous menez aujourd'hui ne soit qu'une façade ? Cela se pourrait bien, finalement…

— Qu'est-ce qui vous fait dire une telle chose ?

S'appuyant contre la table en marbre derrière lui, il haussa un sourcil interrogateur.

— Alors, Kyla ? Je vous écoute…

Elle avait rosi, et ses prunelles bleues s'affolèrent brusquement.

— Eh bien… le faste de cette propriété, les obligations de votre titre, cette vie oisive, tout cela n'est qu'un miroir aux alouettes. Je vous imagine mal vous satisfaire de cette tranquillité désœuvrée.

— De plus en plus intéressant… Bien sûr, vous avez l'intention de me dire qui je suis vraiment ?

Elle s'empourpra de plus belle.

— Je n'ai pas cette prétention, se défendit-elle, mal à l'aise, je ne vous connais même pas. Pourtant, vous ne m'enlèverez pas de l'esprit qu'il y a quelque chose de différent chez vous, en plus du fait que vous ayez vécu si longtemps en Amérique… Quelque chose qui vous rend si singulier, si… dangereux.

— Dangereux ?

Il la considéra avec un amusement détaché.

— Vous me flattez, ma douce. Je n'imaginais pas qu'on puisse me trouver dangereux.

— Menteur ! Vous en êtes parfaitement conscient, protesta-t-elle en jouant avec la dentelle qui ourlait son corsage, tirant distraitement sur le minuscule ruban de satin. Tout l'indique… Dans la manière dont vous me regardez, ou dont vous regardez tous ceux qui croisent votre chemin. Vous avez conscience d'effrayer, et vous en jouez…

— Si c'est parce que j'ai l'intention de m'attaquer à ce corsage qui m'empêche de voir des trésors bien tentants, alors oui, vous pouvez dire que je suis dangereux, ma douce. Suivez-moi à la maison, que je vous le prouve, ajouta-t-il, moqueur.

Comme elle protestait, Brett l'entraîna par la main. Il se mit à courir, et elle réprima un éclat de rire.

Une fois dans la chambre, il la harcela de baisers passionnés. Cette froide résistance, ces airs de martyre, il avait appris à les apprivoiser...

Elle répondait au moindre de ses désirs, sans jamais se livrer entièrement. Alors, chaque fois, il réitérait le rituel, il se battait jusqu'à ce qu'elle s'abandonne.

Allongé au milieu des draps en lin blanc, ce corps était une invite silencieuse. Kyla, le visage empourpré, la respiration haletante, le considérait sombrement tandis qu'il la caressait, l'excitait, attendant avec impatience le moment où il cueillerait sur ses lèvres sa tendre reddition. Elle le supplierait alors de la posséder et de mettre un terme à cette délicieuse torture.

Fouaillé par cette perspective, il l'obligea à répondre à ses baisers. Enfin, elle rendait les armes! Elle noua les bras autour de son cou et s'arqua à sa rencontre.

Laissant les mèches de soie blonde glisser comme du sable chaud entre ses doigts, il lui maintint la tête pendant que sa langue explorait l'intérieur de sa bouche, puis s'en allait sur sa joue, sur sa gorge avant de remonter vers son oreille, en taquinant le lobe jusqu'à lui arracher des cris de plaisir. Ses lèvres papillonnèrent ensuite sur sa poitrine, il s'enivra du parfum de ses seins, avant de s'aventurer sur son ventre plat jusqu'à la toison de son intimité.

Avec un sanglot étranglé, elle se cambra vers lui, s'accrochant à ses cheveux pour l'attirer plus près encore.

Mais alors il se redressa. S'allongeant sur elle, il lui prit les mains et les remonta au-dessus de sa tête. Kyla s'humecta les lèvres avec gourmandise, comme si elle anticipait tout le plaisir à venir.

Lorsqu'il entra en elle, il la sentit frissonner tandis qu'à l'unisson, ils basculaient dans une savoureuse déraison. Elle lui murmurait des paroles à l'oreille, le suppliait de lui donner davantage, leurs corps étroitement enlacés se tendant, s'arc-boutant, jusqu'à ce que l'extase les emporte...

Longtemps, ensuite, ils restèrent immobiles, nus, perlés de sueur, le souffle court... Puis Brett se redressa sur un coude pour la dévisager longuement, une lueur brûlante et presque heureuse dans ses yeux clairs. Tendrement, il repoussa une mèche qui lui tombait dans les yeux.

— Vous me comblez davantage que je ne l'aurais jamais imaginé. Vous valez vraiment l'argent que je vous ai donné...

Elle se raidit, et la main qu'elle avait posée négligemment sur son épaule se crispa.

— En dépit de la somme importante que vous avez déposée sur mon compte, vous ne me possédez pas, rétorqua-t-elle sèchement. Vous avez pu acheter un peu de mon temps, mais mon corps comme mon esprit sont loin de vous appartenir.

— Vous vous trompez, ma belle. Je vous possède... ajouta-t-il en glissant la main sur ses seins gonflés. J'ai acheté ce corps, et je l'ai payé, alors il m'appartient.

— Vous vous abreuvez d'illusions, Votre Grâce ! Il n'y a que mon temps qui soit à vous, et encore, jusqu'à ce que vous vous lassiez de moi. Quand ? Bientôt ? Me libérerez-vous bientôt, Brett, me rendrez-vous ma liberté ?

Il décela alors la lueur moqueuse dans ses yeux et poussa un juron. Furieux, il s'écarta et quitta le lit.

Se pouvait-il que ce soit elle qui mène la danse ? Il croyait l'avoir asservie, en fait elle ne s'était jamais abandonnée. Au plus profond de son être, couvaient les tisons de la rébellion... Femme de malheur !

— Vous avez gagné ! Cette remarque risque fort de mettre un terme à notre liaison, Kyla. Je crois que déjà je me lasse... Malheureusement, reprit-il d'une voix menaçante, une semaine ne saurait remplir les termes de notre contrat.

— Que voulez-vous dire ? Vous n'honoreriez pas votre dette ?

Elle parlait d'un ton placide, mais il décela la pointe de frayeur dans sa voix.

— Serais-je renvoyée sans aucune compensation? Ce serait totalement injuste.

Il la fusilla du regard.

— Juste au moment où je commençais à penser que vous étiez différente! lança-t-il avec amertume. Finalement, vous ne valez pas mieux que les autres! Cessez tout de suite vos jérémiades. Vous ne gagnerez rien de plus que convenu.

Elle se redressa sur les coudes, et ses cheveux dénoués cascadèrent sur son corps nu en vagues soyeuses. Pourquoi fallait-il qu'elle soit aussi belle? songea Brett, excédé.

— Je veux seulement ce qui était prévu. Rien de plus, rien de moins.

— Dans ce cas, il va falloir que vous me donniez plus!

La stupéfaction se peignit sur les traits de la jeune femme.

— Mais enfin, c'est vous-même qui disiez tout de suite que vous étiez lassé. Et que notre liaison s'achevait... Je vous en prie, décidez une fois pour toutes! Vous commencez sérieusement à m'agacer.

Serrant les poings, il répliqua d'un ton sec:

— Cela tombe bien! Je m'en vais!

— Où, si je peux me permettre?

— Les affaires m'attendent, je rentre à Londres. Ainsi, vous n'aurez pas à me supporter durant ces prochains jours. Dois-je vous rapporter ce qui se dit sur vous dans les beaux quartiers? Si vous voulez, je peux même me charger de vous trouver un nouveau protecteur... J'imagine que notre départ, l'autre soir, a dû susciter bien des convoitises, et vous êtes à n'en pas douter l'une des courtisanes les plus réputées du moment.

Elle pâlit tout à coup, et ses beaux yeux s'embuèrent. Il regrettait presque de s'être montré aussi méchant, mais alors qu'il s'apprêtait à lui présenter des excuses, elle lui tourna le dos et se réfugia sous les draps.

11

Cette nuit-là, Brett dormit ailleurs, et partit aux aurores sans même lui dire au revoir. Ce fut le tintement des clochettes du cabriolet qui la réveilla. Elle bondit hors de son lit et courut jusqu'à la fenêtre, juste à temps pour voir la voiture disparaître derrière les buissons.

Kyla fut frappée par une violente sensation de trahison qui la laissa abattue. Elle n'avait pourtant aucune raison d'être triste: Brett Banning était parti, et elle pouvait faire ce que bon lui semblait sans avoir à supporter ses mains sur elle, ses caresses qui la réveillaient bien avant les premières lueurs de l'aube... ces caresses auxquelles elle avait peine à résister.

Elle laissa l'épais velours retomber sur la fenêtre, plongeant de nouveau la pièce dans la pénombre. Brett avait été clair. Elle était sa prostituée. C'est tout ce qu'elle signifiait pour lui, maintenant et demain, et si elle choisissait d'accorder ses faveurs à un autre, il s'en moquerait éperdument.

Le cœur serré, elle remonta dans le lit, enfonçant la tête dans les oreillers de plume pour fixer le sombre dais des tentures au-dessus d'elle. L'odeur des bougies qui, la nuit durant, s'étaient consumées et la faible senteur du cognac demeuraient dans l'air, mélangées aux effluves du feu que Mme Lynch, la nouvelle gouvernante, avait comme chaque soir allumé dans la cheminée.

Mme Lynch était une femme au visage austère qui

n'aimait pas parler, mais Kyla la préférait encore à l'Indien qu'elle avait rencontré le lendemain de son arrivée, et qu'elle n'avait plus revu depuis. Godfrey. Un nom curieusement raffiné pour un sauvage d'Amérique... Brett s'était contenté de rire quand elle en avait fait la remarque.

— Surtout, ne le prenez pas de haut ! avait-il dit d'un ton moqueur, en enroulant une mèche blonde entre ses doigts. Il est facilement irritable, et il pourrait lui prendre l'envie de porter ce magnifique scalp à sa ceinture.

— Godfrey est un Indien d'Amérique ?

— Oui. Il vient d'une tribu de l'ouest de l'Amérique. La tribu des Comanches. Ou le peuple Serpent. Je vous laisse le soin d'imaginer pourquoi...

Seule dans cet immense lit, Kyla frissonna. Brett aurait pu tout aussi bien appartenir à cette tribu. Dangereux, cruel et sauvage...

Comme bien d'autres à travers ce bas monde, d'ailleurs ! Brett n'avait pas tort de dire que les Anglais, dans leurs guerres à travers le monde, n'étaient guère plus civilisés que les autochtones américains. Avait-elle seulement oublié les horreurs commises en Inde au nom de la paix ? La colonisation britannique avait été sans pitié, elle avait coûté de nombreuses vies humaines dans chaque camp.

Oui, elle se rappelait encore ces temps d'insécurité, quand Richard Wellesley — frère d'Arthur Wellesley, le célèbre duc de Wellington — utilisait l'armée britannique pour écraser les dirigeants indiens trop hostiles. Combien de fois sa mère s'était-elle inquiétée de ce danger qui pesait sur eux, même si papa Piers répondait alors que depuis qu'elles avaient acquis la nationalité hollandaise, elles ne risquaient rien ? C'était faux, bien sûr, mais à l'époque, elle se sentait rassurée.

Kyla avait conscience de tout cela et, pourtant, lorsque Brett et elle en avaient discuté, elle n'avait pu s'empêcher de jouer l'avocat du diable et faire remarquer que les Américains n'étaient que des barbares vivant dans des huttes. Juste pour le provoquer, pour le faire enrager avant de se retrancher dans le silence, sa seule arme devant cet homme.

Mais pourquoi penser encore à lui quand, l'espace de quelques jours, il lui accordait un répit ?

Elle paressa plusieurs minutes sous les draps, puis elle entendit des pas dans le couloir. Il y eut un cliquetis de couverts, on frappa à la porte. Vite, elle se glissa sous la couverture qu'elle remonta jusqu'au menton.

— Entrez !

La jeune Susan pénétra dans la chambre, un plateau dans la main tandis que de l'autre, elle refermait la porte.

— Bonjour, mademoiselle.

C'était dit d'un ton enjoué, et respectueux. Avec un large sourire, la servante aux cheveux sombres posa le petit déjeuner sur la table.

— Vous préférez du café, mademoiselle, n'est-ce pas ?

— Oui, s'il vous plaît.

Kyla attrapa le peignoir en coton qu'elle avait trouvé au fond de l'armoire de Brett. Lâchant la couverture, elle enfila prestement le vêtement et quitta le lit. Surprenant alors le bref coup d'œil de Susan, elle noua la ceinture du peignoir avec un haussement d'épaules négligent.

— J'ai l'impression que je n'aurai pas assez de deux bras pour remplir une seule manche !

Susan sourit, et inclina brièvement la tête.

— C'est juste, mademoiselle.

Elle hésita, puis ajouta :

— Je ne voudrais pas paraître me mêler de ce qui ne me regarde pas, mademoiselle, mais ma tante est une bonne couturière. Voulez-vous que je lui porte ce peignoir pour qu'elle vous l'arrange ?

— Pourquoi pas, Susan ? Ce serait gentil. D'ailleurs, je serais ravie de payer votre tante si elle pouvait faire d'autres retouches pour moi. Mes vêtements... ne sont pas encore arrivés, et je crains de devoir me contenter de ce que je trouve ici.

— Oui, mademoiselle. Lady Arabella est plus grosse

que vous. Il est normal que ses vêtements ne vous aillent pas.

— Vous connaissez lady Arabella ? La fille de l'ancien duc ?

— Oui, mademoiselle.

Susan parut soudain mal à l'aise, comme si elle craignait d'avoir commis une bévue.

— Bien sûr, elle est gentille, s'empressa-t-elle d'ajouter. Très jolie aussi, mais... plus... plus grande.

Piquée par la curiosité, Kyla s'approcha de la jeune domestique, acceptant la tasse de café que celle-ci lui tendait. Elle prit une gorgée.

— Parlez-moi encore de lady Arabella. Elle est gentille, dites-vous ?

Susan hocha la tête.

— Très, mademoiselle ! Surtout, c'est la plus polie... Enfin, je ne devrais pas raconter ça ! On m'a dit que je parlais trop, et que j'étais trop lente pour le travail, c'est vrai, même si je...

Elle prit une profonde inspiration, et ses joues s'empourprèrent.

— Voilà que je recommence, mademoiselle. Je vous en prie, il ne faut pas m'en vouloir. Je suis une bavarde.

— Ne vous inquiétez pas, fit Kyla avec un sourire en s'asseyant à la table, avant de piocher un petit pain blanc dans la corbeille.

Elle eut tout à coup l'eau à la bouche. Sur le plateau, il y avait d'autres petits pains, un pot de crème du Devonshire et une assiette de fruits. Un petit déjeuner léger, comme elle les aimait, autre chose que les sempiternels harengs fumés, rognons et œufs dont sa marraine raffolait.

Tout en tartinant son pain d'une épaisse couche de crème, Kyla leva les yeux vers la jeune domestique qui se tenait immobile près de la table, se demandant comment lui soutirer des renseignements sur ses demi-sœurs sans éveiller les soupçons.

Finalement, ce fut Susan qui aborda le sujet. Elle lui parla de cette époque où le duc, son épouse et leurs quatre filles venaient fréquemment à Ridgewood. Plus tard, la duchesse avait refusé de quitter la ville, et ses visites s'étaient espacées jusqu'à ce qu'il n'y en ait plus.

— Pendant un temps, on disait que Ridgewood serait vendu, confia la servante, et que nous, on n'aurait plus qu'à aller chercher du travail ailleurs. Je suppose qu'on peut dire que le duc est mort au bon moment... Oh! ajouta-t-elle en plaquant une main sur sa bouche. Je ne voulais pas me montrer irrespectueuse... Et maintenant qu'il y a le nouveau duc, c'est plus pareil...

— J'en suis convaincue, Susan. Le domaine Ridgewood a eu la chance que le nouveau duc puisse le sauver des griffes des créanciers.

Susan hocha la tête, se mordant nerveusement la lèvre. On racontait partout qu'Edward Riverton s'était donné la mort pour échapper à la ruine. Apparemment, le père de Kyla n'était pas plus capable de gérer ses finances que sa vie amoureuse.

Prenant une profonde inspiration, la jeune femme demanda d'un ton anodin :

— Et vous, que pensiez-vous de l'ancien duc, Susan ?

Se dandinant avec embarras d'un pied sur l'autre, Susan donnait l'impression d'être une biche aux abois.

— Il était... c'était quelqu'un de plutôt... gentil, mademoiselle, mais triste... Des fois, c'était comme s'il n'était pas là. Il ne vous regardait jamais !

Elle releva la tête, emportée par sa faconde.

— Je ne voudrais offenser personne, mais un jour, j'ai entendu dire qu'il avait aimé quelqu'un, très fort, et que la femme était morte. Depuis ce temps-là, il n'était plus que l'ombre de lui-même.

Kyla fixait, pétrifiée, sa tasse de café vide, tout en songeant à l'énigme qu'avait été son père. Avait-il souffert d'avoir été séparé de Faustine ? L'avait-il aimée ? Les questions se bousculaient dans son esprit, sans qu'elle puisse y répondre. Susan dut mal interpréter son silence car elle bredouilla quelques mots d'excuses, assurant qu'elle n'avait pas voulu dire cela.

Kyla releva la tête, un peu surprise, et sourit.

— Vous ne m'avez pas offensée, Susan. C'est juste que j'ai beaucoup entendu parler de ce duc, et que je n'ai jamais eu l'occasion de le rencontrer. J'étais simplement curieuse.

— Dans ce cas, vous voulez peut-être voir un portrait de lui, mademoiselle ? Il y en a un dans l'autre aile, dans les appartements que la duchesse douairière utilisait avant, quand elle venait.

— Vous avez un portrait d'Edward Riverton ici ?

Les doigts de Kyla tremblaient légèrement tandis qu'elle posait la tasse et se levait, resserrant la ceinture de son peignoir.

— S'il vous plaît, Susan, j'aimerais beaucoup le voir.

Trop heureuse de faire plaisir, la domestique la conduisit à travers le dédale interminable de couloirs. Elles dépassèrent plusieurs chambres où trônaient d'immenses lits à baldaquins. Des tableaux ornaient les murs, des portraits figés pour l'éternité, regards éteints qui parfois lui donnaient l'impression de la surveiller. Ces hommes et ces femmes avaient-ils été vraiment ses ancêtres ? Se retrouverait-elle dans l'une de ces figures austères et solennelles ? Elle était liée à eux, tout comme Brett l'était, à un degré moindre toutefois. Quelle ironie du sort qu'un membre aussi éloigné puisse hériter du domaine des Wolverton quand elle, fille du précédent duc, n'avait droit à rien !

Amères circonstances qui ne faisaient d'elle rien de plus qu'une invitée dans la maison où son père avait vécu. Faustine avait-elle au moins été autorisée à pénétrer entre ces murs, ou n'avait-elle vu que la maison en ville ?

La deuxième hypothèse était la plus vraisemblable.

Susan s'arrêta enfin devant une porte étroite et, tout à coup, Kyla se sentit apeurée. Comme si son père était encore vivant et se tenait de l'autre côté du battant, prêt à la rencontrer pour la première fois...

En fait, il n'y avait évidemment que son portrait, pendant au bout d'une cordelette grossière. D'un pas hésitant, elle s'en approcha et étudia les traits de l'homme qui affichait un faible sourire. Ses yeux retinrent particulièrement son attention, car l'artiste avait donné un intense éclat à son regard. Il avait des prunelles d'une rare teinte bleu-vert, si familière, et pourtant si étrange dans ce visage masculin. Elle resta sans bouger un long moment, médusée. Puis, cédant à la tentation, elle tendit une main tremblante avant de brusquement s'arrêter, craignant tout à coup de le toucher.

Quelle idiote ! Seulement... il était si présent. Qu'aurait-il dit, se demanda-t-elle, si en d'autres circonstances, elle avait tenu à le rencontrer avant sa mort ? Aurait-il seulement accepté de la recevoir ? L'aurait-il accueillie à bras ouverts ou bien, comme son épouse, l'aurait-il rejetée avec mépris ?

Il y avait tant de tristesse, de mélancolie dans ce visage, une expression si poignante... Même après ce qu'il avait fait subir à sa mère, elle ne pouvait le détester.

— Il était jeune à l'époque, mademoiselle, murmura Susan, l'arrachant brutalement à sa rêverie. Ce n'était plus le même homme à la fin. Quand il est mort, ça faisait des années qu'il était malade. Enfin, je dis ça... il est mort à Londres, je ne l'avais pas vu depuis l'été.

— Il est mort en hiver ?

— Oui, mademoiselle. Le lendemain de Noël. J'en suis sûre car ça a fait des histoires. Il n'y a pas eu d'étrennes, du coup ! Ma cousine Becky, qui travaille là-bas, me l'a dit. Mais je vous ennuie avec mon bavardage, mademoiselle.

— Au contraire. Je vous remercie de m'avoir raconté tout cela, Susan.

Lentement, elle tourna le dos au tableau, mais le visage de son père resta gravé dans son esprit. Jamais elle n'oublierait la douceur de ses traits, la couleur si familière de ses yeux, et surtout cette tristesse qui émanait de lui, cette tristesse qu'elle ressentait elle aussi en mesurant tout ce qu'elle avait perdu. Bien plus que de l'argent ou des droits, on lui avait volé un père...

Que lui restait-il aujourd'hui ? Même si elle saisissait la justice pour qu'on lui reconnaisse des droits, il y avait peu de chances pour que sa requête aboutisse. Elle ne récolterait vraisemblablement que les rires méprisants des magistrats.

Ses chances de réussite avaient toujours été faibles,

mais dorénavant elle n'avait même plus l'innocence de sa réputation pour la soutenir. Elle avait tout perdu. Pour elle, il ne restait plus qu'une voie à emprunter : le chemin que Brett avait scellé en l'emmenant ici, à Ridgewood...

Plus tard, durant l'après-midi, assise dans le jardin, son livre fermé parce qu'elle n'avait pas l'esprit à lire, Kyla en vint à la seule conclusion qui s'imposait : elle allait devoir quitter l'Angleterre. Elle n'avait aucun avenir ici, sauf celui de devenir l'une de ces femmes qui vont d'un homme à un autre pour obtenir leur protection. Elle finirait alors ses jours seule et oubliée, tapie dans un bouge à ressasser des regrets. Et cela, elle ne pouvait le supporter.

Mais où irait-elle ?

En Espagne. Ou alors en France. À présent le calme était revenu, Napoléon était en exil... Là-bas, au moins, les femmes pouvaient prendre des amants sans que l'on crie au scandale. Elle vivrait avec tante Céleste à la campagne, dans un petit manoir au soleil. Adieu l'humidité et le froid ! Avec un peu de chance, si elle avait suffisamment d'argent, papa Piers viendrait les rejoindre. Oui, mais pour cela, Brett Banning Wolverton devait payer son dû. Et si elle partait maintenant, il ne lui laisserait pas un sou, comme il avait pris soin de le spécifier.

Renversant la tête, elle fixa l'entrelacs des frondaisons au-dessus d'elle, les feuilles des gigantesques chênes centenaires qui ombraient le jardin. Çà et là, au gré des pelouses, des statues se mêlaient aux fontaines qui crachaient des filets d'eau.

Que perdrait-elle à aller jusqu'au bout de ce contrat avec Brett ? Selon les rumeurs, il ne gardait jamais une maîtresse bien longtemps. C'était l'affaire de quelques jours, quelques semaines tout au plus... Ensuite, elle retrouverait sa liberté et, avec l'argent, elle se construirait une nouvelle vie.

Rien ne servirait de ressasser les regrets, de se laisser ronger par l'amertume... Il lui faudrait oublier également le curieux désespoir qu'elle éprouvait parfois quand elle regardait Brett, ou l'impatience qui la faisait frissonner dès qu'il la touchait. Combien de fois n'avait-elle pas rêvé de le rendre amoureux ?

Elle ferma les yeux. Les fleurs embaumaient l'air de leurs effluves volatiles. Elle tenta de les identifier... Du jasmin ? Non, il était encore trop tôt pour qu'il fleurisse, songea-t-elle paresseusement. Même si les jours s'étaient réchauffés, les nuits demeuraient fraîches. Du chèvrefeuille, peut-être...

— Pardonnez-moi, mademoiselle.

La voix profonde la fit sursauter, l'arrachant à sa rêverie, et son livre glissa dans l'herbe. Godfrey l'écrasait de sa haute stature, le visage totalement impavide.

— Oui, que... que se passe-t-il ?

S'il remarqua sa nervosité, il n'émit aucun commentaire, mais s'inclina poliment, et elle nota qu'il avait troqué ses vêtements de peaux contre un pantalon écru, une chemise blanche et un gilet de brocart sans manches.

— Souhaitez-vous prendre le thé dans le jardin, ou préférez-vous que je vous le porte au salon, mademoiselle ?

— Je... enfin, au salon, s'il vous plaît. Est-il si tard ? Je n'ai pas vu l'heure... enfin, la journée a été très agréable.

Elle se sentait idiote et nerveuse, incapable de contrôler les battements de son cœur ou le tremblement de ses mains.

— Il fait bon pour la saison, enfin je crois... balbutia-t-elle. Je n'ai pas vraiment l'habitude du temps en Angleterre. Et vous ?

— C'est un peu plus humide que chez moi !

— Chez vous... vous voulez dire en Amérique ?

Il opina, ses yeux noirs absorbant la lumière du soleil. En dépit de sa déférence, il donnait le sentiment d'être le maître des lieux, et non un simple domestique.

— Là-bas, c'est si différent. Nous avons de vastes terres arides et pourtant, rien n'est jamais gris. Je connais un endroit où, quand le soir tombe, les rochers s'habillent de rouge, de jaune ou de bleu.

Sa nervosité peu à peu s'estompait, et c'est avec un sourire aimable qu'elle se leva enfin, lissant les plis de ses jupons, avant d'accepter le livre qu'il avait ramassé pour elle.

— Je vous remercie, Godfrey. Puis-je vous appeler ainsi ?

— Je vous en prie.

— Mais ce n'est pas votre véritable nom, je me trompe ?

Un sourire flotta sur sa bouche bien dessinée.

— Non, vous avez raison.

— Serait-ce trop indiscret de vous demander comment vous vous appelez en vérité ?

— Non, mais je doute que vous compreniez si je le prononce dans ma langue.

— Cette langue que vous parliez avec Brett le lendemain de... mon arrivée ici ?

Le regard de son interlocuteur s'étrécit légèrement, et elle s'empourpra aussitôt en se rappelant la scène. Mais Godfrey ne fit aucun commentaire, se contentant de hocher la tête.

— Mon nom est Isawura, ce qui signifie Ours Fou.

— Pourquoi avoir changé de nom ?

— J'ai fait mes études en Angleterre, avec Brett, et mon nom était trop difficile à prononcer. Alors les professeurs m'ont choisi un prénom plus classique... Et maintenant que votre curiosité est satisfaite, puis-je vous escorter jusqu'à la maison ?

Elle accepta son bras, se sentant mal à l'aise au côté de ce géant à l'allure de sauvage et aux manières de gentilhomme. Il s'attarda dans le salon, et ils en vinrent à discuter de l'Inde. Godfrey déclara avoir toujours eu envie de découvrir ce pays, d'aller y chasser le tigre.

— Je m'imagine sur le dos d'un éléphant, sous un dais en soie comme un prince, confia-t-il. Je me suis toujours demandé comment Christophe Colomb avait fait pour confondre l'Amérique avec l'Inde. Nous n'avons pas d'éléphants chez nous, pas de tigres, seulement des troupeaux de bisons capables de couvrir une plaine d'un horizon à l'autre. Une vision impressionnante, si vous voulez mon avis...

Elle rit doucement. La première peur que cet homme

avait provoquée chez elle s'était envolée. Il parlait avec une telle aisance, et surtout une telle simplicité, qu'elle en oublia son air féroce du premier jour. Godfrey était non seulement cultivé, mais il avait beaucoup d'humour et, malgré son apparence, il n'aurait pas détonné dans un salon mondain.

— Pourquoi n'allez-vous pas à Londres ? demanda-t-elle au bout d'un moment. Vous aimeriez à n'en pas douter visiter les musées.

— Je les ai déjà tous vus.

— Vous restez à la campagne à cause de votre... enfin de... bredouilla-t-elle en s'empourprant.

— Mon allure, peut-être ?

— J'espère ne pas vous avoir offensé, mais il est vrai qu'avec vos cheveux longs, vous n'êtes pas comme tout le monde.

Il sourit.

— Plus jeune, je portais les cheveux courts pour ne pas scandaliser. Aujourd'hui, je me fiche de ce qu'on peut penser de moi. J'ai envie de les avoir longs, alors je ne les coupe plus. Cela me rappelle mon pays, et ma famille.

Avec un haussement d'épaules, il continua :

— Mais vous avez raison, c'est plus facile ici pour moi. Je peux aller quand je veux chasser dans les bois, camper, dormir à la belle étoile, et écouter le chant du vent dans les arbres...

— Je vous trouve bien nostalgique. Auriez-vous le mal du pays ? Votre famille vous manque-t-elle ?

— Je n'ai plus de famille, mais il est vrai que j'ai la nostalgie de mon pays.

Elle drapa un châle sur ses épaules, frissonnant un peu tandis que le soleil achevait sa course dans le ciel, plongeant l'intérieur du salon dans l'obscurité. Partout dans la maison, on commençait à allumer les lampes.

— Je sais comme il est dur d'avoir perdu sa famille, lâcha-t-elle dans un souffle étranglé. Ma mère est morte, et je n'ai jamais connu mon père.

— Edward Riverton.

Comme elle le considérait avec surprise, il hocha lentement la tête.

— Je suis au courant, bien entendu. Mais même si personne ne m'avait rien dit, il suffit de vous regarder pour le savoir. Vous avez les yeux de votre père, mademoiselle Van Vleet.

Un nœud se forma dans sa gorge, et elle détourna la tête. Comment se pouvait-il que cet homme remarque d'emblée ce que Brett se plaisait à nier ? Et la duchesse douairière ? Ne pouvaient-ils voir la ressemblance ? Ils préféraient se voiler la face, plutôt que d'accepter l'évidence.

— Mercredi, déclara tranquillement Godfrey, j'ai l'intention de faire une promenade à cheval. Accepteriez-vous de m'accompagner ? Vous montez, mademoiselle Van Vleet ?

— Oui, bien sûr. Mais le duc ne verra-t-il pas d'inconvénient à ce que… ? Je veux dire…

Comme elle s'enferrait dans des balbutiements, Godfrey lui sourit.

— Ne vous inquiétez pas, Brett et moi sommes amis. Il ne m'en voudra pas de vous emmener faire un tour. Demain, la couturière doit venir, vous lui demanderez une robe d'amazone.

— Alors, dans ce cas… répondit-elle avec un sourire. Je serai ravie de monter avec vous, Godfrey, bien que je doute que le duc, lui, en soit ravi.

— Brett ne fera aucune remarque, tant que vous serez avec moi.

Avec une brève révérence, l'Indien lui souhaita une bonne nuit, et la laissa dans le salon alors que le crépuscule tombait. Un homme des plus énigmatique ! Il lui vint soudain à l'esprit que Godfrey, sous des allures de sauvage, était certainement plus civilisé que le duc. Quelle ironie !

Les apparences, décidément, étaient trompeuses…

Céleste du Bois avait crispé les mains sur ses genoux. Comment le duc osait-il ? Elle serra les lèvres pour ne pas crier toute sa colère.

Wolverton était nonchalamment adossé contre la cheminée. Il promena sur la pièce son regard de prédateur, avant de reporter toute son attention sur sa visiteuse.

— Madame, je le répète, votre filleule est venue avec moi de son plein gré. Je ne l'ai pas traînée jusqu'à ma voiture, elle ne s'est pas débattue et n'a jamais protesté quoi qu'on ait pu vous raconter.

— Je connais Kyla, et vous ne m'empêcherez pas de penser qu'elle n'est pas partie de gaieté de cœur, Votre Grâce. J'ignore ce qui s'est passé entre vous, je suis juste venue vous demander de la laisser rentrer.

— Votre filleule est adulte. Si elle souhaite retourner chez vous, elle est libre de le faire. Je ne la retiens pas prisonnière.

Il la gratifia d'un sourire cynique.

— Elle dispose de son propre argent, et elle peut aller où bon lui semble. Si elle choisit de quitter ma protection, je ne la retiendrai pas. Bien entendu, elle ne recevrait pas dans ce cas l'intégralité de la somme fixée. Toutefois, il lui en resterait assez pour faire ce qu'elle désire. Je vous pose donc la question : où est le problème ?

— Le problème, Votre Grâce, siffla Céleste entre ses dents, c'est que vous avez fait subir à ma filleule une perte inestimable en la forçant à quitter ce bal !

— Je vois. Il aurait été plus discret de nous rencontrer de manière clandestine. Malheureusement, cela ne me convenait pas.

— Alors vous l'admettez !

Céleste marqua une pause puis, choisissant avec soin ses mots, enchaîna :

— Ce départ au vu et au su de tous, ne serait-il pas une volonté de votre part de réduire à néant ses efforts pour restaurer la réputation de sa mère ?

— Le nom de sa mère ne sera jamais blanchi, vous le savez bien.

Elle baissa les yeux, soudain blême.

— Faustine Auberge fut une courtisane, c'est un fait établi, poursuivit-il sans aucune aménité. Qu'espériez-vous, toutes les deux ? Que je me laisserais prendre à un honteux chantage ? Kyla a bien de la chance que je la trouve séduisante, car à l'heure qu'il est, elle serait encore en train de frapper à des portes désespérément closes !

Céleste serra les poings et, d'un bond, se leva.

— Votre Grâce, vos remarques déplacées m'insupportent. Je ne vois pas où est le chantage dans le fait de réclamer ce qu'on lui a refusé pendant si longtemps. Grands dieux ! Votre vie est-elle à ce point exemplaire que vous ne puissiez avoir le moindre soupçon de pitié pour ceux que l'existence traite injustement ? N'avez-vous jamais subi d'infortunes ?

— Si cela m'arrivait, je ne commettrais pas l'imbécillité de les partager avec le monde entier, et encore moins d'essayer de les monnayer !

Il se redressa, et s'écarta de la cheminée. Céleste n'était pas facile à intimider, mais il y avait quelque chose de tellement inquiétant chez Brett Banning, dans l'éclat métallique de ses yeux clairs, qu'elle faillit gagner la sortie sans demander son reste. Seul le sort de sa filleule lui donna le courage de continuer :

— Vous pouvez raconter ce qui vous chante, Votre Grâce, je sais que Kyla n'est pas l'intrigante que vous dépeignez. Elle est jeune, et réagit peut-être passionnément à l'injustice, mais l'argent ne l'intéresse pas. Ce qui n'est pas mon cas, car j'ai la notion de ce qu'il faut pour vivre. Kyla, elle, ne songe qu'à la souffrance de sa pauvre mère. Votre cousin était un homme méchant, vous ne pouvez quand même pas le nier.

— Je n'ai aucune intention de le faire. Je connaissais peu Edward, je n'essaie pas de le défendre. Il n'y a que la validité de ce premier mariage que je remets en cause...

Il la considéra longuement avant d'ajouter d'un ton radouci :

— Je sais que vous vous inquiétez pour Kyla. Je ne lui ferai aucun mal. Quand nous nous séparerons, je ferai en sorte qu'elle ait suffisamment d'argent pour vous assurer à toutes les deux une existence convenable.

Céleste prit une profonde inspiration, elle avait la gorge nouée.

— Mais vous ne lui rendrez jamais ce que vous lui avez volé, Votre Grâce. Avant qu'elle ne vous suive, elle avait une chance de connaître le bonheur, d'avoir un époux, des enfants. Elle voulait tomber amoureuse, se marier. Mais maintenant, qui l'épousera? Ce n'est certainement pas un gentilhomme décent qui... enfin, pas après ce qui lui est arrivé! Vous lui avez ravi son unique chance de gagner la dignité et le bonheur, Votre Grâce. Une fois encore, vous avez brisé ses rêves.

— Malheureusement, la renvoyer près de vous ne parviendrait pas à les lui rendre, comtesse.

Les yeux gris s'étaient voilés. Aurait-il des remords?

— Vous avez raison, Votre Grâce. J'espérais que vous la réhabiliteriez, mais je vois que je me suis trompée sur votre compte...

— En la gardant près de moi, je lui permets au moins de gagner de l'argent pour se refaire une vie ailleurs. Que puis-je de plus?

Céleste soutint tranquillement son regard.

— Vous pourriez l'épouser, Votre Grâce. Ainsi, vous lui donneriez un nom et elle retrouverait sa place aux yeux de tous...

Un instant, il parut stupéfait, puis d'un air incrédule, il secoua la tête.

— Je n'ai pas l'intention de me marier.

— Bah! Tous les hommes finissent un jour par le faire, qu'ils le veuillent ou non. Ne serait-ce que pour transmettre votre titre...

— Madame du Bois, sachez que je me fiche éperdument de ce titre! Je suis ici parce que mon père le souhaitait, et que j'obéis à ses dernières volontés. Croyez bien que c'est l'unique raison de ma présence en Angleterre.

— C'est ce que j'avais cru entendre.

Elle eut un faible sourire.

— Ainsi, parce que vous avez décidé de ne pas vous

marier, vous condamnez ma filleule à n'avoir jamais une vie normale ? Vous êtes pourtant responsable de ce qui lui arrive aujourd'hui !

— J'admets l'avoir un peu brusquée. Mais si elle l'avait voulu, elle aurait pu me repousser au bal de lady Sefton, et partir de son côté. Elle a choisi de me suivre.

— Je serais curieuse d'entendre la version de Kyla ! rétorqua Céleste en enfilant furieusement ses gants.

Elle le considéra, le front barré d'un pli mécontent.

— Je suppose que vous jugeriez inacceptable que je rende visite à ma filleule dans votre maison de campagne, n'est-ce pas ?

Wolverton sourit légèrement. Il lui prit le bras et l'escorta vers la porte d'entrée.

— Vous aurez bientôt l'opportunité d'entendre la version de Kyla, comtesse du Bois, car j'ai l'intention de l'amener ici, à Londres, pas plus tard que la semaine prochaine. Il est temps de dissiper les rumeurs selon lesquelles je l'aurais kidnappée et la retiendrais de force.

Céleste se retourna, ses talons crissant sur le marbre du sol.

— Votre Grâce, j'espère que vous n'aurez pas la cruauté de l'humilier plus que vous ne l'avez déjà fait !

— Dans ce cas, elle en serait la première responsable, comtesse du Bois.

L'entretien augurait mal de l'avenir, songea Céleste. Elle allait immédiatement écrire à sa filleule. Une lettre dans laquelle elle lui conseillerait de faire preuve d'une extrême prudence, et surtout de ne pas se montrer trop offensive envers son geôlier…

DEUXIÈME PARTIE

Manoir de Ridgewood, Angleterre
Mai 1816

12

Comme promis, la couturière vint dès le lendemain matin et, en moins de deux jours, confectionna le plus gros de la garde-robe. Kyla avait choisi du velours bleu profond pour sa tenue d'amazone. Après l'avoir enfilée, elle se contempla dans la psyché. Ajustée à la taille, épousant sa poitrine, la toilette avait de longues manches qui bouffaient sur ses poignets, et des jupons qui tombaient en cascade sur ses fines chevilles. Un corsage blanc déversait des flots de dentelle sur sa gorge. Enfin, elle avait commandé des bottines et un chapeau.

Brett n'était toujours pas rentré de Londres, et la jeune femme se refusait à songer à ce qu'il faisait...

Après le petit déjeuner, elle rejoignit Godfrey sur le perron pour leur promenade à cheval. Le jour venait à peine de poindre, et la rosée drapait encore l'herbe verdoyante, la faisant étinceler comme un tapis d'émeraudes. Une fraîcheur parfumée embaumait dans le silence de ce petit matin, et elle s'en remplit les poumons avant de sourire à l'Indien qui lui offrait son bras.

— Les domestiques vont gloser, sir, fit-elle avec un éclat de rire, auquel il répondit par un sourire radieux.

— Eh bien, cela donnera matière à réfléchir à Brett quand il rentrera. Peut-être reconsidérera-t-il sa bêtise de s'attarder en ville, quand une magnifique jeune femme l'attend ici.

Une fois encore, il ne fit pas mention du statut de

Kyla, et elle lui en fut reconnaissante. D'ailleurs, aucun domestique ne lui avait manqué de respect depuis que Mme Wilson avait rendu son tablier.

Ils galopèrent à travers champs sur de magnifiques pur-sang, sautant plusieurs barrières avec une facilité désarmante. Jusqu'à l'horizon, s'étendaient des bois traversés par de charmants chemins, qui s'ouvraient sur des clairières mystérieuses.

Ils ralentirent enfin l'allure, allant au pas pour ménager leurs montures, sur un sentier qui rejoignait les profondeurs de la forêt.

Godfrey faisait corps avec sa monture. Ses longues jambes musculeuses plaquées contre les flancs de l'animal, il montait à cru. Kyla, elle, n'avait pas le choix ; en amazone, elle avait un pied dans l'étrier, et l'autre ballant sur le côté de la selle. Et c'était avec envie qu'elle regardait Godfrey. Il s'esclaffa quand elle le lui avoua.

— Chez moi, les femmes montent comme nous. C'est nettement plus pratique. Bien sûr, elles apprennent dès leur plus jeune âge. Et on ne s'embarrasse pas de tous ces usages chers aux Anglais.

— En Inde, les gens sont peut-être plus simples qu'ici, mais ils ne sont guère plus libres. Certainement à cause des différences entre les classes sociales, ou ce qu'on appelle là-bas les castes. Ceux qui ne sont pas membres de l'une des quatre castes, sont traités comme s'ils n'existaient pas. On les appelle les Intouchables.

— Quatre castes seulement ? En Amérique, il y en a des milliers. Je suis un Comanche, mais à l'intérieur de ma tribu, il existe tellement de divisions qu'il est impossible de les répertorier.

— Oh, non, je vous parle juste des quatre plus grandes castes ! Voyons, il y a les brahmanes, la caste des prêtres, les guerriers, les bourgeois et les artisans. Mais plus que la caste, c'est la famille qui est à l'honneur en Inde ; elle est dirigée par le plus vieil homme de la tribu. Ces gens m'ont toujours fascinée par leur esprit de clan.

— Si vous venez en Amérique un jour, vous serez agréablement surprise par l'esprit d'entraide qui y règne. Je pense que vous aimeriez y vivre. Là-bas, on vous juge pour ce que vous êtes plutôt que pour votre titre et votre fortune...

Kyla jouait avec le bout de ses rênes en cuir. Soudain, un bruit la fit se raidir sur sa selle. Elle leva un regard interrogateur vers son compagnon; Godfrey scrutait intensément la lisière des bois. Il semblait aux aguets. Quand elle voulut l'interroger, il brandit la main, la réduisant au silence.

Juste au moment où elle commençait à prendre peur, il se tourna vers elle avec un large sourire.

— Que diriez-vous de quelques émotions pour vous distraire de votre routine?

Hésitante, mais convaincue qu'il ne prendrait aucun risque avec elle, la jeune femme finit par hocher la tête.

— Je n'en attendais pas moins de vous! commenta Godfrey en éclatant de rire. Venez alors.

Elle le suivit sans pouvoir dissiper complètement ses craintes, s'enfonçant dans l'épaisseur des bois. Entre les branches, les oiseaux gazouillaient. C'est alors qu'elle perçut, dans le lointain, les notes étouffées d'une musique étrange.

Un homme surgit soudain dans le sentier, devant eux, et Kyla dut se mordre les lèvres pour ne pas hurler d'épouvante, tirant sur les rênes de sa monture. L'inconnu avait le teint foncé, des vêtements bariolés, et deux pistolets glissés dans sa ceinture. Un sourire aux lèvres, il salua Godfrey dans une langue aux intonations méditerranéennes.

Il tourna ensuite la tête dans sa direction, et une lueur de gourmandise éclaira ses yeux noirs.

— Bienvenue, belle dame, déclara-t-il avec un fort accent avant de s'incliner cérémonieusement.

Kyla jeta un coup d'œil vers son compagnon, qui semblait plus amusé qu'inquiet.

— Inutile de trop la regarder, Giovanni! s'exclama-t-il d'un ton moqueur. Elle appartient à Wolverton.

Le dénommé Giovanni laissa échapper un grand soupir exagéré.

— C'est toujours la même chose. Les plus belles femmes sont prises avant même que je n'aie le privilège de poser les yeux dessus... Tant pis ! Allez, venez quand même jusqu'au camp ! Nous avons du ragoût sur le feu, et un bon vin à partager. Et puis... ajouta-t-il avec un clin d'œil à Godfrey, la petite Sanchia ne cesse de vous réclamer, depuis la dernière fois.

Sans plus attendre, Giovanni disparut derrière les buissons. Kyla regarda de nouveau son compagnon, qui lui sourit.

— Ne vous faites pas de souci. Je connais le chemin, ils campent toujours au même endroit lorsqu'ils viennent par ici.

Quand ils atteignirent le campement quelques minutes plus tard, elle comprit que ces gens étaient des Gitans, et que Giovanni était leur chef. Elle avait déjà entendu parler de ces nomades, mais n'en avait jamais vu. Elle les trouva fascinants. Les femmes portaient des vêtements enluminés, avec une multitude de jupons ourlés de dentelle, de gros anneaux d'or aux oreilles et des foulards assortis à leurs robes. Les hommes étaient tout aussi étonnants, les cheveux d'ébène bouclés et la peau foncée, toujours un sourire éclatant, certains sous d'épaisses moustaches. Ils avaient fière allure dans leurs pantalons aux arabesques originales, leurs chemises blanches grandes ouvertes sur une peau tannée par la vie au soleil, et leurs gilets sans manches chamarrés de fils d'or et d'argent.

Plusieurs feux étaient allumés entre les roulottes peintes de couleurs vives, elles aussi. Des enfants jouaient avec insouciance sous l'œil ensommeillé de quelques chiens. Quelqu'un jouait de la musique, une musique aux intonations suaves et envoûtantes, qui donnait envie de se laisser bercer...

Godfrey aida la jeune femme à descendre de sa monture, et l'un des Gitans s'approcha pour s'occuper de leurs chevaux.

— D'où viennent-ils ? souffla Kyla.

— D'Espagne, ou de Roumanie pour certains. Une fois par an, ils passent dans la région. Brett a décidé de ne pas les chasser, comme beaucoup d'autres propriétaires le font. Par bêtise plus qu'autre chose... On les dit chapardeurs ! Tant que ça se passe bien, Brett accepte de les accueillir sur ses terres, il ferme les yeux lorsqu'ils braconnent pour se nourrir. Ce n'est l'affaire que de quelques semaines. Ils finissent toujours par s'en aller, laissant l'endroit propre derrière eux.

Kyla regarda autour d'elle, et son compagnon en profita pour l'observer. Elle lui paraissait soudain bien jeune, et surtout bien innocente. À quoi pensait donc Brett en l'enlevant comme il l'avait fait ?

Godfrey avait peine à croire que cette Kyla Van Vleet était, comme Wolverton l'affirmait, une petite intrigante qui ne voyait que le profit. Pour lui, elle évoquait plutôt ces jeunes pouliches dont on n'avait pas encore bridé l'audace. Une femme des plus intéressante, à son avis, mais certainement pas quelqu'un que Brett pourrait utiliser impunément comme il l'avait fait avec d'autres avant elle ! Elle ne ressemblait pas à ces créatures prêtes à vendre leur corps pour une poignée d'argent...

Godfrey lui tendit la main, et Kyla la prit, ses doigts finement gantés semblant minuscules dans sa large paume. Avec un sourire, il l'escorta jusqu'au cœur de la clairière où brûlait un grand feu. Plusieurs cochons sauvages, flanqués de deux faisans, achevaient de rôtir au-dessus des flammes, sur une immense broche que des femmes tournaient lentement. À côté, un chaudron suspendu laissait échapper de délicieuses odeurs d'oignon et de viande mitonnée.

Giovanni les rejoignit. Il tapota le bras de Godfrey avant de désigner le gibier avec un sourire.

— Comment expliquez-vous, vous qui êtes si cultivé, que la viande braconnée ait toujours meilleur goût ?

— Le danger rajoute de la saveur, j'imagine... Sur d'autres terres, vous prendriez le risque de finir au bout d'une corde.

— Ah, mais vous voyez où nous choisissons de camper ! s'exclama Giovanni sans se départir de son sourire. Les terres de Wolverton, là où un homme peut circuler à sa guise, sans craindre pour sa vie.

— C'est vrai. Seulement, la première fois, vous ne

saviez pas où vous tombiez ! Vous avez eu beaucoup de chance que le duc ait pitié de vous…

— Moi qui pensais que c'était mon charme qui m'avait sauvé de la corde ! Mais ne faisons pas peur à cette ravissante dame… Savez-vous que Sanchia en est jalouse ? Il faut dire qu'elle est belle à damner un saint… enchaîna-t-il en détaillant Kyla. Est-ce l'épouse du duc ?

Rembruni, Godfrey l'informa d'un ton sec qu'elle était sous la protection de Brett.

— À votre place, je ne m'aviserais pas de tourner autour de cette jeune personne ! Wolverton pourrait regretter de s'être montré aussi accueillant.

Giovanni soupira.

— Quel dommage ! Peut-être pourrions-nous au moins la divertir de quelques chants ?

— Je ne sais pas. Demandez-le-lui. Pour ma part, je serais ravi de revoir vos superbes femmes danser.

Le visage de Kyla s'éclaira.

— Oh, je vous en prie, Godfrey, restons ! J'adorerais les voir danser !

— Dans ce cas, nous restons, Giovanni ! fit l'Indien avec un large sourire.

Il invita la jeune femme à s'asseoir sur un tronc d'arbre près du feu, et prit place près d'elle, épiant d'un œil méchant tous ceux qui, tombés sous le charme de sa ravissante compagne, s'approchaient dangereusement. Godfrey se demanda un instant s'il n'avait pas commis une erreur en acceptant l'invitation. Plusieurs jeunes gens, faisant fi de ses œillades meurtrières, offrirent leurs hommages à Kyla, allant jusqu'à se prosterner à ses pieds.

Une chance que Brett ne soit pas là !

Tout à coup, la musique s'éleva dans la clairière. Les bracelets d'or tintinnabulèrent, les pieds nus se mirent à frapper le rythme autour du feu tandis que les jupons de toutes les couleurs virevoltaient, sous le regard des hommes qui, du talon, scandaient la danse. Kyla, subjuguée, contemplait la scène d'un air admiratif.

Godfrey se retourna en sentant qu'on lui tapait sur

l'épaule. Sanchia se tenait derrière lui. Elle le considéra d'un regard flamboyant de colère.

— Ainsi, c'est ton nouvel amour ? Une femme qui joue les grandes dames ? Je croyais pourtant que tu préférais le feu à la glace !

Sans se laisser déconcerter par la jalousie de la gitane, il lui saisit la main.

— Ne tire pas de conclusions hâtives, car les apparences sont souvent trompeuses.

— Ne parle pas par énigmes !

Amusé, Godfrey resserra l'étreinte de ses doigts sur le poignet de la jeune fille.

— Cette dame n'est pas mon amour.

— Non ?

Sanchia coula un regard dubitatif en direction de Kyla.

— Et pourtant tu l'as emmenée ici. Jamais tu n'avais emmené une femme ici, jamais !

— Exactement, répondit-il en l'attirant gentiment vers lui.

Sanchia se laissa faire, quelque peu apaisée par ce geste tendre.

— Si par le passé je n'ai jamais amené personne ici, pourquoi le ferais-je maintenant ? Kyla est la femme de Brett et il est parti, alors j'ai pensé, quand j'ai vu que vous étiez de retour, que ça l'intéresserait de vous rencontrer. Et, je dois l'avouer, j'avais envie de vérifier si une certaine petite tigresse aux yeux furieux était toujours là...

Amadouée, la jeune Gitane battit des cils avec coquetterie, puis flirta effrontément avec lui, non sans jeter parfois des regards venimeux en direction de Kyla.

— Elle est trop pâle, confia-t-elle en se penchant à l'oreille de Godfrey. On la croirait presque malade.

— Toutes les femmes sont pâles comparées à toi, ma féroce beauté.

Le sourire de Sanchia s'élargit, et elle se dressa sur la pointe des pieds pour l'embrasser.

— Ça a été trop long, *querido*... Viens avec moi !

— Pas maintenant, je suis désolé ! répondit-il en

secouant la tête. Plus tard, ce soir... Je reviendrai une fois qu'elle sera en sécurité à Ridgewood.

Sanchia s'humecta les lèvres, une lueur gourmande au fond des yeux, et quand elle se tourna pour regarder Kyla une nouvelle fois, ses boucles d'oreilles dansèrent dans un mélodieux cliquetis.

— Alors... maintenant qu'elle est là, peut-être pourrions-nous lui apprendre à danser...

Avant que Godfrey n'ait pu l'arrêter, Sanchia se planta devant la jeune femme, les mains sur les hanches.

— Voulez-vous danser ?

— Comment ? Euh... oui, enfin... je ne sais pas... bafouilla Kyla en rougissant légèrement.

— C'est facile. Venez, je vais vous montrer.

Sans lui laisser le temps de protester, l'impétueuse gitane lui prit la main et l'obligea à se lever, avant de reculer d'un pas pour la détailler des pieds à la tête.

— Ces vêtements ne feront pas l'affaire... Il faut quelque chose qui bouge en même temps que vous ! Venez, je vais vous trouver une tenue.

— Sanchia ! intervint Godfrey en faisant un pas vers elle, les sourcils froncés. Je ne crois pas qu'il soit sage qu'elle...

— Qu'elle danse ? Elle ne fera rien de mal. Allez, détends-toi, beau ténébreux ! ou je vais m'imaginer que tu es devenu prude... C'est une danse, rien de plus. Regarde-la, comme elle s'ennuie à rester assise. N'est-ce pas, *señorita* ?

D'un geste impérieux, elle saisit Kyla par le bras et la poussa vers l'une des roulottes.

— Nous sommes à peu près de la même taille, je crois, bien que vous soyez peut-être un peu plus... ornée ? étoffée ? Ah, le mot ne me vient pas, mais j'ai un corsage qui devrait vous aller...

Kyla jeta un coup d'œil impuissant en direction de Godfrey, et ce dernier haussa les épaules. Après tout, se dit-il, Sanchia avait raison : que faisait-elle de mal ? Peut-être cela l'aiderait-il à oublier, quelques instants du moins, l'absence et le froid détachement de Brett ? Il connaissait son ami, il savait comment il se débarrassait de ces faibles femmes sans même un remerciement.

Kyla Van Vleet était différente, il le pressentait. Ce n'était pas un hasard si la jeune femme avait croisé le chemin de Brett. Il ignorait pourquoi et comment, mais il avait appris à faire confiance aux présages : leurs destins étaient liés...

Quelques minutes plus tard, Sanchia revenait avec Kyla dans son sillage. Godfrey resta bouche bée devant la métamorphose de Mlle Van Vleet. La jeune femme ressemblait maintenant à une Gitane blonde, avec ses jambes nues caressées par les volants satinés de ses jupons, ses longs cheveux détachés qui tombaient en cascade d'or sur ses reins comme des flots de soie... Godfrey se raidit, prenant tout à coup conscience de ce qu'il avait permis.

La musique s'arrêta, et le silence s'installa sur les lieux, seulement interrompu par les rires des enfants tandis que les adultes rivaient leurs regards sur Kyla. Elle semblait intimidée, adorable et innocente.

Haussant légèrement les épaules, elle lui sourit.

— Est-ce que je ressemble à une Gitane, maintenant ?

Sanchia rit à gorge déployée.

— Vous êtes encore plus belle que je ne l'imaginais. Il vaut mieux que je vous garde à l'œil.

« Oui, songea Godfrey tristement, il est plus que nécessaire de garder un œil sur elle... Qu'est-ce que fiche Brett à Londres ? »

Apparemment, il n'était pas le seul à être subjugué, car trois jeunes hommes s'approchèrent aussitôt, et lui offrirent de danser avec eux. Sanchia prit les choses en main.

— Vous êtes comme des papillons attirés par la lumière ! Reculez, si vous ne voulez pas tâter de mon couteau !

Elle se tourna vers sa compagne.

— Maintenant venez avec moi, Kyla ! Puis-je vous appeler comme cela, oui ? Je vais vous montrer quelques pas, puis je vous choisirai un partenaire, ainsi ces vilains garçons ne viendront plus vous importuner... Pousse-toi, Mario!

Avec un geste menaçant devant le jeune homme qui s'effaça instantanément, Sanchia conduisit Kyla au milieu de la ronde.

La belle Gitane se mit à danser... Elle était merveilleuse, souple et sensuelle, marquant le rythme à la perfection comme si tout son corps épousait la musique. Lentement, Kyla lui emboîta le pas, se laissant guider par les intonations de ce chant du soleil. Sanchia souriait, la taquinant pour ses premiers efforts embarrassés, l'encourageant à continuer.

Les violons s'en mêlèrent. Sanchia se laissa porter par la musique, oubliant bien vite son élève pour s'offrir au rythme trépidant, et Godfrey comprit ce qui, chez cette Gitane, le fascinait autant. De longs cheveux noirs encadraient son beau visage, ses yeux brillaient comme deux escarboucles, reflétant la lumière de cette fin de matinée, véritable provocation...

De plus en plus vite, elle tournoya jusqu'à ce que sa peau étincelle de sueur perlée et que ses cheveux battent ses joues rosies, jusqu'à ce que la musique s'élève en un crescendo final. Sanchia s'écroula alors au sol, ses boucles noires drapant tout son corps. Près d'elle, Kyla applaudit à tout rompre, aussitôt imitée par les autres.

— Merveilleux! s'écria-t-elle en se tournant pour sourire à Godfrey. Tout simplement magnifique! Je n'ai jamais vu autant de grâce, autant d'expression dans une danse.

Apparemment sensible à ce compliment, Sanchia se releva et tira de nouveau Kyla au centre de la piste, prenant le temps cette fois de lui enseigner les pas. Godfrey suivit la scène avec une attention redoublée, troublé de voir avec quelle rapidité la jeune femme apprenait. En quelques minutes seulement, elle était capable de reproduire à la perfection les pas de la belle Gitane.

— Il faut danser avec le cœur, pas avec les pieds...

Imagine que tu danses avec ton amant ! Oui, comme ça, *niña* ! criait Sanchia pour l'encourager. Splendide !

Elle n'exagérait pas. Kyla, pénétrée par les accents d'une rhapsodie lascive, évoluait comme dans un rêve, les jambes, puis les bras et les doigts capturés eux aussi par le rythme ensorcelant de ce chant qui la faisait vibrer jusqu'au plus profond d'elle-même !

Devant les regards médusés, elle oublia le monde qui l'entourait pour n'être plus qu'à la mélodie. Ses boucles blondes, comme une corolle soyeuse, suivaient chacun de ses mouvements.

Ensorcelé autant par sa beauté que par la grâce qui émanait de tout son être, Godfrey était incapable de détacher son regard de la jeune femme. Il n'en revenait pas. Où était passée la fille timide et réservée qu'il avait souvent observée dans le jardin, en train de lire ou cueillant un bouquet de fleurs ? Une autre l'avait remplacée, une femme sensuelle et séduisante, jouant de ses flots de soie blonde, levant les bras pour offrir le spectacle de sa gorge palpitante. Les yeux brillants, les lèvres entrouvertes, un sourire mystérieux étirant sa bouche, elle invitait un invisible amant à s'approcher, à la rejoindre... Le soleil jetait de l'or dans ses cheveux tandis qu'elle dodelinait langoureusement de la tête, les yeux chatoyants comme deux pierres précieuses.

Soudain, surgissant de nulle part, un jeune homme s'approcha d'elle, son corps souple et musclé rivalisant de séduction avec la fine silhouette gracieuse. Les talons du beau Gitan martelaient fougueusement le sol pendant qu'à tour de rôle, ils s'invitaient, se défiaient du regard. Tournant, toujours, s'attirant pour mieux s'écarter, ils dansèrent comme s'ils étaient seuls au monde.

Godfrey considérait la scène, en proie aux émotions les plus contradictoires, admiratif et effrayé à la fois. Heureusement que Brett était à Londres... Il le tuerait s'il apprenait ce qui s'était passé...

— Alors ?

Pris par le spectacle, Godfrey sursauta en entendant derrière lui une voix familière. Il pivota et découvrit Brett Banning, nonchalamment appuyé contre un arbre, les bras croisés, qui fixait Kyla et son partenaire ! Après quelques secondes, son regard rencontra celui de Godfrey, et le pli contrarié de sa bouche se transforma en un rictus dangereux. Il semblait avoir peine à maîtriser sa colère.

— Quel spectacle magnifique, quoiqu'un peu surprenant... Retrouver ma maîtresse dans les bras d'un autre !

C'était le genre de remarque que Brett avait l'habitude de faire quand il cherchait querelle, et Godfrey se prépara avec résignation à essuyer les foudres de son ami...

13

Kyla ne comprit pas sur-le-champ pourquoi son partenaire s'était arrêté aussi brutalement, ni pourquoi la musique mourut dans une dernière note discordante. Les battements effrénés de son cœur résonnaient à ses oreilles. Désorientée, elle se tenait immobile, haletante, cherchant à reprendre son souffle, trempée de sueur malgré la brise qui caressait sa peau.

Lentement, elle se retourna... et découvrit Brett. Au rictus sardonique qu'il affichait, elle devina que sous une apparence nonchalante, presque amusée, il se consumait de rage.

À la surprise succéda la stupeur lorsque son partenaire, les yeux flamboyants, interpella Brett d'un ton agressif :

— Ce n'était qu'une danse, *señor* ! Vous ne nous en tiendrez pas rigueur, quand même...

Le sourire de Brett s'élargit.

— Sans vouloir vous vexer, mon ami, je sais que je n'ai rien à craindre de vous ! Une femme comme celle-ci, il n'y a que l'argent qui l'intéresse, et vous n'en avez pas !

Cette remarque cruelle frappa Kyla de plein fouet. Les joues cramoisies, elle serra les poings. Qui était-il pour la juger ainsi ? Tout simplement le propriétaire de ces terres, se répondit-elle avec désespoir. Oui, il pourrait chasser ces Gitans s'il le souhaitait, à moins de les faire pendre. Pas un seul magistrat dans ce pays ne lèverait le petit doigt pour l'en empêcher...

Avec un sifflement de colère, le jeune Gitan fondait sur le duc, mais Giovanni poussa un cri, et le jeune homme s'arrêta net, à quelques mètres de Brett. Ce dernier ne semblait pas avoir pris ombrage de la réaction chevaleresque du jeune homme, il souriait tranquillement. Toutefois, Kyla ne s'y trompa pas : elle commençait à le connaître. Il attendrait patiemment qu'ils se retrouvent tous les deux pour déverser sa colère.

— Votre Grâce... commença-t-elle, s'efforçant d'apaiser les battements de son cœur. J'ai bien peur que vous n'ayez pas compris...

— Y avait-il quelque chose à comprendre ?

L'ironie ne suffit pas à estomper la menace dans sa voix.

— Ne me dites pas, chère Kyla... que vous avez quelque sordide confession à me faire ?

— Ne soyez pas idiot ! riposta-t-elle avant de s'interrompre, ravalant les mots cinglants qui lui venaient aux lèvres.

D'un geste négligent, elle haussa les épaules.

— Nous ne faisions que danser, Votre Grâce !

— J'ai vu cela, mon bijou.

— Ne m'appelez pas ainsi ! rétorqua-t-elle sèchement.

— Quoi... mon bijou ? Vous n'aimez pas ?

Il s'était écarté de l'arbre et s'approchait d'elle, élégant dans ses vêtements de ville. Sans la quitter des yeux, il lui saisit le poignet et porta sa main à ses lèvres brûlantes.

— C'est juste un mot tendre, railla-t-il doucement. Cela vous ennuie que je vous appelle ainsi ?

Qu'aurait-elle pu répondre ? Se sentant idiote, elle secoua la tête. Autour d'eux, chacun battait prudemment en retraite. Seul Godfrey, nota-t-elle du coin de l'œil, attendait, tranquille et résigné.

— Bien sûr, reprit Brett, il y a d'autres surnoms qui vous iraient mieux, moins flatteurs... Non, plus j'y réfléchis, plus « mon bijou » me semble un bon compromis...

Qu'avait-il à insister aussi lourdement ? Il commençait à l'agacer. Oubliant le danger, elle retira brusquement sa main.

— Je ne suis pas votre bijou, lâcha-t-elle en martelant chaque syllabe. Toutefois, si cela vous fait plaisir de m'appeler ainsi...

— Auriez-vous déjà oublié que vous m'appartenez? demanda-t-il d'une voix doucereuse, menaçante.

Elle ne répondrait pas à la provocation! Prenant une profonde inspiration, elle détourna la tête.

Avec un juron, Brett lui prit le bras et l'entraîna derrière lui à travers la clairière, contournant les feux de camp, puis dépassant Giovanni assis devant une roulotte. Il la guida sous les frondaisons jusqu'à sa monture, un étalon noir couvert d'écume, qui attendait patiemment son maître.

Brett l'accula contre le flanc trempé de l'animal, et elle découvrit une lueur meurtrière dans son regard.

— Un bijou peut être précieux, souffla-t-il enfin, mais il peut également s'agir d'un colifichet sans grande valeur. Et c'est exactement ce à quoi vous me faites songer, Kyla. Vous êtes adorable, décorative et... aisément remplaçable.

Elle sentit les larmes lui monter aux yeux, mais continua de soutenir son regard. Lentement, il fit courir les doigts sur sa joue, jusqu'à ses lèvres pour les redessiner en une caresse paresseuse.

— Ce nom vous convient donc parfaitement.

Avec humeur, elle repoussa sa main.

— Allez au diable!

— Vous n'êtes pas, hélas, la première à me maudire. Ni la dernière... Et maintenant venez, nous avons perdu suffisamment de temps. J'aimerais rentrer et me reposer, la route a été longue depuis Londres.

Brett lui encercla la taille et la hissa sans effort sur la selle de son cheval. Le temps qu'elle recouvre son équilibre, il montait derrière elle et, empoignant les rênes, la plaquait contre lui. Kyla chassa les mèches qui lui tombaient dans les yeux, à peine réconfortée de découvrir Godfrey qui les avait suivis et les considérait sans un mot. Elle lui jeta un regard empli d'espoir.

— Godfrey...

— Je vous verrai à la maison, mademoiselle Van Vleet.

C'était une manière de la repousser, de rejeter toute responsabilité... Kyla se raidit tandis que son cœur se serrait douloureusement. Elle avait imaginé, l'espace d'un instant, que cet homme était devenu son allié. De toute évidence, elle s'était trompée...

Godfrey s'adressa à Brett dans sa langue. Elle ne comprit pas ce qu'ils se dirent, mais ils n'étaient pas plus aimables l'un que l'autre. L'Indien s'éloigna finalement.

Talonnant sa monture, Brett lui fit tourner bride et s'engagea dans le chemin qui s'enfonçait sous les arbres. Les branches se tendaient vers eux, comme autant de doigts griffus. Menaçantes ! Pas autant toutefois que l'homme derrière elle, qui diffusait jusqu'au plus profond de son être une chaleur bienfaisante... Comment pourrait-elle dans ces conditions apaiser son cœur qui battait le tocsin, faire abstraction de ce corps contre le sien, de ce regard qu'il promenait sur ses jupons relevés ? Mon Dieu, ses vêtements ! Elle les avait laissés dans la roulotte de Sanchia, s'exhibant dans cette robe qui moulait étroitement ses hanches, qui découvrait sans pudeur ses chevilles...

Seigneur ! L'espace d'un instant, elle imagina ce qu'il avait dû ressentir en l'apercevant dans ce chemisier de coton noué par un simple ruban de satin, ces jupes évasées qui accompagnaient chacun de ses pas. Et bien sûr, pas de sous-vêtements, les cheveux détachés, et les pieds nus ! Mais était-ce suffisant pour provoquer un tel esclandre ? Brett n'avait-il pas affirmé lui-même, juste avant de partir pour Londres, qu'il se fichait qu'elle aille offrir ses charmes ailleurs ? Il n'avait par conséquent aucune raison de lui en vouloir. À moins qu'il ne soit jaloux du jeune Gitan qui dansait avec elle...

Des ombres s'étiraient à travers le sentier, projetées par le soleil qui perçait la frondaison verdoyante. Kyla battit des cils, un instant aveuglée lorsque, au sortir des bois, ils retrouvèrent la pleine lumière. Elle baissa la tête et machinalement, ferma les pans de son chemisier.

— Trop tard pour jouer les pudiques, vous ne croyez pas, mon bijou ? souffla Brett d'une voix moqueuse.

Elle le repoussa d'un coup de coude, mais plutôt que de s'écarter, il la blottit plus étroitement contre lui. Tournant la tête, elle le fusilla du regard.

— Lâchez-moi !

— Non.

Ses bras étaient comme un étau qui l'empêchait de respirer normalement.

— Qu'est-ce que vous pouvez être brutal ! s'écria-t-elle en haussant les épaules. Je suppose que cela vous donne un sentiment de supériorité sur moi ?

— Après tout ce que j'ai appris à votre sujet pendant mon séjour à Londres, mon bijou, j'ai d'autres raisons de me sentir supérieur.

Les dangereuses intonations de sa voix la prévinrent de toute riposte. Ce n'était pas le simple fait qu'elle ait dansé qui le rendait furieux, il lui reprochait autre chose. Mais quoi ? Mieux valait se taire pour l'instant...

La brise s'était rafraîchie. Elle avait froid, maintenant. Et grelottait.

— Vous n'êtes pas curieuse ? Vous ne voulez même pas savoir ce qu'on raconte sur vous ?

— Pardonnez-moi, mais les ragots ne m'intéressent pas !

Il s'esclaffa de nouveau. Maudissant l'émotion que ce rire distillait en elle, Kyla considéra ses mains plaquées sur son ventre, tranchant sur le coton blanc du corsage. Des mains puissantes. Pas comme celles de tant d'aristocrates anglais, pâles, avec de longs doigts aussi fins que ceux d'une femme...

— Ma farouche sauvageonne ! murmura-t-il, son souffle chaud contre sa joue la faisant frissonner. On est gelée ?

Il resserra imperceptiblement l'étreinte de ses doigts.

— Pourtant, j'ai cru comprendre que la couturière était déjà passée. J'ai reçu les factures. Où est donc cette belle tenue d'amazone qui m'a coûté les yeux de la tête ?

— Je... enfin... Sanchia a insisté, elle disait que je ne

pouvais danser avec une telle robe, alors elle m'a prêté ses vêtements.

Cela paraissait tellement idiot, à présent...

— Si vous échangez vos précieuses tenues contre du vulgaire calicot, je serai forcé de vous trouver un autre protecteur plus tôt que je ne l'avais prévu.

Irritée par cette manière désinvolte de lui annoncer qu'elle serait renvoyée sous peu, elle lui fit face pour l'envelopper d'un regard mauvais.

— Vos insinuations me font mal, sir.

— Quelles insinuations ? Je sais que le prix à payer pour une belle femme est élevé, mais il y a des limites à ma générosité.

— Si je comprends bien, vous êtes impatient de vous débarrasser de moi ? Dans ce cas, je vous demanderai de m'indiquer les plus grosses fortunes du pays. Ainsi ne perdrai-je pas de temps avec des hommes comme vous qui n'ont pas les moyens... Vous ne croyez pas ?

— Ce que je crois surtout, c'est que l'argent ne vous intéresse pas autant que vous le prétendez, *querida*. Sinon vous ne seriez pas allée étaler vos charmes avec si peu de pudeur au fond des bois, pour des hommes qui ne pourraient vous offrir plus qu'un bref moment de plaisir charnel. Dois-je comprendre que vous ne pensez plus qu'à faire l'amour ? Où est donc passée votre belle innocence ?

— Ooh ! Arrêtez tout de suite ce cheval, et laissez-moi descendre ! Comme si vous pouviez comprendre quelque chose à l'innocence ! Je refuse de faire un pas de plus avec quelqu'un d'aussi méprisable, et je ne vous permets pas de...

Le bras de son compagnon se resserra encore, coupant court à ses récriminations furieuses.

— Arrêtez, Kyla !

La menace qui sourdait sous ces mots lui fit ravaler sa rage. Elle reprit sa respiration quand il la relâcha, et se mordit la lèvre pour ne pas hurler.

— Vous savez toujours monter sur vos grands chevaux, je le constate. J'avais presque oublié à quel point vous pouviez être agressive.

— Vraiment ? Mon Dieu, moi, je dois vous avouer que pas un instant je n'ai oublié comment vous pouviez être insupportable.

— Attention, ma belle ! À ce petit jeu, vous n'êtes pas forcément la plus forte.

— C'est vous qui avez commencé, Brett Banning ! J'en ai assez, assez que vous m'insultiez, que vous me parliez comme si j'étais totalement idiote, comme si c'était vous qui décidiez de ma vie ! S'il n'y a que cela, gardez votre argent... Je me débrouillerai sans vous !

Elle se dégagea furieusement.

— Et puis, cessez de me serrer ainsi ! Je ne peux pas respirer !

Le pur-sang s'était immobilisé, et Brett la considérait, une lueur presque troublée dans ses yeux clairs. À quoi pensait-il ? Il aurait pu la gifler, mais il se contenta de la regarder comme s'il la voyait pour la première fois. Et ce regard qui s'éternisait ! La colère, peu à peu, l'abandonnait, laissant place à une émotion qu'elle ne s'expliquait pas. Cet homme la déconcertait. Au cours des dernières semaines, elle avait appris à connaître son corps, et pourtant elle savait si peu de chose sur lui. Que voulait-il ? Pourquoi restait-il en Angleterre quand il n'aspirait qu'à rentrer en Amérique ? Le fait de devoir marier ses cousines n'était qu'un prétexte. Brett Banning n'était pas le genre d'homme à se soucier de ces frivolités. Il aurait très bien pu laisser la duchesse douairière régler les détails...

— Je vous déteste ! souffla-t-elle quand d'autres mots plus tendres lui venaient à l'esprit.

— Je n'en doute pas, mon bijou...

Elle chercha à lui faire mal, comme il lui faisait mal, mais déjà il talonnait sa monture et la lançait au galop, coupant court à toute conversation.

Kyla n'eut même pas l'occasion de défouler la rage qui la consumait car, à peine arrivés à Ridgewood, Brett la déposa sans façon devant le perron.

— Attendez-moi dans notre chambre ! ordonna-t-il. Je vous rejoins.

Comme si elle n'était rien de plus qu'un objet qu'on

déplace à sa guise... Elle serra les dents. Quel mufle! Oh, comme elle serait ravie de pouvoir l'insulter, cela lui ferait tellement de bien. C'était probablement la seule chose qu'un homme comme Brett pouvait comprendre. Mais que gagnerait-elle à l'injurier, sinon un peu plus de mépris encore? Elle qui avait tant besoin de le convaincre qu'elle était autre chose qu'une fille de joie!

Pourtant lorsque, quelques minutes plus tard, elle poussa la porte d'entrée le plus dignement possible, sous les regards ébahis de Mme Lynch et de Susan, elle dut admettre qu'ainsi fagotée, elle pouvait facilement être prise pour une catin.

Grands dieux!

Rien d'étonnant à ce que sa mère ait décidé de quitter l'Angleterre! La vie comme simple servante valait encore mieux que de souffrir l'opprobre général.

Les jupons de calicot claquèrent contre ses jambes tandis qu'elle dépassait les statues de marbre et s'élançait dans l'escalier immense, la tête haute comme s'il n'y avait rien d'anormal à rentrer dans une telle tenue. Un jour, tante Céleste avait dit qu'une dame pouvait se vêtir de guenilles, à condition de le faire avec élégance. Pour une fois, sa marraine avait un peu exagéré!

Quand Brett revint, elle était assise devant sa coiffeuse et se brossait les cheveux, perdue dans ses pensées. Réprimant un petit sursaut, elle leva les yeux et croisa son regard dans le miroir. Elle continua de faire glisser la brosse dans sa chevelure.

Il s'approcha sans un mot. Elle sentit sa gorge se nouer, ses mains devenir moites. Difficile de garder un air placide dans ce silence pesant!

Les minutes s'écoulaient, Kyla aurait aimé disparaître sous terre. Que lui voulait-il encore? Ne l'avait-il pas suffisamment humiliée aujourd'hui?

— Vous auriez dû me parler de lord Brakefield, Kyla...

Les yeux agrandis de stupeur, elle le considéra dans le miroir.

— Lord Brakefield ?

Brett l'empoigna par les cheveux, l'obligeant à tourner la tête vers lui.

— Oui, lord Brakefield. Le comte de Northwick, si vous préférez... Essaieriez-vous de prétendre que vous ne savez pas de quoi je parle ? Par tous les diables, Kyla ! Pourquoi me l'avoir caché ?

Elle allait de surprise en surprise. Que lui avait-elle caché ? De surcroît sur un homme qu'elle avait simplement croisé, et qui lui avait foncièrement déplu ?

— Je me rappelle avoir été présentée à lord Brakefield chez lady Sefton, songea-t-elle à voix haute, espérant comprendre où le duc voulait en venir. Pardonnez-moi, mais je ne vois pas quel lien il y a entre cet homme et moi. Si vous pouviez être un peu plus clair...

Les doigts de Brett se crispèrent sur une mèche de cheveux. Il lui renversa doucement la tête et parcourut sa gorge de caresses à peine effleurées. Il était tendre, et pourtant, au fond de lui, elle devinait une rage terrible...

— Vous auriez dû me le dire, Kyla.

— Écoutez, sincèrement... je n'ai aucune idée de ce dont vous parlez. Que voulez-vous que je vous dise ? Que j'ai trouvé ce lord Brakefield désagréable, presque inquiétant avec ses yeux exorbités et son visage grêlé ? Mais en quoi cela peut-il bien vous concerner ?

— Vous ne voyez pas ?

Le ton était ironique, elle frissonna de plus belle. Mon Dieu, qu'il cesse cette mascarade !

— Allez, Kyla ! J'aurais préféré l'apprendre de votre bouche plutôt que d'entendre les rumeurs.

Reculant comme s'il s'était brûlé, il s'appuya au mur et la considéra d'un regard énigmatique. L'attente devenait un véritable supplice. Pourquoi n'en venait-il pas directement au fait ?

— Non, je suppose que vous avez trop honte...

— De quoi diable parlez-vous ?

La confusion cédait la place à l'irritation. Repoussant ses cheveux derrière ses épaules, elle le fusilla du regard.

— Cette fois, ça suffit ! Soyez clair, Brett Banning !

— Brakefield et votre mère, l'infâme Faustine Auberge, la belle courtisane... Est-il vrai qu'elle n'a pas hésité à vous vendre à ce débauché, ma douce ?

14

À la pâleur extrême de son visage, à ses pupilles dilatées, Brett vit combien ses paroles avaient profondément choqué sa maîtresse. Grands dieux, elle semblait si innocente ! Mais l'était-elle vraiment ? Il avait soudain toutes les peines du monde à imaginer que la jeune femme assise devant lui était celle que Northwick avait décrite. Et pourtant... La dépravation du comte de Brakefield n'était un secret pour personne, et Faustine Auberge avait été désespérée. Aurait-elle vendu sa fille pour obtenir suffisamment d'argent et quitter l'Angleterre ? Une violente nausée l'assaillit.

Northwick — ce débauché, ce voleur, et aujourd'hui son pire ennemi — ce fou furieux qui faisait en sorte de le ruiner, avait décidé de détruire la ravissante Kyla Van Vleet... La jeune femme constituait en effet son point faible dans une histoire qui durait depuis des années.

Kyla voulut se lever mais, aussitôt, se rassit. Les effluves de son parfum enveloppèrent Brett. Du jasmin. Une fragrance sucrée, lourde et entêtante. Aussi envoûtante que la femme qui le portait !

Devait-il se fier aux apparences ? Ajouter foi aux paroles d'un être corrompu ? Ou écouter son instinct et voir dans l'émoi de la jeune femme la preuve de sa franchise ?

Brett la considéra un long moment, essayant de percer à jour ce beau visage angélique. Mal à l'aise, Kyla finit par détourner la tête.

— Que... que vous a-t-on raconté sur moi ? demanda-t-elle sans le regarder. Que j'ai été un jour le jouet de lord Brakefield ?

— Oui. Le comte se vante de s'être livré à des attouchements sur vous. Vous n'étiez qu'une enfant à l'époque. Vous a-t-il approchée, Kyla ? Votre mère vous a-t-elle vendue à ce monstre ?

Faisant volte-face, elle éclata d'un petit rire étranglé.

— En quoi est-ce important pour vous de le savoir, Brett ? Cela ferait-il une différence pour vous, si on m'avait fait subir des sévices dans le passé ? Vous regretteriez ce que vous m'infligez depuis près de deux semaines ?

— Grands dieux ! Ne confondez pas tout ! Vous êtes une femme aujourd'hui.

— Oui, grâce à vous.

Elle se mit enfin debout et, tout en lissant les plis de sa robe d'un geste machinal, elle enchaîna :

— Vous avez dit vous-même que mon passé ne vous intéressait pas, alors pourquoi vouloir déterrer ces sordides détails ?

— J'ai mes raisons.

— Oh, je n'en doute pas ! Je peux aisément imaginer lesquelles.

— Le protégeriez-vous, Kyla ? Par tous les diables !

Il la considérait, furieux et frustré à la fois. Elle ne cilla pas, soutenant courageusement son regard.

— Non, reprit-il doucement comme elle s'obstinait dans son mutisme. En fait, vous êtes en train de protéger votre mère. Elle vous a vendue à ce pervers, et pourtant... vous êtes en train de la protéger !

Il avait visé juste. Kyla avait blêmi et tout à coup elle fondit sur lui, en proie à une rage folle, hurlant que c'était faux, que sa mère n'aurait jamais fait une chose pareille, battant le vide avec ses mains tandis qu'elle essayait de le gifler, de le griffer. Agacé, il lui empoigna les bras et la coinça contre le mur. Elle se débattit encore quelques instants, puis s'immobilisa. Haletante, les cheveux épars, elle leva lentement les yeux vers lui — des yeux embués et flamboyants.

— Écartez-vous ! cracha-t-elle entre ses dents serrées. Immédiatement !

— Jurez-moi que vous n'essaierez pas de me frapper, et je vous libère, Kyla. Je ne veux pas vous faire de mal...

— D'accord.

La jeune femme baissa la tête et des flots d'or glissèrent sur son visage. Il lui rendit alors sa liberté et recula.

Le silence retomba entre eux. Les secondes s'égrenaient, la jeune femme reprenait son souffle, une main sur la poitrine. Brett restait là, immobile, ne sachant que dire, que faire, regrettant soudain de lui avoir parlé de Brakefield.

— Ma mère n'aurait jamais eu la cruauté de me vendre, quoi que vous puissiez en penser, murmura-t-elle enfin en relevant le visage. D'ailleurs, je m'en souviendrais si c'était le cas. En revanche... Northwick doit être l'homme de mes rêves, de mes cauchemars devrais-je dire...

Son rire sonna faux.

— J'étais très jeune, vous savez, poursuivit-elle comme il se taisait. Mais des détails me reviennent, maintenant. Lord Brakefield est sûrement l'homme qui venait rendre si souvent visite à ma mère. L'autre soir, quand il m'a été présenté, chez lady Sefton, j'ai eu l'impression de reconnaître ses yeux et surtout... sa voix. Mais comme son nom ne m'évoquait rien, je me suis dit que j'avais trop d'imagination. À présent, je comprends mieux pourquoi ce visage m'était familier, pourquoi je me suis sentie... si sale quand il m'a regardée.

Les larmes roulaient sur ses joues cramoisies. Et, brusquement, Brett eut honte d'avoir suscité cette souffrance. Kyla était sincère. Pourquoi avait-il eu besoin de lui faire mal ? De remuer un passé qui, c'est vrai, ne le regardait pas ?

Il s'était d'abord imaginé qu'en la laissant au domaine de Ridgewood, il pourrait plus facilement la chasser de son esprit, l'oublier dans les bras d'autres femmes. Près de la zone portuaire, dans ces quartiers où les marins venaient glaner un peu d'amour, il s'était mis en quête d'une étreinte anonyme. Au hasard des lupanars, il avait croisé le chemin d'une superbe créature dotée de courbes voluptueuses, de longues jambes, et d'épaisses boucles dont le blond rappelait l'or des cheveux de Kyla. Mais ce n'était pas Kyla, et il avait été incapable de suivre cette femme dans sa chambre. Il était reparti, harcelé par le souvenir de sa maîtresse.

Comme si cela ne suffisait pas, en rentrant au domaine, il avait trouvé Kyla dansant au beau milieu des bois avec un séduisant Gitan, vêtue d'habits qui dévoilaient avec impudeur sa beauté, les cheveux déliés flottant autour des hanches. Aussitôt, les viles insinuations de Northwick avaient ressurgi...

Kyla leva son visage baigné de larmes et, dans son regard, il lut un profond désarroi. Il s'en voulait, mais il en voulait encore plus à Brakefield qui abusait de toutes ces fillettes.

La seule pensée que ce monstre ait pu toucher Kyla l'emplissait d'une rage meurtrière! Il étranglerait de ses propres mains ce dépravé, pour tout le mal qu'il avait infligé à des âmes innocentes.

Il était évident qu'aujourd'hui, le comte se servait de la jeune femme à seule fin de le provoquer. Ce pervers se croyait plus rusé que tout le monde, il n'imaginait pas que Brett ait pu voir clair dans son jeu...

— Demain, ma chère Kyla, annonça-t-il d'un ton songeur, nous irons à Londres. Je connais certaines personnes qui sont impatientes de rencontrer ma nouvelle maîtresse. Vous trouverez certainement ce voyage fort divertissant.

Elle ne répondit pas, se bornant à le considérer, aussi pâle que la mort. Il lui prit le menton entre les doigts et la dévisagea. Puis il se pencha et l'embrassa tout doucement sur les lèvres. Elle avait la bouche glacée.

Déçu, il s'écarta. Kyla ne bougeait plus.

— Reposez-vous, souffla-t-il, rongé par la culpabilité, mais incapable de présenter des excuses qui, de toute manière, ne serviraient à rien. Je vous verrai plus tard.

Alors qu'il fermait la porte derrière lui, il l'entendit éclater en sanglots. Le cœur serré, il s'éloigna dans le couloir.

Assis au salon, Brett attendait le retour de Godfrey en buvant un verre de cognac. À en juger par ce que son ami lui avait jeté à la figure dans les bois un peu plus tôt, il ne devrait pas tarder... Pourquoi Godfrey prenait-il soudain la défense de Kyla ? L'aurait-elle charmé, lui aussi ?

Il ne s'était pas trompé. À peine un quart d'heure plus tard, son ami franchissait la porte du salon. Il prit le soin de fermer le battant derrière lui, puis vint se planter devant la cheminée où Brett, bien carré dans un fauteuil, sirotait un second verre de cognac.

— Où est Mlle Van Vleet ?

— Hé, ne t'énerve pas ! gronda Brett. Elle se repose tranquillement dans sa chambre.

— Qu'est-ce que tu lui as fait ?

— Rien ! Puis-je te poser une question ? Depuis quand t'intéresses-tu à la manière dont je traite mes maîtresses ?

— Kyla est différente, et tu le sais bien, rétorqua Godfrey. Qu'est-ce qui t'a pris de la laisser seule ici ? Tu aurais pu la ramener à Londres, la raccompagner chez sa marraine. Pourquoi t'acharnes-tu à la faire souffrir ? Tu as obtenu ce que tu voulais : ruiner sa réputation pour qu'elle cesse de te faire chanter.

— Elle part pour Londres demain, avec moi. Ça te va ?

— Si tu avais un tant soit peu de pitié pour cette jeune femme, elle serait déjà à Londres à l'heure qu'il est, en compagnie de sa marraine. Es-tu vraiment obligé de l'impliquer dans cette sale histoire ?

— Comment sais-tu que je vais l'impliquer ? Peut-être ai-je simplement l'intention de la rendre à la comtesse du Bois...

— Ça ne prend pas avec moi, Brett ! Ce retour précipité à la capitale prouve que les choses ne se sont pas passées comme tu le souhaitais, et que tu as désormais l'intention d'utiliser Mlle Van Vleet comme appât. Je me trompe ?

Brett hocha la tête avec un sourire approbateur.

— Quelle perspicacité, mon ami ! Si tu n'étais pas aussi scrupuleusement honnête, tu serais promis à une grande carrière...

— Que tes insultes ne t'empêchent pas de répondre à ma question !

— Oui, tu as vu juste, lança Brett d'un ton rogue. Je compte utiliser mon adorable maîtresse comme appât. Ne me regarde pas comme si je m'apprêtais à commettre un crime ! Kyla ne risque rien. Elle sera avec moi. Et dès que cette histoire sera réglée, je lui donnerai l'argent que je lui ai promis, et elle pourra retourner auprès de sa marraine. Tu es satisfait ?

Godfrey haussa les épaules.

— Cela te rendra-t-il au moins heureux ?

— Que diable veux-tu dire par là ? gronda Brett, le regard mauvais.

— Tu oublies un détail. Kyla Van Vleet ne te laisse pas indifférent...

— Où vas-tu chercher tout cela ? Si elle est encore là aujourd'hui, c'est parce qu'elle me permet de faire d'une pierre deux coups, selon le vieil adage. Je vais réussir à me débarrasser de cette petite intrigante et par la même occasion, à récupérer les papiers de la mine.

— À propos des papiers, qu'as-tu appris de plus ?

La mâchoire crispée, Brett se rembrunit.

— Nos soupçons étaient fondés. Northwick s'est vanté auprès d'un proche de détenir des parts dans des mines d'or. Il paraît qu'il cherche à les céder. Nous n'avons donc pas beaucoup de temps devant nous. Il faut absolument remettre la main sur les documents disparus. Et cela, avant qu'il ne trouve acheteur ! Je me demande encore comment ce mécréant a fait pour être au courant de l'existence de ces actes notariés, et qui plus est, de leur présence sur le bateau. Quelqu'un de confiance m'a forcément trahi. Je te jure qu'il le regrettera...

Il laissa sa phrase en suspens, mais il n'avait pas besoin de poursuivre... Godfrey savait où son ami voulait en venir. Il tuerait le fautif à petit feu, comme on le faisait chez les Comanches.

Se débarrassant de son verre, Brett se leva et alla s'appuyer contre le manteau de la cheminée.

— Mais faisons les choses dans l'ordre, reprit-il, les yeux fixés sur les flammes. D'abord je retrouve les actes notariés, je règle ensuite son compte à Northwick, puis j'aurai tout loisir de m'occuper du traître.

— Je plains ce pauvre homme quand tu le retrouveras, commenta Godfrey avec un sourire cynique. À ton avis, est-ce que Northwick est derrière cette histoire depuis le début ?

— Possible ! L'autre jour, quand je l'ai rencontré, il m'a dit que mon père et lui avaient été associés par le passé. Si c'est vrai, cela expliquerait comment il était au courant de l'existence de la mine de Santa Maria. De toute manière, il lui fallait forcément un complice sur place... À propos de Northwick, j'ai appris des choses abjectes sur lui. Apparemment le vol n'est pas le pire de ses forfaits. Il aurait aussi un penchant pour les jeunes filles, les fillettes devrais-je dire...

— Tu as des preuves ?

— Je connais quelqu'un qui accepterait sûrement de témoigner contre ce dépravé. Finalement, c'est peut-être ce vice qui le conduira à sa perte...

Godfrey s'était raidi.

— Je vois. Tout à l'heure, tu parlais de faire d'une pierre deux coups... Une question me vient soudain à l'esprit : ce fameux témoin ne serait-il pas Mlle Van Vleet ?

— Non, même pas. Et pourtant, elle a failli subir, elle aussi, les jeux pervers de Northwick...

— Cela te donne une raison supplémentaire de vouloir la perte de cet homme ! Je comprends mieux, ajouta-t-il en hochant la tête.

Brett se renfrogna.

— Attends, que vas-tu t'imaginer ? Que ce soit pour Kyla ou une autre, Northwick mérite la corde ! Qu'il puisse s'en prendre à des enfants, à des êtres sans défense, je ne peux le supporter !

Pour toute réponse, l'Indien eut un sourire moqueur.

À l'approche des lampadaires, les avenues encore humides se nimbaient de reflets fantomatiques. Kyla reconnut les abords des élégants quartiers, au cœur même de la cité. Elle se sentait nerveuse. Ce soir, Brett avait décidé de l'exhiber devant le Tout-Londres. Elle avait eu beau arguer d'une migraine pour rester seule à la maison, il n'avait rien voulu entendre, et l'avait obligée à l'accompagner. Pourquoi ? C'est à peine s'il lui avait adressé un mot depuis qu'ils avaient quitté la maison !

Mon Dieu, les jours passaient et elle ne comprenait toujours pas ce qui l'avait poussé à rentrer à Londres ! Qu'il ne lui raconte pas que c'était pour assister à ces réceptions privées, plus ennuyeuses les unes que les autres... Ni pour étaler au grand jour leur liaison. Comme semblait le prouver son humeur détestable, il s'était lassé d'elle. Dans ce cas, pourquoi ne la renvoyait-il pas chez sa marraine ? Pourquoi prenait-il un malin plaisir à poursuivre cette mascarade ? Elle avait beau réfléchir, les raisons d'un tel comportement lui échappaient... À moins que derrière cette froideur, ne se cache un ultime dessein !

Elle coula un regard dans sa direction. Brett observait la ville. Son visage sombre se profilait contre le halo brumeux des quinquets, plus distant que jamais. À quoi pensait-il ? Elle ne le reconnaissait plus. Sous des airs policés, elle décelait une violence qu'il avait bien du mal à contenir. Ce soir, il semblait sur la brèche...

Réprimant un soupir, Kyla se perdit dans la contemplation de ses mains. Elle était élégante des pieds à la tête. Ses gants de peau étaient assortis aux bottines qui venaient de la célèbre boutique R. Willis, rebrodées de fils précieux et serties de minuscules pierres écarlates qui rappelaient son collier de rubis et de diamants. Des bas arachnéens et un exquis corset de satin et de dentelle accompagnaient sa nouvelle robe. De la pure soie sauvage drapée sur du satin qui frémissait à chacun de ses pas... La taille était soulignée par une ceinture de rubis incrustés dans un tissage délicatement filigrané. Quand elle s'était regardée dans la psyché, la jeune femme avait eu un mouvement de recul. Jamais elle ne pourrait porter un tel vêtement hors de chez elle ! Elle se sentait nue, même si le tissu la couvrait entièrement. La robe mettait en valeur ses courbes, du creux de ses reins à sa gorge.

Elle s'apprêtait à se changer quand Brett était apparu sur le pas de la porte. Bien sûr, il avait exigé qu'elle garde la toilette qu'il avait choisie pour cette grande soirée à l'opéra. Inutile d'argumenter, il mettait toujours un point d'honneur à avoir le dernier mot... Alors elle s'était contentée de hausser négligemment les épaules.

— Dois-je humidifier les jupons pour qu'ils soient complètement transparents ? avait-elle lancé.

— Inutile, vous en révélez suffisamment ! avait rétorqué Brett, agressif.

Pourquoi, si la tenue ne lui plaisait pas, souhaitait-il qu'elle la porte ? Depuis qu'elle avait quitté sa chambre et qu'elle essuyait les regards concupiscents sur son passage, elle comprenait mieux. Ce soir, elle avait vraiment l'air de ce qu'elle était devenue : une courtisane. Que dirait sa marraine si elle la voyait ainsi ? Elle serait forcément déçue, sinon blessée.

Quand elles s'étaient revues, Céleste avait eu la délicatesse de ne pas blâmer Kyla pour ce qui s'était passé, mais la jeune femme avait senti une tristesse infinie derrière sa gentillesse. Céleste lui avait offert de l'aider dès qu'elle aurait quitté la protection de Wolverton, puis s'était éloignée, incapable probablement de dissimuler ses larmes d'amertume.

La gorge nouée, Kyla regarda défiler sans les voir les rues scintillant d'une pluie qui n'avait pas cessé durant la journée.

Dans cette ronde cauchemardesque qu'était sa vie aujourd'hui, il ne lui restait que Céleste. L'aurait-elle perdue, elle aussi ?

— Nous arrivons, Kyla! fit Brett d'un ton sec, l'arrachant à sa mélancolie. Je vous en prie, essayez de faire autre chose que de vous admirer dans la glace.

Encore et toujours des reproches! Il ne lui avait certainement pas fait assez de mal, aussi ne manquait-il jamais une occasion de l'écraser de tout son mépris.

— Si vous trouvez que je me soucie trop de mon apparence, répliqua-t-elle en le fusillant du regard, puis-je vous demander pourquoi vous m'avez obligée à me déguiser ainsi ce soir? Est-ce pour prouver à chacun que je suis une putain? Dans ce cas, vous avez dépensé de l'argent pour rien: tout le monde le sait déjà!

Les yeux de son compagnon s'étrécirent dangereusement.

— Quelle perspicacité, Kyla! Imaginez que je veuille faire monter les enchères? Ne me regardez pas ainsi, c'est vous-même qui m'avez demandé de vous trouver un riche remplaçant... Et maintenant, allons-y? Je n'aimerais pas manquer le début du spectacle.

Kyla ravala l'insulte qui lui venait aux lèvres, et accepta la main qu'il lui tendait pour sortir de voiture.

Déjà, elle entrevit les premiers coups d'œil curieux de ceux qui attendaient à l'entrée du King's Theatre. Seigneur, il y avait foule! Devant une queue interminable de voitures, des ribambelles d'élégantes toilettes, des cascades de bijoux illuminaient les marches de l'opéra.

Kyla sentit soudain que la tête lui tournait. Réussirait-elle au moins à atteindre leur loge? Elle flottait dans un brouillard épais, tremblait de la tête aux pieds, et avait l'estomac au bord des lèvres. Pourtant, elle tâcha de garder la tête haute. Personne n'aurait pu remarquer à quel point elle était nerveuse.

Elle s'accrochait aux pans de sa capeline, heureuse de cacher en partie sa robe scandaleuse. À son côté, Brett était une réconfortante présence, magnifique dans sa redingote noire sur un pantalon et un gilet assortis. Sa cravate immaculée soulignait le hâle de son teint. Il avait un charme presque arrogant, et attirait bien des regards féminins, derrière les éventails frémissants et les longs cils pudiquement baissés... S'il n'avait pas été aussi détestable, elle aurait presque pu s'amouracher de lui...

C'était le seul homme capable de la laisser sans le souffle, de distiller en elle un désir impatient. Il lui suffisait de la regarder, les yeux mi-clos, un sourire moqueur flottant sur ses lèvres... Quelques mots murmurés à l'oreille, une caresse à peine effleurée, et elle oubliait qu'il ne s'agissait que de mots prononcés dans l'égarement de la passion. Bien sûr, c'était idiot, elle en avait parfaitement conscience! Quand il l'abandonnait après l'amour, elle se retrouvait face à la réalité; elle n'était qu'une courtisane, qui s'offrait à un client. Néanmoins elle ne pouvait chasser toutes ces réminiscences, où dans l'éblouissement de l'instant, elle se prenait à convoiter un bonheur auquel elle n'aurait jamais droit...

— Votre Grâce! susurra une voix féminine, et Kyla se tourna pour découvrir la comtesse de Grenfield, gratifiant le duc de son plus charmant sourire. Quelle surprise! J'ignorais que vous appréciiez l'opéra.

— J'ai des goûts très éclectiques, milady! rétorqua Brett sèchement en attirant Kyla contre lui. Avez-vous déjà rencontré Mlle Van Vleet?

Une fraction de seconde, le regard de Kyla croisa celui de lady Grenfield, mais bien vite la comtesse détourna la tête.

— Non, fit-elle d'une voix glaciale. Veuillez m'excuser, Votre Grâce. Peut-être vaut-il mieux que je vous parle une autre fois...

Cette attitude était insultante, et la jeune femme sentit son visage la brûler. Quelle chipie! La comtesse et elle s'étaient déjà rencontrées au cours d'une soirée, il y avait quelques semaines. À l'époque, lady Grenfield s'était montrée on ne peut plus cordiale. Hypocrisie! Pour qui se prenait-elle pour la mépriser ainsi? La réputation de lady Grenfield laissait, elle aussi, à désirer. On disait cette femme fort complaisante avec la gent masculine. Dans sa situation, elle aurait pu afficher moins de mépris.

Lady Grenfield ne fut malheureusement pas la seule à réagir ainsi avec Kyla. Aucune des femmes autrefois ses compagnes au cours des soirées ou, à l'heure du thé chez lady Rushton, ne lui adressa la parole. Après un coup d'œil scandalisé, toutes firent comme si elle n'existait pas.

Les hommes, en revanche, se battaient presque pour l'approcher, mais elle aurait préféré qu'ils n'en fassent rien ! Autant de regards égrillards et de remarques salaces la mirent mal à l'aise.

Il leur fallut des siècles pour rejoindre la loge que Brett avait réservée, une élégante alcôve de velours framboise, avec de larges fauteuils confortables pour mieux admirer la scène juste en contrebas. Écartant les lourdes tentures, Brett l'invita à entrer. La salle était plongée dans la pénombre, et Kyla cligna plusieurs fois des yeux avant de pouvoir distinguer quelque chose.

La loge était si proche de la scène qu'il aurait suffi de se baisser et de tendre le bras pour la toucher. C'était certainement l'endroit le mieux situé de l'opéra ! Ici, dans le secret de ce refuge capitonné, elle ne serait pas obligée de subir les regards des mille deux cents autres spectateurs assis dans les galeries au-dessus d'eux. Dans la faible lumière qui régnait avant le début de la représentation, les bijoux étincelaient comme autant d'étoiles dans l'écrin du ciel.

Le haut plafond en forme de dôme était peint. Les motifs principaux étaient répétés sur les corniches, soulignés par de fines arabesques dorées. En contrebas, dans la fosse de l'orchestre, les premières notes s'égrenaient déjà. Brett l'entraîna jusqu'aux premiers fauteuils de la loge, juste derrière la rambarde de velours cramoisi, et elle se retrouva soudain éblouie par les feux de la rampe, relevant inconsciemment le menton pour braver les regards qui se rivaient sur elle. Gentiment, son compagnon la débarrassa de sa capeline qu'il drapa sur le dossier du fauteuil. Toute l'assistance put découvrir la robe audacieuse.

Un bruissement naquit à travers le théâtre : les gens regardaient dans leur direction, les rumeurs s'élevaient, certains hochant la tête, d'autres allant de leurs impertinences. Visiblement l'apparition de Kyla, au bras du duc de Wolverton, suscitait bien des curiosités. Il fallait s'y attendre. C'était la première fois, depuis que Brett l'avait enlevée chez lady Sefton, qu'ils réapparaissaient ensemble en public.

Dieu qu'elle regrettait d'être là ! Dieu qu'elle regrettait d'avoir rencontré Wolverton, et d'être venue en Angleterre ! Que n'aurait-elle fait pour se retrouver sur-le-champ en Inde, auprès de papa Piers. Elle se ficherait éperdument de n'avoir pas le sou, de n'avoir aucune perspective d'avenir. En avait-elle ici ?

Et Brett qui savait pertinemment ce qui l'attendait ! Bien sûr, sinon il ne l'aurait pas amenée ici... Pourquoi se plaisait-il à la torturer ainsi ? Qu'espérait-il ?

Soudain, elle entendit quelqu'un tousser derrière eux, puis une voix autoritaire exhortant Brett à présenter l'adorable créature qui lui tenait compagnie. Elle continua de fixer la scène comme si elle n'avait rien entendu.

— Je disais, Wolverton, insista la voix, que vous avez une chance inouïe d'avoir découvert une beauté aussi exquise, n'est-ce pas ? Est-ce l'Incomparable dont j'ai tant entendu parler ces derniers temps ? Celle que vous avez littéralement enlevée au bal de lady Sefton ? Je ne pourrais vous en blâmer, je dois dire qu'elle est particulièrement ravissante. Regardez-la, des formes splendides, Wolverton, splendides...

Le visage brûlant d'embarras, Kyla fit volte-face. Brett la présenta à Sa Grâce le duc de Cumberland. Cinquième fils du roi George, l'homme était célèbre pour son manque de manières. Il le prouvait encore ce soir. S'il n'avait pas été de sang royal, il aurait été prestement écarté des cercles mondains. Mais c'était le fils du roi, et le frère du régent, alors on le tolérait.

Kyla lui adressa un sourire forcé, mais eut grand-peine à cacher sa répugnance. Il était laid comme un bouc. Il avait le visage couturé, le corps tassé sur des jambes grasses, malgré ses beaux vêtements. Son regard inconvenant l'embarrassa au plus haut point. Il rivait les yeux dans l'échancrure de son décolleté. Consciente des coups d'œil que Brett lui décochait pour la rappeler à l'ordre, elle salua le nouvel arrivant d'un bref hochement de tête.

— Votre Grâce, je suis honorée de vous rencontrer.

— Mon Dieu, mais elle est tout simplement... délicieuse, Wolverton !

Avec un rire, Cumberland se frappa la cuisse. C'était décidément l'individu le plus rustre qu'elle ait jamais rencontré !

— Oui, je vois bien, Wolverton, ce que vous lui trouvez à cette gazelle ! continuait-il en la dévisageant pensivement. Mon frère, lui aussi, la jugera à n'en pas douter à son goût.

Kyla ne manqua pas de saisir l'insinuation sous le ton badin. Elle coula un regard en direction de Brett. Il souriait, civilisé, poli, aussi à l'aise avec Cumberland qu'il le serait avec un ami. « Tu parles ! » songea-t-elle. Combien de fois avait-elle entendu Brett critiquer Cumberland, parfois même violemment, lorsqu'il discutait avec Godfrey ?

Plus elle y réfléchissait, plus elle était persuadée qu'il avait une raison précise de l'amener à l'opéra. Mais pour qui la prenait-il ? Elle lui vendait peut-être son corps, mais elle n'était pas une poupée sans cervelle dont il pouvait tirer les ficelles !

— Wolverton, susurra Cumberland sans la quitter des yeux, cela vous ennuierait-il si je m'attardais auprès de vous ? Non... n'est-ce pas ? Vous ne pouviez choisir meilleure loge, même la mienne n'est pas aussi bien placée.

Bien entendu, Brett l'invita à s'asseoir, mais Cumberland ne l'écoutait déjà plus. Il se penchait vers Kyla pour engager la conversation. La jeune femme s'exécuta, répondant avec grâce aux éloges de l'importun. Parfois, elle sentait le regard de Brett posé sur elle. Il semblait prendre un évident plaisir à écouter leur échange tissé d'hypocrisie. En son for intérieur, elle enrageait ! La trouverait-il toujours aussi drôle si elle acceptait les avances du duc de Cumberland ? Elle était presque tentée de dire oui, juste pour voir comment Brett réagirait, mais ce serait jeter de l'huile sur le feu.

Brett semblait de plus en plus nerveux : ses coups d'œil répétés en direction du couloir derrière les rideaux laissaient à penser qu'il attendait quelqu'un.

Et, tout à coup, le silence tomba sur la loge tandis qu'ailleurs, sur les balcons, les murmures s'enflammaient. Lentement, elle se retourna et découvrit celui que Brett attendait avec autant d'impatience. Le régent entra dans la loge, empreint de sa majestueuse suffisance, l'air empesé dans ses coquets vêtements noirs soulignés par une ceinture de satin jaune, avec ses cheveux tirés en arrière pour mieux offrir la vision royale de son visage bouffi et rubicond. Visiblement, la vie lui profitait bien !

Le prince aimable, le surnommait-on, et aux sourires qu'il offrit à la ronde, sa réputation ne semblait pas usurpée. Il salua son frère d'un bref hochement de tête, puis Brett, avant de se tourner vers Kyla et de l'envelopper d'un regard admiratif.

— Je suis fort aise de rencontrer la ravissante femme dont j'ai tant entendu parler, déclara-t-il en souriant à Brett. Mademoiselle Van Vleet, je suis honoré de faire votre connaissance.

Et chose incroyable, il paraissait sincère ! D'ailleurs, après s'être assis près d'elle, il montra une extrême sollicitude à son égard, lui souriant souvent, la flattant, allant même jusqu'à poser une main légèrement moite sur son poignet.

— Wolverton, décidément, vous êtes un homme chanceux ! Cette jeune femme est une véritable bouffée d'air pur. Il vous faudra l'amener la semaine prochaine à Carlton House. Je donne une grande soirée et, bien entendu, je n'accepterai aucun refus de votre part. Ma chère, vous viendrez, n'est-ce pas ?

— Si vous le souhaitez, Votre Altesse, je viendrai bien volontiers.

— Ah ! Quel ravissement ! Comme je le disais, une véritable bouffée d'air pur. Est-ce vrai que vous avez passé du temps en Inde, ma chère ? Wolverton n'a rien voulu me dire de peur, certainement, que l'on s'intéresse de trop près à vous. Mais parlez-moi plutôt des éléphants et des tigres, car vous savez que j'ai une passion pour ces animaux sauvages. Je les trouve fascinants. D'ailleurs, je m'emploie à agrandir la ménagerie du zoo. Ensuite, j'agrémenterai cette ville de parcs élégants et de nouveaux musées où chacun pourra venir admirer les beautés du passé. Ah... j'entends la musique qui recommence ! Peut-être pourrions-nous poursuivre cette intéressante conversation ? Pourquoi pas... lors d'une promenade dans le parc demain ? Je vous montrerai l'un des plus magnifiques endroits de Londres, et vous évoquerez pour moi les beautés de l'Inde, vous voulez bien ?

— Je... je suis certaine que ce serait fort agréable, Votre Altesse. Mais je ne sais pas si c'est possible, comme...

— Plus de protestations, je vous en prie ! Wolverton vous accompagnera, si vous le souhaitez. Est-ce cela qui vous ennuie ?

Il se pencha à son oreille et tandis que son parfum aux notes fleuries lui chatouillait les narines, il lui confia d'un ton de conspirateur :

— Vous voyez ces loges au second étage ? Ces femmes si joliment vêtues ? Elles sont venues ici chercher un protecteur. Mais elles n'ont pas votre beauté... Prenez le temps de réfléchir à mon invitation ! Bientôt, peut-être serez-vous seule si Wolverton, comme je le crois, décide de renouer avec la belle Catalani...

Il ponctua ses paroles d'un clin d'œil complice pour Brett, qui se borna à hausser un sourcil comme il le faisait tout le temps.

Pétrifiée, Kyla digérait ces paroles.

Brett l'avait informée tout à l'heure qu'il ferait monter les enchères... Avait-il l'intention de la jeter dans les bras du régent ? Pendant que lui... reportait son attention sur la belle chanteuse d'opéra ?

Seigneur...

15

Tandis que le régent continuait de bavarder, ignorant la musique, Kyla s'efforçait de calmer les battements effrénés de son cœur. Les mêmes questions revenaient la harceler sans qu'elle trouve de réponses. Brett était-il amoureux de la belle Catalani, la diva qui s'apprêtait à entrer sur scène ? Était-ce la véritable raison de leur présence ici ?

Qu'il aille au diable ! Mon Dieu, combien de temps devrait-elle encore supporter les regards lascifs des hommes alentour, à subir les murmures agaçants du régent ? Un instant, elle fut tentée de se lever, de repousser les rideaux de velours pour quitter l'opéra. Pour planter là Brett, le prince, Cumberland et les autres...

Elle nota, furieuse, que Brett ne se départait pas de son sourire, se moquant éperdument de son désespoir. Mais pourquoi devrait-il s'en soucier ? C'est lui qui avait provoqué ces rencontres, se comportant comme un entremetteur éhonté ! N'avait-il décidément aucune pitié pour elle ?

Si seulement elle avait un endroit où se réfugier, quelqu'un vers qui se tourner... Bien sûr, tante Céleste ne la renverrait pas, mais elle ne pouvait risquer de la blesser en l'éclaboussant de ce scandale. Il n'était pas question qu'elle mette en péril l'existence de sa marraine.

Dans la salle, le silence retomba, cependant que la lumière déclinait. En désespoir de cause, Kyla demeura à sa place... Avec le sentiment que la nuit ne s'achèverait jamais, elle sirota le champagne que lui offrait le régent, approuva distraitement ses commentaires, ignora ses soupirs chaque fois qu'il louait la beauté ténébreuse de la Catalani...

Mon Dieu, que faisait-elle dans cet univers de décadence affichée, sous ces regards haineux que lui décochaient les femmes pendant que la gent masculine se consumait d'une honteuse concupiscence ? Elle avait le cœur au bord des lèvres...

Et c'est avec reconnaissance qu'elle accepta une nouvelle flûte de champagne, faisant fi du regard assombri de Brett. Qu'importe si elle devenait ensuite un peu trop gaie... De plus, elle aimait voir son compagnon se rembrunir davantage chaque fois qu'elle prenait une nouvelle gorgée du vin pétillant, qu'elle se penchait un peu plus près du prince — et plus près encore.

Mais s'en souciait-il vraiment ? Ou était-ce simplement sa fierté de mâle qui était blessée de la voir s'amuser sans lui ?

Le flot de chuchotements ne tarit pas lorsque les lumières se rallumèrent une à une. L'entracte, songea Kyla. Le prince se pencha vers elle, la balayant d'effluves de rose.

— Mademoiselle Van Vleet, vous n'êtes pas du tout comme je me l'imaginais, murmura-t-il avec un sourire. Non, pas du tout !

— Vraiment, Votre Altesse ?

Kyla lui rendit son sourire et ajouta :

— Si je peux me permettre, qu'attendiez-vous au juste ?

Une fraction de seconde, le prince fut pris au dépourvu, et le regard qu'il coula en direction de Brett était embarrassé.

— Je n'ai jamais croisé femme plus adorable, plus subtile que vous, mademoiselle.

— Vraiment ? Wolverton aurait-il l'habitude d'être accompagné de simples d'esprit ? demanda-t-elle d'un ton léger.

Le prince la considéra d'un air surpris.

— Non, non, bien sûr ! protesta-t-il, plus gêné encore.

Ah... je vois que vous avez le sens de la repartie. Vous vous moquez de moi. Vous êtes méchante, vous savez.

— Je vous demande humblement pardon, Votre Altesse.

— Pourquoi ai-je l'impression que vous ne pensez pas ce que vous dites, adorable demoiselle ? souffla son voisin sans perdre sa bonne humeur. Mais ce n'est pas grave. Je ne vous connais pas, et déjà je vous apprécie... beaucoup. Savez-vous que mon amitié vous ouvrira des portes, plus que vous ne pouvez l'imaginer ? N'est-ce pas, Wolverton ?

Brett opina.

— Toutes les portes s'ouvrent devant vous, Votre Altesse, fit-il d'un ton parfaitement neutre.

— Pourtant vous savez bien que ce n'est pas vrai, Wolverton ! rétorqua le régent en se renfrognant soudain. Je suis en train de gaspiller mes plus belles années et, cela, parce que les conseillers de mon père refusent de me laisser accéder au trône. Ils ne perdent rien pour attendre ! Le jour où je dirigerai ce pays, ils regretteront leur impertinence, vous pouvez me croire... Mais laissons cela. Pour une fois que nous avons la compagnie d'une ravissante jeune femme, ne l'assommons pas avec mes soucis. Je préfère succomber à son merveilleux sourire... Maudit Wolverton ! ajouta-t-il en buvant Kyla du regard. Quelle chance avez-vous d'avoir conquis le cœur de cette incomparable créature ! Elle me rappelle mon adorable Maria. Malheureusement, elle n'est plus de ce monde... Mon Dieu, quelle injustice !

Au grand étonnement de Kyla, de grosses larmes se mirent à couler sur les joues du prince. Brett intervint alors. Avec tact, il fit remarquer que la Catalani s'approchait de leur loge.

— Elle connaît votre intérêt pour l'opéra, Votre Altesse, ajouta-t-il avec un sourire, et le prince oublia un instant son amour perdu afin de se concentrer sur la belle soprano.

Brett en profita pour prendre Kyla par le poignet et l'attira vers lui, ses doigts s'enfonçant cruellement dans sa chair. Il se pencha et, les lèvres contre son oreille, murmura :

— Je crois que vous avez assez bu de champagne pour ce soir, *querida*. Cela vous rend plus agitée, plus loquace qu'il ne le faudrait.

— Vraiment ?

Elle s'écarta brusquement, et entrevit la lueur de colère dans ses prunelles d'argent. Elle se mit à rire.

— Mais j'aime à être ainsi, Votre Grâce ! Et puis... le prince semble fort bien s'en accommoder.

Les yeux de Brett s'étrécirent.

— J'ai le regret de vous annoncer que le prince est déjà engagé pour la soirée, si c'est ce que vous espériez.

— Ne soyez pas inconvenant, je vous en prie ! lança-t-elle avant d'achever son verre d'une traite. Serait-ce trop vous demander que de me resservir, Brett ?

Il saisit le verre et le posa d'autorité sur la table derrière lui.

— Pas question ! Vous avez assez bu.

— Allez, Wolverton ! intervint Cumberland avec un sourire goguenard, ne soyez pas cruel ! Ne la laissez pas mourir de soif, la pauvre, si elle veut du champagne...

Kyla sourit.

— Je vous remercie, Votre Grâce. Comme il est agréable, et si rare, de rencontrer un gentilhomme qui ne pense pas à imposer sa loi par la force !

L'espace d'un instant, Kyla crut qu'elle était allée trop loin. Brett semblait furieux. Elle le connaissait suffisamment pour savoir qu'il était capable de lui faire une scène, malgré la présence du régent. Mais, à sa grande surprise, il se contenta de se rasseoir avec un sourire résigné.

— Peu m'importe après tout ! lâcha-t-il d'une voix sans timbre. Ce n'est pas moi qui aurai une migraine demain matin.

Pourtant, Kyla ne s'y trompa pas. Dès qu'ils seraient seuls, il lui ferait certainement payer au centuple ses insolences. Elle savait ce « parfait gentilhomme » capable de se transformer en un féroce barbare !

Une dernière fois, Anjelica Catalani traversa gracieusement la scène en direction de leur loge et, d'une voix vibrante, acheva a capella sa cantate en hommage à l'Amour impossible, tout en enveloppant Brett d'un regard brûlant. À croire qu'elle ne chantait plus que pour lui !

Kyla, rongée par une jalousie incompréhensible, glissa un regard en direction du duc et vit qu'il souriait à la diva. Dans la salle, les applaudissements crépitèrent soudain, saluant la merveilleuse soprano qui jeta une rose dans leur direction. Brett la cueillit au vol et, se levant, s'inclina cérémonieusement devant la chanteuse. Une nouvelle salve de bravos salua son geste.

— Décidément, les belles femmes ne vous résistent pas, Wolverton ! s'exclama le régent en riant, frappant dans ses mains avec enthousiasme. J'ai comme l'impression que la Catalani a toujours un penchant pour vous, n'est-ce pas ?

— Nous sommes de vieux amis, répliqua Brett, impassible, en se rasseyant. J'ai rencontré Anjelica en Italie, il y a de cela très longtemps.

Il tourna légèrement la tête, et ses yeux croisèrent ceux de Kyla. Dévastée par une rage folle, la jeune femme se déroba.

De qui se moquait-il ? La Catalani n'aurait jamais eu ce regard brûlant s'il n'y avait eu que de l'amitié entre eux ! Kyla en voulait au duc, elle lui en voulait d'afficher ouvertement l'affection qu'il portait à cette maudite diva ! Elle lui en voulait de l'évincer, de l'humilier… Pourquoi l'avoir obligée à venir ce soir, quand il devait retrouver cette femme ? Pourquoi la forcer à assister à cette horrible scène ?

Dans le brouhaha excité de la fin de soirée, le rideau tomba enfin, et Kyla se leva, imitée aussitôt par le régent qui lui glissa sa capeline sur les épaules. Se penchant vers elle, il lui offrit de la raccompagner… puisque Brett semblait avoir d'autres projets pour la soirée, précisa-t-il. Bouleversée, elle se figea, et surprit alors le sourire machiavélique de son amant. « Non, il n'oserait quand même pas me faire cela! » songea-t-elle, éperdue. Son cœur battait à un rythme effréné, tandis qu'elle attendait la réponse de Brett.

— Votre offre est très généreuse, Votre Altesse, lâcha-t-il enfin avec une légère ironie. Mais j'ai déjà des projets pour Mlle Van Vleet. Une autre fois, peut-être.

— Dommage ! Eh bien, demain ou un autre jour dans la semaine... N'oubliez surtout pas ma proposition de promenade dans le parc, dit le régent en portant la main glacée de Kyla à sa bouche pour la baiser.

Il y avait une note d'infini regret dans sa voix quand il soupira.

— Je vous ferai signe rapidement, Wolverton, ajouta-t-il.

— Votre visite sera toujours un plaisir, Votre Altesse.

Le ton était doucereux, mais apparemment le régent ne vit aucune raison de douter de sa sincérité. Avec un sourire, le prince les suivit hors de la loge, oubliant son frère derrière lui, et les accompagna vers l'escalier. Il s'arrêta en chemin pour saluer ceux qui, de toute évidence, l'attendaient.

Parmi eux, Kyla reconnut quelques gentilshommes influents. Certains noms lui étaient familiers. On lui présenta un homme d'un abord glacial, Robert Stewart, comte de Castlereagh et secrétaire aux Affaires étrangères, qui s'était rendu illustre au congrès de Vienne.

— Je suis honorée de vous rencontrer, milord, prétendit-elle quand il s'inclina brièvement devant elle.

— Pas autant que moi, mademoiselle. Vous êtes la filleule de la comtesse du Bois, c'est bien cela ?

Kyla sentit ses joues s'empourprer. Évidemment, un homme dans sa position avait forcément eu vent des rumeurs !

— Oui, milord. Vous la connaissez ?

— Une femme charmante.

Un faible sourire adoucit la froideur de ses traits.

— Nous avons eu l'occasion de nous rencontrer à plusieurs reprises, et il se trouve que nous partageons la même passion pour Paris. L'automne dernier, quand je me suis rendu en France, elle m'avait conseillé de visiter certains lieux de la capitale, et je ne la remercierai jamais assez. J'ai vu des choses merveilleuses. Et, ce soir, c'est avec beaucoup de plaisir que je rencontre sa filleule dont elle m'a toujours parlé avec chaleur.

Kyla lui rendit son sourire.

— Tout le plaisir est pour moi, milord.

Robert Stewart s'inclina de nouveau, puis se tourna vers Brett. Son regard s'éclaira tandis qu'il invitait le duc à le retrouver dans son club, la semaine suivante.

— Je crois que nous avons certains intérêts en commun, et j'aimerais en discuter tranquillement avec vous, Wolverton.

— Vraiment, milord? Je l'ignorais, rétorqua Brett. La plupart du temps, j'essaie de rester en dehors de la politique.

— Si je veux vous voir, ce n'est pas pour parler de politique. Rassurez-vous.

— Vous m'intriguez...

— Dans ce cas, disons... mercredi prochain? Cela vous convient?

— Je suis à votre service, milord.

Le prince s'immisça et accapara le comte de Castlereagh pour lui parler des frises grecques que le vicomte d'Elgin avait rapportées en Angleterre et qu'il cherchait à vendre au British Museum.

Brett en profita pour prendre Kyla à part.

— Écoutez-moi bien, petite idiote! lui siffla-t-il à l'oreille. À moins que votre but ne soit de vous retrouver dans le lit du prince régent, je vous conseille de cesser de flirter avec lui!

Kyla agita son éventail pour masquer sa nervosité, et considéra son compagnon d'un air moqueur.

— Pourquoi, Votre Grâce? Puis-je espérer que vous soyez consumé par la jalousie?

— Il est évident que vous ne reculez devant rien pour vous en assurer, grommela-t-il en resserrant l'étreinte de ses doigts sur son poignet, immobilisant son éventail.

Il y avait un éclat métallique dans ses prunelles qui lui noua l'estomac.

— Ne me poussez pas à bout, Kyla. Pas ce soir.

— Pourquoi ce soir entre tous les autres soirs ? Est-ce parce que, aujourd'hui, le prince est là ? Auriez-vous peur que tout le monde n'apprenne combien... combien vous pouvez être mufle ?

Elle se tut, consciente d'avoir haussé le ton et attiré l'attention de Cumberland. Ce dernier s'approcha, et elle songea à feindre une migraine pour s'éclipser. Ils étaient dans un lieu public, Brett n'oserait peut-être pas faire un esclandre. Mais si elle fuyait... où irait-elle ? À qui pourrait-elle demander assistance ?

Promenant le regard autour d'elle, la jeune femme aperçut lord Castlereagh, toujours en discussion avec le régent. Peut-être pourrait-elle le supplier de l'aider ? Il parlait avec une telle estime de tante Céleste. Mais que pourrait-elle invoquer ? D'être retenue contre son gré ? Il ne la croirait jamais. À juste titre, du reste !

— Si j'étais vous, Kyla, murmura Brett d'un ton glacial comme s'il avait lu en elle, je m'inquiéterais plus pour demain que pour ce soir. Dois-je vous rappeler que je me fiche de ce que peuvent penser les gens ? Alors, avant de tenter quoi que ce soit, réfléchissez bien.

— Merci de me le rappeler ! Je n'oublierai pas le conseil.

Avec hargne, elle libéra sa main.

— En attendant, ne me touchez plus, s'il vous plaît ! Vous m'avez suffisamment malmenée ces derniers temps.

— Si vous voulez que cela cesse, tenez-vous tranquille ! Qu'est-ce qui vous prend de badiner ainsi ? Prenez garde, il y a des hommes qui s'offenseraient d'un refus !

— Vous, pour n'en citer qu'un ?

— Pourquoi m'offenserais-je ? Je ne me souviens pas d'avoir entendu un seul refus dans votre bouche.

Elle cherchait les mots pour le blesser, mais déjà il ne la regardait plus, toute son attention monopolisée par la femme qui approchait. Sur son passage, certains applaudirent, et Kyla reconnut la belle Anjelica Catalani. Magnifique et flamboyante avec son diadème qui tranchait sur le noir profond de sa chevelure, vêtue d'une simple tunique écarlate, généreusement échancrée, la diva se frayait un chemin à travers la foule avec une écrasante souveraineté, indifférente aux exclamations enthousiastes qu'elle suscitait, les yeux rivés sur le seul homme qui semblât l'intéresser. Le duc de Wolverton saisit la main qu'elle lui offrait, et la baisa avec autant de déférence que si elle était sa reine.

Des yeux comme des escarboucles sous de longs cils recourbés, des lèvres appétissantes, soulignées de rouge vermillon. Un visage de madone...

Anjelica haussa un sourcil magnifiquement dessiné, avant de se lancer dans un monologue enfiévré en italien. Brett ne la repoussa même pas quand elle se dressa sur la pointe des pieds et l'embrassa à pleine bouche, ignorant les coups d'œil scandalisés de certaines femmes. Au lieu de cela, il lui rendit son baiser, pendant que Kyla se tenait immobile, paralysée, le maudissant en silence. Après quelques secondes, il se dégagea et, glissant une main dans le dos de la chanteuse, décocha un regard narquois à Kyla avant de présenter la Catalani au prince.

La diva exécuta une gracieuse révérence, et le régent lui parla quelques instants dans sa langue maternelle. Elle souriait au prince, mais son regard revenait irrémédiablement se poser sur Brett.

Kyla avait envie de se jeter sur l'impudente pour lui arracher les yeux. Si seulement Brett ne prenait pas un plaisir évident à flirter avec cette plantureuse Italienne... À cet instant, elle aurait pu tout aussi bien ne pas exister; ni Wolverton ni la Catalani ne s'en seraient rendu compte.

Brett prit de nouveau le bras de la chanteuse pour lui dire, cette fois en anglais:

— Visiblement vous avez fait une conquête, *signora*, et je n'irai pas encourir les foudres du prince en précipitant nos retrouvailles. Nous nous verrons plus tard, pour revivre tranquillement les vieux souvenirs.

Catalani glissa le regard sur Kyla comme si, tout à coup, elle remarquait sa présence.

— Elle est adorable. Qu'elle vous accompagne la

prochaine fois que vous me rendrez visite, si vous voulez, Brett. Oui, c'est cela... venez chez moi! Nous parlerons du bon temps.

Il était évident que la diva ne pensait pas ce qu'elle disait, qu'elle n'avait aucune envie de la recevoir, et Kyla détourna la tête. Elle croisa par hasard le regard du duc de Cumberland qui, même s'il s'était fait discret après l'apparition de son frère, n'avait cessé de rôder autour d'elle.

Le rire de Kyla sonnait faux quand Cumberland, en aparté, lui confia que son frère avait toujours eu un penchant pour les femmes vulgaires.

— Non que je ne pense pas le plus grand bien de la Catalani! s'empressa-t-il d'ajouter d'un ton fielleux. Même si la rumeur la dit retorse et méchante. Elle se vante d'être fidèle à son époux, mais il suffit de peu pour lui faire oublier ses promesses...

— Je suis étonnée, Votre Grâce, que vous ajoutiez foi aux commérages, répliqua Kyla d'un ton agressif. Qu'est-ce que les gens savent vraiment de la vie de cette femme? Je pense plutôt que certains, ici, n'ont rien de mieux à faire que de discourir sur leurs voisins.

— Hé, comme vous montez sur vos grands chevaux! Ne supporteriez-vous pas les commérages?

Un sourire apparut sur le visage du duc.

— Il faut dire que vous en avez fait les frais! Non, ne vous rembrunissez pas, belle dame. Ce qu'on raconte sur vous m'est égal. Et maintenant que je vous connais un peu mieux, je sais que vous ne méritez pas toutes ces méchancetés.

Kyla se redressa instinctivement.

— Je vous remercie, Votre Grâce.

— Permettez-moi de vous dire une chose: jusqu'à ce soir, je ne pensais pas que Wolverton était idiot... Mais puisqu'il vous abandonne, voudriez-vous vous joindre à nous, mademoiselle?

— Malheureusement...

— Ne vous méprenez pas sur mes intentions! Je ne suis pas assez bête pour croire que Wolverton accepterait de vous laisser partir seule. Il vous escortera, à n'en pas douter. Allez, je vous en prie... Ne voyez rien d'autre dans cette invitation que le désir de narguer mon frère.

Kyla ne savait que répondre, elle était tout étourdie. Elle n'aurait jamais dû boire ce dernier verre de champagne... Brett l'avait complètement oubliée, il n'avait d'yeux que pour Anjelica Catalani! En entendant son rire se mêler à celui de la diva, Kyla sentit la fureur l'envahir.

Alors, avec un sourire enjôleur, elle se tourna vers le duc:

— Je suis certaine que si vous alliez vous-même poser la question à Wolverton, il ne pourrait pas refuser, Votre Grâce.

— D'accord. Tentons notre chance.

Aussi incroyable que cela puisse sembler, Brett refusa l'invitation. Poliment, bien sûr, mais d'un ton sans réplique. Vexé, Cumberland s'emporta:

— Mais enfin, Wolverton! Vous n'auriez pas la cruauté de rentrer chez vous maintenant, alors que mademoiselle brûle de poursuivre la soirée!

Brett jeta un coup d'œil meurtrier en direction de Kyla. Réprimant un frisson, celle-ci redressa le menton.

— Je me sens moins fatiguée que tout à l'heure, Votre Grâce. Je n'ai plus envie de rentrer à la maison.

— Vraiment? Pourtant il est inutile d'insister. C'est non, Kyla!

Coupant court à toute protestation, Brett se planta devant Cumberland.

— Parlez-moi plutôt de vos récents investissements dans la Compagnie des Indes orientales, Votre Grâce, fit-il en changeant abruptement de sujet. Vous souhaitiez m'entretenir de la vente de vos actions, alors dites-moi le jour qui vous plaira. Profitons de ma présence à Londres.

— Oui, bien sûr, répondit le duc, soudain fort embarrassé. Il serait intéressant de pouvoir en discuter tranquillement...

Brett semblait satisfait de la manière dont il avait éconduit l'impudent, il avait un large sourire aux lèvres et Kyla qui l'observait, le trouva plus dangereux que jamais. Mieux valait être l'allié d'un homme comme lui...

— Fixons un rendez-vous avant la fin de la semaine, cela vous convient-il, Votre Grâce? J'ai également entendu parler de mines d'Amérique qui seraient à vendre...

Il laissa sa phrase en suspens, tandis que Cumberland, d'abord mal à l'aise, retrouvait le sourire.

— Vous commencez à m'intéresser sérieusement, Wolverton, murmura-t-il, une lueur avide dans le regard. Venez vendredi.

Visiblement, le duc était plus intéressé par l'argent que par le plaisir de défier son frère. Et, dans tout cela, Kyla perdait une occasion de narguer Brett Banning, n'ayant plus qu'à digérer sa frustration pendant que, de nouveau, on l'oubliait. Cette indifférence était insultante, les larmes lui piquèrent les yeux. Mon Dieu... Figée dans sa détresse, elle continuait d'essuyer la concupiscence des regards masculins. Elle avait beau s'imaginer très loin, très loin de là, son cœur lui faisait atrocement mal...

Quel ne fut pas son soulagement quand, enfin, Brett et elle se retrouvèrent dans la voiture! Mais lorsqu'elle entendit son compagnon ordonner au cocher de se rendre à St. James's Square, elle lui jeta un regard furibond.

— Je ne comprends plus! lança-t-elle d'un ton revêche. Je pensais que vous vouliez rentrer directement. Finalement, je suis harassée. La soirée a été cauchemardesque.

— Vous semblez énervée. Que vous arrive-t-il?

Le sourire moqueur de Brett eut raison de son calme.

— Je vous hais!

— Eh bien... Ne me dites quand même pas que vous m'en voulez parce que je ne vous ai pas permis de suivre Cumberland. Désolé, mais j'avais fait une promesse à Anjelica, il n'était pas question pour moi d'y faillir, même pour vos beaux yeux, *querida*.

— Anjelica...!

Elle serra les poings.

— *Signora* Catalani connaît, comme nous tous, le penchant du prince pour les arts, ajouta-t-il. Je ne pense pas me tromper en affirmant que ce soir, elle obtiendra ce qu'elle veut de lui.

Avec un soupir las, il renversa la tête contre le dossier capitonné de la banquette, et regarda Kyla dans la faible lumière avec cette expression énigmatique qu'elle détestait plus que tout.

— Vous vous trompez, Votre Grâce, déclara-t-elle sèchement. Elle était certainement plus intéressée par vous que par le prince, et si elle attendait un geste de quelqu'un ce soir, c'est bien de vous !

Brett se mit à rire.

— Anjelica ne demande jamais, elle convoite... Et en général, elle obtient.

La remarque resta dans l'air comme une menace. Furibonde, Kyla se tourna vers la fenêtre.

— S'il vous plaît, ramenez-moi à la maison. Je ne me sens pas la force d'endurer davantage d'insultes.

— Qui vous a insultée ? En tout cas ni le régent ni même son frère. Vous les avez charmés ! À moins que ce ne soient leurs attentions qui vous aient offensée...

— Ne me prenez pas pour une idiote, je vous en prie ! La situation est déjà suffisamment humiliante pour moi. Si vous croyez que je n'ai pas vu où vous vouliez en venir... D'abord, vous m'exhibez dans cette robe, faisant de moi l'objet de tous les ragots, avant de m'offrir au prince et à son frère odieux. Je devrais être flattée, j'imagine ?

Le silence tomba et, quand elle releva les yeux sur lui, il la dévisageait d'un air songeur.

— Je suis désolé, Kyla, je n'avais pas le choix...

— Pardonnez-moi, mais je ne comprends pas bien pourquoi !

— Je vous expliquerai, plus tard.

Il étendit ses longues jambes, glissant les pieds sous elle, ce qui la mit plus mal à l'aise encore. De nouveau, elle regarda défiler par la fenêtre les becs de gaz qui scintillaient dans la nuit, se reflétant dans les vitrines des échoppes. Le martèlement des roues sur les pavés lui écorchait les oreilles, mais du moins l'empêchait-il de réfléchir. Elle serra les mains dans son giron et laissa ses pensées dériver sans but.

— Kyla, inutile de jouer les martyres ! grommela-t-il, et elle se tourna vers lui.

Avec la faible lueur qui régnait à l'intérieur de la voiture, elle ne voyait pas ses yeux. À quoi pensait-il ?

— Après tout, vous avez obtenu ce que vous vouliez, poursuivit-il d'un ton impassible. Vous avez réussi à trouver grâce aux yeux du prince régent. Vous ne pourriez rêver de meilleur protecteur...

— N'est-ce pas plutôt ce que vous vouliez, vous ? riposta-t-elle avec humeur. Pourquoi sinon m'auriez-vous emmenée ce soir ? Il est évident que vous cherchez à vous débarrasser de moi... pour renouer plus facilement avec cette chanteuse d'opéra.

Un sourire amusé apparut sur les lèvres de son compagnon tandis qu'il se penchait vers elle.

— C'est vous maintenant qui semblez jalouse. Serait-ce la raison pour laquelle vous avez tant minaudé ? Ne savez-vous pas qu'il est dangereux de flirter avec un prince ? Ou avez-vous l'intention d'aller jusqu'au bout, d'accepter sa proposition ?

— Je ne me rappelle pas qu'il m'ait fait la moindre proposition. Si vous voulez parler de cette promenade dans le parc, pardonnez-moi, mais je ne vois là aucune invitation à aller « jusqu'au bout », comme vous dites.

Les yeux de Brett s'étrécirent.

— Petite idiote ! Quand le prince a décidé qu'une femme lui donnerait son affection, il peut se montrer fort insistant. Et ennuyeux. Dans votre position, vous risquez de vous attirer des ennuis.

— Inutile de vous faire du souci pour moi ! De toute manière, ma réputation ne craint plus rien. Avez-vous vu les gens, ce soir ? Avez-vous remarqué la manière dont m'ont foudroyée ces femmes qui, le mois dernier encore, m'accueillaient chez elles ? C'est comme si, tout à coup, j'étais une moins-que-rien...

Sa voix vibrait de colère, et Brett la dévisagea, amusé.

— Si ces dames vous ont ouvert leurs maisons, c'est

grâce à lady Rushton, Kyla. Sans elle, vous n'auriez jamais été invitée ! Dans les salons mondains, il n'y a pas de place pour les sentiments. Vous auriez dû y réfléchir avant de venir à Londres pour me faire chanter. De quoi vous plaignez-vous maintenant ? Vous avez l'argent, non ? N'est-ce pas ce que vous vouliez ?

Elle lui décocha un regard ulcéré.

— Vous savez bien que ce n'est pas tout ! Je voulais surtout rendre à ma mère le respect qu'on lui a refusé toute sa vie.

— Autant demander la lune !

La cruauté de sa réplique lui vola le souffle, et elle le fixa dans la pénombre. Il avait raison. Inutile de le nier. Jamais on ne rendrait l'honneur perdu à sa mère...

Quand la voiture s'arrêta enfin, Brett lui tapota gentiment la main.

— Puisque vous êtes trop fatiguée, rentrez vous coucher. Burton va vous ramener.

— Vous voulez dire...

— Je veux dire, *querida*, que ce soir, je ne vous ennuierai pas. Vous êtes libre.

Elle jeta un coup d'œil à la bâtisse devant laquelle le cabriolet s'était immobilisé, puis se tourna vers son compagnon. Il voulait se débarrasser d'elle. Bien sûr. Il allait retrouver sa chanteuse de malheur. Jamais elle ne lui pardonnerait ce nouvel affront ! D'abord il la traînait en public, et maintenant qu'il n'avait plus besoin d'elle, il la renvoyait sans vergogne. Mon Dieu, c'en était trop ! S'il pensait pouvoir s'en tirer aussi facilement, il se trompait.

Mais Brett sortait déjà de la voiture et donnait ses instructions à Burton, sans plus une pensée pour elle...

La voiture repartit aussitôt. D'un poing rageur, Kyla cogna contre le panneau pour attirer l'attention du cocher.

Par tous les diables, Brett Banning allait regretter de l'avoir traitée ainsi...

16

Kenworth frappait à la porte de l'établissement de jeu quand une voiture s'arrêta au bas des marches. Le duc de Wolverton en descendit. Enfin! Il était là... et n'était-ce pas la délicieuse Mlle Van Vleet avec lui? Mon Dieu, elle était encore plus belle que dans son souvenir, drapée de soie et de satin, avec un magnifique collier serti de rubis et de diamants qui étincelaient sur sa peau laiteuse...

Inutile de baver d'envie devant ce qui ne serait jamais à lui!

Et pourtant, il ne pouvait détacher le regard de ces cheveux chatoyants, tressés sur le haut de sa tête, quelques mèches s'échappant pour auréoler magnifiquement son visage. Mais déjà, le cabriolet repartait, emportant sa délicieuse passagère...

— Le spectacle vous a plu? fit une voix doucereuse derrière lui.

Barry se tourna, et découvrit Northwick sur le seuil.

— Pardonnez-moi, milord, répliqua-t-il avec une grimace, mais vous m'empêchez de passer!

Northwick s'effaça avec une courtoisie exagérée, levant un sourcil sardonique.

— Je vous reconnais bien là, Kenworth! Agressif comme toujours... N'auriez-vous pas la conscience tranquille? Si vous voulez mon avis, c'est bien dommage que vous ne puissiez vous tenir à l'écart de l'enfer du jeu, mon garçon. Cela vous sauverait. Mais vous avez dû recevoir votre rente, alors vous vous empressez de venir la dépenser. Comme c'est drôle...

— Gardez votre humour pour vous, milord ! Personnellement, je n'y vois rien de drôle. Et maintenant, si vous permettez... j'aimerais entrer.

L'épiant sous ses paupières mi-closes, le comte pinça les lèvres.

— Vous n'avez pas toujours eu cette morgue avec moi, Kenworth ! Êtes-vous certain de ne pas commettre une erreur en pénétrant dans ce lieu de perdition ? Vous n'aimeriez quand même pas que je raconte partout qui vous êtes vraiment...

— Je frissonne à cette seule perspective. Et maintenant, si vous voulez bien m'excuser, je suis attendu.

Comme il dépassait Northwick, Barry l'entendit murmurer :

— Ce n'est pas parce que vous avez changé de créancier, que vous avez épongé vos dettes...

Il pivota pour laisser exploser sa colère, pour dire à cet ignoble individu ses quatre vérités, mais Northwick avait déjà disparu dans l'ombre. Qu'il aille au diable ! Une chance encore, il ne lui devait plus un shilling. Brett avait remboursé les quatorze mille livres. Et, en parfait gentilhomme qu'il était, Wolverton avait haussé les épaules quand Barry lui avait offert de signer une reconnaissance de dette :

— Je n'en ai pas besoin, Kenworth. Votre parole me suffit...

Ces simples mots avaient scellé leur amitié. Il était fier de pouvoir compter parmi ses amis un homme comme Wolverton qui, malgré une arrogante assurance, forçait le respect de tous ceux qu'il rencontrait. Et pourtant, Brett ressemblait plus à un aventurier qu'à un dandy. Ne disait-on pas qu'il s'acoquinait avec les pires boucaniers ?

À deux reprises, il l'avait vu se battre en duel et, chaque fois, Brett s'en était sorti indemne. De quoi refroidir les plus colériques...

Si seulement Barry avait eu un peu de ce sang-froid, jamais il n'aurait enduré les insultes de Northwick !

Même si cela n'avait rien de glorieux, il devait admettre que le courage de son ami lui faisait défaut.

Enfin... Si tout se passait bien, peut-être réussirait-il enfin à river son clou à ce Northwick de malheur.

Dans la pénombre du vestibule, il attendit que Brett le rejoigne.

— Un problème? demanda ce dernier quand il le vit perdu dans ses pensées.

Barry secoua la tête.

— Rien, sinon les sarcasmes habituels de Northwick. Il faut dire qu'il n'était peut-être pas heureux de vous voir arriver. Si...

— Allons-y! l'interrompit Brett en le poussant dans l'étroit vestibule du Pigeon Hole où, comme le nom l'indiquait, les pigeons se faisaient plumer.

C'était bondé, comme toujours. Ici, pas besoin de cotiser pour devenir membre! Bien sûr, la clientèle était peut-être plus rustique qu'ailleurs...

— On raconte que Northwick a la moitié des parts de cet établissement, confia Barry en aparté. Savez-vous que Seaton, son associé, est le père supérieur d'un couvent de religieuses? Apparemment la débauche paie bien, et frappe partout...

Brett eut un rire sans joie.

— Si Northwick avait tant d'argent que cela, il n'aurait pas besoin du mien.

— Certains n'en ont jamais assez.

Mais il était bien mal placé pour critiquer... Il se fit une promesse: peut-être ne pourrait-il jamais rembourser Wolverton, mais du moins ne dépenserait-il plus un seul sou sur une table de jeu... Il allait changer!

Et, pour l'instant, il avait une dette d'un autre genre à régler et, devant Dieu, avant que la nuit ne s'achève, il jurait de s'en acquitter...

Brett se dirigea vers une table, et regarda les dés rouler sur le tapis vert. Seul un observateur averti aurait pu noter que, sous ses airs nonchalants, il surveillait la salle plus qu'il ne suivait le jeu.

— Vous voulez prendre ma place? lui demanda un joueur. J'ai tout perdu!

— *Facilis descensus Averni!* observa Brett d'un ton badin, et Kenworth, près de lui, se mit à rire.

— La descente en enfer est toujours facile, traduisit-il quand l'homme les regarda d'un air médusé. C'est une citation. De Virgile, si ma mémoire ne me trompe pas.

Le joueur secoua la tête.

— Je ne connais pas ce M. Virgile, ça ne doit pas être un régulier ici... Eh bien, pour moi c'est fini, ce jeu de malheur. Je n'ai plus un sou...

Quelques minutes plus tard, Brett empochait les cinquante-deux livres qu'il venait de gagner, quand un mouvement près de la porte lui fit tourner la tête. Il se pétrifia tandis qu'un juron dépassait ses lèvres. Barry, anxieux, suivit son regard.

Juste ciel! Kyla Van Vleet se tenait sur le seuil, argumentant avec un gardien pour pouvoir entrer. Aurait-elle perdu complètement l'esprit? Que faisait-elle ici? Et ce soir, surtout!

Brett abandonna la table et, à grandes enjambées, traversa la salle pour la prendre par le bras. Barry le suivit, inquiet. Leur plan n'allait quand même pas échouer à cause de cette apparition inopinée!

— Que diable faites-vous ici, Kyla? demanda durement Brett.

— Lâchez-moi!

La jeune femme se dégagea avec brusquerie, puis redressa les épaules et affronta son compagnon du regard, sans ciller. Barry était admiratif; ce n'est pas lui qui aurait croisé le fer avec Wolverton.

— Je suis venue jouer, moi aussi. Il semblerait que l'endroit soit tout indiqué, non?

— Vous êtes folle ou quoi? À quoi pensez-vous donc? Burton va regretter d'avoir enfreint mes ordres, vous pouvez en être certaine...

Brett se tut, renifla avec mépris, avant d'ajouter d'un ton plus calme:

— Est-ce que, au moins, la voiture est encore là?

— Oui, pourquoi? Si c'est pour me demander de

m'en aller maintenant, je préfère vous le dire tout de suite... c'est non!

— Je suis désolé de vous décevoir, *querida*, rétorqua-t-il en la poussant sans douceur vers la sortie. Pas question que vous restiez!

Et tout à coup, il s'immobilisa, tandis que la porte d'entrée s'ouvrait.

Derrière eux, Barry ne comprit pas tout de suite pourquoi il s'arrêtait aussi brusquement, jusqu'à ce qu'il entende une voix familière s'exclamer:

— Mademoiselle Van Vleet! Quelle agréable surprise de vous revoir... Wolverton, j'ignorais que vous aviez pour habitude d'amener votre dame dans de tels endroits. Vous suivra-t-elle également chez la pulpeuse Amy Wilson?

— Taisez-vous donc, Northwick! protesta Barry. Seriez-vous tombé si bas que vous ne respectiez même plus une dame? Je vous en prie, un peu de retenue.

Kyla se tourna vers lui, et le gratifia d'un sourire reconnaissant. Dans ses prunelles bleues, brûlait une indicible colère.

— Merci, lord Kenworth. Il est agréable de voir qu'il existe encore des gentilshommes à Londres. Je commençais à désespérer.

Northwick s'esclaffa, et un rictus tordit son visage vérolé.

— Je vois que Mlle Van Vleet a de la repartie! Je vous en prie, Wolverton, si elle veut rester, laissez-la. Sa présence sera une bouffée d'oxygène, ce soir. Il y a tant de visages laids autour de moi ces derniers temps, et puis... elle nous distraira, vous ne croyez pas?

— Le Pigeon Hole n'est pas un endroit convenable pour une femme! répliqua Brett en saisissant Kyla par le coude pour l'escorter dehors.

Une fois encore, elle s'arracha à son étreinte avant de se planter devant lui, les yeux brillants de colère.

— Pardonnez-moi, mais je ne supporte pas d'être bousculée ainsi, et encore moins qu'on décide pour moi. Je veux rester, et vous ne m'en empêcherez pas.

À moins, bien sûr, que vous n'ayez des raisons de vous débarrasser de moi ?

La mâchoire de Brett se crispa.

— Ce n'est pas un endroit pour vous, Kyla. S'il vous plaît, pour une fois, facilitez-moi les choses.

— Votre comportement depuis quelques jours ne m'incite guère à vous faciliter les choses...

— Par tous les diables, Wolverton, est-ce bien vous ? s'écria une voix sur le seuil. Si je m'attendais !

Le duc de Cumberland s'engouffra dans le vestibule avant de rejoindre Brett. Un instant aveuglé par l'épaisse fumée qui flottait sur les lieux, il avisa finalement Northwick, puis ouvrit des yeux ronds en découvrant Kyla.

— Eh bien ! s'exclama-t-il en hochant la tête d'un air éberlué. Je n'espérais pas vous trouver ici, Wolverton, surtout... en compagnie de Mlle Van Vleet. Non que je n'en sois pas ravi, d'ailleurs !

— La surprise est aussi grande pour moi, Votre Grâce, lança Brett avec un sourire forcé, maudissant Kyla en son for intérieur.

Elle risquait, en effet, de tout gâcher. Et maintenant que Cumberland était là, il était difficile de la renvoyer.

— Je me sentais chanceux, reprit-il doucement, avant de saisir le bras de Kyla. J'ai eu envie de venir jouer un peu.

— Et Mlle Van Vleet qui nous fait l'honneur de sa présence ! intervint Northwick avec une grimace sarcastique. Si avec cela, nous ne sommes pas tous chanceux ! Apprenez-lui donc à jouer, Wolverton ! Ce sera une grande distraction pour chacun d'entre nous, je n'en doute pas. Venez, Votre Grâce, ajouta-t-il à l'adresse du duc.

Comme Cumberland suivait le comte dans la salle, Brett prit la jeune femme à part :

— Si vous devez rester, je ne saurais trop vous conseiller de faire ce qu'on vous dira.

— Je ne... Brett, vous me faites mal !

Il la lâcha mais, se penchant, lui chuchota à l'oreille :

— Ce n'est pas le moment d'affirmer votre indépendance, malheureuse ! Il risque d'y avoir du chahut tout à l'heure, alors pour qu'il ne vous arrive rien, je vous demanderai de m'obéir. Vous m'avez bien compris ?

Elle opina en silence, jetant un coup d'œil nerveux alentour, comme si elle prenait soudain conscience de l'endroit où elle se trouvait.

Brett s'arrêta devant une table où l'on jouait aux dés.

— Comme vous pouvez le constater, dit-il d'une voix doucereuse, vous avez attiré l'attention, mais peut-être était-ce ce que vous souhaitiez ?

— Brett, il n'est pas question...

— Oh, non ! Vous n'allez pas recommencer !

L'étreinte de ses doigts se resserra tandis qu'il ajoutait d'un ton cassant :

— Puisque vous avez tant insisté pour rester, vous allez devoir faire exactement ce que je vous dis. Un bon conseil : ne me poussez pas à bout, vous pourriez le regretter amèrement. Ici, pas un homme ne s'interposera si je vous traite comme je traiterais une prostituée de Covent Garden.

Elle ne broncha pas. Seule une note d'appréhension apparut dans son regard.

— Je n'aurais jamais dû venir, je sais, mais je croyais... Enfin, cela n'a plus d'importance désormais. Peut-être devrais-je m'en aller...

— Navré, c'est trop tard ! Vous êtes ici, et grands dieux, vous allez y rester un moment, c'est moi qui vous le dis. Pour tuer le temps, je suis prêt à vous apprendre à jouer. Vous voulez ?

Les dés volèrent sur la table, et l'un des joueurs grommela :

— Encore fichu ! C'est bien ma veine... J'arrête !

Il leva les yeux, vit Brett et sourit.

— Finalement, ça tombe bien, reprit-il. Je ne joue jamais quand vous êtes là, Wolverton. Vous avez toujours trop de chance.

— Que voulez-vous, c'est ainsi, Pemberton ! railla Brett en s'emparant des dés. Quelqu'un voit-il un inconvénient à ce que cette dame tente sa chance ?

Si quelqu'un n'était pas d'accord, personne en tout

cas n'osa protester. Et Brett expliqua à Kyla les règles du jeu. Bien entendu, cette démonstration ne passa pas inaperçue et nombreux furent ceux qui approchèrent, Northwick parmi eux.

Un coup d'œil à travers la salle permit à Brett de repérer la silhouette dégingandée de Watley, et il se détendit. Après un discret hochement de tête dans sa direction, son informateur se mêla aux joueurs de baccara.

— Et maintenant, jetez les dés, Kyla ! Il vous faut d'abord faire un cinq, un sept ou un neuf.

— Et si je ne les fais pas ?

— Dans ce cas vous recommencez, vous avez le droit à trois essais. Inutile toutefois de se mettre martel en tête, c'est un jeu de pur hasard. Si vous perdez, personne ne vous en voudra...

Elle haussa les épaules d'un geste négligent, et ses diamants accrochèrent la lumière des lustres.

— Oh, mais... tant que je jouerai avec votre argent, je me moque de perdre.

— Je n'en attendais pas moins de vous.

Le ton de Brett était sec. Près de lui, Barry riait sous cape.

— Je comprends mieux pourquoi vous êtes parfois de sombre humeur, lui souffla-t-il discrètement. Cette femme est une diablesse...

Brett ne répondit pas, mais se renfrogna. Kyla lança les dés et perdit, provoquant des exclamations déçues autour de la table. Pour son deuxième essai, elle obtint déjà un meilleur score. Elle se mordait la lèvre, fixant anxieusement le tapis vert. Entre-temps, le cercle de spectateurs s'était agrandi. Attirés par la ravissante jeune femme, certains avaient cessé de jouer pour venir la regarder. À son troisième essai, elle fit un sept, salué par des cris de joie.

Northwick trouva bientôt l'audace de se faufiler juste à son côté et de se presser contre elle. Elle qui gagnait depuis plusieurs tours, vit aussitôt sa chance tourner. Et elle perdit. Peut-être à cause de la tension qui, tout à coup, pesait sur l'assemblée...

Loin de sentir la gêne qu'il occasionnait, Northwick se mit lui aussi à jouer. Louchant vers le décolleté de Kyla, il défia le hasard jusqu'au moment où il comprit que la chance ne lui sourirait pas. Ce pervers de Brakefield multiplia les erreurs et, irrité, finit par tourner les talons.

Brett gardait un œil fixé sur Watley et ses acolytes. Ils surveillaient discrètement le duc de Cumberland, et maintenant Northwick qui l'avait rejoint. Dans cette ambiance qui, au fil des heures, s'échauffait, entre les rires graveleux et les conversations licencieuses, personne n'aurait pu deviner ce qui se préparait.

Reportant son attention sur Kyla, Brett s'amusa de la voir concentrée sur le tapis vert. Elle gagnait de nouveau, de petites sommes. Suffisamment pour rougir de plaisir. Ce qui illuminait son beau visage!

Dans sa robe qui chatoyait à chacun de ses gestes, elle offrait une vision ensorcelante. Elle se penchait parfois, exhibant la courbe d'une poitrine marmoréenne drapée de soie. L'échancrure en dévoilait plus qu'elle n'en dissimulait, et ce spectacle suffisait à attirer de nombreuses convoitises. Apparemment, Northwick était lui aussi conquis, car il était revenu à la charge, et ne détachait plus le regard de ce décolleté prometteur.

— Gagné! s'écria un admirateur pendant qu'elle s'esclaffait avec allégresse.

Son rire retentit au-delà des conversations dans la salle. L'espace d'un instant, Brett se sentit ému par cette jeune femme qui bouleversait littéralement sa vie. L'excitation faisait étinceler ses yeux bleus, et sa bouche délicate arborait un sourire à damner un saint...

La fumée s'envolait en volutes au-dessus des joueurs. De l'autre côté de la pièce, deux hommes élevèrent la voix, sans doute une querelle d'ivrognes... Northwick s'arracha subitement à la contemplation de Kyla et quitta la table. Brett avisa Watley: ce dernier se glissait subrepticement dans l'étroit passage, à l'autre bout de la salle.

— Milord! lança Brett, rappelant Northwick pour

gagner un peu de temps. En auriez-vous assez de jouer avec une femme ?

Le comte de Brakefield pivota sur ses talons et le dévisagea, l'air plutôt irrité.

— Les jeux avec les femmes finissent toujours par lasser, Wolverton.

— Vraiment ? Enfin, vous êtes peut-être mieux placé que nous pour le savoir.

— Oh, devant vous, je resterai modeste, Wolverton ! On raconte que vous en avez pris plus que votre part, souffla le comte d'un ton fielleux. Et, comme si cela ne suffisait pas, vous allez jusqu'à enlever une jeune fille au beau milieu d'une soirée !

Près de Brett, Kyla s'était raidie. Avec une fausse négligence, il posa une main sur son épaule et joua avec les boucles rebelles qui tombaient sur sa nuque.

— Vous m'accusez d'enlèvement, milord ? Pardonnez-moi, mais cette jeune femme n'a rien d'une prisonnière. N'est-ce pas, ma chérie ?

Kyla lui décocha un regard furieux, avant de s'empourprer de plus belle.

— Si je suis prisonnière, milord, lança-t-elle agressive, ce n'est que du destin. Mais n'est-ce pas le lot de tous ?

Bien répondu ! Brett sourit, admiratif, tout en caressant la peau nue de son épaule. Du coin de l'œil, il vit que Northwick les observait. Lentement, délibérément, il glissa les doigts jusqu'au collier précieux, faisant traîner comme par accident son pouce sur sa gorge. La jeune femme s'immobilisa. Sa lèvre inférieure se mit à trembler, comme si elle retenait un flot de paroles incendiaires, et ses longs cils recourbés se baissèrent. Elle crispa les mains sur le bord de la table.

Northwick avait quelque peu perdu de sa superbe. Il considérait Kyla d'un air presque méchant. Et s'il était jaloux ?

Peut-être se rappelait-il la petite fille qu'il avait connue, autrefois ? Ce dépravé ne l'emporterait pas au paradis ! se jura Brett.

Mais, avant de l'envoyer en enfer, il lui fallait récupérer les actes notariés de la mine. Si Watley avait dit vrai, ce n'était plus qu'une affaire de minutes...

Que de stratagèmes pour retrouver son bien! S'ils avaient été au Texas, il aurait déjà réglé ses comptes avec Northwick dans un duel. Mais ici, en Angleterre, on n'attaquait pas impunément un membre de la Chambre des lords!

Brett attendit que Northwick s'éloigne pour retirer la main possessive qu'il avait posée sur l'épaule de Kyla. Le comte de Brakefield rejoignit Cumberland qui — comme à son habitude — pariait beaucoup, et perdait invariablement.

Barry s'approcha de Brett et, à voix basse, demanda:

— Qu'est-ce qu'ils font? J'ai l'impression que cela fait des heures qu'on attend. Vous croyez qu'ils feront la vente ce soir? Je veux dire... êtes-vous certain que votre informateur ne s'est pas trompé? Si Cumberland est impliqué...

— Ils attendent juste un peu, pour plus de prudence... Gardez patience, ça va venir!

Comme Kyla perdait une nouvelle fois, l'un des joueurs suggéra, grivois, qu'elle mette ses attributs en jeu, remarque qui lui valut un regard méchant de la jeune femme, ainsi qu'un coup d'œil menaçant de la part de Brett. L'homme n'insista pas.

— C'était juste une blague, milord!

— Contentez-vous de jouer, mon ami! Cela vous coûtera moins cher.

Quelqu'un le bouscula, et Brett vit du coin de l'œil que Watley était revenu et donnait le signal. Northwick et Cumberland avaient disparu. Il se pencha vers sa compagne, défit son collier pour le jeter sur la table avec un sourire.

— Montons les enchères, messieurs. Juste pour rendre le jeu un peu plus intéressant.

— Vous êtes fou! protesta Kyla.

Il lui prit le menton entre le pouce et l'index, et scella ses lèvres d'un baiser féroce.

— Si vous le perdez, *querida*, je vous en achèterai un autre, souffla-t-il contre sa bouche.

Elle le considérait, abasourdie.

— Et si vous gagnez, ce sont deux colliers que je vous offrirai. Qu'en pensez-vous ?

— J'ignore pourquoi vous faites une telle chose, mais si vous voulez vraiment jeter votre argent par les fenêtres, après tout...

— Concentrez-vous bien, Kyla. Ces gentilshommes ont l'air déterminé à empocher votre bien.

Elle hésita un long moment, avant de prendre les dés. La mise devrait suffire à la tenir occupée un bon moment, songea Brett en s'écartant subrepticement. De l'autre côté de la salle, Barry se dirigeait déjà vers le couloir sombre. Les enjeux avaient enflammé la partie, et pendant que les gens se pressaient pour suivre le jeu, Brett s'éclipsa.

Bientôt, il croisa Watley qui lui chuchota à l'oreille :

— Si vous voulez me suivre, milord, c'est par ici ! Votre ami vous attend au fond.

Il faisait sombre dans le couloir. En silence, Brett lui emboîta le pas et s'enfonça dans les profondeurs d'une cave, empestant l'humidité. Plus loin, le goulet s'évasait. À la faveur de la lanterne que brandissait Watley, il distingua deux corps vautrés dans un coin, probablement endormis par les soins de son informateur et de ses complices.

Plus loin il discerna des chuchotements et, bientôt, il retrouva Barry.

— Northwick et Cumberland se sont enfermés dans cette pièce, murmura-t-il, fébrile, en désignant une petite porte.

Un instant, Brett imagina le scandale si l'on apprenait un jour que le frère du prince régent et le comte de Brakefield se livraient à ce trafic, que la couronne anglaise rachetait des mines spoliées à leur propriétaire. Cumberland était-il seulement coupable de complicité de vol, ou goûtait-il également aux plaisirs pervers que Northwick pouvait fournir ? Aimait-il lui aussi les petites filles ?

— Pour l'instant, Kenworth, vous ne bougez pas de là ! ordonna Brett en s'arrêtant devant la porte.

Il s'assura que les hommes de Watley empêcheraient bien quiconque de s'engager dans le couloir. Parfait!

Il sortit son pistolet de la poche intérieure de sa redingote. Ses doigts se crispèrent sur le bouton de la porte. Comme il s'en doutait, celle-ci était verrouillée. Sans plus hésiter Brett recula et, prenant de l'élan, s'élança contre le battant. Le bois vermoulu explosa dans un violent gémissement.

Avec un juron, Northwick fit volte-face et se figea en découvrant le pistolet que Brett dirigeait droit sur sa poitrine. Sa bouche se tordit méchamment.

— Eh bien, eh bien, Wolverton! N'avez-vous jamais appris à frapper avant d'entrer? Et puis-je vous demander de quel droit vous débarquez ici, au beau milieu d'une conversation privée? Cumberland risque fort de vous en tenir rigueur. N'est-ce pas, Votre Grâce?

— C'est exact, renchérit Cumberland d'un ton crissant, mais derrière cette colère, Brett devinait son appréhension. Que signifie cette intrusion, Wolverton?

Du canon de son arme, Brett désigna les papiers que le frère du régent tenait dans la main.

— Je veux simplement récupérer ce qui m'appartient! Il se trouve que ces documents, Votre Grâce, sont à moi. Qu'ils m'ont été volés il y a un peu plus d'un mois...

— Volés?

Cumberland avait blêmi.

— Iriez-vous m'accuser de vol? s'enquit-il d'une voix vibrant d'indignation.

— Non. Je réserve l'accusation à votre ami Northwick. Mais réfléchissez, Votre Grâce, si cette histoire venait aux oreilles de tout le monde...

Cumberland renifla avec mépris, et coula un regard en direction du comte.

— Qu'est-ce que cela veut dire, Brakefield? Ces actes notariés sont légalement à vous, n'est-ce pas?

Son compagnon eut un sourire mielleux.

— Comme vous pouvez le constater, Votre Grâce, ces papiers sont signés de la main de Colby Banning. Il m'a cédé sa part de la mine que nous possédions tous les deux en Amérique. Il m'a fallu du temps pour récupérer ces documents, mais c'est chose faite à présent.

Il nargua Brett du regard, avant de hausser les épaules.

— Quel dommage que vous ne soyez pas au courant, Wolverton ! J'imagine votre déception, mais que voulez-vous, votre père avait des dettes...

— Vous êtes un fieffé menteur ! Ces documents m'appartiennent, et vous allez me les rendre tout de suite.

Il tendit la main pour que Cumberland les lui remette, tout en gardant le canon de son arme rivé sur Northwick. Rapidement il parcourut les papiers. Aucun doute, il s'agissait bien de ceux qui lui avaient été dérobés ! Cependant, il découvrit à la suite un codicille désignant comme nouveau propriétaire de la Santa Maria Mine, Carlton Northwick, vicomte Erby et futur comte de Brakefield. Le papier datait de vingt ans, et était signé par son père.

Il leva les yeux avec une rage grandissante, surprenant le rictus triomphant de Northwick.

— C'est un faux ! cracha-t-il. Mon père ne vous aurait jamais légué sa mine !

— Mon cher Wolverton, je crains de devoir vous décevoir...

— Pourquoi diable n'en avez-vous jamais parlé ? Et pourquoi voler des papiers sur l'un de mes navires ? Non, votre histoire ne tient pas debout ! Je ne suis pas idiot...

Se tournant vers Cumberland, il ajouta :

— Je doute que vous ayez les fonds nécessaires pour acheter cette mine, Votre Grâce, elle vaudrait aujourd'hui une fortune. De plus ce n'est un secret pour personne que vous devez beaucoup d'argent à votre frère...

— Iriez-vous insinuer que c'est mon frère lui-même qui chercherait à acheter la mine ?

Le rire de Cumberland résonna sinistrement dans la pièce.

— Je commence à comprendre votre combine, Wolverton ! Vous n'auriez jamais pris le risque de l'accuser de front... Non, vous êtes trop rusé ! Vous avez préféré vous assurer qu'il serait occupé, ce soir. Vous lui avez jeté la Catalani dans les bras ! De plus... au cas où elle ne lui aurait pas plu, vous gardiez un atout : cette ravissante jeune catin blonde. Comme c'est bien pensé de votre part ! Dommage que vous fassiez fausse route sur toute la ligne, Wolverton ! George ne sait rien de cette histoire. D'ailleurs, s'il avait des fonds, il ne songerait qu'à les investir dans des marbres anciens ou certaines de ces hideuses architectures qu'il affectionne tant. Quant à moi, je n'ai aucune intention de partager les bénéfices de cette mine avec le gouvernement... Je ne serai jamais roi, il faut bien que je pense à mon avenir.

— Avez-vous idée du genre d'hommes avec qui vous traitez, Votre Grâce ? Comment pensez-vous que le roi et le Parlement prendraient la chose s'ils apprenaient que vous vous acoquinez avec un voleur, un débauché, un homme qui n'hésite pas acheter des enfants pour satisfaire ses désirs pervers !

Cumberland se dandinait, soudain mal à l'aise. Il coula un regard interrogateur vers son compagnon.

— Mon Dieu, mais vous êtes fou à lier, Wolverton ! répliqua Northwick. C'est tout ce que vous avez trouvé pour vous venger, parce que Mlle Van Vleet m'a appartenu avant d'être à vous ? Ce n'est quand même pas ma faute, mon garçon, si sa mère me l'a envoyée ! Que pouvais-je faire d'autre que de fournir un toit à cette enfant ?

Kenworth s'approcha alors, sortant de l'ombre derrière Brett.

— Permettez-moi d'intervenir, milord, fit-il calmement, et Northwick écarquilla les yeux d'effroi. Je sais, pour l'avoir vu de mes propres yeux, que vous avez acheté des jeunes filles à Covent Garden. Vous n'oseriez quand même pas nier ? Je vous préviens, je n'hésiterai pas une seconde à étaler l'affaire au grand jour !

Comme Cumberland étouffait un juron, Brett avança dans le cercle de lumière que projetait la lampe fixée au mur.

— Quant à moi, Northwick, j'ai l'intention de vous traîner devant les tribunaux.

— Allez au diable, Wolverton ! Vous n'avez aucune preuve ! D'ailleurs, ce sera ma parole contre la vôtre — celle d'un colon rustre, qui n'est même pas anglais. Et vous, Kenworth, pauvre idiot, que raconterez-vous ? Que vous avez assisté à une scène de prétendue dépravation, mais que vous n'avez jamais eu le courage jusqu'à aujourd'hui de me dénoncer ? De quoi aurez-vous l'air ? Et qui croirait un jeune blanc-bec qui ne sait pas faire autre chose que de dilapider l'argent de son père ?

Barry serra les dents, et Northwick poursuivit :

— J'ai bien peur, mes amis, que vous ayez présumé de vos forces. Je dirai que vous avez monté de toutes pièces ces histoires à dormir debout. Cela ne prendra jamais ! On ne verra dans votre action qu'une manière de me discréditer pour récupérer la mine.

Brett se tourna vers Cumberland qui fronçait les sourcils.

— C'est un risque que vous êtes prêt à prendre, Votre Grâce ? demanda-t-il d'un ton provocant. Je n'ai rien à perdre, parce que je me fiche totalement de ce qu'on peut penser de moi. Je n'ai à répondre de mes actes devant personne. Mais ce n'est pas votre cas, Votre Grâce. Je répète donc ma question : êtes-vous prêt à prendre le risque ?

Après un long silence tendu, Cumberland jura comme un charretier, et pivota lentement pour affronter Northwick.

— Il a raison, et vous le savez bien, canaille ! Je ne peux pas prendre ce risque. J'en ai fait suffisamment pour être discrédité. Je me retire.

Northwick haussa les épaules, mais il y avait un éclat meurtrier dans ses yeux quand il toisa Brett.

— Peu importe. Je trouverai bien un autre acheteur. Peut-être vous-même, Wolverton ? À moins que vous ne disposiez pas des fonds nécessaires. Comme ce serait navrant !

— Ne soyez pas trop confiant, milord. Pour l'instant, comme vous pouvez le constater, c'est moi qui ai les actes notariés en main. Venez les chercher... si vous ne craignez pas que j'appuie par accident sur la détente.

Une fois mort, vous ne pourriez plus nier grand-chose. Je ne suis même pas certain que le duc prendrait le risque de défendre votre dépouille...

Il y eut un long moment de silence oppressant, puis Northwick s'inclina avec raideur.

— Vous avez gagné, Wolverton. Pour l'instant. Car ce n'est qu'une bataille. Sachez que vous n'avez pas encore remporté la guerre.

Avec un dernier regard méprisant pour Barry, Northwick sortit. Comme Kenworth protestait, Brett secoua la tête.

— Laissez-le partir. Où voudriez-vous qu'il aille pour échapper à la justice ?

Soigneusement, il plia les documents qu'il rangea dans sa redingote tandis que Cumberland s'éclaircissait la voix :

— Eh bien, nous ferons comme si rien ne s'était passé... N'est-ce pas, Wolverton ?

Brett ne répondit pas, mais fixa le duc froidement jusqu'à ce que celui-ci rougisse et détourne la tête.

— Par tous les diables, Wolverton ! J'ignorais que les documents avaient été volés.

— Votre frère est-il au courant ?

— Non. En fait, j'ai été contacté par une société de La Nouvelle-Orléans pour racheter les actes à Brakefield. En échange, on m'offrait d'effacer mes dettes.

— Quel est le nom de cette société ? demanda Brett en glissant son arme dans la ceinture de son pantalon.

— Quelle sale histoire ! Je ne voudrais pas qu'il y ait de scandale, vous comprenez. Non que je veuille à tout prix protéger Northwick, il faut qu'il paie pour avoir maltraité des enfants... Mais trop de gens sont au courant de la relation que j'entretiens avec lui, et je n'ai aucune envie d'être mis dans le même sac. Faisons un marché ! Le nom du commanditaire en échange de votre silence...

— Brett, non ! protesta Barry furieusement. Vous ne pouvez laisser Northwick s'échapper une fois encore !

— Nous lui réglerons son compte plus tard, Kenworth... J'accepte le marché, Votre Grâce. Qui vous a contacté ?

Cumberland le prit à part, l'écartant de Watley et de Barry, et répondit d'une voix basse :

— Javier Aguilar y Portillo... Ah, je vois que ce nom vous dit quelque chose !

Brett le considérait, effaré.

— Javier Portillo ? Vous en êtes certain ?

— Oui, bien sûr, je ne peux pas me tromper. Pour prouver sa bonne foi, Javier Portillo m'a même dépêché son secrétaire, un jeune Français en exil, un homme détestable et arrogant ! Enfin... souvenez-vous, Wolverton, nous avons fait un marché.

— Je m'en souviendrai.

Brett tourna abruptement les talons, plantant là le duc. Watley et Kenworth le suivirent. Javier Aguilar y Portillo — le frère de sa mère ! Mon Dieu, pourquoi n'avait-il rien vu ? Et il était coincé à Londres pendant que Javier avait tout loisir de s'accaparer ce que Colby Banning avait mis des années à bâtir...

La rage l'emplit tout entier. Il fallait qu'il rentre au Texas. Mais d'abord... régler ses affaires ici ! Et il y avait Kyla. Qu'allait-il faire à son sujet ?

Kenworth le rattrapa juste au moment où il rejoignait la grande salle enfumée. D'un ton agressif, il lui lança :

— Je vous ai posé une question, Brett ! Vous n'allez quand même pas laisser Brakefield s'en sortir comme ça ! Est-il vrai que lui... et Mlle Van Vleet ? Seigneur, mon ami, si c'est vrai, comment pouvez-vous le laisser partir ? Je ne peux imaginer qu'elle ait été un jour à la merci de ce monstre ! Et comme si elle n'avait pas assez souffert, aujourd'hui...

Il se tut brusquement. Fulminant, Brett se tourna vers lui.

— Si son sort vous chagrine, peut-être accepteriez-vous de faire de Kyla Van Vleet une honnête femme, Kenworth ?

Barry le considéra, les yeux agrandis par la stupéfaction, la lèvre tremblante.

— Vous... vous voulez dire... l'épouser? Grands dieux, Brett!

L'idée de devoir céder Kyla ne plaisait guère au duc, mais c'était peut-être la solution à ses problèmes...

Quand il arriva à la table où il avait laissé la jeune femme, elle avait disparu. L'un des joueurs leva la tête. Un sourire comblé flottait sur son visage tandis qu'il égrenait le précieux collier entre ses doigts.

— Pas mal en une heure de jeu. Qu'en pensez-vous, milord?

— Où est-elle? demanda Brett, soudain anxieux. La jeune dame qui possédait le collier... Où est-elle?

— Partie avec un autre aristo, sûrement, un qui ne pariera pas ses bijoux, hein?

Il perdit toute envie de plaisanter quand Brett fondit sur lui.

— Hé, ne me regardez pas comme ça! J'ai gagné, c'est tout! Faut pas m'en vouloir...

Sa protestation se termina en plainte étranglée lorsque Brett l'attrapa par le col et le projeta contre le mur.

— Je me fiche de ce maudit collier, l'ami. Dites-moi plutôt avec qui elle est partie.

— Je ne connais pas son nom, mais il jouait pas loin d'elle, tout à l'heure... Un aristo dans votre genre, mais avec des gros sourcils!

Kenworth, derrière lui, murmura d'une voix blanche:

— Brakefield! Mon Dieu, il a enlevé Kyla!

17

Kyla frissonna, l'esprit tout embrouillé. Elle n'aurait jamais dû accepter ce verre de champagne. Elle n'aurait jamais dû permettre à Northwick de lui offrir quoi que ce soit ! Oh, pourquoi ce martèlement à ses oreilles ne cessait-il pas ? Elle avait par moments l'impression d'être au fond d'un puits. Des voix indistinctes lui parvenaient, des échardes de lumière tournoyaient devant ses yeux dans un tumulte étourdissant... Elle cilla, fronça les sourcils pour dissiper ce brouillard, et voulut lever la main jusqu'à son visage. Impossible !

Le moindre geste lui faisait trop mal. Et elle avait si froid... Elle grelottait. Seigneur, pourquoi était-ce si confus ? Quelle était cette voix menaçante venue de nulle part, surgissant des ténèbres ? Elle avait beau chercher à comprendre, son cerveau refusait de fonctionner.

Où était passé Brett ? Pourquoi l'avait-il abandonnée ? Il se trouvait derrière elle, à la table de jeu, et tout à coup, il avait disparu. Et maintenant... Mon Dieu, elle ne pouvait même pas réfléchir ! La douleur lui martelait les tempes.

Une ombre se détacha brusquement de l'obscurité et s'approcha d'elle. La voix était basse, curieusement familière, quelque peu bourdonnante comme le ronronnement d'un gros félin. Un violent frisson l'agita.

— On a froid, ma chère ? Ce n'est pas bien grave. Croyez-moi, vous allez bientôt vous réchauffer. Oui...

Je vais m'occuper de vous, ce que j'aurais dû faire dès l'instant où je vous ai reconnue.

Un rire sinistre ponctua les paroles de l'homme, et elle cligna des yeux pour distinguer son visage.

— North... wick.

Sa propre voix lui sembla étrangement lointaine, comme ensommeillée...

— Vous avez bien deviné, ma chérie. Enfin on se réveille... Tant mieux! Je veux que vous sentiez mes doigts sur votre peau, que vous entendiez ma voix...

Une fois encore, son rire méphistophélique déchira le silence, la glaçant jusqu'aux os.

— Non, non, ma belle enfant. Inutile de vous débattre! Cela ne vous servirait à rien. Vous ne pouvez plus m'échapper... Adorable petite traînée! Vous avez un corps magnifique, bien qu'un peu trop voluptueux à mon goût. Mais cela, vous le savez, n'est-ce pas? Je me souviens encore de cette enfant si blonde, si adorable, si parfaite... une enfant innocente. Vierge de toute caresse, pas encore souillée... attendant l'éveil de l'amour. Ce qui n'est plus le cas aujourd'hui, n'est-ce pas? Maintenant, vous êtes comme toutes les autres... sale d'avoir été touchée par tous ces mâles, une vulgaire prostituée qu'un homme possède et jette ensuite...

Les mots haineux l'atteignirent comme autant de gifles. Cédant à la panique, elle releva la tête.

— Je vous en prie, ne me faites pas de mal. Je ne... je ne suis pas...

— C'est ce qu'elles disent toutes!

Tout à coup, le visage hideux de Northwick surgit juste devant son nez. Elle fut épouvantée par la lueur dangereuse qui se profilait dans ses prunelles. Il lui prit le menton, presque doucement, et l'obligea à soutenir son regard quand elle voulut se dérober.

— Vous pouvez le nier tant que vous voudrez: votre corps, lui, vous trahira. Toutes les femmes refusent d'avouer leurs péchés, jusqu'à ce qu'elles découvrent l'âme diabolique qui sommeille entre leurs cuisses. Pourtant rappelez-vous... autrefois, j'ai bien essayé de vous venir en aide. Et si votre catin de mère ne vous avait pas envoyée au loin, j'aurais pu vous sauver…

Kyla frémit de plus belle.

— Qu'est-ce que… Qu'avez-vous l'intention… de faire ?

— Vous donner l'absolution, bien sûr…

C'était dit simplement, paroles dénuées de toute émotion… Kyla sentit un filet de sueur glacée dans son dos. Le brouillard devant ses yeux disparut brutalement, et son esprit se mit à fonctionner à toute allure. Il lui fallait trouver un moyen d'échapper à ce monstre ! Elle voulut se redresser, mais Northwick la repoussa méchamment et sa tête cogna la pierre. Comment s'enfuir quand elle était allongée, les mains attachées, et que le comte ne la quittait pas du regard ? Même à supposer qu'elle puisse profiter d'un moment d'inattention pour lui fausser compagnie… il aurait tôt fait de la rattraper ! songea-t-elle, désespérée. Elle ne savait même pas où elle se trouvait !

Il faisait si sombre dans la pièce, la seule lumière provenant des flammes des bougies posées sur les pierres. Elle respira profondément, essayant de garder son calme. L'air était aussi fétide que dans… une chambre funéraire !

— Milord… ayez pitié de moi ! Mes poignets me font mal, vous avez trop serré.

— Je verrai cela plus tard… Pour l'instant, j'ai d'autres projets.

Northwick se redressa, l'écrasant de toute sa stature. Elle nota sous la poudre les stigmates de sa perversité, cette peau creusée de cratères, ces rides cruelles. Elle fut soulagée quand il s'éloigna. Fébrilement, elle promena le regard alentour. Ils étaient dans une sorte de cellier, une cave à vin peut-être, mais il n'y avait pas la moindre bouteille, seulement des étagères vides.

Les liens lui cisaillaient les poignets, sa tête résonnait douloureusement et elle avait froid, très froid. Qu'est-ce que Northwick comptait faire d'elle ?

Elle n'eut pas à attendre longtemps pour le savoir : le comte revenait déjà. Il la souleva dans ses bras et la porta à travers la pièce. Précautionneusement, il l'allongea sur un autre banc de pierre, délimité cette fois par des bougies, un peu comme un autel destiné aux sacrifices. Cette pensée la fit frémir de tout son être, et elle essaya de se dégager. Northwick se contenta de rire. Il lui tira les bras au-dessus de la tête pour les attacher à un anneau de métal scellé dans la pierre.

— Pourquoi te débattre, petite idiote ? Tu n'échapperas pas à ton destin. Il faut te dire que cela devait arriver. Tôt ou tard...

Les notes cruelles dans sa voix eurent raison de son sang-froid, elle se mit à agiter les jambes comme une forcenée, à se tortiller.

— Je vous en supplie, laissez-moi partir ! Je ne vous ai rien fait ! Brett vous tuera si vous...

— Vraiment ? ricana-t-il. J'en doute, ma chère. Même s'il remarque votre absence, ajouta-t-il en la vouvoyant de nouveau, il ne pourra plus rien pour vous. Personne ne connaît cet endroit.

Kyla laissa libre cours à ses larmes, renonçant à dégager ses poignets. Sous elle, la pierre était glacée, et sa robe ne lui offrait qu'une piètre protection contre l'humidité ambiante.

— Vous semblez si effrayée tout à coup, ma chérie... Ne le soyez pas ! Je ne veux que votre bien, je vais simplement vous libérer de cet univers de péché. Vous avez perdu votre innocence, mais vous êtes si belle, et je me souviens comme vous étiez une enfant délicieuse, douce et pure...

Il la caressait rêveusement du regard, les pupilles dilatées, son visage plus pâle que la mort.

— Vous... vous êtes fou, souffla-t-elle, la terreur s'infiltrant dans tout son être. Pourquoi faites-vous cela ? Je ne vous ai rien fait de mal...

— Non ?

Ses mains étaient étonnamment chaudes contre sa peau tandis qu'il relevait ses jupons pour dénuder ses jambes. Elle lui décocha un coup de pied mais, déjà, il la maîtrisait et clouait ses cuisses contre la pierre.

— Allons, ravissante catin ! Vous me forcez à vous

brutaliser… Ce serait si simple de vous laisser faire. Pourquoi refuser de comprendre que je fais cela pour votre bien? Vous m'agacez, Kyla!

La jeune femme réprima un sanglot. Elle était transie de peur… Maintenant, Northwick lui attachait les chevilles!

Il se pencha ensuite au-dessus d'elle. Derrière lui, des ombres déformées s'agitaient fiévreusement comme les monstres de son enfance. Seulement, cette fois, il ne s'agissait plus d'un cauchemar…

Il était évident que Northwick avait dépassé les frontières de la raison, et qu'il s'apprêtait à la tuer. Il lui fallait trouver son point faible, toucher la corde sensible, l'amadouer, sinon elle mourrait dans cet horrible sépulcre!

— Milord…

Elle marqua une pause, passa la langue sur ses lèvres sèches et s'éclaircit la voix:

— Milord, peut-être n'êtes-vous pas obligé de m'attacher… Dites-moi ce que vous voulez, j'essaierai de vous satisfaire.

— J'exige une complète soumission, rétorqua Northwick avec un sourire attendri. Que vous vous comportiez comme la petite fille obéissante que vous étiez jadis! C'est incroyable, presque magique, cette manière qu'ont les enfants de se montrer dociles. Ce n'est que lorsqu'ils grandissent et qu'ils se mettent… à tromper… Abjectes créatures, fourbes et volages!

Tout en parlant, il avait repoussé ses vêtements, et Kyla essayait d'ignorer la sensation affreuse que laissaient les doigts du comte sur sa peau.

Il la déshabilla entièrement. Dans l'air glacial, elle fut saisie de frissons, qui redoublèrent lorsque Northwick passa les mains le long de son corps. Elle serra les dents. Que pouvait-elle faire d'autre que de subir ce répugnant assaut? Elle était complètement à sa merci.

— Je mourais de désir pour toi, mon ange, murmurait-il d'une voix rauque et distante comme s'il s'adressait à unc autre. Tu étais si pure, et pourtant tu grandissais dans le giron d'une putain. En toi naissait le vice, encore insidieux... Si tu avais été à moi, j'aurais pu te façonner à ma manière, doucement... Mais voilà, elle a refusé, la catin ! Cette Française aux cheveux d'or... J'ai juré de me venger un jour, de te faire payer ce qu'elle m'a infligé. Elle n'avait pas le droit de t'emmener, de t'emporter loin de Londres. Loin de moi...

Il leva les yeux, le visage crispé par la rancœur.

— Pendant des semaines, je vous ai cherchées toutes les deux à travers la ville, à travers le pays. Je ne t'aurais jamais fait de mal. Je voulais seulement t'éviter de sombrer toi aussi dans la luxure, t'épargner le destin de Faustine. Sais-tu que je t'aurais tout donné ? Je voulais seulement te tenir dans mes bras, te toucher... Ah, mon adorable enfant, tu étais si fraîche, si innocente avec tes beaux cheveux blonds. Je n'ai jamais plus rencontré d'enfants comme toi, et pourtant Dieu sait que j'en ai cherché, cherché pendant des années... Enfin, cela n'a plus aucune espèce d'importance, maintenant que je vous ai finalement retrouvée ! reprit-il d'un ton durci, la vouvoyant à nouveau. Wolverton vous a déflorée, a volé votre innocence, vous a prise quand vous m'apparteniez... Il le paiera !

Comme sa voix s'estompait, elle prit plus peur encore. Elle s'exhorta au calme.

Tirés en arrière, les muscles de ses bras la brûlaient, mais la plus vive douleur était celle engendrée par l'humiliation d'être ainsi exposée... de subir ces attouchements répugnants.

Il paraissait presque en transe tandis qu'il la caressait, balbutiant une psalmodie incompréhensible.

Profitant de sa distraction, Kyla testa une fois encore la résistance des cordes qui retenaient ses mains, et commença à tordre dans tous les sens l'un des nœuds. Elle était gelée et ses doigts gourds entravaient ses mouvements, mais elle devait persister. C'était son unique chance. Si elle libérait ne serait-ce qu'une main, elle pourrait le gifler, le frapper...

Elle sentait la corde se détendre quelque peu lorsque, sans crier gare, Northwick se baissa pour l'embrasser, glissant la langue entre ses lèvres. Elle faillit vomir, mais se plia sans protester à cet infâme baiser, fermant les yeux de toutes ses forces. Chaque mouvement qu'elle pourrait faire risquait d'être mal interprété, d'être pris pour une rébellion, ce qui ne manquerait pas d'énerver son geôlier. Elle devait réagir comme cette enfant pour qui il avait eu jadis tant de désir. Elle devait se montrer aussi sage que soumise, jusqu'à ce qu'elle trouve un moyen de lui échapper.

Pourtant il était bien difficile de rester de marbre, quand elle avait l'estomac révulsé sous son haleine fétide, sous ses mains grasses, quand il la touchait là où seul Brett avait... Oh, mon Dieu, où était Brett ? Fallait-il qu'elle soit vraiment idiote pour être restée dans cette salle de jeu ! Seule la jalousie avait dicté sa conduite, cette stupide jalousie qu'elle avait éprouvée à l'idée que Brett puisse y retrouver la chanteuse d'opéra ! Oui, vraiment elle était idiote !

Northwick continuait de l'embrasser ; l'odeur du vin et celle de la fumée se mélangeaient aux relents pestilentiels qui régnaient dans la cave. Elle gardait les yeux fermés pour ne pas voir sa face répugnante, et se mit à trembler lorsque la bouche de son geôlier descendit, laissant une trace humide sur sa gorge, sur ses seins, puis sur son ventre. Seigneur, elle ne pouvait le supporter, elle ne pouvait endurer qu'il la touche davantage...

Au creux de ses oreilles, naquit comme un bourdonnement étouffé, comme le ressac de la mer dans le lointain, et elle se focalisa sur le bruit pour n'avoir plus à réfléchir, implorant le Ciel de la délivrer de ce calvaire.

Elle devait rester forte, ne songer qu'au moment où elle retrouverait la liberté. Ici, il n'y avait personne qui puisse l'aider, elle ne pouvait compter que sur son intelligence pour s'échapper.

Mais comment ? Comment y parvenir quand elle était attachée si étroitement ?

Ignorant la nausée, elle ouvrit les yeux et croisa le regard égaré de Northwick. Elle retint soudain sa respiration : le comte tenait un couteau. Dans la lumière, il brandit la lame et la fit doucement tournoyer avant de reporter son attention sur Kyla.

— Vous avez peur, ma douce ?

Il avait la voix tendre d'un amant éperdu. Elle hocha la tête, les yeux rivés sur la lame.

— Oui...

— Il ne faut pas vous en faire, je veux juste vous aider. Laissez-moi m'occuper de tout...

Un sourire étirant ses lèvres minces, il glissa le poignard entre ses cuisses, effleurant sa chair de la pointe de la lame. Elle se mordit la lèvre jusqu'au sang pour ne pas hurler. Son cœur battait la chamade.

Il sourit de plus belle.

— J'ai promis de ne pas vous faire de mal, et je tiendrai ma promesse. Ce sera comme une petite, une minuscule douleur, comme si vous vous étiez fait piquer... et vous verrez, tout ce sang corrompu s'en ira, si lentement que vous ne le sentirez même pas quitter votre corps... Oh non... surtout ne vous débattez pas ! Vous gâcheriez tout. Laissez-moi purifier ce corps de tous ses péchés.

Cette fois, Kyla ne chercha plus à réprimer le cri d'horreur qui monta dans sa gorge, qui se répercuta dans l'exiguïté de la cave.

Indifférent à sa détresse, Northwick se pencha sur ses poignets attachés. La jeune femme essaya bien d'échapper à la pointe effilée du couteau, mais il écrasa ses bras sous son poids, l'obligeant à se tenir tranquille. Et soudain, une douleur fulgurante la transperça pour se répandre dans tout son être...

— Non ! Oh, mon Dieu, je vous en prie, ne faites pas cela...

Elle ne voulait pas l'implorer, mais ce fut plus fort qu'elle. Bientôt, elle entendit ses gémissements comme s'ils ne lui appartenaient plus, comme si une autre femme était allongée sur ce lit de pierre. Northwick ne l'écoutait pas !

Inexorablement, Kyla voyait s'approcher la mort. Ce banc entouré d'une ribambelle de bougies, lui rappelait le jour où sa mère avait rendu son dernier souffle, ce jour où elle était restée à son chevet en la suppliant de lui parler, de lui sourire. Faustine n'avait jamais répondu à ses prières. Jamais elle n'oublierait son beau visage à peine marqué par les années, empreint de sérénité, auréolé du nimbe rougeoyant des cierges.

Aujourd'hui, elle allait rejoindre Faustine…

— Vous voyez, Kyla ? C'était juste une petite entaille, vous vous inquiétiez pour rien…

Le comte lui souriait, les bougies se reflétant dans ses yeux comme les flammes de l'enfer.

— Vous trouverez bientôt la paix. Grâce à moi…

Kyla se mit à sangloter, le désespoir l'écrasait peu à peu alors que le sang coulait de ses poignets. Il faisait si froid, et elle ne pouvait plus cesser de pleurer. Les larmes roulaient au rythme de la vie qui fuyait de ses veines. Le rugissement dans ses oreilles enflait, couvrant les paroles de Northwick dont le visage s'éloignait… Et les souvenirs ressurgissaient ! Les flots de regrets lui revenaient comme une interminable volute, comme des enfilades de brèves images qui se succédaient, comme un collage d'impressions confuses… Pauvre tante Céleste ! Elle s'en voudrait, une fois encore, comme elle s'en était voulu de n'avoir pu venir en aide à Faustine… Si seulement elle pouvait rassurer sa marraine, lui dire qu'en rien elle n'était responsable… Mais les traits de Céleste se dissolvaient déjà, emportés par un souffle invisible… Brett Banning apparut, son visage sombre et si séduisant, son sourire moqueur et pourtant envoûtant… Pourquoi ne l'avait-il jamais aimée ?

Maintenant, elle allait mourir dans cet affreux endroit, près de ce pervers qui avait des années durant hanté ses cauchemars… Elle ne saurait jamais ce que cela fait, d'être vraiment aimée…

« Mourir n'est pas si horrible que cela », songea-t-elle paresseusement pendant que, autour d'elle, le monde se mettait à tourner. Plus vite, et plus vite encore.

Northwick n'était plus qu'une ombre sans forme véritable, sa voix si lointaine… Mais pourquoi hurlait-il ? N'avait-il pas obtenu ce qu'il voulait ? Il voulait qu'elle meure… et elle mourait. Pourquoi criait-il ainsi ?

Brusquement, il y eut un bruit sourd, comme le claquement d'un fouet. Le bruit se réverbéra entre les murs de brique.

Une pluie chaude ruissela alors sur son visage et tout aussitôt, un poids s'abattit sur ses jambes. Elle essaya de garder les yeux ouverts, mais c'était impossible. Ses paupières étaient si lourdes. Tout était confus... et comme l'obscurité refermait ses pans, elle fut quelque peu surprise, et réconfortée, d'entendre la voix de Brett, si familière et si puissante. Il lui chuchotait que tout irait bien. Ses bras furent bientôt libres. Elle sentit qu'on la soulevait, qu'on la remettait debout.

Mais il était trop tard. Elle voulait seulement dormir, glisser dans cet univers cotonneux où il n'y avait plus de douleur.

Oui, tout irait bien maintenant...

18

De nouveau des murmures... plus proches cette fois... Et elle avait enfin chaud. Était-elle morte ?

Kyla avait trop peur pour ouvrir les yeux, trop peur de ce qu'elle découvrirait. Mieux valait rester allongée sans bouger et tendre l'oreille ! Était-ce la voix de Brett ? Cela y ressemblait fort... et celle qui lui répondait lui fit aussitôt penser à son ami, Kenworth... Seraient-ils morts, eux aussi ? Non, bien sûr que non ! Alors peut-être... Ses doigts caressèrent la surface lisse sous elle. Des draps, et non plus de la pierre. Oui, elle était dans un lit, et... elle était vivante.

Un vif soulagement la submergea, elle ouvrit les paupières. Dans la lumière tamisée qui éclairait la pièce, elle reconnut les tentures qui ornaient le lit de Brett, dans sa demeure de Londres, puis la lampe de chevet décorée de roses sur la petite table. En voulant tourner la tête, elle réveilla une douleur dans son bras.

Une autre voix s'éleva alors, plus agressive. Celle de tante Céleste !

— Je ne l'accepterai jamais, Votre Grâce ! Je me moque de ce que vous pouvez dire, il faut la protéger d'un nouveau scandale. Vous lui en avez suffisamment infligé, et...

— Je suis d'accord avec vous, comtesse, répondit calmement Brett. Kyla ne souffrira pas d'un nouveau scandale, je vous en fais la promesse. Northwick est mort, et personne ne saura jamais ce qui s'est passé dans cette cave. Seuls Barry et moi avons vu ce qu'il lui a fait subir, et vous pouvez avoir confiance : nous ne dirons rien.

— Eh bien... je suis soulagée de vous l'entendre dire, mais ce n'est pas suffisant ! Vous avez entaché sa réputation. Son nom fait aujourd'hui l'objet de tous les ragots. Comment comptez-vous réparer vos erreurs ?

— Et si elle se mariait ?

Il y eut un long silence ; Kyla retint sa respiration, incapable d'en croire ses oreilles. Voulait-il sérieusement l'épouser ? Oh, mon Dieu... peut-être l'aimait-il, après tout ! Elle ferma de nouveau les yeux, quelque peu étourdie par cette idée. En avait-elle au moins envie ? Elle était attirée, bien sûr ! Mais de là à vouloir l'épouser... Oh, tout était si confus ! Et puis, elle se sentait tellement lasse...

Elle sombra à nouveau dans les bras de Morphée.

Quand Kyla s'éveilla, elle était seule et la chambre était plongée dans la pénombre, à l'exception toutefois de la petite lampe. Elle leva un bras, d'abord surprise de découvrir les bandes de coton blanc à ses poignets. Rapidement, néanmoins, elle se rappela les entailles que Northwick lui avait faites et frissonna. Ce fou avait bien failli la tuer... Que s'était-il passé ensuite ? Le monstre était-il mort, ou n'était-ce qu'un désir formulé pendant son délire ? Tout était si nébuleux dans son esprit, elle balançait entre rêve et réalité. L'important pour l'instant était qu'elle soit en vie...

Rassemblant ses efforts, Kyla se redressa. Elle avait soif, et il y avait une carafe d'eau sur la table de chevet. Elle n'eut pas le temps de l'atteindre : une vague de nausée la força à se rallonger tandis qu'une plainte s'échappait de ses lèvres.

Presque instantanément, une silhouette surgit de l'ombre pour se pencher au-dessus du lit, et elle se mit à crier. Un hurlement suraigu, terrifié, qui déchira sa gorge en feu.

— Chut, Kyla ! Vous ne risquez plus rien, vous êtes en sécurité maintenant.

— Brett… c'est… c'est vraiment vous ?

— Oui.

Il porta une main à son front.

— Vous allez beaucoup mieux, la fièvre est tombée… Vous avez soif ?

Comme les battements de son cœur s'apaisaient, Kyla renversa la tête contre les oreillers et acquiesça, presque intimidée à présent qu'elle se rappelait la conversation de Brett avec tante Céleste. Le duc lui servit un verre d'eau, puis l'aida à se redresser pour qu'elle puisse boire.

Cela lui faisait drôle de le voir ainsi à son chevet. Après avoir cru qu'elle ne le reverrait jamais… Une question la taraudait. Tenait-il à elle ? Un peu, sinon pourquoi aurait-il proposé de l'épouser ? N'était-ce pas plutôt parce que tante Céleste avait lourdement insisté ? Elle devrait lui en parler, mais plus tard…

Car, pour l'instant, elle voulait simplement savourer sa chance d'être encore en vie, tranquillement allongée dans un lit, bien au chaud. Elle plongea les doigts dans les couvertures bordées de satin, avant de lever les yeux. Brett s'était assis, son profil happé par l'ombre.

— Dites-moi… à propos du comte de Brakefield… s'enquit-elle. Il est mort ?

— Oui. Pensez-vous que je l'aurais laissé vivant après ce qu'il vous a infligé ? Ça fait longtemps que quelqu'un aurait dû le tuer. D'ailleurs, si j'avais été moins idiot, je ne l'aurais jamais laissé quitter le Pigeon Hole.

Elle fronça légèrement les sourcils.

— Dans ce cas, il ne fallait pas partir si vite ! Je vous ai cherché partout, et vous aviez disparu. Il… enfin… le comte m'a dit que vous m'aviez abandonnée. C'est vrai ?

— Non, Seigneur ! Non, bien sûr. Vous pensez sérieusement que je vous aurais abandonnée dans un endroit pareil ?

Il semblait presque irrité qu'elle ait pu s'imaginer cela.

— Pourquoi diable êtes-vous partie avec lui ? poursuivit-il. Ce n'est quand même pas parce que vous pensiez que je vous avais plantée là !

— Je n'avais aucune intention de le suivre, qu'est-ce que vous croyez ? Je pensais sincèrement que vous l'aviez envoyé me chercher... c'est en tout cas ce qu'il a dit, mais... quand nous avons emprunté un long couloir et qu'au bout, il n'y avait personne, il a ajouté que vous m'aviez certainement laissé tomber, et que le mieux était de le suivre. Il me raccompagnerait.

— Et vous n'avez pas songé à refuser ? Vous connaissiez cet homme, Kyla. Vous saviez ce dont il était capable...

Agacée, elle serra les doigts sur l'ourlet satiné des couvertures.

— J'ai refusé, bien sûr ! Mais il avait dû mettre quelque chose dans mon champagne... car tout à coup ma tête s'est mise à tourner. Ensuite j'ai perdu connaissance, et quand je me suis réveillée... quand je me suis réveillée, j'avais les mains liées, et je me trouvais dans cet... cet horrible endroit. Oh, Brett ! J'ai bien cru qu'il allait me tuer...

Sa voix se brisa. Brett se pencha et presque tendrement lui prit la main.

— Il a bien failli le faire, princesse. Si Barry ne s'était pas rappelé où le comte l'avait emmené durant l'une de ses soirées de débauche, nous n'aurions jamais pu vous retrouver à temps. D'ailleurs, il s'en est fallu de peu que l'on n'arrive trop tard.

Après quelques secondes d'un lourd silence, Kyla releva la tête. Brett tenait toujours sa main, comme pour lui insuffler un peu de courage.

— Comment est-il mort ?

— Je lui ai tiré dessus. Il n'y avait pas d'alternative. Même si j'aurais préféré envoyer ce monstre à Godfrey pour qu'il s'amuse un peu avec lui. Les Comanches n'ont pas leur pareil à ce genre de petits jeux.

Elle frissonna. Un bref coup d'œil à son visage la convainquit qu'il ne plaisantait pas.

— Vous devriez vous reposer. Je vais autoriser Céleste à venir vous voir, maintenant. Vous pouvez la remercier, elle m'a relayé sans relâche à votre chevet ces derniers jours.

— Ces derniers jours ? Combien de temps ai-je dormi ?

— Presque une semaine en tout. Comme vous aviez perdu beaucoup de sang, le médecin a dit qu'il fallait absolument vous reposer. Il vous a donné quelque chose pour dormir.

Il se leva, et elle vit alors qu'une barbe ombrait son menton, et qu'il avait de gros cernes sous les yeux. Surprenant son regard, il lui sourit.

— Je n'ai guère meilleure mine que vous, c'est ce que vous pensez ? En fait, je n'ai pas beaucoup dormi, il fallait quelqu'un...

Sans poursuivre, il se pencha et lui baisa la joue, avant de reculer vivement comme s'il était soudain embarrassé par ce geste tendre.

— Reposez-vous, princesse. Je vais dire à Céleste de me remplacer un peu, elle sera ravie.

— Brett ?

Il s'arrêta et la regarda, son visage de nouveau dans l'ombre.

— Oui ?

— Est-ce... est-ce que vous reviendrez me voir ensuite ?

— Bien sûr. Dormez maintenant.

Kyla acquiesça, ignorant les battements effrénés de son cœur. Quand la porte se referma doucement derrière lui, elle crispa les poings, irritée de n'avoir pas trouvé le courage de lui demander s'il voulait sérieusement l'épouser. Mais il n'était pas trop tard : dès qu'elle aurait retrouvé ses forces, elle lui poserait la question...

Avec un sourire, elle ferma les yeux, pour ne les rouvrir que quelques minutes plus tard, lorsqu'elle entendit Céleste entrer.

— Ah, ma pauvre petite ! souffla sa marraine en s'approchant du lit. Rien de tout cela ne serait arrivé si j'avais fait plus attention... Tout est ma faute.

— Tante Céleste ! J'étais sûre que tu t'en voudrais mais je t'assure, ce n'est pas la peine. Tu n'y es absolument pour rien...

— Chut, ma chérie ! Repose-toi. Bientôt, cette histoire ne sera plus qu'un mauvais souvenir.

D'une voix tremblant d'émotion, Céleste lui chuchota des mots réconfortants, en français, puis en anglais, lui assurant que maintenant tout irait bien, qu'il suffisait qu'elle recouvre ses forces. Tout redeviendrait alors comme avant.

— Nous sortirons, nous irons nous promener dans le jardin... Il fait si beau. Bientôt, ma chérie, tu seras heureuse, j'en suis sûre.

— Oh, tante Céleste... Crois-tu vraiment que je le serai ? Depuis que j'ai quitté l'Inde et papa Piers, j'ai l'impression de vivre un cauchemar. Je crois que j'ai fait une erreur en venant ici...

— Non, ne dis surtout pas cela ! Personne ne peut t'en vouloir d'avoir essayé de réhabiliter le souvenir de ta mère. Ce n'est peut-être pas ainsi qu'il aurait fallu procéder, mais...

Un soupir lui échappa.

— Mais qu'avions-nous comme alternative ? reprit-elle avec un sourire triste. Tu avais raison de réclamer ta part de l'héritage. Et, d'ailleurs, le duc de Wolverton l'a parfaitement compris.

— Tu crois ?

Kyla esquissa un sourire rêveur, puis se mit à bâiller. Elle avait les paupières si lourdes...

— Peut-être a-t-il compris que je ne lui voulais aucun mal, ajouta-t-elle, que je voulais seulement... être acceptée.

— Oui, désormais il le sait... Dors, mon bébé, et laissons ce pauvre corps se reposer. Dors comme l'innocente enfant que tu es encore. Ne t'inquiète pas, je reste pour veiller sur toi...

Bercée par cette douce litanie, Kyla dériva vers le sommeil, vers un univers cette fois sans cauchemar.

Céleste s'assit à son chevet pendant que la lampe se consumait lentement. Elle songea à Faustine Auberge, à Edward Riverton et à leur amour condamné dès le premier jour.

Que penserait Faustine si elle voyait aujourd'hui sa fille alitée, si pâle et si fragile dans un lit où elle avait autrefois dormi ? Tant d'années s'étaient écoulées depuis qu'Edward l'avait trahie, depuis qu'il avait laissé ses parents détruire leur vie. Un nom maudit, disait-il tristement en faisant allusion à son titre... Une malédiction qui avait poussé cet homme dans la tombe comme elle avait poussé l'innocente Faustine à devenir courtisane... Et maintenant, voilà qu'elle frappait leur enfant ! Ce malheur ne s'achèverait-il jamais ?

Un soupir lui échappa, et Céleste ferma les yeux tandis que l'horloge sur la cheminée marquait le temps qui passait. S'il existait un moyen d'aider la fille de Faustine, elle le ferait. Elle ne permettrait pas à Kyla de devenir ce que sa mère avait été, de mourir comme Faustine était morte. Wolverton avait dit qu'il se chargerait de la marier, et elle comptait sur cette promesse.

Durant ces sept derniers jours, Brett Banning n'avait que rarement quitté le chevet de Kyla. Serait-ce la preuve qu'il tenait plus à la jeune femme qu'il ne l'avait prétendu ? Se pouvait-il que l'histoire se répète ? Ironie du sort ! Kyla allait-elle devenir duchesse de Wolverton comme l'avait été sa mère ? Brett Banning n'était toutefois pas comme son cousin : s'il épousait Kyla, ce ne serait pas pour faire ensuite marche arrière !

Si, au contraire, il se moquait d'elle, aurait-il pris la peine de rester à son chevet ? Aurait-il caché au monde la présence de Kyla le soir où Northwick était mort ? La découverte du cadavre avait fait beaucoup de bruit à Londres, on avait longuement épilogué sur les dangers de la ville, sur la prolifération des canailles. Mais jamais on n'avait fait allusion à Kyla ni même à Wolverton.

Northwick était connu pour ses vices, et certains prétendaient qu'il l'avait bien cherché...

Enfin... Kyla avait été écartée de toute spéculation et cela, grâce au duc.

Finalement, la chance allait peut-être se décider à tourner ! Avec un soupir attendri, Céleste considéra la jeune femme qui dormait paisiblement. Kyla méritait de connaître le bonheur. Le trouverait-elle dans les bras du duc de Wolverton ?

19

Un mois s'était presque écoulé depuis que Northwick avait failli tuer Kyla, et Brett avait eu amplement le temps de régler toutes les affaires importantes qui le retenaient encore à Londres. Il ne lui restait plus qu'une corvée — moins compliquée, mais mille fois plus désagréable : rendre visite à la duchesse douairière de Wolverton.

Elle le reçut dans son boudoir, élégamment vêtue comme toujours, buvant son thé dans une exquise porcelaine de Chine tout en le considérant d'un air désapprobateur.

— Je suppose que vous êtes venu fixer le montant de la dot pour Arabella, lâcha-t-elle comme le silence s'éternisait.

Réprimant un soupir, Brett détacha les yeux des flammes dans la cheminée.

— Il fait anormalement froid pour la saison, vous ne trouvez pas ? Je n'ai jamais connu un été aussi froid et aussi humide, même à Londres.

— Oui. Il fait froid.

Il sourit légèrement. La voix de la duchesse rivalisait avec le vent glacial qui balayait la capitale depuis plusieurs jours. Adossé contre le manteau de la cheminée, il croisa les bras.

— Puisque vous m'en parlez, Béatrice, sachez que j'ai approuvé le mariage d'Arabella et de lord Sebling.

— Lord Sebling !

La porcelaine racla fébrilement la soucoupe.

— Même s'il vient d'une famille respectable, reprit-elle d'un air pincé, ce garçon a des fonds limités. C'est impossible, Brett !

— Il n'a peut-être pas assez d'argent à vos yeux, mais Arabella le préfère aux autres. Et c'est un bon parti, d'autant que j'offre une dot généreuse. Ils seront à l'abri du besoin.

— Arabella est plus têtue qu'une mule ! Ce n'est quand même pas à elle de décider de celui qui lui convient le mieux. Je préfère lord Havering. Il doit hériter du duché.

— Inutile d'en discuter davantage, j'ai déjà réglé tous les détails avec le père de Sebling.

— Et sans même me consulter ! explosa Béatrice, ulcérée. Il est vrai que je ne suis que la mère de l'intéressée. Et vous vous fichez de ce qu'il y a de mieux pour elle.

— Détrompez-vous, Béatrice ! Arabella est venue me voir, et m'a dit préférer Sebling. Elle m'a expliqué qu'ils étaient amoureux l'un de l'autre. Dans ces conditions, c'était le moins que je puisse faire pour elle.

— Le moins que vous puissiez faire... Je vous préviens tout de suite, ça ne se passera pas comme ça !

Les yeux de la douairière étincelaient de rage quand elle se leva. Elle vint se planter devant lui.

— Arabella est fille d'un duc, et ce n'est pas rien ! Il ne faudrait tout de même pas l'oublier. Elle peut prétendre à mieux.

— Vous oubliez un détail, Béatrice. Malheureusement, ce n'est pas une beauté.

— Ce qui n'est pas le cas de votre prostituée, je suppose ! Vous traînez notre nom dans la boue !

Comme Brett la considérait, un sourcil levé, la duchesse prit une profonde inspiration et avec toute la condescendance dont elle était capable, poursuivit :

— Tout Londres est au courant de ce qu'elle séjourne sous votre toit. Ne pourriez-vous pas vous montrer plus discret ?

— Pourquoi ? Ma vie ne regarde que moi. Mais comme vous semblez vous inquiéter des rumeurs, vous serez certainement soulagée d'apprendre que j'ai l'intention de quitter bientôt l'Angleterre.

— Ravie serait un mot plus juste. Et votre catin? Voyagera-t-elle avec vous? Ou avez-vous l'intention de la renvoyer en lui donnant un peu d'argent, comme vous l'avez fait avec les autres? Je ne comprends décidément pas pourquoi vous vous évertuez à la voir, quand il est évident qu'elle n'est rien d'autre qu'une petite intrigante. Je ne vois qu'une explication: l'influence de la vie américaine, sans aucun doute...

— Sans aucun doute... De toute manière, ce ne sont pas vos affaires. Je ne souhaite donc pas en discuter.

Une expression de surprise passa sur le visage de la douairière.

— Ne me dites pas... que vous vous êtes amouraché de cette créature!

— Je ne vous dirai rien de la sorte, car c'est faux. Bonne journée, madame...

Irrité d'avoir été percé à jour par cette mégère, il était de méchante humeur quand il rentra chez lui. Ce qu'il ressentait à l'égard de Kyla était trop compliqué pour qu'il puisse se l'expliquer. Hormis la culpabilité de lui avoir volé son innocence, de l'avoir poussée dans les griffes de ce Northwick de malheur, il ne se sentait pas loin de tomber amoureux. Depuis quelque temps, il s'efforçait de garder ses distances, craignant de voir ses sentiments s'affirmer. Aujourd'hui, il avait la lourde tâche de lui annoncer qu'il s'en allait...

Il trouva Kyla assise au fond du jardin. Un instant, il s'arrêta dans l'allée pour l'observer. Elle avait maigri, mais n'avait rien perdu de son charme envoûtant. Drapée dans un châle épais, elle profitait des rares rayons de soleil qui perçaient la frondaison des chênes. La lumière dorée la nimbait d'une aura évanescente, soulignant les lignes pures de son profil.

Elle avait retrouvé des couleurs, heureusement... Il la revoyait encore allongée dans cette cave, le visage exsangue, les yeux clos tandis que la vie s'échappait par ses poignets entaillés. Elle avait frôlé la mort, tout cela à cause de son égoïsme. Godfrey avait raison: son arrogance avait failli coûter la vie à cette jeune femme ! Quelle idée de s'être servi d'elle ! N'avait-il pas lui-même horreur d'être manipulé, n'avait-il pas été furieux quand il s'était imaginé que Kyla essayait de le faire chanter ? Évidemment ! Et pourtant il avait fait la même chose, sinon pire...

Une fraction de seconde, il regretta de devoir l'abandonner ici, en Angleterre. Il avait pris l'habitude de partager son lit, de l'entraîner vers les cimes d'une extase qu'il redécouvrait chaque fois avec le même bonheur...

Kyla choisit ce moment-là pour lever la tête. Elle sourit lorsqu'il approcha pour s'installer dans le fauteuil en face d'elle.

— Avez-vous réglé toutes vos affaires ? murmura-t-elle avant de poser son livre sur la petite table de fer forgé près d'elle.

En se penchant, elle fit glisser son châle, et lui offrit la vision délicieuse de ses seins. Avec une profonde inspiration, il détourna le regard.

— Pour aujourd'hui, oui...

— Bien. Dans ce cas, nous pourrions peut-être aller faire ce tour à cheval dans le parc, qu'en dites-vous ? Il ne me faut pas longtemps pour me changer...

— Ai-je dit que nous ferions un tour ?

Le ton était sec, mais ce qu'il avait à annoncer lui pesait tellement qu'il avait toutes les peines du monde à se montrer affable.

Elle haussa un sourcil interrogateur.

— Oui, tout à l'heure vous l'avez promis. Mais si vous avez changé d'avis...

Il se releva brusquement. Elle le regardait, un pli soucieux lui barrant le front. Le soleil accrochait des reflets précieux dans sa splendide chevelure, retenue par des peignes. Diable, qu'elle était belle ! Les mots refusaient de franchir ses lèvres. Brett n'aimait pas se sentir coupable, cela le rendait furieux.

— Vous devriez vous reposer, Kyla, grommela-t-il. Vous n'avez pas encore complètement retrouvé vos forces.

À son tour, elle se leva dans un mouvement gracieux,

resserrant frileusement son châle autour de ses épaules. Des senteurs de jasmin lui chatouillèrent alors les narines.

— Je ne pensais pas qu'une promenade me fatiguerait, bien au contraire, mais j'imagine que ce n'est qu'une excuse de votre part. Quelque chose vous tracasse, Brett ? Dites-moi ce que c'est...

Il voulut se lancer à l'eau, lui avouer qu'il partait et que par conséquent elle était libre, mais tout à coup, il ne put supporter l'idée qu'une fois ces mots prononcés, il ne pourrait plus faire marche arrière.

Alors, il prit sa main et l'attira vers lui, s'emparant de sa bouche tandis que le châle tombait en une corolle à leurs pieds.

Kyla eut un sursaut de surprise, mais bien vite, elle leva les bras pour les nouer autour de son cou, cédant à son étreinte. Qu'il soit damné, il la désirait comme un fou !

Il repoussa les mèches qui auréolaient son visage, et libéra sa chevelure qui tomba en cascade sur ses épaules nues. Éperdu, il la souleva dans ses bras et la tint étroitement contre lui tandis qu'il traversait la terrasse jusqu'à la maison, puis montait à l'étage, vers leur chambre.

Quand il franchit le seuil de la pièce, une domestique s'éclipsa sans demander son reste. Comme la porte se fermait derrière eux, il sourit. Les serviteurs adoraient colporter des histoires, et il faudrait certainement moins d'une demi-heure pour que cette dernière fasse le tour de la maison. Mais il s'en moquait. Kyla était à lui, non ? Cette Gitane aux cheveux d'or, brûlante et passionnée, hantait ses rêves la nuit et ses pensées le jour...

Il l'allongea sur le lit et se pencha au-dessus d'elle, baisant sa bouche, ses paupières closes, la courbure de sa gorge, repoussant ses cheveux défaits qui s'enroulaient autour de ses poignets.

Refusant de songer à l'avenir, il glissa les mains sous sa robe, se débattit avec les rubans qui la refermaient et comme cela n'allait pas assez vite, il perdit patience, achevant de la déshabiller en déchirant le fin tissu. Sa peau était si douce, comme de la soie, un véritable trésor qui se dévoilait sous ses mains. Il s'assit et jeta la robe à travers la chambre.

Kyla le désirait, elle aussi. Il le voyait dans son sourire lascif tandis qu'elle levait les yeux sur lui. Elle laissa échapper un gémissement lorsqu'il glissa les doigts entre ses seins, avant d'en taquiner les pointes frissonnantes.

Dieu qu'il aimait qu'elle s'arc-boute ainsi sous ses caresses, l'invitant à prendre possession d'elle ! En quoi était-elle si différente de toutes celles qu'il avait connues auparavant ? Était-ce cette manière débridée de se donner, cette passion qui reflétait la sienne ?

— Douce Kyla ! murmura-t-il contre sa gorge.

— Brett...

Il la fit taire sous ses lèvres impérieuses, avant de se déshabiller et de la rejoindre sur le lit. Il entreprit alors de l'emporter jusqu'au bord de l'abîme, jusqu'au moment où elle le supplierait de s'emparer de son corps. Sa bouche dérivait au gré de ses courbes, s'arrêtant l'espace d'un instant sur les pointes durcies de ses seins.

Elle l'implorait... Avec un sourire, il écarta ses cuisses tout en continuant de caresser sa poitrine frémissante.

Elle se raidit et poussa un cri quand il glissa la tête entre ses jambes. Tout son être se cambrait, les sanglots se mêlèrent aux soupirs, puis elle glissa les doigts dans ses cheveux pour le retenir près d'elle, pour le rapprocher tandis qu'elle s'arquait à sa rencontre.

— Oh, mon Dieu, Brett... Brett...

Ses cris étranglés devinrent frénétiques alors qu'il explorait ses secrets avec sa langue... jusqu'à ce qu'elle soit terrassée par un violent frisson d'extase, l'emportant dans des sanglots comblés. Seulement alors il s'écarta et s'allongea sur elle, plongeant au cœur de ce corps humide dans un geste qui les fit tressaillir...

Une demi-heure plus tard, les yeux clos, Kyla gardait une main sur sa poitrine encore palpitante, ses lèvres entrouvertes esquissant un sourire de bonheur. Brett fixait les tentures au-dessus de leurs têtes, son regard se perdant dans les noires profondeurs.

Dans la cheminée, les bûches s'étaient entièrement

consumées, et il ne fallait pas compter sur un domestique pour venir ranimer le feu. Tant pis, cela attendrait ! Brett remonta les couvertures sur sa compagne. Et dans le crépuscule qui tombait doucement, il se prit à maudire cette femme que rien ne semblait pouvoir chasser de son esprit. Godfrey avait certainement raison, il était amoureux.

Seulement, cela ne changerait rien ! Jamais il ne prendrait le risque de l'emmener, de l'épouser... La dernière femme qu'il avait osé aimer était morte à cause de lui, seule et apeurée, emportant avec elle leur bébé mort-né. Tous deux étaient présents dans son esprit depuis des années sans que la douleur eût faibli, ni la culpabilité. Alors, bien sûr, il serait plus sage d'abandonner Kyla, de lui laisser la chance de trouver l'homme qui serait toujours là pour elle, qui l'aimerait comme elle le méritait...

Finalement il s'endormit, la jeune femme serrée dans ses bras.

20

Dans le salon au rez-de-chaussée, une horloge égrenait les secondes sur le manteau de la cheminée. Barry Kenworth arpentait la pièce d'un pas impatient, jetant parfois un coup d'œil aux aiguilles qui avançaient trop lentement. Où diable était passé Brett ? Si c'était encore là un autre de ses plans, il refuserait tout net de le suivre. La dernière fois, Kyla en avait réchappé de justesse. Le souvenir de cette nuit d'horreur suffisait à le faire trembler. Jamais il n'oublierait la vision de la jeune femme inconsciente, pâle comme la mort, son sang s'écoulant en une mare cramoisie. Il s'en était fallu de peu…

Brett n'avait pas hésité une seconde : il avait armé son pistolet et visé le comte avant de tirer froidement. Northwick avait eu à peine le temps de faire volte-face, les yeux agrandis. Il avait poussé un hurlement, puis s'était écroulé.

L'homme était mort, et pourtant Barry éprouvait encore de la haine pour ce monstre. Ils avaient jeté son cadavre au coin d'une rue mal famée, comme on se débarrasse d'un tas de détritus…

L'horloge sonna, le ramenant brutalement à la réalité. Sacredieu, que fichait Wolverton ? Pourquoi l'avoir convoqué si tôt, si c'était pour le faire patienter aussi longtemps ? Il s'apprêtait à appeler un domestique pour exiger des explications, quand la porte s'ouvrit. Et Brett entra.

Les protestations moururent immédiatement sur ses lèvres. Wolverton semblait d'une humeur de chien ! Le duc était tout aussi glacial et distant que les deux fois où il s'était battu en duel. Le voir ainsi aurait fait fuir le plus courageux des adversaires.

— Désolé de vous avoir fait attendre, Kenworth ! fit-il en ôtant ses gants pendant qu'il traversait la pièce. Cet imbécile de domestique que je viens d'engager s'était trompé sur les chevaux à vendre. Une chance que je m'en sois rendu compte à temps... La vente aux enchères avait commencé quand je suis arrivé. Enfin, tout est arrangé...

— Vous vendez toutes vos bêtes ?

— Non, juste celles dont je n'aurai plus l'utilité. La vente sera facile, j'ai remarqué que Pemberton lorgnait quelques-uns de mes étalons... Mais comme vous devez l'imaginer, je ne vous ai pas demandé de venir pour que nous parlions de chevaux.

— Je vous écoute.

Brett s'approcha du feu qui crépitait dans la cheminée. Il se voulait calme, mais Barry ne s'y trompa pas. Il y avait une telle tension dans sa manière de se tenir, dans l'expression de son visage...

— Que se passe-t-il ? insista-t-il comme son hôte gardait le silence. Du nouveau, à propos de Northwick ?

— Non. Je vous avoue que je n'ai aucune envie de repenser à lui. Il n'y a guère que Cumberland qui se pose encore des questions sur la disparition soudaine du comte...

Il croisa enfin le regard de Barry.

— En fait, c'est de Kyla dont je voudrais vous parler, Kenworth.

— Kyla ? s'enquit le visiteur d'un ton anxieux. Elle va bien ? Il me semblait que le médecin avait dit qu'il lui fallait simplement du repos et...

— Rassurez-vous, elle va bien. Mieux, en tout cas. Ce n'est pas cela qui m'inquiète. Voilà... je quitte l'Angleterre pour une longue période. Et, avant de partir, je voudrais être sûr de la laisser entre de bonnes mains. Vous vous rappelez cette soirée au Pigeon Hole ?

— Oui, bien sûr. Je pourrais difficilement l'oublier.
Barry se renfrogna.

— Qu'est-ce que cela a à voir avec Kyla?

— Accepteriez-vous de l'épouser? Je suis prêt à lui offrir une belle dot, suffisante en tout cas pour que vous puissiez vivre sans inquiétude. Êtes-vous intéressé?

Stupéfait, Barry ne put répondre tout de suite.

— Vous êtes sérieux? parvint-il enfin à demander, et il vit Brett sourire.

Rougissant, il ajouta:

— J'avoue que je suis un peu désarçonné... Vous êtes en train de me demander d'épouser la maîtresse que vous abandonnez. Admettez que ce n'est pas banal.

— Il n'y a rien de vraiment extraordinaire à cela! Tous les jours, des hommes épousent leurs maîtresses...

— Mais ce n'est pas ma maîtresse! C'est la vôtre.

— Écoutez, Kenworth, Kyla a besoin d'un mari. Je n'ai pas l'intention de me marier. Vous avez besoin d'argent, et je vous offre une rente de vingt mille livres par an, ainsi que ma demeure à la campagne.

— Mais... pourquoi moi? Je veux dire... vous a-t-elle parlé de moi?

— Elle vous aime bien, je le sais. En revanche, ce n'est pas elle qui m'envoie, je vous l'accorde. Pour tout vous avouer, elle n'est pas encore au courant de mes intentions... Comprenez-moi, Barry, je quitte l'Angleterre. Je ne peux pas l'abandonner sans protection. Vous pourriez lui donner votre nom, bâtir une vie à ses côtés. Vous êtes le genre d'homme qui lui convient, décent et gentil. Vous ne lui feriez jamais de mal.

— Et vous? Vous lui feriez du mal?

— Malheureusement, je crois que oui.

— Sacrebleu, Brett! gronda Barry en passant une main dans ses cheveux, complètement désorienté. Ce n'est pas que je ne l'aime pas... diable, qui ne l'apprécierait pas? Elle est si belle, si douce, et je me fiche comme un damné des rumeurs. Mais ce n'est pas moi qu'elle aime. C'est vous!

— Elle n'est pas amoureuse de moi. Elle vit avec moi parce qu'elle n'a pas eu le choix. Parce que je ne lui ai pas laissé le choix! Je lui ai volé sa virginité sans rien lui offrir en retour. Elle mérite mieux.

Barry songea à son père, à sa réaction s'il épousait Kyla. Il y aurait des cris, à n'en pas douter, peut-être lui fermerait-il sa porte au nez. Mais vingt mille livres par an, plus une maison... l'offre était alléchante!

Il leva les yeux et croisa le regard de Brett. Lentement, il hocha la tête.

— Si elle est d'accord, je l'épouserai.

— Bien.

— À une condition: c'est vous qui devrez le lui annoncer. Je ne veux pas être celui qui lui brisera le cœur.

— Je ne pense pas qu'elle ait le cœur brisé, répondit Brett avec un sourire cynique. Tout au plus sera-t-elle déçue. Mais ne vous mettez pas martel en tête, les femmes s'en remettent vite généralement.

— Si vous voulez mon avis, Kyla Van Vleet n'est pas comme les autres, Brett. Vous la jugez mal.

— Possible mais, sincèrement, j'en doute.

Barry récupéra ses gants sur la table puis, tout en les enfilant, se tourna vers son ami.

— Ne prenons pas de décision hâtive. Si cela ne vous ennuie pas, je préfère vous laisser le temps d'en discuter avec elle. Dites-lui que si elle a besoin de moi, je viendrai aussitôt.

— Je savais que je pouvais compter sur vous!

Kenworth eut un sourire grimaçant.

— Je ne suis pas certain que ce soit une bonne chose...

Quand Barry s'en alla, il jeta un dernier coup d'œil à la maison derrière lui, un peu amer. Seul un aveugle ne verrait pas la manière dont la jeune femme couvait Wolverton du regard! Comment le duc faisait-il pour ne rien remarquer? C'était incroyable.

Le plus étonnant, c'est que Barry aurait juré que Brett ressentait la même chose à l'endroit de Kyla, pour avoir surpris les coups d'œil qu'il lui glissait parfois...

Visiblement, il s'était trompé! Si Brett tenait à elle, il ne la laisserait pas derrière lui.

Pétrifiée, Kyla considéra Brett comme si elle le voyait pour la première fois. Elle n'avait certainement pas bien compris ce qu'il venait de dire. Elle faisait une erreur, c'était évident...

— Pouvez-vous répéter, je vous prie ? fit-elle en s'éclaircissant la voix.

— Certainement. J'ai arrangé votre mariage avec Barry Taylor Kenworth. Il est seulement vicomte, mais c'est un homme honnête, et je crois que vous l'aimez beaucoup... Bien entendu, vous garderez votre indépendance, puisque je vous verserai directement une rente. Je suis persuadé que vous finirez par avoir cette vie à laquelle vous aspiriez. Barry vous donnera un toit, et des enfants. Quant à moi, je vous lègue Ridgewood.

— C'est trop aimable !

Ses oreilles bourdonnaient, elle avait l'impression d'avoir la tête prise dans un étau, et le frisson qui la traversa tout entière n'avait rien à voir avec la pluie glacée qui tombait derrière les vitres. L'esprit confus, elle se dirigea vers la cheminée et, d'un air absent, regarda les flammes se dresser contre les briques noircies.

Enfin, elle trouva le courage de se retourner. Brett l'observait de dessous ses longs cils, le regard inquisiteur sous ses airs nonchalants. Vêtu d'une chemise blanche et d'un pantalon sombre, avec ses bottes de cavalier, il revenait de promenade. Il avait les cheveux ébouriffés, certaines mèches tombant sur son front. Il était magnifique.

— C'est une idée qui vient de vous traverser l'esprit, Brett, ou est-ce que tout est déjà arrangé ?

Kyla gardait une voix calme, mais elle retenait à grand-peine ses larmes.

— J'ai parlé à Kenworth hier. Il a accepté, si vous le souhaitez, bien entendu.

— Je vois.

Pourquoi dire cela ? Elle ne voyait rien, au contraire ! Pourquoi ne lui hurlait-elle pas au visage, pourquoi ne déversait-elle pas la rage qui la consumait ?

Elle baissa la tête et prit une profonde inspiration. Quand elle croisa de nouveau le regard de son compagnon, ce dernier s'était assombri. La tendresse qui, le matin même encore, brûlait au fond de ses prunelles d'argent, avait disparu. Dire qu'elle avait cru qu'il l'épouserait ! Quelle idiote ! Les hommes comme Brett n'épousaient pas leurs maîtresses. Ils s'en débarrassaient en les mariant à d'autres, en les installant dans de coquettes demeures, quand ils ne les jetaient pas tout simplement à la rue. Elle ne représentait à ses yeux rien de plus qu'un objet sans valeur...

— Kyla ?

Elle cilla.

— Oui... Pardonnez-moi, je réfléchissais. Cela ne vous ennuie pas si je prends le temps de penser à tout cela ? Je suis certaine que vous n'avez pas besoin d'une réponse sur-le-champ, et tout cela est si... inattendu. Je n'imaginais pas que vous me choisiriez un mari aussi rapidement. C'est stupide de ma part, je le sais, mais j'espérais que vous prendriez la peine de me consulter !

Sa voix était montée d'une octave. Brett fit un pas vers elle.

— Non, s'il vous plaît ! s'écria-t-elle en l'arrêtant. J'aimerais rester seule. Ou plutôt... je vais aller rendre visite à tante Céleste. Pourriez-vous demander qu'on me prépare une voiture, Brett ? Je ne serai pas longue et, quand je reviendrai, je vous donnerai ma réponse.

Elle le dépassa, encore stupéfaite de la placidité qu'elle affichait, quand elle brûlait de lui arracher les yeux, de lui griffer le visage...

Même dans le cabriolet qui la conduisait chez sa marraine, elle réussit à rester impassible.

— Ma petite, que je suis heureuse... Ça va, Kyla ?

Tante Céleste la considérait avec inquiétude. Elle se leva pour se précipiter au-devant d'elle.

— Mon Dieu, que t'est-il arrivé ?

— Rien. Enfin... je... je n'en sais rien. Oh, mon Dieu... mon Dieu, je ne sais plus quoi faire...

Et elle s'effondra dans les bras de sa marraine, sa

belle assurance se brisant tandis qu'elle éclatait en sanglots.

Céleste tenta de la réconforter du mieux qu'elle put, la berça contre elle comme si elle n'était qu'une petite fille. Et Kyla pleura, pleura, jusqu'à ce que ses larmes se tarissent... Alors, s'appuyant contre Céleste, elle gagna le canapé devant la cheminée. Là, elle expliqua ce qui s'était passé. Quand elle eut fini, Céleste lui offrit un mouchoir de lin brodé pour essuyer son visage.

— Maintenant il faut te décider, ma chérie. Ce Kenworth... veux-tu l'épouser ?

— Non, bien sûr ! Oh, il est très gentil, et je l'apprécie beaucoup, mais... mais je n'ai jamais imaginé qu'un jour il deviendrait mon mari...

Sa voix se fit amère.

— Je suppose que Brett lui est fort reconnaissant ! Il peut être fier d'avoir un ami qui accepte de le débarrasser d'une maîtresse.

— Brett Banning n'est qu'un idiot ! Mais ce n'est plus notre problème. Désormais, nous devons penser à ton avenir. As-tu déjà accès à l'argent qu'il te lègue ?

Elle hocha la tête, éperdue.

— Eh bien ! fit sa marraine en se levant pour gagner le petit secrétaire en merisier à l'autre bout de la pièce. Nous allons chercher une solution. Tu ne peux pas rester à Londres, c'est évident. Il y a eu trop de ragots... Que dirais-tu d'aller t'installer en France ? J'ai toujours des amis là-bas. Tu crois que tu aimerais y vivre ?

— Non... enfin, je n'en sais rien.

De nouveau, les larmes menaçaient de couler.

— Finalement, songeait Céleste à voix haute, ce n'est peut-être pas une bonne idée...

— En fait, j'envisage de rentrer en Inde. Je pourrais vivre avec papa Piers. Avec l'argent de la rente...

— Oh, attends un instant ! J'ai une meilleure idée. Caroline Dufour ! Elle accepterait certainement de te recevoir... Là-bas, à ce qu'on raconte, c'est comme en France. Ça fait des années que Caroline m'écrit en me suppliant d'aller lui rendre visite. Aimerais-tu aller en Amérique, ma belle ? Caroline connaissait bien ta mère.

Elles étaient amies, et je suis sûre qu'elle serait contente de rencontrer la fille de Faustine… Alors ? Qu'en dis-tu ? Ça te plairait ?

— D'aller en Amérique ?

Kyla hésita. C'était si loin, mais n'était-ce pas exactement ce qu'elle souhaitait ? Ne voulait-elle pas mettre le plus de distance possible entre Brett et elle ? Ne plus jamais risquer d'entendre son nom, ni le revoir ? Ne pas savoir s'il avait trouvé une autre maîtresse, ou s'il avait finalement décidé de se marier…

Levant les yeux vers sa marraine, elle acquiesça.

— Dans ce cas, mettons-nous à l'œuvre tout de suite. Il y a une multitude de choses à régler avant ton départ… Surtout, il ne faut pas que Wolverton l'apprenne. Il pense savoir ce qu'il y a de mieux pour toi ? Il pense pouvoir te marier à l'un de ses amis ? Il va apprendre que ce n'est pas toujours lui qui décide… De quel droit dirige-t-il la vie des autres, ce goujat ?

— Qu'est-ce que je vais lui dire ?

— Tu ne lui diras rien, parce que tu ne le reverras jamais. À présent, tu vas aller à la banque, et tu prendras tout ce que Wolverton a déposé pour toi. Le compte est bien à ton nom ?

Comme elle opinait en silence, Céleste poursuivit :

— Excellente chose ! Visiblement, il a tout fait pour faciliter votre séparation.

Ses yeux mordorés se durcirent.

— Cet homme est un monstre. Il ne l'emportera pas au paradis…

Kyla était trop bouleversée pour réagir. Elle laissa Céleste régler tous les détails de son départ. Et le soir même, elle embarquait à bord d'un bateau en partance pour l'Amérique. La gorge nouée, elle fit ses adieux à sa marraine…

En se retrouvant seule dans l'exiguïté de sa cabine, elle s'effondra sur sa couchette et laissa libre cours à son chagrin. Peu après minuit, le bateau quitta les quais pour remonter lentement la Tamise jusqu'à la mer.

Une fois de plus, la jeune femme se sentait seule au monde…

TROISIÈME PARTIE

La Nouvelle-Orléans
Septembre 1816

21

Le bateau fendait les vagues ourlées d'écume, poussé par les rafales qui s'engouffraient dans ses voiles. Au-delà du rugissement de la mer, par-delà le constant craquement des cordages et les gémissements du bois, le vent soufflait toute sa rage, entraînant le vaisseau et ses passagers vers un nouveau destin, une nouvelle vie. Sur le pont avant, les paquets d'eau éclataient, scintillant de milliers d'échardes sous les rais du soleil qui trônait dans l'azur du ciel.

Kyla se glissa dehors, et alla s'agripper au bastingage.

Là, elle oubliait de penser, bercée par la fureur des éléments. Elle n'y prêtait même plus attention... Ces bruits meublaient ses journées, berçaient ses nuits, la portaient jusqu'au jour suivant, et cela depuis des semaines. Ainsi tenait-elle ses souvenirs à distance...

Ou du moins essayait-elle ! Et Dieu sait que ce n'était pas chose facile. Chaque jour qui passait la séparait davantage de Londres, de ces quelques mois cauchemardesques. Pourtant jamais Brett Banning, duc de Wolverton, n'avait quitté ses pensées...

Fermant les yeux, elle s'accrocha de toutes ses forces à la barre de bois, luttant contre l'envie de basculer dans le vide, dans le secret de ces vagues qui refermaient leurs tentacules sur l'avant du bateau.

Paradoxalement, c'était ce flot de réminiscences qui la retenait de se jeter à l'eau. La honte mêlée à l'humiliation d'avoir été abandonnée comme on délaisse un jouet, lui insufflaient l'envie et la rage de se battre...

— Nous devrions atteindre La Nouvelle-Orléans tôt dans la matinée, ma chère, souffla une voix masculine contre sa nuque.

Les yeux de Kyla s'ouvrirent brusquement, et elle prit une grande bouffée d'air avant de couler un regard irrité à l'homme qui était venu la rejoindre sur le pont.

— Je vous ai dit, monsieur Renardeau, que je n'appréciais pas la familiarité que vous adoptez avec moi. Je vous en prie, soyez gentil de vous montrer plus discret.

Raoul Renardeau, pas le moins du monde embarrassé par ces reproches, sourit.

— Vous voudriez que je sois discret, mademoiselle Van Vleet ? Mais pourquoi perdre du temps ? Nous en avons si peu...

La lumière rougeoyante de cette fin d'après-midi accrochait des reflets dans ses cheveux clairs, rehaussait l'éclat de ses yeux marron. Il était plutôt séduisant, avec ce charme nonchalant propre aux aristocrates français. Il pencha négligemment la tête, les yeux à demi fermés pour échapper au dard éblouissant du soleil.

— Serait-ce discret de prétendre que je ne vous admire pas, gente demoiselle ? Non, ce serait juste stupide de ma part. Qu'en pensez-vous, ma chère ?

À la fois exaspérée et amusée par cet homme effronté qui la courtisait depuis le début du voyage, Kyla se prit à sourire. Les attentions de ce Français étaient comme autant de caresses apaisantes sur son amour-propre, et même si elles n'effaçaient pas son désespoir, elles l'aidaient à supporter l'absence de Brett Banning...

Parfois, néanmoins, elle ne pouvait s'empêcher de se demander... Le duc pensait-il encore à elle ? Était-il furieux parce qu'elle s'était enfuie ? Ou avait-il déjà oublié celle qu'il avait été si impatient de chasser de sa vie ?

— Ma chérie ? M'écoutez-vous ?

Raoul s'était rapproché. Le vent cingla ses cheveux

blonds, les plaquant sur son visage. D'un geste agacé, il les repoussa.

— Une fois encore, vous êtes ailleurs ! lui reprocha-t-il, parlant fort pour être entendu par-delà le vent assourdissant. Pourquoi donc avez-vous l'air aussi triste, Kyla ? Je ne peux supporter de vous voir malheureuse, ma chérie. Racontez-moi vos misères...

— Prenez garde, monsieur Renardeau. Vous avez trop d'imagination. Cela vous perdra.

Il s'esclaffa.

— Ah, comme je vous aime, chère demoiselle ! Vous avez le sens de la repartie, vous êtes extraordinaire !

Kyla sourit malgré elle. Il était si séduisant quand il riait. Et sa fougueuse attention était si réconfortante... Du moins la trouvait-il désirable, lui ! Alors... alors elle avait accepté de flirter avec Raoul à l'occasion, un peu seulement, pour oublier qu'un jour, Brett Banning était entré dans sa vie.

Mais si quelques baisers, quelques étreintes ne l'effarouchaient pas, elle ne se sentait pas prête à s'engager sérieusement...

Peut-être ne le serait-elle plus jamais, songea-t-elle.

Il aurait fait pourtant un beau parti... Exilé français, il était né comte de Sayre dans la province de Nantes, sur les rives de la Loire ; bien entendu, cela se passait avant la Terreur. Ses parents avaient trouvé la mort au cours de la Révolution française, et il s'en était fallu de peu qu'il ne subisse le même sort. Kyla lui avait parlé longuement de sa pauvre mère, et de ce qu'elle avait souffert à l'époque. Raoul avait eu plus de chance : il avait réussi à fuir en emportant l'ensemble de ses biens...

— Vous n'avez décidément aucune retenue, monsieur Renardeau, le tança-t-elle fermement, mais un léger sourire démentait la dureté de ces mots. Je ne sais même pas pourquoi je continue à discuter avec vous.

— Parce que nous sommes les seuls Européens sur ce bateau, très certainement...

Il lui prit la main, et la porta à ses lèvres.

— Et vous aviez besoin de parler, n'est-ce pas, Kyla ?

— Peut-être, répondit-elle en ôtant sa main, ignorant son soupir exagéré pour se tourner vers la mer. Ces cinq semaines à bord ont été bien difficiles à supporter. J'avoue avoir hâte de poser le pied sur la terre ferme.

— Moi aussi. Puis-je vous rappeler, ma chère, que vous n'avez toujours pas répondu à la question que je vous ai posée hier soir ?

Il était si près qu'elle percevait la chaleur de son corps.

— Me permettrez-vous de vous courtiser quand nous serons à La Nouvelle-Orléans, jolie Kyla ?

Elle sourit.

— Voyons, monsieur ! Vous m'oublierez dès que nous arriverons. On m'a dit que La Nouvelle-Orléans était une ville très gaie, et qu'il y avait beaucoup de belles femmes.

— Peut-être, mais elles ne seront jamais aussi ravissantes que vous, ma chérie. Vos cheveux d'or, vos yeux de la couleur mystérieuse de la Méditerranée...

Il lui reprit la main et avant qu'elle puisse protester, embrassa le bout de ses doigts d'un geste théâtral.

La jeune femme pinça les lèvres pour ne pas éclater de rire.

— Vous êtes exquise ! Divine !

— Et vous, vous n'êtes qu'un impertinent, monsieur le comte.

— Ne m'appelez pas ainsi ! Vous savez combien ce titre me fait horreur. Il me rappelle des souvenirs trop douloureux...

— Pardonnez-moi, je ne voulais pas vous offenser.

— Vous êtes pardonnée, belle enfant. À la condition...

Il fit un clin d'œil en ajoutant :

— À la condition que vous acceptiez de me revoir à La Nouvelle-Orléans !

Au lieu de répondre, elle demanda :

— Que faisiez-vous en Angleterre, si vous préférez La Nouvelle-Orléans ?

— Comme je vous l'ai dit, j'avais des affaires à régler là-bas. Londres est un endroit bien trop froid pour moi. Je suis heureux de rentrer. D'autant plus heureux que j'ai découvert à bord de ce bateau l'une des plus belles femmes que j'aie jamais rencontrées.

Comme Kyla ne disait rien, il posa la main sur ses doigts crispés :

— Laissez-moi vous aimer, ravissante demoiselle. Vous m'intriguez ! Il y a tant de mystère dans vos yeux... Oh, je vous en prie, ne vous écartez pas ! Je ne voulais pas vous blesser... Dites-moi seulement que je pourrai vous revoir.

— Même si je vous l'interdisais, rétorqua Kyla en souriant, je ne crois pas que vous obéiriez. Je me trompe ?

— Il est vrai que je ne suis pas homme à accepter facilement la défaite. De plus, je connais vos amis : ils m'inviteront chez eux. Jamais vous ne pourrez m'échapper !

Kyla secoua la tête.

— Vous oubliez juste un détail, monsieur Renardeau ! Je peux, moi aussi, me montrer fort opiniâtre. Alors ne soyez pas trop déçu si vous n'obtenez pas ce que vous voulez...

Si elle pensait l'avoir rembarré, elle se leurrait. Avec un sourire arrogant, il rétorquait déjà :

— C'est ce que nous verrons, mon amour...

Médusée par une telle morgue, elle prit rapidement congé. Elle descendit l'échelle qui menait aux cabines sur le pont inférieur.

Ses modestes appartements étaient plongés dans la pénombre ; l'unique hublot ne parvenait pas à repousser les ombres ni à dissiper l'odeur fétide qui flottait.

Jetant son chapeau sur le lit, elle entreprit de refaire son chignon. Le voyage s'achevait enfin. Tant mieux ! Elle en avait plus qu'assez de ce bateau, et de la cour assidue que lui faisait Raoul.

Elle se pencha pour se regarder dans le minuscule miroir accroché au-dessus de la table de toilette. Même si son reflet était quelque peu déformé par cette vieille glace piquée, elle avait mauvaise mine.

Était-ce l'inquiétude qui la rendait si misérable ? Mais comment aurait-elle pu ne pas être inquiète ? Si seulement elle savait le sort qui l'attendait...

Serait-ce trop espérer que de rêver d'une vie meilleure dans ce nouveau monde dont Godfrey lui avait parlé avec enthousiasme, ce pays qui offrait une seconde chance pour tous ceux qui le souhaitaient ?

S'écartant de la table, elle ferma les yeux et se laissa bercer par le tangage.

— Mon Dieu, faites qu'il en soit ainsi... Laissez-moi une chance de tout recommencer...

Kyla débarqua le lendemain à La Nouvelle-Orléans, escortée par Raoul Renardeau. La première chose qui la surprit fut le bruit. Elle ne s'attendait pas à trouver une telle effervescence dans cette ville qu'elle imaginait encore primitive.

— Ne faites pas cette tête ! fit Raoul qui lui tenait le bras. Où pensiez-vous débarquer ? La Nouvelle-Orléans est une ville, une ville immense et magnifique, belle Kyla !

Il agita le bras en direction d'une église, puis des fières bâtisses aux façades entrelacées de fer forgé.

— Regardez ! Partout l'Espagne, puis la France ont laissé leurs marques ! Mais finalement, ce sont les Américains qui ont pris la ville. Quel dommage ! Si vous voulez, je vous la ferai visiter un jour...

— Monsieur Renardeau, je ne...

— Je vous en prie... appelez-moi Raoul.

Avec un sourire, elle agrippa le bord de son chapeau que le vent menaçait d'emporter.

— Très bien, Raoul. J'accepte que vous me rendiez visite, une fois que je serai installée.

— Mais ils n'ont envoyé personne vous accueillir ? demanda-t-il en scrutant la cohue de véhicules. Je ne vois pas la voiture des Dufour.

— C'est normal, ne vous inquiétez pas ! Ils ne savent pas quand je dois arriver... Je vais trouver mon chemin, j'en suis certaine, car...

— Ah non, il n'en est pas question ! Je vais vous conduire jusque chez eux. Je ne vous abandonnerai que lorsque vous serez en sécurité. Et ne protestez pas, j'insiste !

Raoul eut tôt fait de la pousser dans un fiacre. Pendant qu'il allait s'assurer que les bagages de la jeune femme seraient livrés ultérieurement, Kyla se carra contre le dossier et essuya son front perlé de sueur. Dieu qu'il faisait chaud ! Cela lui rappelait l'Inde et son enfance. Et papa Piers. Elle lui avait écrit, pour lui annoncer sa décision d'aller s'installer en Amérique...

La portière s'ouvrit et Raoul la rejoignit à l'intérieur, la gratifiant d'un large sourire.

— Ne vous faites plus de souci pour vos bagages, ils sont déjà partis. J'ai fait également envoyer un message chez les Dufour, annonçant votre arrivée. Cela vous convient ?

— Oui, je vous remercie. Vous êtes trop aimable, monsieur.

— Oh, c'est un plaisir de vous aider ! N'ai-je pas été clair sur les sentiments que je vous porte ?

Kyla fronça légèrement les sourcils. Était-il obligé d'être aussi audacieux, aussi direct ? Cela la rendait mal à l'aise, au point de regretter de l'avoir encouragé en flirtant avec lui.

S'il sentit sa réticence, il n'en montra rien. Il se contenta de changer de sujet et, tandis que la voiture s'élançait vers le cœur de La Nouvelle-Orléans, lui raconta l'histoire de la ville, montrant parfois par la vitre certains endroits dignes d'intérêt. Le séduisant comte de Sayre était intarissable.

À juste titre ! La cité et ses alentours étaient magnifiques. La Nouvelle-Orléans ne ressemblait en rien à ce qu'elle s'était imaginé.

Cependant, les pluies du printemps et de l'été avaient transformé certaines avenues en véritables marécages, et il y avait là une kyrielle de gens qui creusaient des trous. Le soleil jouait sur les muscles de leurs torses étincelants de sueur.

— C'est le nouveau canal qu'ils sont en train de construire, expliqua Raoul avec un geste négligent de la main pour désigner les travailleurs. Il était temps de faire quelque chose... L'odeur était pestilentielle.

Il sortit un mouchoir parfumé et l'agita avec un sourire.

— Ne quittez jamais la maison sans lui. C'est une obligation à La Nouvelle-Orléans, j'en ai bien peur.

— Sont-ils en train de construire un chenal pour permettre aux bateaux de passer? s'informa Kyla en acceptant le carré de lin, notant les fines initiales brodées: R.R.

— Non, c'est... enfin, je ne me souviens pas très bien... Cocher, pourquoi en fait creusent-ils ce canal?

— Nous avons eu une mauvaise crue au printemps, expliqua le conducteur en se tournant vers eux. Puis une seconde cet été, monsieur. Il fallait bien que toute cette eau s'en aille. Ça croupissait...

Du bout de son fouet, il désigna les gigantesques monticules de terre jonchée d'herbes arrachées.

— Il leur a fallu d'abord pomper l'eau sur plusieurs kilomètres. Un vrai travail de titans!

Kyla observa les ouvriers alors que le fiacre les dépassait rapidement. Ils disparurent bientôt tandis que les premières maisons du cœur de la ville surgissaient. La jeune femme leva les yeux, et contempla les fleurs qui envahissaient les balcons dans une riche déclinaison de couleurs. Une fois les marécages passés, l'endroit n'avait pas l'air si horrible que cela! En tout cas, il ferait toujours meilleur qu'en Angleterre.

— Tenez regardez, Kyla! Voici le Orleans Theatre, achevé l'année dernière, commenta Raoul en désignant un bâtiment.

En fait, elle ne fit qu'entrevoir un drapeau américain qui claquait au vent, la voiture s'en allait déjà plus loin. Les demeures à étages, soutenues par de belles colonnades blanches, impressionnèrent la jeune femme.

— Sur Canal Street, poursuivit Raoul, insatiable, c'est un nouvel hôpital qui vient d'être construit. Alors, ne sommes-nous pas civilisés ici?

— Vous voulez dire que ces histoires de pirates et de

maraudeurs sévissant dans les quartiers mal famés de La Nouvelle-Orléans, ne sont que mensonges ?

Elle rit en le voyant se rembrunir.

— N'ajoutez jamais foi aux racontars, ma chère. Les pirates ont depuis longtemps quitté les lieux, en fait depuis le jour où le gouvernement américain a envoyé l'armée les combattre. Il n'y a plus un Laffite qui ait aujourd'hui l'audace de pénétrer ici.

— Non ? J'ai pourtant entendu dire que ce dernier pourvoyait aux besoins de la ville en confiseries et spécialités du Vieux Continent. Oh, cessez de me faire les gros yeux ! Ou je vais m'imaginer que ces rumeurs sont fondées.

— Vous me taquinez ! grommela-t-il en lui prenant la main pour la porter à sa bouche.

Il y avait une telle intensité dans son regard que Kyla en fut troublée. Elle se renfrogna tandis qu'avec un sourire narquois, il baisait tendrement la minuscule cicatrice sur son poignet.

— Nous sommes sur Condé Street, c'est ici qu'habitent les Dufour. Nous serons bientôt chez eux. J'espère que cette première visite de la ville vous a plu. En attendant, promettez-moi que vous accepterez de me revoir, ma chère.

— Je suis certaine que nos chemins se croiseront de nouveau, répondit la jeune femme pensivement alors que le fiacre s'immobilisait.

Elle examina, le cœur battant, la maison blanche à deux étages aux balcons en fer forgé, festonnés de fleurs et de vigne vierge. Maintenant qu'elle était arrivée, elle se sentait nerveuse. Les Dufour l'accepteraient-ils ? Mais pourquoi ne le feraient-ils pas ? Caroline Dufour avait bien connu sa mère, autrefois ; Faustine et elle avaient été amies...

La porte d'entrée s'ouvrit soudain à la volée. Une jeune fille aux cheveux noirs et aux yeux sombres courut dans l'allée en direction du fiacre, un large sourire aux lèvres.

— Vous devez être Kyla Van Vleet, la fille de Faustine ! s'écria-t-elle en ouvrant la portière du fiacre. Oh, maman sera enchantée de vous voir ! Elle a si souvent parlé de votre mère, vous savez... Je suis désolée, je dois vous paraître complètement excitée, mais lorsque j'ai reçu le message du comte il y a quelques minutes, je n'en croyais pas mes yeux. C'est fort aimable à vous, comte de Sayre, d'avoir escorté Mlle Van Vleet jusqu'ici.

Il y avait une certaine agressivité dans la voix de la jeune fille lorsqu'elle s'était adressée à Raoul, et Kyla sentit ce dernier se raidir. Comme il ne répondait pas, elle se tourna vers lui, mais déjà il l'aidait à sortir de la voiture. Et avant même de comprendre ce qui se passait, elle se retrouva propulsée dans les bras de la jeune fille dont elle ne connaissait pas le nom. Bien vite, elle oublia l'incident. C'était tellement agréable, tellement réconfortant, cet accueil chaleureux...

— Je vous en prie, appelez-moi Esmée, s'exclama son hôtesse en glissant un bras sous le sien. Je veux tout savoir sur l'Inde... Je sais que maman vous a rendu visite il y a de cela fort longtemps, mais moi, j'étais trop jeune à l'époque pour l'accompagner. C'est mon frère qui était avec elle. Peut-être vous souvenez-vous de lui... Antoine ?

— Antoine ! Non... Antoine est votre frère ?

Kyla se mit à rire, légèrement embarrassée de se rappeler ce garçon avec qui, bien des années plus tôt, elle avait expérimenté ses premières caresses.

Esmée s'était tournée vers Raoul. Et son regard s'était durci.

— Peut-être nous reverrons-nous bientôt, monsieur le comte.

— Je l'espère bien, répondit-il en la saluant d'un mouvement guindé avant de regarder Kyla droit dans les yeux. J'ai une excellente raison de revenir rapidement.

Kyla s'efforça de sourire, gênée. Elle n'avait pas envie qu'on s'imagine qu'elle flirtait, à peine arrivée à La Nouvelle-Orléans. Fort heureusement, le fiacre disparut au bout de la rue, et Esmée l'escorta jusqu'à la maison en devisant gentiment. Elle fit servir le thé dans le jardin luxuriant, à l'ombre du jacaranda.

— Lorsque maman rentrera, elle désirera vous voir immédiatement. Voulez-vous vous rafraîchir avant ?

— Oui, s'il vous plaît. Je me sens moite et poussiéreuse, mes habits sont tout froissés. Je ne dirais pas non à un bon bain.

— Venez, je vais vous montrer votre chambre. Elle est toujours prête pour les éventuels visiteurs, bien qu'il faille peut-être l'aérer un peu, avec la chaleur qu'il fait en ce moment dans la journée. Même si... il fait plus frais cette année que d'habitude.

Quelque peu étourdie par le bavardage de sa jeune hôtesse, Kyla répondit par de vagues hochements de tête. Elle lui emboîta le pas dans l'escalier qui s'envolait, aérien et élégant, vers les étages de la belle demeure.

Un balcon prolongeait la chambre, et les portes-fenêtres laissaient passer un souffle d'air chaud enrichi des senteurs des fleurs en contrebas. Une moustiquaire recouvrait le lit à baldaquin trônant au centre de la pièce, caressé par la lumière qui se faufilait dans l'interstice des persiennes. Tout en papotant, Esmée fit signe à une jeune domestique d'ouvrir les volets, et soudain la pièce s'illumina.

— Si vous avez besoin de quoi que ce soit, il vous suffit de sonner Tansy, expliqua Esmée avec un sourire. Et maintenant, je vous laisse. À tout à l'heure.

Kyla la remercia avec chaleur. Comme la jeune fille disparaissait, elle jeta son chapeau sur le lit et promena un coup d'œil paresseux autour d'elle, tout en réprimant un bâillement. La femme de chambre prépara les affaires de toilette, puis referma les volets. Les fenêtres entrouvertes permettraient ainsi à l'air frais d'entrer.

— Vous voulez peut-être vous reposer, maîtresse ? suggéra la domestique d'une voix aux accents ensoleillés. Il fait si chaud en plein après-midi.

— Oui, je vous remercie, Tansy.

— Dans ce cas, je vous laisse. À plus tard, mam'zelle.

Une fois seule, Kyla s'approcha des persiennes et regarda à travers les lattes de bois. Les murs qui clôturaient le jardin étaient couverts de jasmin. Un arbre gigantesque s'élevait au milieu des parterres de fleurs, jetant de l'ombre jusque sur la terrasse.

Peut-être se plairait-elle ici. Elle songea soudain à tante Céleste, se rappela ses larmes tandis qu'elle lui disait adieu et lui souhaitait bonne chance. Se reverraient-elles un jour ? Chère Céleste, si loyale...

Brett avait-il rendu visite à sa marraine pour lui demander de ses nouvelles ? Ou se moquait-il de sa disparition ?

Avec un autre bâillement à se décrocher la mâchoire, Kyla se glissa sous la moustiquaire et prit soin de la fermer avant de s'étirer entre les draps frais. Seigneur, qu'elle était bien là ! Il ne lui restait plus qu'à oublier Brett Banning...

Elle dormit mal, bien qu'elle fût fatiguée après ces semaines passées sur le bateau. Quand elle se réveilla, le soleil avait depuis longtemps disparu. La nuit plongeait la ville dans une fraîche pénombre...

Mon Dieu ! Elle avait dormi tout l'après-midi, et se sentait plus embarrassée que jamais. Ses hôtes devaient l'attendre... Qu'allaient-ils penser d'elle ?

Elle se brossa énergiquement les cheveux et se dépêcha de se changer, d'enfiler une robe pour le soir, sans même demander l'aide d'une domestique...

Elle se débattait avec les derniers boutons de sa toilette lorsque Tansy entra.

— Je suis honteuse, murmura Kyla avec un soupir. Quelle idée de dormir aussi longtemps ! Je ne sais pas ce qui m'est arrivé, je ne me suis pas réveillée...

La femme de chambre éclata de rire.

— Vous vous faites du mouron pour rien, mam'zelle ! Vous verrez, ici, on ne se soucie pas de toutes ces formalités. Faut dire que cette famille ne ressemble pas beaucoup aux autres ! Vous êtes rassurée ?

— Je crois, répondit-elle en gratifiant la domestique d'un sourire reconnaissant.

— Vous avez de si beaux cheveux, commenta Tansy en s'approchant pour effleurer ses boucles blondes. Étincelants comme des pépites d'or. J'ai entendu mam'zelle

Esmée dire à ses parents que vous étiez très belle, qu'elle était presque jalouse de vos cheveux...

Comme la domestique achevait de lui relever ses boucles avec deux peignes en nacre, Kyla se pencha pour saisir son éventail d'ivoire et de dentelle. Elle le tint nerveusement tandis qu'elle quittait sa chambre et descendait à la rencontre de ses hôtes.

— Esmée n'a pas menti, vous êtes magnifique, Kyla ! s'exclama Caroline Dufour en toute sincérité quand elle serra la jeune femme dans ses bras.

Elle recula d'un pas pour l'examiner des pieds à la tête.

— Dans sa lettre, votre marraine ne dit pas à quel point vous êtes ravissante. Elle précise seulement que vous êtes la personne qu'elle aime le plus au monde. Elle nous demande de prendre soin de vous, comme si vous étiez notre propre fille. Et, bien sûr, c'est ce que nous ferons. Vous resterez ici aussi longtemps que vous le souhaiterez, vous faites dorénavant partie de la famille... À présent, venez vite dîner pour retourner ensuite vous coucher. Le voyage a dû être éreintant depuis l'Angleterre. Je suis arrivée à La Nouvelle-Orléans il y a de cela très longtemps, vous savez, et pourtant je garde encore un mauvais souvenir de la traversée.

Ils dînèrent dehors, sur la terrasse, où une brise fraîche faisait frissonner les feuilles des arbres et charriait les parfums étourdissants du jasmin et du magnolia. Du poisson, des légumes frais et des fruits composaient ce léger repas accompagné de vin, le tout dans une franche bonne humeur.

— Papa, dit Esmée au bout d'un moment, c'est le comte de Sayre qui a escorté Kyla jusqu'ici tout à l'heure. J'étais surprise de le voir...

Pierre Dufour leva les yeux. Un homme séduisant, la cinquantaine... Il considéra Kyla d'un air songeur.

— Oh ? Vous connaissez cet homme, ma chère ?

— Non, à vrai dire... je l'ai rencontré sur le bateau. Il revenait d'un voyage d'affaires en Angleterre, m'a-t-il expliqué. Quand il a su que je vous rendais visite, il m'a dit qu'il vous connaissait.

— C'est exact, répliqua le père d'un ton plutôt sec.

Il n'en dit pas plus, mais Kyla en vint à se demander si Raoul Renardeau était vraiment un ami de la famille Dufour, comme il l'avait prétendu. Non que cela ait la moindre importance. Elle doutait fort de le revoir un jour. Les amitiés nées sur un bateau étaient bien souvent éphémères...

22

Une brise légère faisait frissonner les hautes herbes, portant les miasmes des marécages jusqu'aux hommes dans la pirogue. Sous le dais de végétation, les racines des palétuviers surgissaient à la surface comme autant de genoux cagneux. La perche s'enfonçait à un rythme régulier dans les profondeurs, avant de propulser l'embarcation à fond plat. Des ombres crépusculaires effaçaient la frontière entre le ciel et l'eau alors que le soir tombait peu à peu.

En amont, la ville se dressait hors des bayous dans une nuée de lumières comme un collier de diamants scintillant de tous feux. Les mâts s'agitaient mollement, forêt de bateaux amarrés tout au bout de La Nouvelle-Orléans.

Ici, à l'embouchure du Barataria Canal, avait lieu le plus grand marché de contrebande de toute la côte. On y vendait des marchandises entrées illégalement dans le pays, le plus souvent en provenance de vaisseaux piratés, puis coulés.

Godfrey manœuvrait le bateau, suivant les ordres de Brett assis à l'avant, pour se frayer un chemin dans le labyrinthe des courants. Quelques instants plus tôt, ils avaient failli chavirer, déséquilibrés par les vagues provoquées par d'autres embarcations. In extremis, ils avaient réussi à se maintenir à flot et, enfin, ils s'engageaient dans l'étroit canal parallèle à la baie.

— Inutile de brandir un drapeau pour avertir de

notre arrivée, grommela l'Indien. Ils pourraient nous tirer dessus.

— Il est vrai qu'ils ne prennent aucun risque, ironisa Brett en se levant, les jambes légèrement écartées pour garder l'équilibre, avant de sauter sur la berge pour attacher la pirogue à un arbre.

Par-dessus le coassement des grenouilles-taureaux qui rythmait la vie des marécages, des nuées de moustiques ronronnaient bruyamment. Brett les repoussa d'un revers impatient avant de se tourner vers son compagnon.

— Tu penses que ces maudits suceurs de sang vont se reposer pendant l'hiver ?

Godfrey haussa les épaules.

— Tu parles, il fait trop chaud ici. Ce n'est pas en Angleterre qu'on se serait promenés en chemise en plein mois d'octobre ! Si tu savais comme je suis content d'être rentré, je ne supportais plus la grisaille et le sempiternel crachin de Londres.

Brett ne répondit pas, et Godfrey esquissa un sourire dans l'obscurité. Cela faisait presque trois mois que son ami était d'une humeur de chien, il commençait à s'y habituer. En fait, il ne se rappelait pas l'avoir vu rire depuis le jour où Kyla Van Vleet avait disparu. Mais qu'espérait-il ? Qu'elle le remercierait d'être renvoyée ? Kyla n'était pas comme ces femmes dociles et insipides qui subissent la vie qu'on décide pour elles. Non, elle n'était pas du genre à se laisser marcher sur les pieds, à accepter que Brett la traite aussi cavalièrement. Peut-être était-ce la raison pour laquelle le duc ne l'oubliait pas...

Néanmoins, Godfrey gardait sagement ses réflexions pour lui. Chaque fois, en effet, qu'il avait voulu aborder le sujet avec Brett, il s'était fait rembarrer. Heureusement, il connaissait son ami depuis assez longtemps pour ne pas lui en tenir rigueur, et pour ne pas être le moins du monde intimidé...

Lorsqu'ils atteignirent enfin le campement qu'ils cherchaient, un homme se détacha du groupe près du feu et vint à leur rencontre, un large sourire sur son visage basané.

— Ainsi vous êtes revenu en Louisiane, mon ami! s'exclama-t-il en tapant sur l'épaule de Brett. C'est si bon de vous voir, vous et l'Indien. Vous restez longtemps cette fois ?

— Suffisamment pour régler certaines petites affaires, capitaine.

Brett accepta la bouteille que lui offrait Jean Laffite.

— Du rhum des Caraïbes, j'imagine ?

— Et le meilleur. Ou le pire, selon le point de vue... Venez, Wolverton, venez vous asseoir près du feu. On sera à l'abri de ces maudits insectes. Vous nous avez plutôt manqué, à Barataria. Vous, mais surtout vos marchandises... Vous trafiquez toujours ?

— Même si je continuais, vous n'en sauriez rien, Laffite ! J'aurais trop peur que vous me fassiez encore une entourloupe...

— Je suis blessé que vous puissiez penser une telle chose de moi, railla Laffite.

D'un geste emphatique, le boucanier porta une main à son cœur, mais son sourire demeura aimable tandis qu'il guidait Brett jusqu'au feu. Il y avait là quelques pirates, beaucoup de hors-la-loi, certainement des esclaves en fuite. Des Français, des Espagnols, des Américains, ou encore des Cubains.

Comme toujours, la conversation tourna autour du commerce. Le frère de Jean Laffite, Pierre, fit remarquer que les affaires ne marchaient plus aussi bien, maintenant que l'Amérique et la Grande-Bretagne avaient fait la paix.

— Durant la guerre, poursuivit-il avec nostalgie, c'était la belle époque ! Nous nous en mettions plein les poches. Les gens venaient par centaines pour acheter nos produits. Mais avec ces douanes qui fourrent leur nez partout, ça devient difficile d'écouler la marchandise.

Il haussa les épaules d'un geste dépité.

— Aujourd'hui, on dépend d'une poignée de locaux qui veulent tout contrôler...

— Vous oubliez les fédéraux qui achètent pour le compte de l'armée ! nota Brett sèchement.

Laffite sourit.

— C'est vrai. Il arrive parfois qu'un navire de guerre nous tombe entre les mains. Dans ce cas, aucun problème pour écouler nos stocks, l'armée est toujours la première intéressée. Seulement, les autorités ne nous lâchent plus, impossible de faire son petit commerce tranquille !

Se servant du tronc derrière lui comme d'un dossier, Brett lui rendit son sourire.

— C'est la rançon de la gloire ! ironisa-t-il. Vous êtes des héros depuis cette fichue guerre entre les Américains et les Anglais ! Si vous n'étiez pas venus à la rescousse du général Jackson à Chalmette, l'armée des États-Unis aurait été réduite en miettes.

— Oh, laissez-moi rire ! s'écria Jean Laffite en se renfrognant. Vous êtes bien le seul à vous le rappeler ! Les Américains ont la mémoire courte quand il s'agit de prouver leur gratitude. Chew nous a pris en grippe. Vous en avez entendu parler ? C'est le receveur du port de La Nouvelle-Orléans et, ces derniers temps, il nous cause pas mal d'ennuis.

— En temps de paix, les flibustiers sont toujours vus d'un sale œil, intervint Godfrey. Un bon conseil, ne choisissez que les frégates qui battent pavillon espagnol : le gouvernement américain fermera les yeux.

— Le problème, l'ami, c'est que le plus souvent quand on s'occupe du pavillon, il est déjà trop tard !

Laffite acheva sa phrase en portant la bouteille de rhum à ses lèvres.

— Mais vous n'êtes certainement pas venu à Barataria pour discuter de nos petits ennuis, Wolverton ? lança-t-il en s'essuyant la bouche du revers de la manche.

— Qu'est-ce qui vous fait penser cela ?

— Ne me prenez pas pour un imbécile, vous n'auriez pas pris la peine de venir jusqu'ici, quand c'est si simple de me rendre visite chez moi, à La Nouvelle-Orléans.

Un léger sourire étira les lèvres de Brett, une fraction de seconde.

— Si vous me faisiez visiter le marécage, je pourrais vous en dire plus, mon ami...

Godfrey resta devant le feu qui achevait de se consumer, pendant que Brett se levait, suivi du chef des boucaniers, pour aller discuter tranquillement. Leurs voix étaient étouffées par les sérénades des grenouilles et le clapotement de l'eau sur les berges boueuses.

Près du feu, Godfrey somnolait, et finit par s'assoupir...

Quand Brett lui secoua le bras pour le réveiller, l'aube s'apprêtait à poindre. En silence, il suivit son compagnon jusqu'à la pirogue qu'ils mirent à l'eau.

— Alors, tu es content? Tu as découvert ce que tu voulais savoir? demanda l'Indien.

— J'en ai appris assez, lâcha pensivement Brett.

Une heure plus tard, ils arrivaient en vue de La Nouvelle-Orléans. Le jour s'était levé. Ils abandonnèrent leur embarcation sur une rive, sous un rideau de saules pleureurs, puis poursuivirent leur chemin à pied, coupant à travers les hautes herbes, serpentant prudemment entre les zones marécageuses.

Un brouhaha s'échappait du marché français, sur la place au bout de la rue. Discrètement, ils se mêlèrent aux vendeurs qui pour certains, ressemblaient à s'y méprendre aux hors-la-loi de cette nuit, croisés dans le secret des marécages.

— Je n'ai qu'une envie: prendre un bain et dormir. Je n'ose pas imaginer à quoi on ressemble avec nos vêtements froissés et boueux... On pourrait presque nous prendre pour des pêcheurs créoles.

— Toi, peut-être, répliqua l'Indien. Mais moi, il n'y a aucun risque.

Brett sourit.

— Allez, viens! Je te promets qu'après un bon repas chaud et un bain, nous aurons meilleure allure...

Il faisait nuit lorsqu'ils quittèrent leur hôtel, reposés, rasés et changés, pour se rendre au Café des exilés. C'était un établissement immense au coin des rues Royale et Sainte-Anne. Tandis que Godfrey attendait dans le vestibule, le duc promena un bref coup d'œil dans la salle à manger bondée et avisa un élégant gentilhomme aux cheveux grisonnants assis à une table, près de la fenêtre. Sans perdre un instant, il le rejoignit.

— Monsieur Sauvinet ?

L'homme leva les yeux, avec un sourire poli.

— Oui. J'ai bien peur que vous n'ayez l'avantage, monsieur... ?

— Laporte.

Brett sourit tandis qu'une lueur se profilait dans le regard de Sauvinet.

— Bien sûr, monsieur Laporte. C'est un ami que nous avons en commun qui vous envoie, j'imagine ?

— C'est exact.

— Je vous en prie, asseyez-vous. Et appelez votre ami que j'aperçois là-bas, ajouta-t-il en agitant la main en direction de l'Indien.

Godfrey les rejoignit, et les deux hommes prirent place en face de Sauvinet.

— Je cherche quelqu'un, déclara Brett en fixant son interlocuteur.

— Oui, c'est le lot de beaucoup de gens, ces derniers temps... Vous cherchez un homme ou une femme ?

— Un homme. Je ne connais pas son nom, je sais juste qu'il fait affaire avec Javier Aguilar y Portillo.

— Ah !

L'espace d'un instant, Sauvinet prit le temps de siroter son cognac.

— Ils sont tellement nombreux à faire affaire avec la société Portillo & Poydras. Je ne peux guère vous aider. Le mieux serait que vous rendiez visite au chevalier de Touzac. Il vous renseignera, j'en suis sûr...

De retour dans la rue, Godfrey jeta un coup d'œil curieux à son ami.

— Crois-tu que don Javier soit impliqué dans la révolution au Mexique ?

— Indubitablement. Il a tout intérêt à voir l'Espagne quitter le Mexique. Ainsi, il pourra s'accaparer tous les terrains qu'il convoite.

— Si c'est vraiment son intention, les actes notariés des mines ne te serviront plus à grand-chose !

Brett leva la tête, la voix soudain féroce :

— Les mines m'appartiennent, et je garderai ce qui est à moi !

L'Indien ne répondit pas, se bornant à hausser un sourcil moqueur. Brett laissa échapper un juron.

— Malheureusement tu as raison, Godfrey, ajouta-t-il. Mon père a acheté la mine de Santa Maria aux autorités espagnoles, mais si les rebelles prennent le pouvoir, je n'ai pas la moindre garantie qu'ils me la laisseront. J'aurai l'air malin, avec mes documents signés par le vice-roi espagnol. Autant dire qu'ils n'auront plus aucune valeur...

— Ne sois pas trop pessimiste. Je ne vois pas comment une poignée de rebelles menés par un prêtre réussiraient à renverser le gouvernement !

— C'est là où le bât blesse, Godfrey.

Comme son compagnon lui jetait un regard surpris, il haussa les épaules.

— Oui... car s'il n'y avait pas la mine de Santa Maria, je serais de tout cœur avec les rebelles. Ils ont raison de réclamer leur indépendance.

— Que comptes-tu faire ?

— Je n'ai plus qu'à espérer que les États-Unis revendiquent clairement, et une fois pour toutes, le territoire du Texas. Ils auraient tort de ne pas le faire... En attendant, je vais tout faire pour empêcher Javier de s'approprier ces terrains.

— Il imagine certainement qu'en tant que frère de ta mère, il a un droit sur ces terres.

— Elles m'appartiennent, répondit Brett, buté. Et personne ne me les prendra.

Alors qu'ils tournaient au coin de la rue, Godfrey remarqua songeusement :

— N'est-ce pas curieux que tu t'accroches désespérément à ce qui n'est après tout qu'un lopin de terre, quand tu laisses le plus précieux te glisser entre les doigts ?

— Si tu veux encore parler de Kyla, je te préviens tout de suite : c'est inutile ! Je refuse d'en discuter. Combien de fois devrai-je te rappeler que c'est elle qui a pris la décision de s'en aller ?

— Peut-être, mais... elle est ici, à La Nouvelle-Orléans. Comme toi... Quelle coïncidence, tu ne trouves pas ?

Brett s'arrêta, et décocha à son compagnon un regard furibond.

— Je suis venu ici pour retrouver la trace de mon oncle, et découvrir l'identité de l'homme qui m'a trahi.

— Oui, c'est ce que tu dis...

Jurant comme un charretier, Brett s'éloigna à grands pas furieux, et Godfrey esquissa un sourire. Il y avait des moments où il était bon de provoquer le destin, puis de laisser la nature faire le reste. Dans le cas de Brett et de Kyla Van Vleet, la nature ferait le reste. Il n'en doutait pas un instant.

Kyla s'éventa énergiquement. Elle avait chaud, et elle était essoufflée d'avoir dansé pendant près de trois heures sans interruption. Les musiciens jouaient dans l'immense salle de bal appartenant au consul français, le chevalier de Touzac, une figure emblématique de La Nouvelle-Orléans. L'officier s'était battu pendant la révolution américaine sous les ordres du baron Steuben. Pour fêter son soixantième anniversaire, il avait convié les membres les plus éminents d'Amérique, de France et d'Espagne, et Kyla avait eu l'honneur de danser avec quelques-uns d'entre eux.

Esmée la rejoignit sur le balcon, à bout de souffle. Tout en s'éventant, elle regarda Kyla, ses yeux sombres étincelant.

— Oh, je suis si heureuse ! s'exclama-t-elle. Il y a tant d'hommes séduisants, ce soir ! Je ne sais plus où donner de la tête, j'ignore qui choisir entre le galant capitaine des dragons espagnols, et le séduisant cavalier français en uniforme blanc. Qu'en penses-tu, Kyla ?

Celle-ci secoua la tête en riant.

— Ne choisis pas, prends les deux ! Tu es trop jeune et trop jolie pour te contenter d'un seul homme. Amuse-toi !

— Ah, tu dis cela parce que toi, tu as déjà fait ton

choix, la taquina Esmée. Quand te décideras-tu enfin à fixer une date pour le mariage? Pauvre Raoul! Si tu voyais comme il regarde les hommes avec qui tu danses, il les étranglerait volontiers... Il s'est encore plaint que tu prenais tes distances, il dit que tu es trop dure avec lui, que tu l'obliges à implorer chacun de tes baisers.

Kyla s'efforça de sourire.

— Que veux-tu? Il est trop impétueux à mon goût. Et puis, je ne suis même pas certaine que...

Elle se tut, se mordant la lèvre. Esmée la considéra avec curiosité.

— De quoi n'es-tu pas certaine? De vouloir l'épouser? Mais Kyla... c'est un bon parti, et maintenant que je le connais mieux, je le trouve plutôt sympathique. Il est très riche, tu sais... Il a plusieurs maisons et une immense plantation. Tu vivrais là-bas comme une véritable reine sans jamais manquer de rien. Raoul exaucerait le moindre de tes vœux... Alors, dis-moi, qu'est-ce qui te rend si incertaine, petite cousine?

Petite cousine? Que le surnom était gentil... C'était une manière pour Esmée de lui prouver son affection, et Kyla lui en était reconnaissante.

Avec négligence, elle haussa les épaules.

— Je n'en sais rien. C'est juste que je... je ne me sens pas vraiment prête, Esmée.

— Pas prête? Mais tu as vingt-trois ans, maintenant! Tu es presque une vieille fille! Ici, les filles se marient à quinze ans, et à ton âge, elles ont déjà plusieurs enfants.

Kyla blêmit.

— Si tu essaies de me culpabiliser, c'est inutile. Je préfère passer le restant de mes jours seule plutôt que de m'apercevoir, une fois mariée, que j'ai fait un mauvais choix.

— Tu dis cela parce que tu n'as jamais oublié l'homme que tu as... laissé en Angleterre?

Elle ponctua ses paroles d'un sourire attendri.

— Ne nie pas, Kyla! Tu penses toujours à lui, ça se lit sur ton visage. Je suis peut-être plus jeune que toi, mais je ne suis pas aveugle ! C'est cet homme que tu aimes. J'ai raison, n'est-ce pas ?

Recouvrant au prix d'un effort prodigieux sa belle assurance, Kyla grimaça un sourire.

— Tu as beaucoup trop d'imagination, Esmée. Ça fait bien longtemps que j'ai oublié cet homme... Ah, mais je vois ton dragon espagnol qui se dirige vers nous ! Dépêche-toi, pince-toi les joues pour leur donner de la couleur, et rejoins-le. Il semble bien déterminé à danser une nouvelle fois avec toi.

Comme Esmée s'éloignait, riant aux éclats, le bras glissé sous celui de son séduisant dragon, Kyla maudit son impuissance à cacher ses sentiments. Pourquoi ne pouvait-elle cesser de songer au duc de Wolverton ? C'était ridicule...

Si elle n'était pas prête pour le mariage, cela n'avait rien à voir avec Brett Banning ! Elle n'avait pas envie de se sentir prisonnière d'un homme. Mais Raoul était insistant, il finirait par obtenir gain de cause... Il avait charmé tout le monde, même la famille Dufour tenait aujourd'hui le comte en haute estime et la poussait dans ses bras !

Depuis plusieurs mois, elle était tiraillée entre l'envie de faire plaisir, et celle de garder sa liberté. Pourtant, la veille, elle avait finalement accepté de se fiancer, et la nouvelle avait déjà fait le tour de La Nouvelle-Orléans.

Quel contraste entre la vie ici, et celle qu'elle avait endurée à Londres ! pensa-t-elle avec mélancolie. Tante Céleste serait à n'en pas douter ravie d'apprendre qu'elle se mariait... Elle aurait l'impression d'avoir finalement réussi à la caser...

La jeune femme se rappelait ce que Godfrey avait dit un jour : l'Amérique, c'était la promesse d'un autre monde, d'une autre existence. Depuis combien de temps était-elle ici ? Des lustres, lui semblait-il, quand en réalité, cela faisait à peine six mois. Elle s'était rapidement habituée à cette nouvelle vie dans un climat différent. Elle vivait au rythme des journées très chaudes et des nuits fraîches. Parfois, il pleuvait un peu trop, mais elle ne s'en plaignait pas ; cela lui rappelait l'Inde et la mousson...

Un violon gémit, l'arrachant à sa rêverie. Kyla leva les yeux et vit Raoul qui la cherchait dans la foule, ses cheveux clairs accrochant la lumière des lustres de cristal. Soudain, elle n'eut pas la force de supporter son badinage, elle eut l'impression de suffoquer. Il fallait qu'elle prenne un peu l'air...

Elle longea rapidement le balcon jusqu'aux marches qui plongeaient vers la terrasse en contrebas, puis dévala l'escalier, les jupons relevés dans une main. C'était idiot de fuir ainsi son fiancé, mais Raoul était si possessif...

Les voitures s'étiraient en une ligne bien ordonnée depuis la demeure du chevalier de Touzac jusqu'au bout de l'avenue. Inutile de se faire remarquer par les cochers qui attendaient le retour de leurs maîtres, songea-t-elle en obliquant vers l'intérieur du parc, au fond duquel elle aperçut des lumières flottantes. Elle s'enfonça dans l'allée, distinguant bientôt les accents d'une musique endiablée. Un feu brûlait au milieu de la clairière. Fichées tout autour, des torches dessinaient un cercle dans lequel dansaient des hommes et des femmes.

Ce n'était pas la danse de quelque secret rituel, mais simplement du folklore des îles rapporté par les serviteurs créoles. Intriguée, et complètement subjuguée, elle approcha.

Une jeune femme avec de longs cheveux noirs dansait au centre du cercle de lumière, les pieds nus. Deux guitares et plusieurs violons l'accompagnaient, lui rappelant les Gitans qu'elle avait rencontrés sur les terres de Ridgewood, en Angleterre. La musique se distillait dans la nuit, et la fille se mit à virevolter, les yeux mi-clos, les bras serrés contre son corps, les doigts se tordant dans un rythme lent d'abord, puis plus rapide alors que le tempo s'accélérait. Ses jupons tournoyaient autour de ses jambes bronzées. La danseuse invita un homme à s'approcher. Elle vint s'enrouler autour de lui dans un tourbillon de soie rouge, avant de s'écarter et d'appeler un autre spectateur.

Kyla contempla un instant son manège, tapie dans l'ombre sous un immense chêne. Elle ferait mieux de rentrer, Raoul allait commencer à s'inquiéter et à la chercher partout, mais... elle avait une telle impression de liberté ici. La musique était bien plus exubérante, plus allègre que celle qui s'élevait dans la demeure du consul. Elle n'avait plus vraiment envie d'y retourner !

Avec un sourire, elle se mit à ondoyer dans son coin alors que tout le monde se joignait à la danse.

— Vous devriez danser, mam'zelle, murmura une voix derrière elle, et elle se tourna en sursautant, embarrassée de trouver un jeune Noir qui lui souriait de toutes ses dents.

D'un geste de la tête, il indiqua les danseurs.

— Je vous vois taper du pied pour battre la mesure. Vous dansez la *malengua* ? Le *jarabe* ?

Elle répondit que non, que ces noms ne lui disaient même rien. Le sourire du jeune homme s'élargit.

— Ce n'est pas difficile ! Venez. Nous sommes entre amis ici, et personne ne vous fera du mal. Je serai votre partenaire, si vous voulez.

Kyla se laissa convaincre et rejoignit les autres danseurs au cœur de la clairière. Avec sa robe à cerceaux en satin chatoyant, la précieuse dentelle qui festonnait sur sa gorge, elle détonnait, mais personne ne lui prêta attention. Il devait y avoir de l'alcool dans la bouteille qui passait de main en main car la musique devint de plus en plus sauvage, et les danseurs de moins en moins inhibés.

Refusant de réfléchir plus avant, la jeune femme suivit les pas de son partenaire, et trouva le rythme sans trop de mal. Elle se laissa emporter par la mélodie, s'abandonnant aux accents lascifs des guitares. Elle ôta les peignes que Tansy avait attachés, et ses cheveux se dénouèrent, roulant en cascade autour de son visage et sur ses épaules.

« Je suis libre ! » songea-t-elle, un sourire aux lèvres.

Les cordes sanglotaient, imploraient, et Kyla tournoyait, étourdie, légère.

Quelqu'un lui passa la bouteille, et elle but à même le goulot comme les autres. La première gorgée lui brûla la gorge, mais l'alcool se répandit peu à peu dans tout son être. À présent, son corps semblait se mouvoir par sa propre volonté. La tête renversée en arrière, les yeux mi-clos, elle était guidée par le mouvement hypnotique de la danse.

Son compagnon s'était immobilisé. Il émit un sifflement admiratif.

— Seigneur ! Vous dansez très bien, mam'zelle !

— Vraiment ?

Elle sourit rêveusement, savourant la caresse de son regard brûlant sans qu'il lui impose sa volonté, comme Raoul ou Brett l'auraient fait. C'était si plaisant ! Soudain, elle se sentait libre comme l'air, libre de sourire, de danser. Elle préférait être ici plutôt que dans la salle de bal bondée, attendant les invitations à danser sous le regard sévère des hauts dignitaires, pendant que leurs épouses considéraient d'un air dédaigneux ceux qui riaient trop, ceux qui dansaient trop près l'un de l'autre. Ici, elle n'avait plus la moindre pression.

Virevoltant de plus belle, elle tournoya jusqu'au centre de la foule, se perdant dans la musique et dans les yeux étincelants des hommes qui la croisaient...

Ce fut ainsi que Brett la découvrit. Il remarqua aussitôt ses boucles blondes au milieu des créoles aux cheveux de jais. Il s'arrêta, incrédule, hébété, jusqu'à ce que derrière lui s'élève un rire moqueur.

— J'ai le sentiment que tu ne lui manques pas trop, souffla Godfrey. Qu'en penses-tu ?

— Tais-toi ! gronda Brett avant de se frayer un chemin jusqu'à Kyla.

Il lui prit le poignet et l'obligea à s'immobiliser. Un cri de protestation mourut sur les lèvres de la jeune femme quand elle repoussa les cheveux qui balayaient son visage. Ses yeux s'agrandirent, et elle déglutit à grand-peine.

— Brett ?

— Décidément vous aimez vous donner en spectacle ! À quoi pensez-vous donc ?

Revenue de sa surprise, elle le regarda avec mépris, se libérant brutalement de son étreinte pour relever le menton dans un geste de défi.

— Je fais exactement ce qui me plaît. Et personne ne m'en empêchera, surtout pas vous !

— Vraiment ?

— Non !

La jeune femme posa une main sur son torse quand il voulut la saisir de nouveau. Cette fois, la colère flamboyait dans son regard. Elle avait le souffle court.

— Écoutez, Brett. Je suis fiancée à un autre homme.

Ignorant la pointe de jalousie qui le tenaillait, il la considéra froidement.

— Alors vous devriez être auprès de lui, au lieu de batifoler avec les domestiques.

Ce fut instinctif, elle le gifla, sa main claquant de toutes ses forces sur sa joue. Il lui prit le poignet et, furieux comme jamais, le serra cruellement.

— Je vous ai dit un jour que si vous me frappiez une nouvelle fois...

La poitrine de Kyla se soulevait à un rythme effréné. Elle essaya de se libérer. En vain !

— Lâchez-moi !

— Et si je refuse ?

— Si vous refusez, gronda une voix glaciale derrière lui, je vous poignarde sur-le-champ, monsieur. Relâchez cette jeune femme, et tournez-vous lentement pour que je puisse voir celui qui s'en prend à ma fiancée.

Brett s'exécuta et pivota, quelque peu surpris de n'avoir pas été prévenu par Godfrey, mais il comprit bien vite pourquoi : Raoul Renardeau se tenait devant lui, le visage déformé par la rage. Renardeau... l'homme qui l'avait trahi, l'homme qui lui avait volé les actes notariés de la mine pour le compte de son oncle !

23

— Vraiment, *ma chérie*, ça ne pouvait pas tomber plus mal, souffla doucement Raoul, s'adressant à Kyla sans toutefois quitter Brett du regard. On peut dire que vous avez bien choisi le soir pour vous donner en spectacle ! Dire que les invités vous attendent... Je vous en prie, dépêchez-vous de retourner là-bas. Mlle Dufour est inquiète, elle vous cherchait partout.

Bien entendu, Kyla refusa. Et Brett ne fut même pas étonné : il la connaissait !

— Kyla, dépêchez-vous ! insista le Français d'un ton durci.

— Non, Raoul, je reste.

Apparemment, ce dernier n'avait pas l'habitude qu'on discute ses décisions, car il se mit à jurer en français avant d'ordonner à un domestique d'escorter la jeune femme jusqu'à la salle de bal. Cette fois, Kyla n'eut d'autre choix que de s'incliner.

Brett la regarda s'éloigner, amusé malgré lui. Raoul Renardeau surprit son sourire et vint se planter devant lui.

— Vous avez le choix des armes, monsieur. L'heure et le lieu seront également à votre convenance.

— Ne soyez pas idiot, Renardeau ! Vous me rendez les choses trop faciles.

Les pupilles de Raoul s'étrécirent. Un long moment, il considéra Brett, puis haussa les épaules.

— Facile ? C'est ce que nous verrons, Wolverton.

Vous ne me feriez quand même pas l'affront de refuser ce duel ?

— Non, bien sûr...

— Tant mieux, répondit le Français avec raideur. Prévenez-moi quand vous aurez fixé les conditions.

Il s'inclina, et son regard dériva une fraction de seconde sur Godfrey, avant de pivoter sur ses talons. Le silence était tombé sur la clairière, si ce n'était la musique qui provenait de la maison derrière le rideau des chênes, à l'autre bout du parc. Lentement, les danseurs s'en allèrent, et Brett croisa enfin le regard de son ami.

— Mlle Van Vleet n'a pas perdu de temps pour me remplacer, je l'ai remarqué. Inutile d'insister sur ce point ! Que fiche-t-elle avec ce freluquet de Renardeau ?

Godfrey rit sous cape, mais le suivit sans un mot à travers le parc, puis vers l'avenue. Brett décida de ne pas retourner à la demeure du consul où, sans le moindre doute, Raoul devait essuyer les foudres de Kyla. Qu'elle soit damnée ! La voir ce soir était bien la dernière chose à laquelle il s'attendait...

Ce n'était vraiment pas de chance ! Qu'allait-il se passer maintenant ? Kyla, étant fiancée à Renardeau, allait forcément s'imaginer qu'il avait provoqué le Français pour ses beaux yeux...

— As-tu pris ta décision ?

Brett considéra son ami.

— Quelle décision ?

— Si tu acceptes ce duel, tu vas devoir expliquer à Kyla pourquoi tu veux tuer l'homme qu'elle souhaite épouser.

— Il y a des fois où tu es trop perspicace, et ça m'agace !

Pour toute réponse, l'Indien s'esclaffa.

— Mais tu as encore une fois raison, Godfrey, je suppose que je dois lui parler. Si elle m'autorise à l'approcher...

— Ce n'est pas un problème. Elle le fera. J'en mettrais ma main au feu.

Ils n'avaient pas parcouru deux cents mètres dans la

rue que, derrière eux, Brett distingua un bruit de pas. Sans même se concerter, lui et Godfrey accélérèrent l'allure, immédiatement imités par l'inconnu. Quelqu'un les suivait, plus aucun doute n'était permis.

Au croisement suivant, ils obliquèrent dans une ruelle. Échappant l'espace d'un instant au regard de leur poursuivant, ils se tapirent dans l'ombre, chacun de son côté. Les pas se rapprochèrent, de plus en plus vite alors que l'homme se croyait semé. Ce dernier scruta la pénombre, mais ne vit pas Godfrey bondir, aussi agile et leste qu'un félin. En quelques secondes, l'Indien ceintura l'inconnu et lui plaqua une main sur la bouche tandis qu'il resserrait l'autre sur sa gorge, le repoussant contre le mur.

Brett sortit alors son poignard de sa botte et le brandit dans la lumière des quinquets.

— Et maintenant, l'ami, souffla-t-il en s'approchant, vous allez gentiment répondre à nos questions...

Il était tard, et la maison était plongée dans le silence. Kyla était allongée sur son lit, incapable de fermer les yeux. Elle frissonnait de tout son être. Brett, ici à La Nouvelle-Orléans ! Grands dieux, comment avait-il fait pour la retrouver ? Et pourquoi ? Six mois plus tôt, il était prêt à se débarrasser d'elle. Que voulait-il maintenant ?

Quelle importance, après tout ? Elle ne comptait plus le revoir. Il lui avait fait trop de mal, elle ne lui laisserait pas l'occasion de recommencer !

Pourtant, elle se rappelait comment il s'était montré tendre avec elle après l'avoir arrachée à la mort, comment il avait fait preuve de patience, restant à son chevet, soignant ses blessures...

Tandis que les souvenirs revenaient au galop, elle secoua vigoureusement la tête. Non, elle ne le laisserait pas hanter sa vie comme il hantait ses nuits ! Elle ne prendrait pas ce risque...

La seule solution était qu'elle épouse Raoul. Oui, et le plus tôt serait le mieux ! Elle devait se marier avant d'avoir le temps de regretter et de changer d'avis. Au moins Raoul était-il amoureux d'elle, même si elle le trouvait trop possessif et quelque peu envahissant. Il n'était pas cruel comme Brett pouvait l'être...

L'esprit enfiévré, la jeune femme se tourna et se retourna dans son lit sans pouvoir trouver le sommeil. Les arbres, dehors, agitaient leurs ombres déformées sur les murs en une danse inquiétante. Depuis quelques minutes, le vent s'était levé, secouant les branches dénudées. Les rafales malmenaient les volets, immisçaient leur souffle glacé dans la pièce. Elle se pelotonna sous les couvertures et tira le drap jusqu'à son menton.

Tandis que les premières gouttes de pluie martelaient le toit de tuiles, résonnant lugubrement, elle finit par s'endormir, sombrant dans un sommeil peuplé de visions cauchemardesques où tour à tour Raoul et Brett venaient la harceler...

Une main plaquée sur sa bouche la réveilla en sursaut. Elle ne pouvait plus respirer! Terrifiée, elle voulut se débattre, appeler à l'aide, mais son cri mourut contre la paume impérieuse.

— Restez tranquille! ordonna une voix familière à son oreille. Ou bien je serai obligé de vous bâillonner. Vous vous tiendrez tranquille?

Brett. Bien sûr! Elle comprit alors qu'elle l'avait attendu, qu'elle avait espéré cette visite... Maudissant sa faiblesse, elle considéra la haute silhouette sombre avant de hocher la tête. Lentement, il retira ses doigts, et elle s'assit, repoussant d'un geste agacé les cheveux qui balayaient son visage.

— Que faites-vous ici?

— Je suis content de vous voir, *querida*.

Même dans la faible lumière, elle surprit son sourire narquois et en conçut une violente irritation. Il ne faisait aucun geste pour s'éloigner, poussant l'audace jusqu'à s'asseoir à son chevet. Le voir là, si proche, lui rappela des moments, des gestes qu'elle cherchait à oublier depuis près de six mois.

— Je suppose que vous n'êtes pas venu simplement pour me dire que vous êtes content de me revoir, lança-t-elle, agressive. Eh bien, sachez que je ne partage pas votre joie ! Laissez-moi tranquille. Ne voyez-vous pas que je suis heureuse, maintenant ?

— Vous l'êtes vraiment ?

Il haussa les épaules.

— Dans ce cas, reprit-il avec une grimace ennuyée, les nouvelles que je vous apporte ne vont certainement pas vous faire plaisir ! Est-ce que votre bien-aimé vous a dit qu'il m'avait défié ?

Elle le considéra, cherchant à voir s'il plaisantait ou non.

— Non, murmura-t-elle enfin. Il ne m'a rien dit. Vous voulez parler... d'un duel ?

— Décidément vous êtes perspicace ! Oui, bien sûr. Je parle d'un duel.

— Ce qui veut... enfin, vous voulez dire que... vous allez vous battre ? Oh, Brett ! N'en faites rien ! Je vous en prie, ne défiez pas Raoul...

— Seriez-vous triste s'il me tuait ? À moins que ce ne soit le contraire... Dites-moi, *querida* ! Juste pour satisfaire ma curiosité.

— Promettez-moi de ne pas l'affronter ! Cela me suffit de savoir que j'ai déjà causé la mort de quelqu'un... après ce qui s'est passé à Londres. Avec Northwick...

— Ne parlez pas de ce débauché ! Il méritait mille fois de mourir. Mais je vous vois tout à coup désespérée... Ne vous mortifiez pas inutilement. Raoul Renardeau m'a certes défié en duel mais, pour être honnête, j'avais l'intention de le tuer depuis quelque temps déjà.

— Mon Dieu, vous avez perdu la tête ! s'écria-t-elle.

Elle tendit le bras comme il se penchait pour couvrir sa bouche.

— C'est inutile, fit-elle dans un sifflement furieux. Pourquoi voulez-vous le tuer ?

— J'ai mes raisons. Et elles n'ont rien à voir avec vous. Vous n'avez pas à vous sentir flattée. Même si...

Sa voix était devenue plus rauque tandis qu'il faisait courir les doigts sur son bras nu jusqu'à son épaule, avant de caresser une mèche blonde.

— Même si, tout bien réfléchi, je ne serais pas fâché

de vous débarrasser d'un ou deux soupirants. Si vous le souhaitez, bien sûr, *querida*...

— Maintenant je suis certaine que vous avez perdu la tête. Vous racontez n'importe quoi !

Elle repoussa brutalement sa main, furieuse de frissonner sous ses caresses, de sentir son corps tout entier l'appeler. Comment réussissait-il ce tour de magie ? Il lui suffisait de la toucher pour qu'elle oublie tout grief, pour que ses ressentiments fondent comme neige au soleil. S'il avait perdu la tête, que dire d'elle alors ?

— Comment avez-vous fait pour entrer ici, d'abord ?

— Un peu tard pour vous en inquiéter, mais c'est avec plaisir que je vais satisfaire votre curiosité. J'ai grimpé à l'arbre, puis j'ai enjambé le balcon. Ensuite il m'a été facile de trouver votre chambre... En fait, non, ce n'est pas vrai. J'ai eu beaucoup de chance. Je vous ai trouvée du premier coup... À votre tour, ravissante et infidèle Kyla, de vous expliquer... Dites-moi, pourquoi vous êtes-vous enfuie de Londres ?

Comme ses doigts se refermaient dans ses cheveux, l'obligeant à soutenir son regard, elle entrevit la colère qui brûlait dans ses prunelles.

— Je ne me suis pas enfuie. Après tout, j'avais parfaitement le droit de quitter l'Angleterre. Rien ne m'y retenait. Vous ne vouliez plus de moi, vous cherchiez à me marier au premier venu... Vous lui avez offert beaucoup d'argent pour qu'il accepte de vous débarrasser de moi ?

— Oui. J'étais prêt à donner énormément pour que Kenworth vous épouse. Il n'était pas mal, vous devez en convenir, non ?

Elle manqua suffoquer de colère, et essaya de se libérer de son étreinte. En vain.

— J'espère que vous irez rôtir en enfer, Brett !

— Vous n'êtes pas la première à me le dire, *querida*... Et comme vous pouvez le constater, je suis toujours là.

Son pouce glissa le long de sa joue en une caresse à peine effleurée.

— Néanmoins, vous êtes certainement la plus obstinée de toutes. J'ai souvent trouvé cela plus ennuyeux qu'amusant, mais je dois reconnaître que vos sautes d'humeur m'ont manqué, ces derniers temps.

— Vraiment ? Quel dommage...

Elle déglutit à grand-peine quand, du bout des doigts, il entreprit de caresser sa gorge frémissante. Les battements effrénés de son cœur trahissaient son émoi... Elle eut beau considérer le visage de son compagnon plongé dans l'ombre, elle ne put y lire la moindre émotion. Il continuait de la parcourir de ses mains, et elle se mordait la lèvre pour ne pas crier.

Dans le lointain, le tonnerre grondait. L'espace d'un instant, un éclair illumina la chambre comme en plein jour. Elle put alors discerner clairement les traits de Brett. Une lueur dangereuse brillait dans ses yeux. Il était furieux ! Pourquoi ? Parce qu'elle ne l'avait pas laissé diriger sa vie ? Qu'il aille au diable !

D'un geste brutal, elle le rejeta en arrière. Peine perdue ! Il eut tôt fait de se pencher à nouveau et de lui saisir les bras.

— Vous allez vous calmer, Kyla !

— J'en ai assez que vous me donniez des ordres ! Je ne vous appartiens pas !

Et elle se débattit plus farouchement encore, tentant de fuir le lit... Avec un sourire mauvais, il lui tordit les bras dans le dos, avant de la repousser contre les oreillers et de la clouer sur le matelas.

— Maintenant, je suis sûr que vous ne partirez plus, murmura-t-il. Reconnaissez que je suis plus fort que vous, et que vous avez perdu...

C'est à peine si elle pouvait respirer ! La colère l'envahit, tout comme la frustration d'être une fois encore à sa merci... Elle eut beau se tortiller sous lui, elle se fatigua pour rien : Brett n'était pas décidé à la lâcher.

— Je vous hais, oh mon Dieu, comme je vous hais, Brett Banning ! Vous ne l'emporterez pas au paradis !

Les mots s'échappaient en flots de ses lèvres, entre deux sanglots.

— Vous... n'êtes qu'un sauvage ! Vous ne savez pas vous exprimer autrement que par la force. Vous exigez, vous ordonnez ! N'avez-vous jamais pitié de ceux que vous vous plaisez à écraser ?

À bout de souffle, haletante, la jeune femme le vit s'écarter légèrement pour la considérer à travers ses yeux mi-clos, affichant son sempiternel sourire moqueur.

— Vous me traitez de sauvage, mais je suis fier de mes origines, que cela vous plaise ou non, ma douce. Et ne me regardez pas comme si vous vouliez me lacérer le visage. Je vous l'ai déjà dit, je suis plus fort que vous...

— Vous voulez certainement dire plus cruel ?

Elle se tordit sous lui, mais il ne bougea pas d'un pouce.

— Laissez-moi, Brett ! Laissez-moi ou je crie jusqu'à ce qu'on vienne et qu'on vous tue. Je jure que je n'hésiterai pas à le faire !

Doucement, il s'esclaffa.

– Si vous aviez dû crier, *querida*, vous l'auriez fait dès l'instant où vous m'avez vu. Je crois que, quelque part, vous êtes heureuse de me voir. Vous aviez envie que je vienne... Je me trompe ?

Ulcérée, et plus encore vexée d'être percée à jour, Kyla se redressa.

— Je vous déteste, Dieu m'en est témoin, je vous déteste, Brett Banning...

— Vraiment ? Montrez-le-moi. Montrez-moi à quel point vous me détestez, ma petite Gitane blonde... Vous semblez avoir tant appris, depuis la dernière fois où nous nous sommes vus. Dansez-vous pour votre nouvel amant comme je vous ai vue danser ce soir ? Dansez-vous pour Raoul en ne portant qu'une chemise de nuit transparente comme maintenant ? Je comprendrais mieux alors pourquoi il n'a voulu prendre aucun risque... Ne me regardez pas avec ces yeux ronds ! Votre poltron de fiancé a envoyé un acolyte pour essayer de me tuer tout à l'heure, il n'était certainement pas rassuré à l'idée de m'affronter en duel...

À court d'arguments, acculée dans ses derniers retranchements, elle ouvrit la bouche pour hurler...

Mais alors, il scella ses lèvres d'un baiser plus cruel

que tendre. Glissant les doigts dans ses cheveux, il l'attira brutalement à lui tandis qu'il goûtait aux secrets de sa bouche. Elle sentit sa langue l'envahir, ses doigts glisser sur un sein. Elle lutta, mais cela en valait-il la peine ? Déjà, tout son être s'enflammait. Sous les caresses du duc, la pointe de ses seins se durcit, elle ressentit un violent tiraillement au creux des reins, une douce chaleur se répandait entre ses cuisses... Pourquoi la harcelait-il ainsi ?

S'agitant nerveusement, elle subit l'exploration de ses mains audacieuses. Les doigts de Brett délaissèrent sa gorge pour la plaine de son ventre, avant de glisser jusqu'à la douce chair de son intimité. Elle était sans le souffle, son cœur menaçait de bondir hors de sa poitrine. Alors il se pencha et, de la langue, traça des arabesques brûlantes dans la vallée de ses seins.

— Brett... oh, pourquoi... pourquoi me faites-vous cela ? Je ne veux pas... je vous hais...

Ses mots s'achevèrent dans une molle protestation lorsque la main de son compagnon parcourut de nouveau son ventre caressant la fleur humide de sa féminité. Quand elle voulut crier, il reprit possession de sa bouche. Elle frissonna.

À travers la confusion de ses sens, elle entendit le rire doucement moqueur de Brett.

— Haïssez-moi encore... *querida*.

— Oh...

Elle voulait garder son sang-froid, lui montrer qu'il n'avait aucun pouvoir sur elle, mais à quoi bon ? Elle se savait perdue, perdue dans ce brouillard de passion et de désir, ballottée par les vagues de plaisir qu'il déclenchait avec sa bouche affolante, ses mains expertes... Elle sombrait dans la déraison.

Elle s'accrocha à Brett comme un noyé à une bouée, effrayée par la violence de l'extase, et murmura son nom, encore et encore, litanie d'espoir et de désespoir mêlés.

À l'extérieur, le tonnerre rugissait, et toute la maison sembla répercuter le déchaînement des éléments. Comme dans un rêve, elle sentit Brett s'allonger sur elle, vit sa silhouette se découper contre la lueur aveuglante des éclairs, lut l'intense férocité de son expression. Quand il la pénétra, son corps s'arqua à sa rencontre, l'invitant à aller plus loin encore.

— Serrez-moi, lui murmura-t-il à l'oreille d'une voix rauque, et elle s'exécuta, enroulant les jambes autour de sa taille, le retenant en elle, de peur soudain qu'il ne s'en aille...

Plus rien n'avait d'importance... Seul comptait l'instant, cet instant hors du temps où Brett Banning l'emportait avec lui sur les cimes d'un bonheur indicible...

24

La pluie avait rafraîchi l'air, lavant les pierres de la terrasse de toute la poussière qui la recouvrait. Quelques branches arrachées parsemaient le jardin, seuls vestiges de la tempête, mais les domestiques se chargèrent de les ramasser bien avant que Kyla ne descende pour le petit déjeuner.

Ce matin, elle avait l'impression de flotter dans une brume épaisse, les nerfs à fleur de peau, le corps encore frémissant, les yeux cernés... Pouvait-on deviner qu'elle avait passé une bonne partie de la nuit à faire l'amour ? L'aube venait de poindre quand Brett l'avait quittée, l'embrassant légèrement sur la bouche avant de s'en aller par où il était entré.

Elle avait immédiatement sombré dans les bras de Morphée, pour ne se réveiller que tard dans la matinée, lorsque Tansy, inquiète de ne pas la voir descendre, avait ouvert les persiennes. La jeune domestique l'avait regardée curieusement, mais n'avait rien dit, même lorsqu'elle avait récupéré la chemise de nuit déchirée sur le sol, au pied du lit.

Mon Dieu, à quoi pensait-elle donc ?

Kyla porta une main à la tempe, fronçant les sourcils. Rien ne changeait, elle s'était comportée une fois de plus comme une parfaite idiote ! Il n'y avait eu aucun serment entre eux, aucun mot d'amour, seulement l'union sauvage de deux corps insatiables.

Comment pourrait-elle épouser Raoul, maintenant ?

Mais que faire d'autre? Serait-elle assez stupide pour s'imaginer que Brett tenait à elle, au point de demander sa main? Aurait-elle déjà oublié qu'il avait cherché à la marier à Kenworth?

— Mam'zelle? Vous avez un visiteur.

Kyla sursauta. Perdue dans ses pensées, elle n'avait pas entendu Tansy approcher.

— Qui est-ce?

— Oh, un duc, mam'zelle! Un certain M. Banning, duc de Wolverton. Il veut vous voir... Dois-je lui dire de vous rejoindre sur la terrasse?

Brett... si tôt. Dieu, elle n'était pas prête!

— Euh... oui, amenez-le ici, je vous prie. Et apportez encore du café. Et une seconde tasse.

Elle se sentait nerveuse, mais comment ne pas l'être après cette nuit passionnée? Comment Brett réagirait-il? Lui sourirait-il de son air moqueur qui l'irritait au plus haut point? Ou bien serait-il comme pendant ces quelques semaines en Angleterre, tendre et plein de sollicitude... prélude à une ultime trahison...?

Les pensées continuaient de se bousculer dans son esprit, mais elle réussit à paraître sereine lorsqu'il apparut derrière Tansy sur le chemin de la terrasse. Le soleil filtrait à travers les branches du chêne, étincelait dans ses cheveux sombres aux reflets presque bleus.

— Vous semblez fatiguée! fit-il en s'avançant, un éclat diabolique dans les yeux tandis qu'il prenait sa main et la baisait tendrement. Auriez-vous mal dormi, mademoiselle Van Vleet?

Elle se dégagea d'un geste abrupt, irritée et troublée par cette impertinence.

— Ce fut une nuit agitée. L'orage...

— Ah oui, l'orage...

Brett était si séduisant dans sa chemise blanche, avec cette redingote qui tombait parfaitement et son pantalon glissé dans ses hautes bottes soigneusement lustrées. De plus, il semblait frais comme un gardon! Pourquoi fallait-il qu'il vienne aujourd'hui, quand elle était encore toute chamboulée? Et pourquoi s'approchait-il si près?

Brett accepta le café que lui tendait la domestique.

Puis il vint s'installer en face de la jeune femme et la considéra d'un regard insistant. Tansy s'éloigna un peu.

— Je suppose que vous vous demandez ce que je suis venu faire ici aujourd'hui, Kyla...

Elle s'éclaircit la voix, lissant machinalement les plis de sa robe.

— Oui, pour tout vous dire, votre visite me surprend, surtout après la scène que vous m'avez infligée chez le chevalier de Touzac, la nuit dernière. Venez-vous me voir à propos de mon fiancé, monsieur Renardeau ?

— En quelque sorte. La dernière fois que nous nous sommes rencontrés, j'ai négligé de mentionner certains détails qui, je pense, pourraient vous intéresser.

— Oh ? Et lesquels, je vous prie ?

Kyla saisit sa tasse d'une main ferme, évitant le regard de son visiteur.

— Qu'avez-vous à me dire qui puisse m'intéresser, monsieur Banning ?

— Eh bien... d'abord, vous n'avez pas semblé surprise que je le connaisse déjà. Comment expliquez-vous cela ?

Sa question la prit au dépourvu, et elle se renfrogna.

— Je suppose que c'est parce que Raoul connaît plein de gens. Écoutez, sincèrement, la question ne m'a même pas effleuré l'esprit. À propos, j'espère... que vous avez tous deux réglé cette ridicule affaire de duel ?

— Ne vous inquiétez pas, tout est réglé.

Brett posa sa tasse avec fracas et se leva pour s'approcher d'elle.

— Par tous les diables, dites-moi la vérité, Kyla ! Que saviez-vous au juste des affaires de Renardeau ?

— Que voulez-vous que je vous réponde ? Les affaires de M. Renardeau ne m'intéressent absolument pas.

À son tour, elle reposa sa tasse puis, se levant, lui fit face.

— Vous n'êtes qu'un invité, ici. Alors évitez de faire une scène, ou je vous fais escorter jusqu'à la sortie. Pourquoi voulez-vous que je sois au courant de ses activités ? Il ne m'a rien dit de particulier, sinon peut-être qu'il importe des marchandises de France et d'Espagne... Mais en quoi cela vous concerne-t-il ?

— J'ai longuement réfléchi, Kyla, et je trouve surprenant que vous soyez venue frapper à ma porte en vous prétendant la fille d'Edward Riverton, juste au moment où en Amérique, d'importants documents m'étaient dérobés et vendus à Northwick. Un dépravé qui était totalement obsédé par vous... Et maintenant, voilà que je vous retrouve ici, à La Nouvelle-Orléans, fiancée à un homme qui n'est autre que le voleur de ces papiers. La coïncidence est plutôt troublante, vous ne trouvez pas ?

Elle le considéra, totalement impassible.

— Je ne vois pas ce que vous voulez dire.

— Je suis certain que si...

Le ton était doucereux, les intonations glaciales.

Kyla se raidit.

— Dois-je demander à un domestique de vous raccompagner, ou pensez-vous pouvoir trouver le chemin tout seul ?

À présent, elle tremblait de rage. Elle resserra les pans de son châle sur ses épaules.

— Bonne journée, sir, reprit-elle comme il la considérait sans mot dire.

— Oh non, *querida*, vous n'allez pas vous débarrasser de moi aussi vite ! Je ne partirai que lorsque je serai disposé à le faire. Si vous ne voulez pas avoir à expliquer à vos hôtes pourquoi et comment vous me connaissez, je ne saurais trop vous conseiller de répondre à mes questions. Êtes-vous la complice de Renardeau ?

— Non ! La réponse vous satisfait ? Je ne l'avais jamais rencontré avant de prendre le bateau pour l'Amérique. Mais revenons plutôt au jour où je suis venue frapper à votre porte. Tout ce qui m'intéressait, et vous le savez pertinemment, c'était de récupérer ma part d'héritage et de réhabiliter ma mère. Faustine Auberge fut l'épouse de votre cousin et, de ce fait, elle avait des droits. Tout bien considéré, c'est une chance qu'elle ne soit pas restée avec un homme sans volonté, incapable de tenir tête à ses parents. J'ai honte qu'il ait pu être mon père, et je suis heureuse que ma mère se soit montrée aussi courageuse. Sans elle, je serais morte, ou pis encore. Elle a tout risqué pour moi... et je ne peux même plus lui dire... combien je mesure les sacrifices qu'elle a dû faire pour me tenir à distance d'hommes comme Northwick...

Elle pleurait maintenant, sa voix n'était plus qu'un souffle déchiré, étranglé, elle avait la gorge nouée par l'émotion, les yeux aveuglés par les larmes.

Après quelques minutes d'un insupportable silence, Brett déclara calmement :

— Je vous crois, Kyla.

Utilisant le bout de son châle pour s'essuyer les yeux, elle renversa la tête pour le regarder d'un air incrédule.

— Vraiment ? demanda-t-elle. Eh bien, il était temps !

— Je savais que votre mère avait été légalement mariée à mon cousin.

— Dans ce cas, pourquoi ne l'avoir jamais admis ? Vous auriez pu laver son nom, et alors les gens auraient su la vérité, et...

— Et quoi ? Cela ne vous aurait pas rendu votre mère, Kyla. Ni fait taire les ragots... Le mariage a été annulé, je vous l'ai dit. Comme je vous ai dit que votre père n'avait pas laissé un sou derrière lui... Mon Dieu, Kyla, je vous avais prévenue, vous n'avez rien gagné à remuer le passé ! Peut-être aurais-je dû vous croire dès le premier instant, mais mettez-vous à ma place... Vous n'étiez pas la première à venir réclamer une part de l'héritage d'Edward. J'avais vu des créanciers, des amis aussi, des soi-disant amis qui prétendaient lui avoir prêté de l'argent. Des escrocs ! Comment vouliez-vous que je réagisse ?

— Vous m'avez mise dans le même sac qu'eux. Comme c'est flatteur ! Je suppose que cela justifie la manière dont vous m'avez traitée ensuite, en ruinant ma réputation...

— Non. Je n'ai aucune excuse pour cela, et je n'essaierai même pas d'en trouver. Je vous désirais. C'est aussi simple que cela, et je n'ai pas réfléchi... Vous me menaciez de devenir une courtisane comme votre mère, alors...

Il se tut, et détourna un instant le regard.

— Je vois...

— Écoutez, fit-il en la fixant de nouveau. Ce n'est pas pour cela que je suis venu ici ce matin, ni même la nuit dernière.

— Alors pourquoi êtes-vous venu ?

— J'avais besoin de connaître la vérité, de savoir que vous aviez toujours été honnête avec moi. Kyla, je...

— Eh bien, l'interrompit-elle froidement, votre curiosité est satisfaite ! Maintenant, allez-vous-en. Et je vous en prie... ne revenez pas. Je ne veux plus vous revoir. Vous avez gâché ma vie ! Je regrette infiniment de vous avoir rencontré un jour, Brett Banning. Allez-vous-en ! Et ne revenez jamais !

Elle ferma les yeux pour essayer de retenir ses larmes. Quand elle les rouvrit, Brett était parti. Elle était de nouveau seule...

Lorsque Esmée rejoignit Kyla, un peu plus tard, la jeune femme réussit enfin à sortir de sa torpeur. Incapable toutefois d'ouvrir la bouche, elle alla s'asseoir près de la fontaine et, se penchant, glissa la main dans les profondeurs cristallines où ondoyaient quelques poissons.

— Qu'est-ce que le duc de Wolverton est venu faire ici ? lui demanda Esmée en s'approchant. N'est-ce pas cet homme qui a échangé des mots avec Raoul hier soir ?

— Si.

— Alors, c'est vrai...

Kyla croisa le regard de son amie. Il n'y avait aucune réprobation, seulement de la compassion dans ses yeux mordorés.

— Alors quoi ? lança-t-elle d'un ton impatient. Je ne comprends pas ce que tu veux dire, Esmée...

— Allez, petite cousine ! Ne joue pas l'innocente... Les domestiques sont bavards, et beaucoup ont vu la scène hier soir chez le chevalier de Touzac. Ma femme de chambre m'a rapporté que le duc n'avait d'yeux que pour toi pendant que tu dansais. Et le voilà aujourd'hui qui frappe à notre porte... Il tient à toi, c'est évident.

— Ton esprit de déduction me laissera toujours pantoise, Esmée, souffla Kyla en se forçant à sourire alors qu'elle n'avait qu'une envie : pleurer.

— Je suis perspicace, c'est tout. Que vas-tu faire maintenant ?

— Épouser Raoul, comme c'était prévu.

— Quoi ! Pourquoi veux-tu l'épouser, si c'est l'autre que tu aimes ? Pourquoi faire une telle chose ?

— Qu'est-ce qui te fait croire que j'aime le duc de Wolverton ? Vraiment, Esmée, tu as trop d'imagination !

— Cesse de mentir, Kyla ! Je vois bien que tu l'aimes, ça se lit dans tes yeux. Si tu ne tenais pas à lui, sa visite ne t'aurait pas autant bouleversée. À moins que tu craignes qu'il ne tue Raoul au cours du duel ?

— Qu'est-ce que tu racontes ? Il ne va pas y avoir de duel ! Brett m'a dit que...

Soudain, elle frémit et s'écria :

— Mon Dieu... non ! Il faut les arrêter...

— Je crois qu'il est un peu tard. Ils doivent se rencontrer à midi, au lieu-dit les Chênes. J'ai entendu papa dire qu'il y assisterait.

— Mais il est presque midi... Oh, non ! On ne peut pas laisser faire une chose pareille. Esmée, tu dois m'aider, tu le dois ! Connais-tu l'endroit où le duel a lieu ? Peux-tu m'y emmener ?

— Si maman l'apprend... Oh, et puis zut ! Je serai sans doute punie, mais tant pis... je vais te conduire là-bas. Allez, viens, et prends un manteau avec une capuche, il ne faudrait pas qu'on soit reconnues...

Sur le chemin qui menait aux Chênes, il se mit à crachiner et, bien vite, la pluie transforma la route en chemin boueux.

Kyla était angoissée à l'idée d'arriver trop tard... Dès que le cabriolet s'arrêta derrière une longue file de véhicules étincelants de pluie, la jeune femme sortit et s'élança en direction de la prairie, glissant, trébuchant parfois, les pans de sa cape flottant derrière elle.

D'immenses chênes se dressaient devant elle. C'est là que le duel aurait lieu. Une foule importante était déjà agglutinée au milieu du champ.

Parmi les spectateurs, Kyla reconnut la haute stature de Godfrey, mais elle eut beau se hisser sur la pointe des pieds, elle ne réussit pas à apercevoir Brett. Son cœur se serra douloureusement. Serait-elle arrivée trop tard ?

Et, tout à coup, l'assemblée s'écarta tandis qu'au milieu de la prairie, on lançait un mouchoir blanc en l'air. Elle distingua alors Brett, posté à quelques mètres seulement de Raoul. Comme le morceau de tissu retombait en tourbillon vers le sol, Kyla se faufila parmi la foule. Trop tard. Les deux duellistes levèrent leurs armes, visèrent et... tirèrent. Le bruit des deux explosions simultanées la fit violemment sursauter.

Brett s'était dérobé, mais pas assez vite. Kyla aperçut la tache vermillon sur le devant de sa chemise. Le cœur de la jeune femme cessa de battre, ses oreilles se mirent à bourdonner. Elle voulut hurler mais elle était transie.

— Mon Dieu ! souffla Esmée, juste derrière elle en refermant les doigts sur son épaule. Mon Dieu...

Des cris horrifiés parcoururent l'assistance. Dans la confusion, Kyla vit Raoul vaciller, puis tomber en avant, le visage déformé par la douleur. Il s'écroula dans l'herbe humide, pour ne plus bouger.

Il était mort.

Déjà, des hommes s'affairaient autour de Brett, tandis que d'autres emportaient le cadavre de Raoul. Kyla se frayait un chemin entre les gens quand une main de fer se plaqua sur son bras. Levant les yeux, elle découvrit Godfrey qui la considérait, un pli mécontent barrant son front perlé de pluie.

— Vous ne devriez pas être ici, Kyla.

— Godfrey... il est... il est mort ?

Sans répondre, l'Indien la poussa d'un geste ferme jusqu'à la route.

— Rentrez chez vous. Cela ne fera qu'aggraver les choses si l'on vous voit ici...

— Je m'en fiche ! Dites-moi qu'il vit, sinon...

Avec une légère réticence, Godfrey hocha la tête.

— Il vit. Et maintenant, allez-vous-en.

Soulagée, Kyla se laissa guider par Esmée jusqu'à la voiture.

Ce n'est que bien plus tard, une fois rentrée à la maison, alors qu'elle se débarrassait de ses vêtements trempés, qu'elle songea brusquement à son fiancé.

Se tournant, elle découvrit Esmée sur le seuil de sa chambre.

— Raoul est mort, petite cousine, annonça-t-elle, navrée. Les autorités vont arrêter ton séduisant duc pour meurtre. Cela va faire un scandale, a dit papa.

— Ils vont arrêter Brett ? Pourquoi ? Ce n'était qu'un duel...

— Peut-être, mais les duels sont désormais interdits à La Nouvelle-Orléans. Cette coutume a été jugée trop barbare... Je suis désolée, Kyla, un mandat d'arrêt a été lancé contre Brett Banning. S'il est retrouvé, il sera pendu...

25

Ce n'était que le début du mois d'avril, et il faisait déjà une chaleur torride. Kyla, assise à l'ombre du jacaranda, s'éventait le visage tout en laissant ses pensées dériver. Elle n'avait pas le courage de bouger et, pourtant, elle allait devoir s'habiller pour la réception que les Sauzerac donnaient dans leur superbe demeure. Non qu'elle ait la moindre envie de s'y rendre! Seulement, Esmée et Caroline avaient insisté et elle n'avait pas osé dire non...

Tout le monde cherchait à la divertir, les invitations, les élans de compassion pleuvaient sur celle qui pleurait encore la disparition tragique de son fiancé... Cela faisait cinq mois que Raoul était mort, et que Brett était parti!

On avait découvert que Raoul Renardeau avait été une crapule, qu'il avait subtilisé les actes notariés des mines d'or appartenant au duc de Wolverton. On avait accusé l'oncle de Brett, Javier Aguilar y Portillo, d'être l'instigateur du complot, d'avoir voulu vendre les mines pour financer la révolution mexicaine. Selon les rumeurs, don Javier avait envoyé Raoul en Angleterre pour convaincre le gouvernement d'acheter les terrains. Mais ces détails n'avaient plus la moindre importance aujourd'hui. La révolution au Mexique avait été réprimée, l'Espagne gardait les rênes du pays, et Javier Aguilar y Portillo avait pris la fuite...

— Tu viens, petite cousine! lança Esmée en s'approchant. Il faut se préparer si nous voulons être les plus belles femmes de la soirée !

Kyla lui sourit.

— Je crois que je préférerais rester ici, Esmée. Cette chaleur m'a donné la migraine. Me pardonneras-tu si je ne viens pas ?

— Je t'en prie, Kyla, tu as besoin de te changer les idées. Il est temps d'oublier ce qui s'est passé, de cesser de te morfondre...

La jeune fille lui prit la main, son fin visage trahissant toute son anxiété.

— Kyla, tu ne peux pas passer le restant de ta vie à te cacher dans cette maison !

— Peut-être devrais-je m'en aller, répondit-elle, songeuse. Oh, ne fais pas cette tête ! Ce n'est pas que je m'ennuie avec vous... Mais je ne veux pas abuser de votre gentillesse, et continuer de vous déranger avec mes histoires. Il est temps de songer à voler de mes propres ailes.

— Mais tu ne peux pas vivre seule ! Ce serait un scandale. Tu n'es pas mariée, et...

— N'en parlons plus ! l'interrompit Kyla de guerre lasse. C'était seulement une idée. Je t'en prie, va à cette soirée, et présente mes excuses à Mme Sauzerac.

Esmée tenta bien de lui faire changer d'avis. En vain. Kyla resta inébranlable.

Quand la famille Dufour partit enfin, la maison retrouva sa quiétude. Il ne restait plus que les domestiques à l'office. Kyla mangea rapidement, puis retourna dans le jardin, trop énervée pour aller se coucher tout de suite. Il faisait encore lourd, malgré le vent qui se glissait entre les buissons. Haute dans le ciel, la pleine lune dardait ses rais d'argent entre la frondaison des arbres.

Prêtant une oreille distraite aux bruits étouffés de la ville, la jeune femme avançait lentement, accompagnée par le bruissement soyeux de sa robe. Elle déambula quelques instants près du bassin avant de suivre l'allée de pierres qui coupait le jardin.

C'était si tranquille, si paisible ici, elle ne pouvait que

se sentir bien. Néanmoins elle pensait sérieusement ce qu'elle avait dit à Esmée : elle s'était trop attardée. Il était temps de prendre son existence en main.

Mais que pouvait-elle faire ? L'argent n'était heureusement pas un frein, elle n'avait rien dépensé ou presque de la somme que Brett avait mise sur son compte. Peut-être pourrait-elle rendre visite à tante Céleste, ou même à papa Piers ?

Elle cueillit une fleur, puis la huma longuement, laissant les doux pétales lui caresser le visage. La lune éclairait le jardin, la drapant d'une sérénité bienfaisante.

Avec un soupir d'aise, Kyla se laissa choir sur un banc en pierre. Elle ferma les yeux et se laissa bercer par la nuit. Les minutes s'écoulaient lentement, elle ne bougeait plus, savourant ce sentiment de paix qui s'emparait d'elle, balayant les souvenirs, dissipant ses craintes. Elle aurait pu rester là des heures, la nuit entière si...

Tout à coup, elle eut l'impression qu'on l'épiait.

Ouvrant les yeux, elle se redressa et regarda autour d'elle. Elle devait rêver. Le jardin était toujours aussi tranquille, baigné dans la lumière vespérale. Seule sa respiration brisait le silence. Avec un frisson, elle se leva pour regagner la maison.

Elle reprenait l'allée quand elle surprit un mouvement derrière le rideau des arbres. Le cœur cognant dans sa poitrine, elle se mit à courir. Mais elle n'eut pas l'occasion d'aller bien loin. Une main se referma sur son bras. Son cri de terreur fut aussitôt étouffé par une paume qui se pressait sur sa bouche. Elle lâcha la fleur qui tomba à ses pieds, se débattit pour échapper à son agresseur.

— Calmez-vous, je vous en prie.

Instantanément, elle s'immobilisa. Son cœur manqua un battement, et elle attendit, n'osant pas y croire... La voix près de son oreille souffla doucement :

— Ne criez pas, *querida*, et j'enlève ma main.

Elle hocha la tête, et se retrouva libre. Lentement, elle se tourna. Brett Banning se tenait devant elle.

— J'espère que vous ne me tiendrez pas rigueur de

cette visite inopinée, Kyla, mais c'était la seule façon de vous voir sans que toute la ville le sache.

Sa voix était toujours aussi rauque, aussi sensuelle, avec un soupçon d'amusement.

— Je pensais vous trouver à la soirée des Sauzerac, *querida*...

— Oh... vous étiez invité ?

Elle tremblait de tout son être. Brett se mit à rire.

— Pas vraiment. Enfin, je vous y ai cherchée, et comme je ne vous trouvais pas, j'ai pensé que vous aviez peut-être choisi de rester seule, ce soir. Êtes-vous seule ?

— Que faites-vous à La Nouvelle-Orléans, Brett ? Imaginez que quelqu'un vous découvre ici ?

— Et alors ? Je m'en fiche. Je suis venu vous voir, *querida*. Je me disais que vous m'aviez peut-être pardonné, depuis le temps, et que vous seriez heureuse de me voir.

— Où étiez-vous passé ? J'ai cru... j'ai cru que vous étiez définitivement parti.

— J'avais deux ou trois petites choses à régler au Mexique, mais c'est fait. Vous deviez bien imaginer que je reviendrais, non ?

— Par tous les diables, vous êtes complètement fou ! Si on vous arrête, vous serez conduit devant les autorités et ils vous pendront.

— Alors ne restons pas ici ! Venez avec moi, Kyla.

Elle le considéra, les yeux écarquillés. Il y avait quelque chose de différent dans sa voix, une profondeur qu'elle ne lui connaissait pas.

— Vous m'avez manqué, Kyla...

Émue, la jeune femme ne pouvait plus parler. Sa poitrine se soulevait à un rythme effréné. Elle le dévisageait, cherchant à savoir s'il se moquait d'elle. Avec un sourire, il lui prit la main et l'attira contre lui... avant de se pencher et de l'embrasser...

Alors, elle accepta de croire au miracle. Les larmes se mirent à couler sur son visage, se mêlant à leur baiser tandis qu'ils s'embrassaient avec passion.

Il s'écarta enfin, murmura des mots inintelligibles

tandis que ses mains la caressaient fébrilement, s'arrêtaient un instant sur ses lèvres, glissaient le long de ses cheveux dénoués, plongeant dans la soyeuse cascade sur ses épaules.

Il lui souffla qu'il l'aimait, qu'il s'était comporté comme un parfait idiot, et qu'il regrettait... Qu'il voulait qu'elle soit près de lui. À jamais.

— Viendrez-vous avec moi ? demanda-t-il en l'enveloppant d'un regard énamouré.

— Où ?

Il rit doucement, la serrant de nouveau.

— Est-ce que cela a la moindre importance ?

Elle secoua la tête.

— Non, répliqua-t-elle. Je m'en moque.

— Et si je vous dis que je ne suis plus un homme recherché ?

Kyla s'écarta, les sourcils froncés.

— Vous n'êtes plus recherché ? Comment est-ce possible ? Je pensais qu'ils avaient lancé un mandat contre vous...

— Oh, je suis sûr qu'ils auraient bien aimé me pendre, mais les choses ont changé au cours de ces dernières semaines. J'ai été gracié par le président Monroe en personne. Je l'ai aidé à aplanir quelques différends entre les États-Unis et l'Angleterre.

— Vous avez l'air diabolique quand vous dites cela, le taquina-t-elle, et il sourit.

— Acceptez-vous quand même de me suivre ? Vous verrez, vous aimerez le Texas.

— Le Texas ? C'est là-bas que vous vivez ?

— Oui. Aujourd'hui, j'ai une hacienda sur une rivière. J'ai vendu les mines pour ne plus me consacrer qu'à l'élevage du bétail... Ne me regardez pas avec cet air surpris ! L'Amérique s'agrandit, et tous les jours, d'autres pionniers américains viennent tenter l'aventure au Texas. Le Mexique ne pourra pas les repousser indéfiniment...

— Et vous ? Comment se fait-il qu'on ne vous repousse pas ?

— Ma mère était mexicaine. Mais je vous l'ai déjà dit. Arrêtez donc un instant de me poser toutes ces questions, et répondez à la mienne. Viendrez-vous avec moi ?

Elle hésita. Prendrait-elle le risque d'être blessée une nouvelle fois ? Mais la vie valait-elle d'être vécue sans cet homme ? Elle le regarda, vit ses yeux se plisser. Il semblait tout à coup nerveux, incertain. Craignait-il qu'elle ne refuse ?

— Oui, Brett. Je viendrai avec vous. Aussi longtemps que vous voudrez bien de moi.

— Dans ce cas, il faut que je vous prévienne : je n'ai aucune intention de vous laisser repartir, *querida*. Je ne pourrais plus supporter de vivre sans vous, ne serait-ce qu'un instant.

— Laissez-moi aussi vous mettre en garde, Brett : j'ai bien l'intention de vous prendre au mot !... Vous ne regretterez pas ?

— Quelle question !

Quand il se pencha et la prit tendrement dans ses bras, elle noua les bras autour de son cou en riant.

— Comptez-vous m'enlever une seconde fois, sir ?

— Oui, pour vous conduire directement devant un prêtre. Ainsi, vous n'aurez plus la moindre chance de m'échapper...

Sa voix déclina, rauque de toute l'émotion qui lui nouait la gorge.

— Je vous aime, Kyla. Que Dieu en soit témoin, je vous aime. Voulez-vous m'épouser ?

ÉPILOGUE

Texas, 1818

Le soleil hivernal enveloppait Kyla, étendue sur une chaise longue devant la maison. Brett avait vu juste : elle aimait le Texas, elle aimait ce climat qui lui rappelait son enfance en Inde, et surtout elle aimait les gens qui vivaient ici.

Dans le lointain, le bétail sillonnait les collines jusqu'à la brume bleutée des montagnes, dressées comme une frontière naturelle entre le Mexique et les États-Unis. Il faisait bon vivre ici, dans cet endroit baptisé Santa Maria en souvenir de la mère de Brett.

Oui, il faisait bon vivre ici, avec Brett ! Ils s'étaient mariés dans une petite chapelle de missionnaires, avec Godfrey pour unique témoin.

Cela faisait-il déjà un an ? Elle n'avait pas vu le temps passer...

Avec un sourire langoureux, Kyla tira sur le bord de son chapeau en paille pour échapper au dard aveuglant du soleil. Elle effleura son ventre rebondi, et soupira. Bientôt, leur enfant serait là. Ils l'attendaient avec autant d'impatience que d'angoisse. Ce bébé changerait-il les choses entre eux ?

Brett était plus anxieux depuis quelque temps... Il était rare qu'il la laissât seule, ne serait-ce qu'un instant. Elle ne lui en voulait pas, bien entendu. Godfrey lui avait expliqué ce qui s'était passé autrefois, avec la première femme du duc :

— Ma sœur, Lumière de l'Aube, aimait Brett certainement autant que vous l'aimez aujourd'hui, avait confié l'Indien, replongeant tristement dans ses souvenirs. Mais elle n'a pas eu la chance de connaître leur enfant. Les Apaches ont attaqué notre village pendant que nous étions partis chasser. Ils ont volé notre bétail, tué nos femmes et nos enfants. Lumière de l'Aube, elle, a réussi à s'enfuir, mais seule dans les collines, elle n'a pas survécu à l'accouchement. Elle et l'enfant sont morts. Brett s'en est voulu parce qu'il n'était pas auprès d'elle...

Godfrey avait marqué une pause, avant de conclure doucement :

— Mais ma sœur n'était pas robuste comme vous. Tout se passera bien...

C'était vrai. Kyla songea à tout ce qui lui était arrivé durant ces deux dernières années. Faustine lui avait insufflé la plus belle richesse qui soit : la force. C'était cette force qui lui avait permis de survivre, et qui lui permettait aujourd'hui de connaître le bonheur.

Avec un homme qu'elle aimait plus que tout...

— Tu vas ressembler à une écrevisse si tu restes trop longtemps au soleil, *querida*.

Kyla ouvrit les paupières, et vit Brett traverser la terrasse, avec ses vêtements tout crottés, ses pistolets et un long couteau glissés dans sa ceinture. Il avait laissé à Londres les élégants habits du duc de Wolverton...

— Tu empestes le cheval ! lança-t-elle d'un ton grondeur alors qu'il prenait place à côté d'elle.

— Jamais satisfaite, n'est-ce pas ? Tant mieux, je te préfère en colère.

— Une femme trop docile vous lasserait, Votre Grâce !

Elle glissa les doigts entre les boutons de sa chemise.

— Comment te sens-tu ? demanda-t-il en se dérobant, avant de la couver d'un regard anxieux.

— Je me sens énorme, j'ai l'impression que je vais éclater.

Elle grimaça, mais son sourire revint dès que Brett posa sa large main bronzée sur son ventre.

— Rosita dit que ce sera un garçon, ajouta-t-elle.

— J'espère que ce sera un garçon, je ne suis pas sûr de pouvoir supporter deux filles comme toi... Oh, j'oubliais ! Du courrier est arrivé aujourd'hui.

Il sortit une enveloppe de la poche de son pantalon et la lui tendit, esquissant un sourire attendri en la voyant pousser des cris de joie.

— Tante Céleste ! Que raconte-t-elle... ?

— Elle te donne certainement la date de son arrivée.

— Ici ? Oh, Brett... tante Céleste doit venir ici ?

— J'avais peur que ce ne soit un peu difficile de la convaincre de prendre un bateau, mais je lui ai promis qu'à cette époque de l'année, il n'y avait aucune tempête. Elle devrait être ici avant la naissance du bébé...

Les larmes roulèrent sur les joues de Kyla, et Brett se renfrogna.

— Par tous les diables, *querida*, ne pleure pas ! C'était censé être une bonne surprise.

— Désolée, mais je suis si heureuse...

Elle s'essuya les yeux avec un coin de son châle.

— Oh, Brett, je ne peux croire que tu aies réussi à la convaincre de venir... C'est merveilleux, ce sera un peu comme si j'avais ma mère auprès de moi...

La main de Brett se referma sur la sienne.

— Finalement, murmura Kyla d'une voix songeuse, j'ai obtenu ce que ma mère aurait dû avoir : le titre de duchesse de Wolverton... La vie est drôlement faite, tu ne trouves pas ?

— Je ne m'en plaindrai pas, mon amour...

Se penchant vers elle, Brett captura ses lèvres. Elle glissa les bras autour de son cou et répondit à son baiser avec plus de fougue que jamais. Elle l'aimait tant, elle aurait voulu rester toujours ainsi.

Quand son époux s'écarta enfin, brisant à regret la magie de l'instant, elle caressa son visage, effleurant ses lèvres brûlantes avant de sourire.

— Pour rien au monde, je n'échangerais ma vie avec une autre, Brett.

— Tant mieux, je n'imagine pas de vivre sans toi.

Elle prit son visage entre ses mains.

— Dis-moi encore que tu m'aimes, et que tu m'aimeras toujours...

Le sourire légèrement moqueur de Brett s'effaça, une flamme apparut dans ses prunelles d'argent, et c'est d'une voix tendre et émue qu'il déclara :

— Je t'aime, Kyla. Je t'aime pour toujours et à jamais...

5415

Composition Interligne B-Liège
Achevé d'imprimer en Europe (France)
par Maury-Eurolivres – 45300 Manchecourt
le 24 décembre 1999.
Dépôt légal décembre 1999. ISBN 2-290-30015-2
Éditions J'ai lu
84, rue de Grenelle, 75007 Paris
Diffusion France et étranger: Flammarion